TORMENTA

OUTROS TÍTULOS DE LITERATURA DA JAMBÔ

DUNGEONS & DRAGONS

A Lenda de Drizzt, Vol. 1 — *Pátria*
A Lenda de Drizzt, Vol. 2 — *Exílio*
A Lenda de Drizzt, Vol. 3 — *Refúgio*
A Lenda de Drizzt, Vol. 4 — *O Fragmento de Cristal*
A Lenda de Drizzt, Vol. 5 — *Rios de Prata*
A Lenda de Drizzt, Vol. 7 — *Legado*
Crônicas de Dragonlance, Vol. 1 — *Dragões do Crepúsculo do Outono*
Crônicas de Dragonlance, Vol. 2 — *Dragões da Noite do Inverno*
Crônicas de Dragonlance, Vol. 3 — *Dragões do Alvorecer da Primavera*
Lendas de Dragonlance, Vol. 1 — *Tempo dos Gêmeos*

TORMENTA

A Deusa no Labirinto
A Flecha de Fogo
A Joia da Alma
Trilogia da Tormenta, Vol. 1 — *O Inimigo do Mundo*
Trilogia da Tormenta, Vol. 2 — *O Crânio e o Corvo*
Trilogia da Tormenta, Vol. 3 — *O Terceiro Deus*
Crônicas da Tormenta, Vol. 1
Crônicas da Tormenta, Vol. 2

OUTRAS SÉRIES

Dragon Age: O Trono Usurpado
Espada da Galáxia
Profecias de Urag, Vol. 1 — *O Caçador de Apóstolos*
Profecias de Urag, Vol. 2 — *Deus Máquina*

Para saber mais sobre nossos títulos,
visite nosso site em www.jamboeditora.com.br.

Crônicas da Tormenta

ANTOLOGIA DE CONTOS

VOLUME 3

ORGANIZADO POR
VINICIUS MENDES

COM CONTOS DE
ANA CRISTINA RODRIGUES
BRUNO SCHLATTER
CARLOS ALBERTO XAVIER GONGALVES
DAVIDE DI BENEDETTO
EMERSON XAVIER
FRANCINE CÂNDIDO
GUILHERME DEI SVALDI
J. M. TREVISAN
J. V. TEIXEIRA
JOÃO VICTOR LESSA
KAREN SOARELE
LEONEL CALDELA
LEONEL DOMINGOS
LUCAS BORNE
MARCELA ALBAN
MARCELO CASSARO
MARLON TESKE
REMO DISCONZI
VINICIUS MENDES

CRÔNICAS DA TORMENTA
ANTOLOGIA DE CONTOS

Copyright © 2021 Ana Cristina Rodrigues, Bruno Schlatter, Carlos Alberto Xavier Gonçalves, Davide Di Benedetto, Emerson Xavier, Francine Cândido, Guilherme Dei Svaldi, J.M. Trevisan, J. V. Teixeira, João Victor Lessa, Karen Soarele, Leonel Caldela, Leonel Domingos, Lucas Borne, Marcela Alban, Marcelo Cassaro, Marlon Teske, Remo Disconzi e Vinicius Mendes

CRÉDITOS

ORGANIZAÇÃO: Vinicius Mendes
PREPARAÇÃO DE TEXTO: Elisa Guimarães
Revisão: Elisa Guimarães e Vitor Joenk
PROJETO GRÁFICO: Dan Ramos
ILUSTRAÇÃO DE CAPA: Vinicius Pazian
DIAGRAMAÇÃO: Vinicius Mendes
JURADOS DO CONCURSO: Eva Andrade, Nelly Coelho, Rafael Cruz, Lud Magroski, Vinicius Mendes e Rogerio Saladino
ARTES INTERNAS E CARTOGRAFIA: Dan Ramos
EDITOR-CHEFE: Guilherme Dei Svaldi

Rua Coronel Genuíno, 209 • Porto Alegre, RS
CEP 90010-350 • Tel (51) 3391-0289
contato@jamboeditora.com.br • www.jamboeditora.com.br

Todos os direitos desta edição reservados à Jambô Editora. É proibida a reprodução total ou parcial, por quaisquer meios existentes ou que venham a ser criados, sem autorização prévia, por escrito, da editora.

1ª edição: agosto de 2021 | ISBN: 978658863404-2
Dados Internacionais de Catalogação na Publicação

C634 Mendes, Vinicius
v.3　　Crônicas da tormenta / organização de Vinicius Mendes. —
　　　　Porto Alegre: Jambô, 2021.
　　　　　384p.

　　　　　1. Literatura brasileira — Ficção. I. Mendes, Vinicius. II.
　　　　Título.

　　　　　　　　　　　　　　　　　　　　　　　　CDU 82-91(084.1)

APRESENTAÇÃO

VINICIUS MENDES

Depois que *TORMENTA20* transformou tudo em Lefeu, nós todos, aqui na editora e no público, estamos respirando Arton em sua forma de RPG. Mostramos durante a campanha de financiamento coletivo, a maior do país na época, que o hobbie no Brasil está vivo e passa muito bem, graças à Lena. Mas além de RPG, *Tormenta* também é literatura, e é muito bom retomar essa linha pós-T20.

Pela primeira vez na história de *Tormenta*, houve um concurso aberto a qualquer pessoa que quisesse contar suas próprias histórias em Arton. Nas próximas páginas, você encontra os seis contos vencedores, escritos por autores com visões diversas sobre esse universo. Estreantes ao lado de nomes consagrados do cenário e de um outro novato empolgado, agora escrevendo a abertura de uma antologia do maior universo de fantasia do país.

Os contos a seguir falam sobre a Arton atual, priorizando histórias sobre a Guerra Artoniana contra a Supremacia Purista, tema do concurso. São narrativas de grandes aventuras, amizades inquebráveis, amores eternos, intrigas políticas e, também, sobre horrores dantescos, sejam aqueles que fogem de qualquer lógica, como a onipresente Tormenta, ou aqueles que fogem de qualquer compreensão, como o ódio, a intolerância e a guerra. Histórias que contam, enfim, o quanto a fantasia pode falar sobre a realidade.

Espero que gostem!

SUMÁRIO

1. **CARTA PARA LANNA** — 8
   J. M. Trevisan

2. **CATÁBASE** — 12
   Davide di Benedetto

3. **UM ESPETÁCULO PARA O DRAGÃO-REI** — 28
   Karen Soarele

4. **SEGREDO DE IRMÃOS** — 46
   J. V Teixeira

5. **FRAGMENTOS** — 66
   Lucas Borne

6. **OS COMANDOS DA ÁGUA NEGRA** — 90
   Leonel Domingos

7. **SANGUE E AREIA** — 120
   Guilherme dei Svaldi

8. **TEMPO DE ESPERA** — 152
   Francine Cândido

9. **SEGUNDA CHANCE** — 172
   Emerson Xavier

10. **LUZES CORRIDAS, CANÇÕES VERMELHAS** — 196
    Ana Cristina Rodrigues

11	**NOITE DE JOGOS**	216
	João Victor Lessa	
12	**MÃOS**	228
	Marlon Teske	
13	**TATUAGEM DE DRAGÃO VERMELHO**	248
	Remo Disconzi	
14	**A CENA ATRÁS DAS CORTINAS**	266
	Vinicius Mendes	
15	**A TRIBO**	278
	Leonel Caldela	
16	**O TRANSMUTADOR**	318
	Carlos Alberto Xavier Gonçalves	
17	**DA GUERRA**	328
	Bruno Schlatter	
18	**SONHO DE UMA NOITE DE TORMENTA**	350
	Marcela Alban	
19	**POUCO SE SABE SOBRE ESTE INFAME CLÉRIGO DA GUERRA**	358
	Marcelo Cassaro	

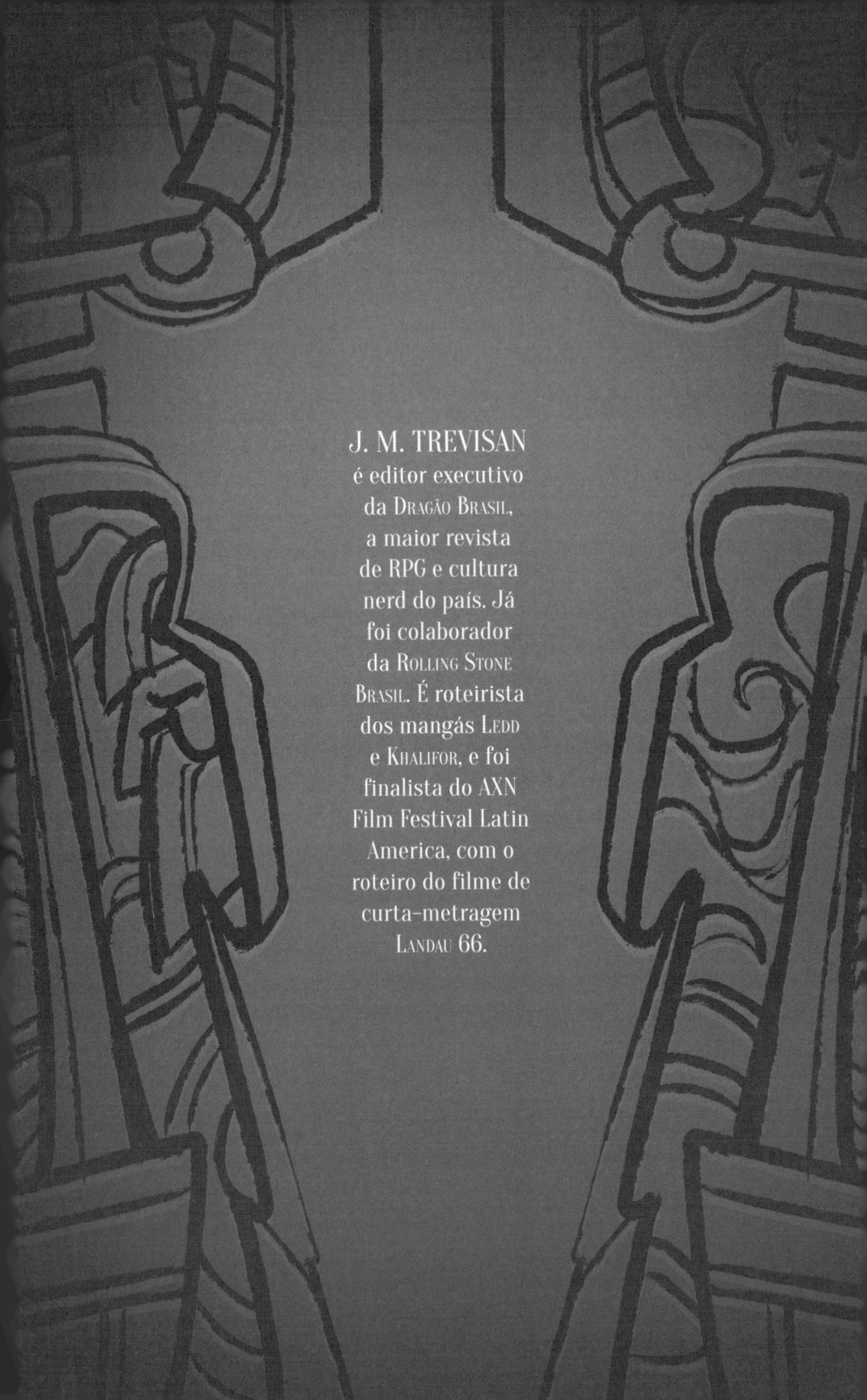

J. M. TREVISAN é editor executivo da Dragão Brasil, a maior revista de RPG e cultura nerd do país. Já foi colaborador da Rolling Stone Brasil. É roteirista dos mangás Ledd e Khalifor, e foi finalista do AXN Film Festival Latin America, com o roteiro do filme de curta-metragem Landau 66.

CARTA PARA LANNA

J.M. TREVISAN

Lanna,

Quando você encontrar esta carta, sei exatamente como estará.

Irritada, por não me encontrar ao seu lado na cama, esperando que acorde primeiro para me despertar com seus beijos. Frustrada, por saber que ignorei toda nossa discussão da noite anterior, mesmo depois de todos os seus esforços. E triste, por perceber que talvez eu não retorne.

Saiba que no fundo do meu coração, uma grande parte de mim concorda contigo. Neste canto tranquilo da minha alma, acredito que meu lugar seria ao teu lado e só ao teu lado. Cuidando de nossa horta no fundo de casa, ajudando nos ensinamentos das crianças da vila — Eillen melhorou tanto no manejo da espada! Você percebeu? — e traçando planos para um futuro cada vez mais curto.

Quando deixei para trás o bando com quem andava por masmorras e tavernas e ouvi ofensas e promessas de desforra; quando abandonei o sangue do campo de batalha e embainhei minha espada sagrada jurando jamais tocá-la novamente, em troca do teu coração e só em troca dele, eu dizia a verdade. Tua companhia me fez uma pessoa plena num mundo em que tibares de ouro valem muito mais do que a vida de qualquer um, em que diferenças entre raças ainda determinam conflitos armados. Pode soar irônico, mas foi por isso que parti.

Se não fosse por nossa vida e tudo o que aprendi, talvez eu te obedecesse.

Talvez eu não estivesse agora repassando os planos de defesa pela vigésima vez, com medo de causar a derrocada de Roschfallen simplesmente por não lembrar como é aceitar a rispidez de cada ordem e repassá-las, mesmo que os ouvidos a recebê-las estejam mais acostumados ao sussurrar materno do que ao clangor das espadas. Talvez minhas mãos não estivessem tremendo às vésperas do conflito, cuspindo em minha cara minha própria humanidade, mesmo com todo o treinamento, todos os anos lutando e sangrando.

A Supremacia Purista representa o fim de tudo o que mais prezamos. O fim de nossa liberdade. O fim de nossa vida. E não vou entregá-la tão fácil.

Estar junto a meus companheiros de ordem é estar entre o que há de pior e você, ainda que escolha me odiar, ainda que escarre em meu nome e apague de ti minha existência, serei teu escudo e tua espada.

Egrégio Khalmyr!

— Kedrya, paladina de Khalmyr.

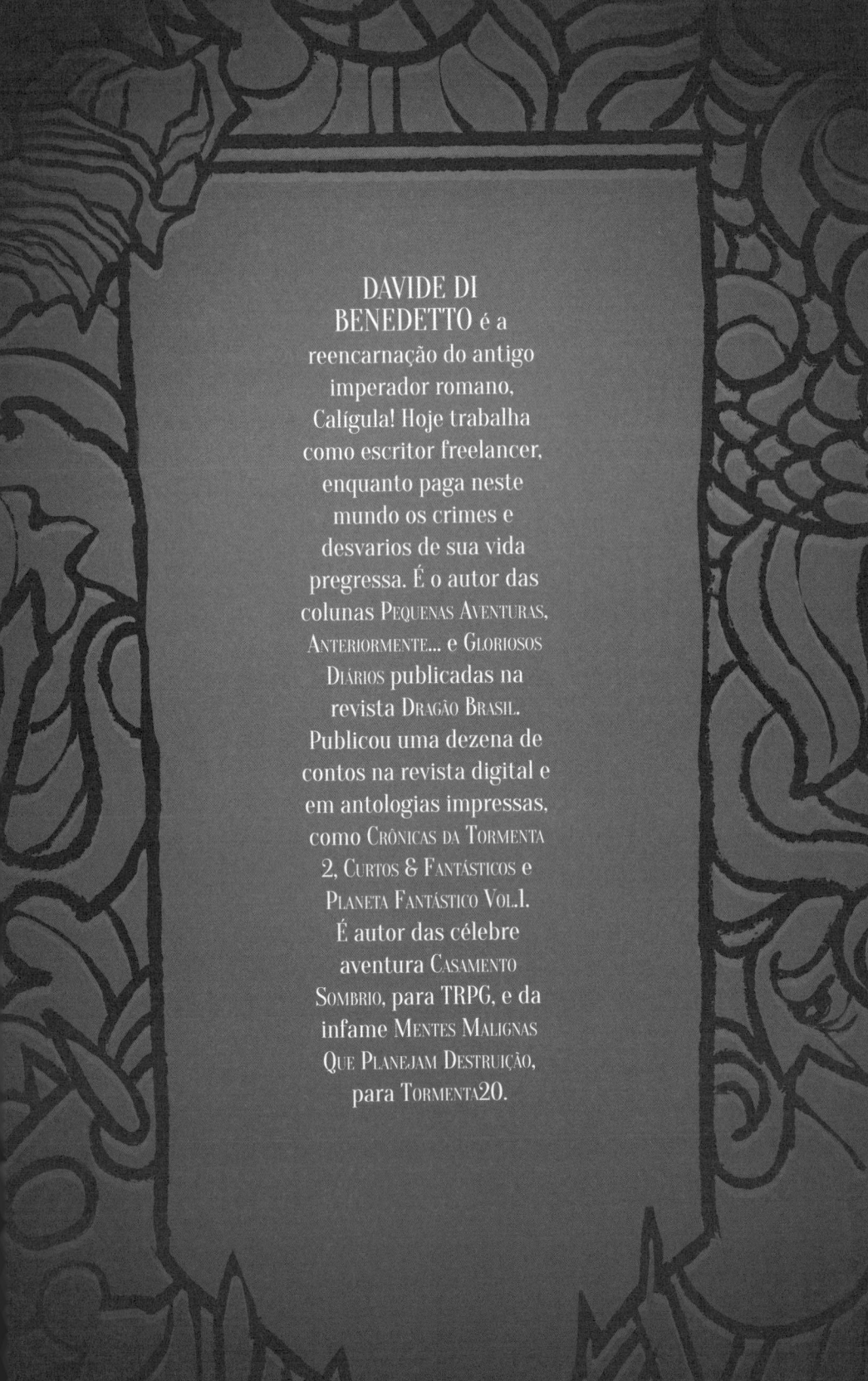

DAVIDE DI BENEDETTO é a reencarnação do antigo imperador romano, Calígula! Hoje trabalha como escritor freelancer, enquanto paga neste mundo os crimes e desvarios de sua vida pregressa. É o autor das colunas Pequenas Aventuras, Anteriormente... e Gloriosos Diários publicadas na revista Dragão Brasil. Publicou uma dezena de contos na revista digital e em antologias impressas, como Crônicas da Tormenta 2, Curtos & Fantásticos e Planeta Fantástico Vol.1. É autor das célebre aventura Casamento Sombrio, para TRPG, e da infame Mentes Malignas Que Planejam Destruição, para Tormenta20.

CATÁBASE

DAVIDE DI BENEDETTO

ELES SÓ PRECISAVAM VER ALGO QUEIMAR.

Eram o exército com uma nação. Eram a Supremacia Purista. Engrenagens que moviam a guerra com suor, respiração e passos na direção do inimigo. Visto de dia, o batalhão era uma fila de soldados se desdobrando pela estrada, com carroças puxadas por cavalos, em meio à poeira, debaixo do sol, berrando e empurrando veículos que encalhavam no trajeto.

À noite, era assustador. Aos olhos de qualquer capitão do Reinado, a tropa parecia uma aberração. Não havia apenas soldados ali. Outros homens e mulheres caminhavam junto a eles. Civis. As joias nas pontas de seus cajados iluminavam o caminho e o cântico das vozes suprimia ruídos mundanos.

Clãs caçadores jamais deixavam a Supremacia Purista. Eram seitas e cultos, e não costumavam acompanhar batalhões na guerra. Trajados com roupas negras e máscaras brancas, coladas ao rosto e sem abertura para olhos ou boca, carregando seus cajados iluminados em procissão infinita, entoando palavras numa língua morta, queriam trazer pavor ao coração dos fracos. Queriam que as raças impuras soubessem — estavam chegando, não se importavam em revelar sua presença a ninguém, porque não eram um clã comum.

Eram um clã de magos.

Quase uma centena deles. Ainda assim, algo faltava. Debaixo de pirotecnia e teatro, de máscaras e elmos, um batalhão tão homogêneo que era disforme. Não havia mestres élficos junto às tropas de arqueiros, nem turbas de hynnes brincalhões fazendo piadas enquanto instruíam jovens camponeses armados com fundas. Não havia anões na linha de frente, prontos para liderar cargas, com seus machados e gritos de guerra, contra paredes de escudo e muralhas intransponíveis. Mesmo na multidão de magos, não havia os com sangue de gênios e fadas correndo nas veias.

Havia goblins, porém. Meio milhar de criaturinhas de pele verde e acinzentada, baixa estatura, chicoteadas como gado. De vez em quando, um dos magos, em meio ao tédio do cântico e da marcha, aproximava a ponta do cajado com a joia incandescente de um dos goblins e se deleitava enquanto via a pele chamuscar com a proximidade. O mago foi repreendido por um de seus mestres.

O Mestre Mago era um homem cru, não muito mais velho, de voz desapaixonada.

— Pare de maltratar os animais. Não são para diversão, são para o cerco — disse enquanto apontava com o dedo para algo ainda invisível, alvo ainda imaginário, mas que sabia estar à frente. O mago aprendiz também entendeu o que era. A cidade ainda não conquistada de Roschfallen, sitiada pelas máquinas de guerra dos puristas.

— São para alimentar o Colosso.

— Alimentem isso aqui, ó! — Num repente o goblin avançou. Abraçou as pernas do aprendiz que o havia torturado e abriu a boca cheia de dentes pontudos. Fechou a mordida na virilha do mago, mastigando carne e engolindo sangue.

O aprendiz berrou de dor. Enquanto dizia palavras incoerentes, os goblins, que haviam conseguido se libertar dos grilhões, de alguma forma que os puristas ainda desconheciam, debandaram em laterais opostas da estrada. Se embrenhavam na grama alta da planície, correndo a plenos pulmões para alcançar árvores distantes de um bosque.

— Corram! — gritou o goblin amotinado uma última vez antes de ter o peito trespassado por um punhal.

O Mestre Mago limpou a arma suja de sangue humanoide em suas roupas negras, ordenou a um soldado que levasse seu aprendiz ferido aos clérigos dos deuses Keenn e Valkaria, e então, somente então, deu a ordem única.

— Caçadores! Pela pureza de Arton!

A ladainha ancestral dos magos se reacendeu, mas agora uma glossolalia de feitiços díspares conjurados ao mesmo tempo. Alguns dos caçadores se tornaram rápidos como lobos, alcançando os goblins de pernas curtas. Dardos místicos que sempre encontravam o alvo eram arremessados com displicência, queimando e aleijando fugitivos. O Mestre Mago fez um gesto, uma palavra e imediatamente dez goblins caíram entorpecidos de sono. Vários conseguiram escapar. Alcançaram o bosque ralo e incapazes de se esconder ali, seguiram adiante, até avistar a colina ao longe.

Atrás deles, havia apenas o cântico renovado dos magos, o clarão se aproximando e latido de cães. À sua frente, havia apenas a colina distante, uma elevação solitária, displicente, longe de ser montanha, promessa dúbia de salvação.

— Não vamos conseguir — disse um dos goblins.

Alguns pararam, movidos pela certeza de que havia mais chance de sobreviver na recaptura do que ao tentar a fuga. Enquanto outros, puro instinto, queriam seguir com o coração aos pulos, apostar tudo. Foi quando veio o cântico. Não o cântico dos magos, uma melodia lúgubre. Vozes femininas cantadas num idioma fluído e incompreensível.

O canto vinha da colina e mesmo sendo só ar e som, invocava uma miríade de sensações impossíveis em meio ao continente — brisa salgada e molhada, o rebentar de ondas, pio de gaivotas. Uma luz se acendeu na colina tal qual um amanhecer noturno — um farol guiando navios à sua segurança. As luzes dos cajados dos magos foram diminuindo e a grama em que pisavam orvalhou de repente. Em meio à escuridão, o cântico de ódio dos puristas foi silenciado pela melodia mística e pela perplexidade do inesperado. O contracanto sinestésico ecoou por todos os cantos e, guiados por ele, os goblins fugiram em direção à colina.

Só precisava ver o mar mais uma vez.

Não de dentro, de fora. Mesmo num mundo de magia, dragões e deuses a visão nunca cansava Fintan. A longa extensão de terra debaixo da abóbada que era o céu, tudo o que os humanos conheciam como o seu mundo, e que os elfos-do-mar como ele chamavam de Mundo Seco, terminava lá longe num horizonte líquido de possibilidades infinitas, a visão do oceano. Do alto da colina, onde estava montado em seu cavalo, podia ver as ondas quebrando contra a costa rochosa.

Fintan sabia que em algum lugar ali, oculto pelas águas, havia outro mundo.

Havia as ruínas de Lendilkar, a antiga capital do reino de Bielefeld, que havia sido submersa como castigo por atacar os povos protegidos pelo Dragão-Rei Benthos. Além dela, ainda mais longe, em águas profundas, havia Imladyrr, o reino dos elfos-do-mar, do qual outrora fora o príncipe-herdeiro. O reino que abandonara à mercê do povo revoltoso, desistindo de proteger a elite decadente e moribunda da qual fizera parte. Talvez, Imladyrr nem mesmo existisse mais, mas Fintan precisava da lembrança. Precisava olhar o passado mais uma vez, para entender que nada disso importava agora — *Imladyrr nunca foi nosso reino* — palavras ditas após uma batalha. Palavras de um dia distante, tão nítidas em sua memória como se o som delas tivesse sido aprisionado no interior de conchas mágicas.

O reino de Fintan agora era Bielefeld. E ele não era não mais um príncipe das águas e sim um senhor de terras.

Um cavaleiro.

Afagou a crina da sua montaria, não era o hipocampo que se acostumara a cavalgar na juventude, um cavalo terrestre. Com assobios se pôs a galopar pela planície, através da desolação da costa abandonada onde por milhas e milhas não se encontrava um único povoado. Deixara Thállata, a clériga sereia que era leal a ele, administrando seu feudo na Colina do Sábio Amanhecer, junto a Bolha, o elemental d'água de estimação, convalescido após uma luta. Fintan permitiu a si mesmo o privilégio da reclusão. Semanas longe dos assuntos do mundo, apenas explorando a Costa do Dragão Rei.

Foram longos dias. Dormiu ao relento e em cavernas. Tomou banho de mar e matou a saudade da água salgada em sua pele. Visitou as torres longínquas da Patrulha Costeira. Deixou aos soldados aquartelados presentes e cartas que havia trazido consigo, enviadas por parentes.

Fintan enfrentara a Patrulha Costeira antes. Sua primeira batalha no Mundo Seco. Aconteceu anos atrás, quando ele ainda tinha um exército unido, numeroso, mestiços de elfos-do-mar e bestas anfíbias. A patrulha costeira de Bielefeld era composta por homens e mulheres portando armas e armaduras de ferro tratadas magicamente para jamais enferrujar. Algo que impressionara Fintan, pois a maioria dos inimigos que enfrentara no fundo do mar usava magia ou armas feitas de coral. Metal era difícil de conseguir.

Em sua arrogância, achou, naquela primeira vez, que os humanos não dariam trabalho. A patrulha costeira, porém dividira e isolara seu exército. Ataques rápidos e precisos durante a noite, tomando estradas e encruzilhadas vitais, impedindo suas tropas junto ao litoral de se comunicarem com as demais. Soldados da patrulha tocavam alarmes soprando em conchas, traziam com seu zunido arcano outros soldados, surgidos do nada, teletransportados por magia de quartéis e torres distantes, atacando de ambos os flancos.

Naqueles dias visitando a patrulha, sentiu a hostilidade e desconfiança que é reservada a antigos inimigos. Os olhares pra baixo, alguns constrangidos, de quem é obrigado a ser cordial por obrigação e dever. Em meio a eles, também encontrou curiosidade e admiração. Afinal, todos sabiam da história de Fintan, o príncipe elfo-do-mar que fora sagrado cavaleiro.

Na primeira noite junto a Patrulha, Fintan achou que envenenariam seu jantar, ou seria assassinado com golpes de espada enquanto dormia, ou mesmo duvidariam dos seus motivos — esperava mesmo que acreditassem ter vindo de seu feudo, há dias de distância, sozinho, sem serviçais e escolta, apenas para contemplar o mar?

Acreditou que seria confrontado sobre antigos camaradas. Membros da Patrulha mortos em batalhas contra os elfos-do-mar, naquelas mesmas terras desoladas e tocadas pelas águas. Nada disso aconteceu. Fintan sempre se lembraria das expressões gratas dos soldados que o acolheram na torre, lendo as cartas enviadas por suas famílias. Os homens na torre, ilhados do mundo, eram como ele. Sabiam o que era sentir saudade do lar. Sabiam o que era ser soldado, lutar por seu povo acima tudo. Ainda assim, não abusou da sorte. Desapareceu durante a noite.

Vagou sozinho pela costa por mais alguns dias, antes de voltar para casa.

Chegou bem próximo do mar. Caminhou pela praia durante a manhã. Diante das águas, viu as ondas como os humanos as viam. A maré que sobe e desce. E que, às vezes, traz coisas consigo: encontrou um tridente em meio a um emaranhado de algas. Era a arma de um soldado de Imladyrr, mas estava ali fazia anos. Devia ter pertencido a alguém das antigas tropas expedicionárias. Fintan adotara armas humanas fazia muito tempo e não imaginou que veria uma arma feita daquele material de novo. Sozinho na praia deserta, vendo a maré subir, compreendeu algo. Sobre a vida, sobre a guerra. Abandonou a arma, mas levou algo a mais com ele naquela manhã. Estava na hora de voltar.

Subiu em seu cavalo e iniciou a viagem de volta ao feudo.

Durante a viagem, descobriu que a Supremacia Purista invadira Bielefeld.

O batalhão purista cercava umas das faces da Colina do Sábio Amanhecer, agora. Os magos do clã caçador haviam perdido muitos goblins na fuga, no entanto, havia alvos mais urgentes: o canto misterioso de muitas vozes, a guerrilha oculta na colina que podia ameaçar as tropas puristas em seu assédio à capital de Bielefeld. Os magos resolveram montar seu próprio cerco.

Limar a ameaça.

Durante o dia, posicionaram tropas, invocaram proteções, enviaram roedores e pássaros que os serviam para espionar o inimigo. Um acadêmico inseguro, em meio a conjuradores especializados em magias úteis ao combate e captura, arriscou uma hipótese: as vozes do coro místico eram de sereias. Durante a noite, as luzes dos cajados e o cântico de ódio ressurgiram.

Só precisava saber que tudo ficaria bem.

Thállata sabia que se Fintan estivesse ali, teria feito o mesmo. Deter a Supremacia Purista não era escolha para ela ou para os veteranos da antiga campanha do general elfo-do-mar. Por vezes, quisera fechar os ouvidos e fingir que não estava acontecendo. Que as notícias da invasão eram falsos boatos, que seu papel de cronista de guerra acabara, que poderia dedicar o resto da vida a preservar e estudar as batalhas do passado — aprisionadas na forma de som, dentro de sua biblioteca de conchas mágicas.

Mas a guerra viera mesmo assim e a clériga sereia estava preparada.

Na ausência de seu lorde, ordenara que os soldados humanos permanecessem no vilarejo de Jansford para defender a posição, que estocassem comida e se refugiassem em segurança atrás dos muros e do novo fosso da fortaleza do feudo.

O resto dos soldados, os meio-elfos do mar e os aldeões, vieram com ela para a Colina do Sábio Amanhecer. Seu lugar era no templo. Anteriormente, ali, numa velha caverna, na toca de um urso-coruja, houvera um pequeno local de culto à deusa Marah. Agora um minarete se erguia no topo da colina. Era uma construção recente, um santuário sincrético que homenageava tanto Marah, deusa da paz, como Tanna-Toh, deusa do conhecimento.

Era construído numa arquitetura estrangeira que destoava de tudo em Bielefeld: desenho espiralado, conchas ornamentais, pintura de areia colorida. Ali Thállata abrigou as crianças de Jansford, e as mulheres e homens que não tinham condições de lutar. Ao seu redor, posicionou o que havia restado das tropas expedicionárias de Fintan. A guarda dos Jovens Salmões, já não tão jovens assim — eram mestiços de humano e elfo-do-mar, todos veteranos experientes e adoráveis resmungões, que questionavam tudo e todos.

Menos as ordens de Thállata.

No topo do minarete, ficava a biblioteca de conchas mágicas da clériga sereia. E desde sua chegada, ela não saíra mais de lá. Na manhã seguinte ao canto místico, que ecoou do topo do minarete e se espalhou pelo vale, chegaram os primeiros refugiados goblins.

Foram recebidos pelos veteranos, alimentados, parabenizados pela resiliência. Os goblins por sua vez agradeceram a ajuda da sereia, que veio ao custo de transformar o minarete na colina em alvo para os puristas. Deram as notícias que mudariam tudo: os magos e sua marcha para ajudar as tropas cercando Roschfallen. Os goblins que levavam consigo tinham o papel de ajudar a manobrar as malditas máquinas de destruição da Supremacia Purista e como elas poderiam determinar a guerra. Se Bielefeld queria pelo menos uma chance de vencer, precisava deter o clã caçador.

Na primeira tarde do cerco, vieram os familiares místicos dos magos. Os pássaros e roedores foram mortos com arremessos precisos de tridente pelos Jovens Salmões. Já os goblins se puseram a trabalhar. Não eram escravos, serviçais ou o que quer que a Supremacia Purista os tivesse reduzido. Eram mecânicos, ferreiros, inventores.

Com pedaços de espadas, armaduras, correntes, algemas, ferraduras, cordas, pregos, galhos, pedras, tábuas e substâncias alquímicas, conseguidas em despensas e cozinhas comuns de acampamento, construíram suas armas. Estilingues, espingardas de ar que disparavam estilhaços, granadas de fragmentação e lâminas giratórias. Os aldeões de Jansford podiam pouco — oraram às deusas por proteção.

Durante todo esse tempo, Thállata não deixou o cume do minarete. Ao cair da noite, Fintan voltou. Vinha acompanhado de dezenas de soldados, elfos-do-mar e mestiços, angariados ao longo do caminho. Soldados que o haviam traído no passado — se aliando a um general amotinado e se dispersado para saquear o Mundo Seco. No entanto, ao subir do rio, o cardume estava reunido outra vez. Ou o que havia restado dele. Emocionados, os Jovens Salmões abraçaram os irmãos perdidos, deixando para trás velhas desavenças sobre lealdade, sorrindo apesar da rabugice costumeira.

— É bom vê-lo novamente, alteza! — disse um veterano. Falou com Fintan usando uma forma de tratamento que há muito ele dispensara. — De onde saíram esses homens?

— Das estradas, das prisões. Levantei meu estandarte. Eles vieram.

— Não podemos deixar os puristas saírem da colina, meu príncipe! O destino de Bielefeld depende disso. Mas não podemos detê-los. Eles têm magos.

— Nós temos uma sereia — disse Fintan. — Onde está Thállata?

E ao ouvir os relatos da noite anterior, foi tomado de mau pressentimento. Fintan subiu correndo as escadas do minarete, sob os olhares assustados

dos aldeões que se protegiam dentro da construção. Saltou agilmente pela longa escada de pedra em caracol, até atingir o último andar e estagnar diante de uma porta de carvalho com símbolos e runas.

A biblioteca.

Fintan anunciou sua entrada e abriu a porta sem hesitar. Demorou alguns instantes para entender o significado do que via. A primeira coisa que percebeu foi a grande fogueira apagada, dentro do enorme braseiro. O sinal de ajuda havia sido aceso, é claro, mas não havia ninguém para socorrer a Colina, o que também era evidente. A segunda coisa foi o desaparecimento dos livros das estantes ordenadas alfabeticamente, ainda que aqueles não fossem livros de papel. A biblioteca de conchas mágicas de Thállata estava faltando. Somente algumas restavam. A maioria delas havia sido alocada de maneira ritualística na sacada externa do minarete.

Estavam posicionadas sobre o chão num arranjo pré-determinado. De costas para Fintan, debruçada na balaustrada, Thállata observava silenciosamente o horizonte e as luzes do acampamento inimigo. Ela se apoiava em duas pernas de humano, como toda sereia que se transfigura ao deixar a água, mas estava na postura incômoda de sempre.

— General — disse a sereia com a voz embargada. Não se virou.

— O que aconteceu com a biblioteca?

— Foi preciso. Minha voz não era o bastante.

Fintan entendeu. Em cada uma daquelas conchas havia antes a coleção de histórias coletada pela sereia. Ali estiveram aprisionadas as últimas palavras de soldados moribundos, histórias de guerreiros, confissões de inimigos, relatos enaltecendo os feitos dele. Agora, utilizadas para o ritual, haviam sido esvaziadas para sempre de seu conteúdo. Usadas apenas para replicar e amplificar a voz da sereia por toda a colina. A maior parte do conhecimento que ela coletara ao longo dos anos, as crônicas da guerra entre os elfos-do-mar e as sereias, o lamento de reis e rainhas, o registro da fundação e da queda de impérios — tudo havia desaparecido para sempre.

—Jamais pediria que sacrificasse sua fé! As crenças de sua deusa — disse Fintan sem sustentar o olhar.

— Minha escolha — disse ela caminhando em direção a ele, o rosto tomado de lágrimas. — Não se preocupe. Apenas histórias velhas, sem sentido. Iremos encher as conchas com os feitos de nossa última batalha — era pra ser uma bravata, não soou assim. — Tanna-Toh aprecia conhecimento novo.

As palavras saíram vazias.

Fintan foi ao encontro de Thállata e a abraçou. O elfo-do-mar segurou a sereia em seus braços, acariciou os cabelos verdes, deixou a pele ser umedecida por lágrimas. Ficaram assim por minutos que duraram horas.

— Só essas conchas não serão o bastante para nós — disse Fintan, quebrando a mudez deles. — Este não é o fim. Ainda não.

Tomou as mãos dela e depositou algo lá: uma concha entalhada, do tamanho de um punho. Thállata guardou-a.

Mancando com seu andar bípede foi até as estantes e apanhou algo. Era uma garrafa de vidro transparente, tampada com uma rolha, mas não continha líquido. Algo se agitava dentro dela.

— Também tenho algo para você. O elemental está pronto.

— Bolha?

— Ele se recuperou desde a última vez, mas acho que vamos ter que mudar o nome dele.

Fintan apanhou a garrafa e contemplou no interior a nuvem se agitando como uma pequena tempestade. O elfo-do-mar sorriu. Era sempre bom rever velhos amigos.

Então, lá embaixo o clã caçador começou a avançar. Sem nenhum grande anúncio, se iniciou a batalha pela Colina do Sábio Amanhecer.

Só precisava vencer. Protegido por um escudo invisível de energia ao redor do corpo, o Mestre Mago levitou junto aos seus aprendizes sobre a colina, ordenando que assumissem formação de voo. Lá embaixo, luzes místicas conjuradas seguiam cantando em direção a colina para esmagar os impuros. Nenhum dos soldados daria sangue da Supremacia Purista naquela noite, porque o sangue deles era para a queda de Bielefeld. O clã caçador seria o bastante para massacrar os rebeldes. Sete magos voadores assumiram suas posições, cercando o minarete na colina. A luz que iluminara o templo na noite passada estava apagada, mas como esperado, o contracanto sinestésico reiniciou.

— Ao meu comando — disse o Mestre Mago. — Preparar!

Gestos céleres e circulares dos magos, palavras em lalkar antigo e, em um segundo, chamas e faíscas começaram a tomar a forma de esferas incandescentes.

Antes que pudessem disparar, o Mestre Mago viu os primeiros tridentes voarem do topo do minarete, atravessarem proteções arcanas e se cravarem nas gargantas dos aprendizes. Dois deles caíram. Um terceiro aprendiz deteve e apanhou um projétil, apenas para perceber, tarde demais, que era a granada de um goblin. Ela explodiu em seu rosto. Outros magos urraram suas conjurações, tentando sobrepor o canto que emanava da sacada do minarete, mas suas vozes eram inaudíveis e uma a uma as bolas de fogo se apagaram.

— Inúteis — o Mestre Mago rosnou e tentou aterrissar com um salto sobre a sacada.

Desviou de um tridente em pleno ar e então sentiu todo o corpo queimar quando a criatura veio na direção dele. Era como ser abraçado por uma panela d'água quente. O purista agonizou enquanto pele e olhos eram queimados. Com um gesto, se desvencilhou depressa. Com outros, acelerou o tempo, projetou curas arcanas, envelheceu o próprio corpo acelerando sua recuperação natural.

Encarou o inimigo enquanto ainda estavam voando, bem longe de qualquer chão. O elemental era uma massa de vapor quente e eletricidade em constante agitação. Fervilhava e pulsava. Era pelo menos três vezes maior do que ele.

— É a sua arma secreta, escória? — vociferou.

Enquanto o mestre falava, aprendizes continuavam a ser abatidos pelos projéteis disparados do minarete. Contra-atacavam com arcanismos acelerados — eram mais fracos que bolas de fogo, mas rápidos, letais e penetravam a música da sereia. O elemental de vapor cuspiu um relâmpago que errou o alvo e então investiu voando no ar, tentando engolfar o Mestre Mago mais uma vez. Dessa vez, o purista estava preparado. Voou para longe, então se esquivou, uma vez, outra e, para a frustração da criatura vaporosa, se dividiu em cinco cópias idênticas que a cercaram.

— Morte aos impuros! — gritaram os cinco mestres mascarados que eram um só.

Com uma só rajada mágica de gelo penetrante fizeram o elemental urrar trovões de dor, se condensar e sumir da existência. Com um urro vitorioso o Mestre Mago aterrissou no minarete.

— Rendam-se.

À sua frente, finalmente viu a sereia.

Era apenas uma. Trajada numa armadura feita de coral, dobrada sobre seus joelhos dentro de um círculo místico, cercada por conchas mágicas que reproduziam com perfeição seu canto assombrado. Por toda a sacada externa do minarete havia cadáveres de goblins e elfos-do-mar fulminados pela magia dos magos aprendizes. Por um minuto, o Mestre Mago ficou confuso. Não entendeu como aquelas criaturas podiam estar ali e como seres tão diferentes tinham se unido contra eles. Então viu Fintan. Na penumbra, o elfo-do-mar vestido numa cota de malha escamada, os traços andróginos de seu rosto, o tridente forjado com adamante que empunhava.

— Você é o líder. Sempre tem um líder — disse o Mestre Mago.

— Não fui eu que detive vocês — disse Fintan.

— É mesmo? Por isso são fracos, tropas híbridas, sem coesão. Por isso morrerão. Como moscas. — Deu um passo à frente, mas Fintan levantou a arma.

— Você não passará — rugiu o elfo-do-mar.

— Não? — Disse o mago com deboche. — Nós sempre passamos!

Num borrão de movimento, seus dois braços se tornaram oito. Ele iniciou uma ladainha e um feitiço de morte se desenhou no ar, uma runa ancestral mirando a sereia.

Matar o Mestre Mago não protegeria Thállata do feitiço. Fintan largou o tridente e investiu gritando contra o humano, se jogando na frente da magia que o atingiu, torturou sua carne, invadiu sua mente. Resistiu. Abraçou o inimigo e o empurrou contra a balaustrada, despencando junto a ele da torre enquanto gritava no ar.

— Por Bielefeld!

A queda acelerou vertiginosa. O abismo se aproximando rápido lá embaixo. O Mestre Mago conjurou sem gestos ou voz, com único pensamento eles foram apanhados por uma magia e planaram até o chão. O corpo do Mestre Mago se tornou escorregadio e ele escapou do abraço de Fintan.

Os dois oponentes rolaram colina abaixo, se machucando na queda e nas pedras. Fintan dançou sobre si mesmo e se pôs de pé, enquanto assumia postura de combate. O Mestre Mago tentou voar novamente, mas tudo que conseguiu foi um salto prolongado. Aterrissou novamente e o campo místico que o protegia apagou de súbito. Estava cansado. O canto da sereia em sua cabeça tornava difícil lembrar das palavras corretas para reacender os encantamentos. Gaguejou algumas evocações.

Em vão.

— Música maldita — disse com um esgar de desespero, a voz trêmula e sacou o punhal.

— Olhe ao seu redor — disse Fintan. — Vocês não têm como vencer.

Gritando, o Mestre Mago correu com seu punhal e tentou perfurar o elfo-do-mar, mas o homem submarino segurou o braço dele e torceu o punho, fazendo a arma cair. Com o outro braço Fintan segurou o purista pelas vestes rasgadas e ergueu-o no ar.

— Veja!

Foi obrigado a ver. Os magos do clã caçador ao se aproximar do minarete, sem experiência, sem versatilidade, viram-se incapazes de evocar magias contra o canto da sereia. Sem conseguir projetar um único dardo místico ou escudo arcano, eles tentavam recuar e caiam diante de lanças e granadas.

— Salmões! — gritou um veterano mestiço de elfo-do-mar erguendo seu tridente. — Até a morte! Contra os puristas! Pela liberdade!

— Pau neles — completou um goblin de tapa-olho, dando corda na sua lâmina giratória.

A resistência desceu a Colina do Sábio Amanhecer, gritando, correndo lado a lado. Cravavam suas armas contra os magos que se viravam e tentavam correr, espetando costas desprotegidas, partindo espinhas, perfurando gargantas e continuando sua carga até a planície.

O Mestre Mago começou a rir.

— Esses vermes estão condenados. Ainda temos nossos soldados. — disse com escárnio. Fintan não disse nada, atirou o purista ao chão.

Lá embaixo, elfos-do-mar e goblins continuavam avançando de maneira esparsa e indisciplinada contra os soldados puristas na planície, que formavam uma parede de escudos espessa para recebê-los.

— Não há nada que você possa fazer quanto a isso elfo.

— Não posso — assentiu Fintan com resignação. — Mas ela pode!

A música havia parado de ecoar do minarete agora. Na sacada da torre, Thállata se equilibrou incerta sobre a balaustrada. Ela fez o sinal de sua deusa e de dentro de um alforje, retirou a concha que Fintan lhe havia dado. Ela acariciou os entalhes, que eram como os de uma flauta, e soprou o bocal com toda força. Por alguns instantes, nada aconteceu.

Então veio o zunido arcano. As vozes e os gritos guerreiros.

— Khalmyr!

Do outro lado da parede de escudos puristas, cavaleiros haviam se materializado no ar. Suas armaduras reluzentes, sem um único traço de ferrugem, cobriam todo o corpo. Portavam o estandarte de Bielefeld, estavam armados com redes e lanças. A Patrulha Costeira assoprou suas próprias conchas mágicas, trazendo ainda mais cavaleiros das torres distantes do litoral. Investiu contra o flanco desprotegido dos puristas que se viu em pânico e quebrou a formação. Prensados entre a resistência da colina e os cavaleiros vindos do mar, os puristas tentavam sobreviver inutilmente cortando e perfurando enquanto os oponentes entravam em suas fileiras. Aproveitando o pandemônio, goblins cativos se libertavam e matavam seus captores. Saltavam, arranhavam, mordiam e cravavam dedos em olhos

— Se renda, agora — disse Fintan ao Mestre Mago.

Ele se rendeu.

O fim de uma batalha pode ser sempre confuso e Fintan ainda passaria muitos e muitos dias lidando com as consequências daquela. Naquela manhã junto a praia, entendeu que o rumo de uma guerra, ou até mesmo de uma única batalha, é como a maré, vista pelos humanos. Vai e vem. Traz e leva. A guerra trouxe o retorno triunfal de seu elemental, apenas para que a criatura morresse lutando contra os magos puristas. Trouxe a invocação da Patrulha Costeira no último momento, que ajudara suas forças, mas desaparecera novamente, logo em seguida, para lutar contra piratas aliados dos puristas no litoral.

Trouxe o retorno dos seus veteranos mais habilidosos, mas a morte de muitos soldados estimados. Trouxe a captura valiosa de nobres puristas, mas também a responsabilidade pelos refugiados goblins acampados em seu feudo que, por terem sido escravos, não podiam simplesmente voltar à Supremacia Purista. Trouxe a notícia do cerco da capital e a incerteza de que Bielefeld ainda seria um reino amanhã. Em meio a tudo isso, Fintan sabia que, não importava o quanto as coisas parecessem ruins, devia esperar e ver o que a maré traria no dia seguinte.

Naquela noite, porém, havia apenas um lugar onde queria estar enquanto aguardava. Subiu com passos feridos as escadas do minarete.

Lá em cima, encontrou Thállata.

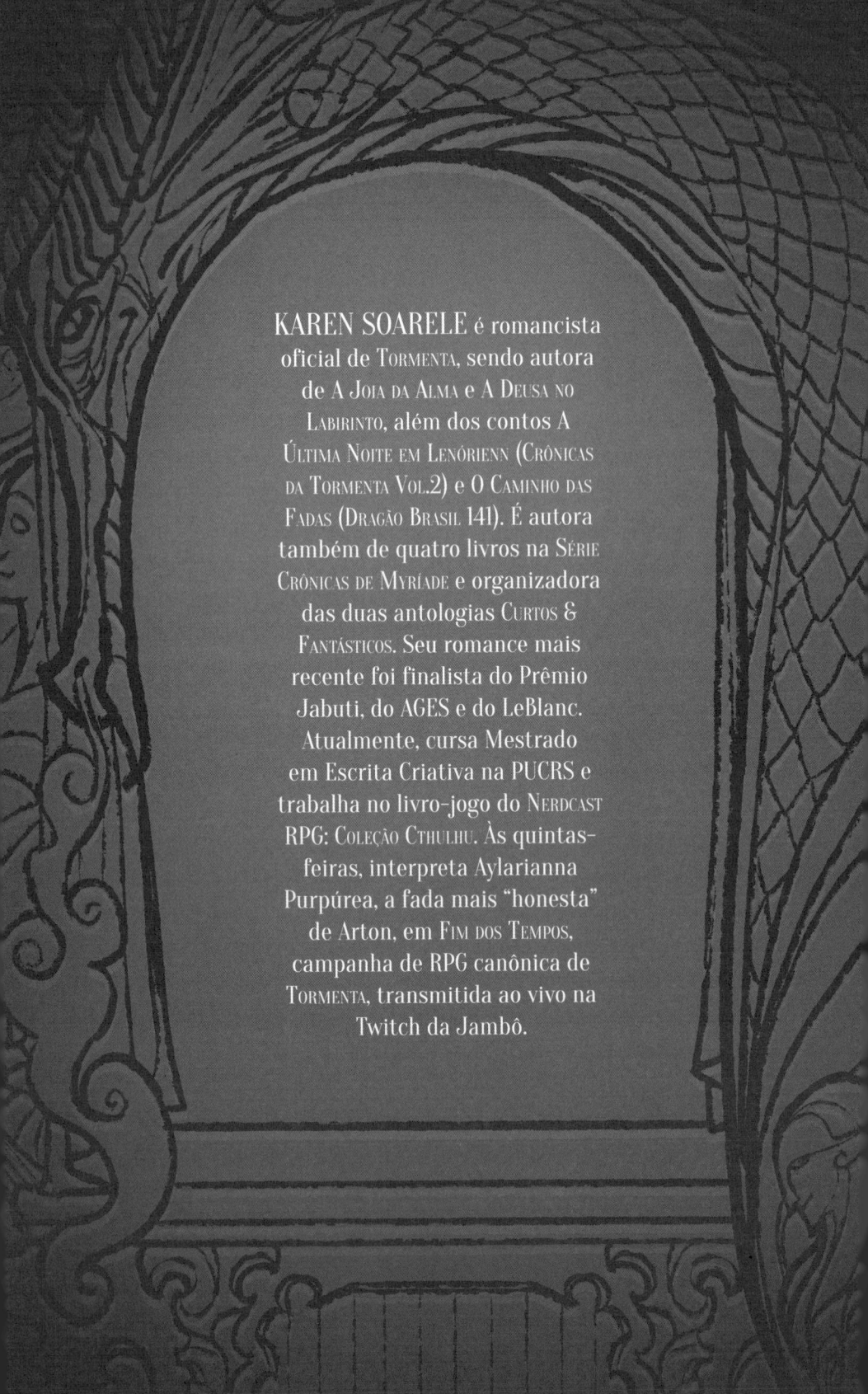

KAREN SOARELE é romancista oficial de TORMENTA, sendo autora de A JOIA DA ALMA e A DEUSA NO LABIRINTO, além dos contos A ÚLTIMA NOITE EM LENÓRIENN (CRÔNICAS DA TORMENTA VOL.2) e O CAMINHO DAS FADAS (DRAGÃO BRASIL 141). É autora também de quatro livros na SÉRIE CRÔNICAS DE MYRÍADE e organizadora das duas antologias CURTOS & FANTÁSTICOS. Seu romance mais recente foi finalista do Prêmio Jabuti, do AGES e do LeBlanc. Atualmente, cursa Mestrado em Escrita Criativa na PUCRS e trabalha no livro-jogo do NERDCAST RPG: COLEÇÃO CTHULHU. Às quintas-feiras, interpreta Aylarianna Purpúrea, a fada mais "honesta" de Arton, em FIM DOS TEMPOS, campanha de RPG canônica de TORMENTA, transmitida ao vivo na Twitch da Jambô.

UM ESPETÁCULO PARA O DRAGÃO-REI

KAREN SOARELE

Carregando o bandolim às costas e a composição na memória, Ulrich Qvoc penetrou sozinho a cidade festiva. Com o barulho da multidão, mal se podiam ouvir seus cascos ressoando na rua de pedra. Com a diversidade de forasteiros, pouco se notavam seus chifres enrolados despontando para fora do chapéu. Assim, percorreu alamedas, cruzou largos e atravessou pontes sobre distritos inteiros. O festival tomava a cidade, com enfeites pendurados nas janelas, crianças correndo com balas nas mãos e adultos executando danças serpenteantes pelas ruas. Não havia quem não sorrisse ao se acotovelar com outros foliões sob a sombra dos ostensivos prédios da capital de Sckharshantallas.

— Não importa o quão rico, famoso ou influente você é. Todos são pequenos perante a magnitude do Reino do Dragão — disse um mercador para seus empregados. — Já viajei pelo continente inteiro, e nada se compara.

Tanto o patrão quanto os empregados eram forasteiros, a julgar pelas boinas e roupas espalhafatosas. Em meio à multidão, Ulrich foi obrigado a se espremer para passar ao lado da carroça sobre a qual conversavam. Percebendo a proximidade, o mercador se virou para ele, como se fizesse parte da conversa.

— Não é mesmo, menestrel? Você tem jeito de quem já viajou bastante. Estou tentando explicar para esses inúteis que Sckharshantallas é o lugar mais rico onde eles pisarão em toda a vida. Se trabalharem direito nesse festival, poderão ganhar ouro suficiente para anos de conforto! Concorda comigo?

O mercador podia ser um falastrão, mas estava certo: Ulrich realmente havia viajado muito. Mesmo assim, a capital do Reino do Dragão sempre o surpreendia. Assim, parou e deu uma olhada ao redor. A cidade era feita de ruas largas, praças amplas e prédios enormes, e decorada por esculturas dracônicas. As figuras, de todos os tamanhos, espalhavam-se, esticando as asas para alçar voo, arreganhando as presas para oprimir o povo e afugentar forasteiros. Tudo grandioso demais, lustroso demais, ameaçador demais.

— Ei, menestrel. Estou falando com você. O que acha de Sckharshantallas?

Ulrich enfim se voltou ao mercador.

— É o lugar perfeito para uma performance.

O festival que atraíra Ulrich, o mercador e milhares de outras pessoas à cidade tinha como propósito venerar o Dragão-Rei, que também exercia o papel de deus daquele povo. Regada a música e vinho, a celebração reunia músicos, malabaristas, dançarinos e toda sorte de artistas. Quando Ulrich Qvoc passou pelo palco principal, os atores representavam a peça Duelo de Dragões. Uma das favoritas do público, retratava um incidente ocorrido anos antes. Após destroçar grande parte do continente de Arton, o aterrorizante Dragão da Tormenta ousou invadir Sckharshantallas. Porém, Sckhar surgiu para enfrentá-lo. Segundo a peça, o Dragão-Rei derrotou o inimigo completamente sozinho e, ileso, retornou à capital para comemorar a vitória. Outros reinos poderiam sucumbir ante a ameaça, mas o soberano de Sckharshantallas garantia a segurança de seu reino, seu tesouro e seus súditos, entre seus demais pertences.

Sem interromper o passo, Ulrich Qvoc leu nos cartazes as próximas atrações. Entre elas, destacavam-se os espetáculos Dragão-Rei contra as tropas puristas e Sckhar ao resgate do Reinado, além da clássica apresentação musical Sharnollynorath, que concluiria o festival na noite seguinte. Pensou que seria agradável parar por algumas horas e assistir a pelo menos uma das apresentações. Ou, quem sabe, unir-se a alguma daquelas trupes de teatro. Participar do festival.

Mas não podia. Tinha um compromisso muito mais importante.

Prosseguiu abrindo caminho em meio aos foliões com suas canecas de vinho e seus dragões de vime. Desviou de palcos menores, estátuas vivas e carroças de cartomantes. Esforçou-se para não ser atraído por truques de mágica e teatros de fantoches. A multidão pulsava e enxameava, tornando ainda mais quente a já abafada atmosfera de Sckharshantallas e fazendo com que as gigantescas praças parecessem apertadas. Ulrich desviou de tudo e todos e tomou a via mais ampla e mais reta de todas as vias amplas e retas que formavam a capital. Era o caminho para Shindarallur, o castelo favorito de Sckhar.

Enquanto avançava, os wyverns que mantinham guarda como gárgulas no topo das torres abriram as asas e alçaram voo. Precipitaram-se sobre o menestrel. À medida que se aproximaram, tornou-se mais fácil divisar o guerreiro de armadura que montava cada uma daquelas feras. Parecia que iriam se chocar contra Ulrich, mas interromperam o voo a poucos metros, lançando sobre ele uma lufada de vento quente e opressor. Os olhos do ginete averiguaram cada detalhe dele: os cascos fendidos e chifres de bode, o rabo delgado, o instrumento musical. Então voltaram a ganhar altitude e passaram a acompanhá-lo à distância, rondando-o como abutres. Permitiram que prosseguisse.

Ulrich Qvoc era aguardado no castelo. Pelo rei em pessoa.

A fortaleza era construída em pedra vulcânica e adornada de flâmulas vermelhas onde se via o brasão do reino. Não pela primeira vez, o menestrel foi escoltado através dos inúmeros corredores amplos e obscuros, subiu infindáveis escadarias e passou por portas duplas em formato de bocarras dracônicas que lhe davam a sensação de ser devorado vivo. Porém, nada temeu. Era valioso para o monarca e sabia disso. Se ousava retornar, é porque sabia como agradar o Dragão-Rei.

— E não é que você voltou mesmo? — Uma voz rouca e poderosa ecoou pela antessala do trono. — Pensei que fosse mais esperto.

— Alteza — o menestrel fez uma mesura.

Strindnix soltou um riso sarcástico com as ventas reptilianas e o cheiro de enxofre preencheu o ambiente. Então bateu as asas uma última vez e pousou na enorme abertura que tomava toda a lateral da antessala e dava ao lugar o aspecto de covil. Patas traseiras e dianteiras arranharam o piso à medida que caminhou serpenteando o corpo escamado. Parecia de raça dracônica e, para todos os efeitos, o era. Súditos e diplomatas o respeitavam como tal. Porém, o sangue humano que corria em suas veias era o que permitia que habitasse o reino de seu pai, onde nenhum outro dragão era tolerado.

— Espero que saiba o que está fazendo, bípede. Hoje haverá um banquete farto em comemoração ao festival, e eu não quero estragar meu apetite com um petisco como você.

Ulrich Qvoc tocou o chapéu e deu passagem para que Strindnix entrasse primeiro no salão onde Sckhar aguardava.

Não era um salão do trono como os que se vê em reinos humanos. Muito maior e mais escuro, mal se podiam ver as paredes distantes, atrás de fileiras e mais fileiras de pilares que sustentavam o teto elevado. A iluminação era feita por tochas, o crepitar do fogo refletia e refletia e refletia em centenas de milhões de moedas de ouro. O que era vermelho fogo se tornava dourado pelo reluzir das moedas, e misturava-se também com o verde de esmeraldas e o alabastrino de diamantes. E deitado sobre coroas e taças e colares e obras de arte, em um leito de almofadas de seda e cercado por belas moças e rapazes, estava Sckhar. Em sua forma humanoide, assemelhava-se a um elfo de cabelos vermelhos, com uma cicatriz no olho esquerdo do ferimento que outrora lhe custara a visão. Relaxava na atmosfera esfumaçada, apreciando as várias montanhas de seu tesouro ancestral. Aquele era o salão do trono de um dragão.

— Pai, o menestrel está de volta — disse Strindnix com sua voz escamosa.

Sckhar permaneceu deitado, uma elfa de beleza sobrenatural sentada em seu colo. Direcionou os olhos para o recém-chegado, mas nem mesmo sua indolência evitou que Ulrich Qvoc se sentisse incinerado por dentro.

— Minha encomenda está completa, imagino — quando o monarca falou, as montanhas de ouro estremeceram. — Comece a declamar. E implore para que eu goste.

— Sim, Majestade — Ulrich Qvoc puxou a alça pela qual prendia o bandolim às costas e se preparou. — A obra que apresentarei foi criada com muita pesquisa e esmero. Trata-se de uma peça de teatro em ato único, com três personagens em cena. Devido ao sigilo do tema abordado, optei por apresentá-la sozinho hoje, em modo de leitura. Apenas confiarei o conteúdo desta composição a atores e figurinistas após vossa anuência.

Sckhar sorriu. Dispensou a elfa de seu colo e convidou Strindnix para sentar-se ao seu lado. Esperou até que sua cria mestiça acomodasse o corpo escamoso, e então ordenou:

— Prossiga.

O menestrel tocou um acorde em seu bandolim, apenas para criar expectativa.

— A peça se chama Princesa Guerreira Shivara, e o conteúdo é o que se segue.

"PRINCESA GUERREIRA SHIVARA"

Dramatis Personae
SHIVARA I, princesa herdeira de Trebuck
RECÉM-NASCIDO, filho de Shivara (sem ator)
ISABELA, sacerdotisa de Lena, a Deusa da Vida
SIR LEVI ALGHERULFF, cavaleiro da Ordem do Leão

Ato I, Cena I
O interior de uma masmorra abandonada, com paredes de pedra irregular. Alguns monstros derrotados jazem pelo chão. Uma arca do tesouro aberta revela moedas douradas em seu interior. SHIVARA deitada sobre um cobertor de viagem, trajando um vestido simples, cercada de peças de armadura recém-despidas. RECÉM-NASCIDO embrulhado no colo. ISABELA ao lado.

ISABELA   Louvada seja Lena! Que hoje nos abençoa
                 Com saudável criança, forte, corada e boa
                 Toda vida é bem-vinda, mesmo a inesperada
                 A princesa guerreira, de escudo e espada
                 Quem diria? É hoje mãe de viril rebento
                 Condenado à desonra desde seu nascimento
                 Filho de não se sabe quem. Portará o fardo:
                 Ser filho de Shivara, mas não mais que um bastardo
                 Porém, Lena não julga sangue ou ascendência
                 Despeja suas bênçãos e sua influência
                 Sobre o recém-nascido e a progenitora
                 Que terão uma estrada tão desafiadora
                 A deusa está conosco! Ela se faz presente
                 No leito improvisado desta parturiente
                 E ela deixa clara qual é sua vontade

Que a criança se crie, mesmo em dificuldade
Fidalgos se incomodem, em vil pequenez
Para multiplicarmos é que o mundo nos fez
Não importa o que nobres desprezíveis dirão
Shivara deu à luz a um robusto varão
Mãe e criança juntos haverão de enfrentar
Trebuck e sua corte...

SHIVARA A corte? Nem pensar!
O que está dizendo? Mas que péssima ideia!
Submeter meu menino à odiosa plateia
De vassalos babões e suas damas boçais
Que avaliam o filho ante o dote dos pais
Quê dirão de um infante de pai desconhecido,
Filho de uma princesa ainda sem marido?
Não é justo destino a um bebê indefeso:
Encontrará na corte não mais do que desprezo
Sendo eu a herdeira, pense bem, Isabela
Poderão até mesmo me tirar a tutela
Que os deuses me perdoem, para lá nós não vamos
Porém, fique tranquila, eu já tenho outros planos

ISABELA Mas que planos, Shivara? O que pretende fazer?

SHIVARA Criarei meu menino como me apetecer
Não visito a corte já há quase seis anos
Ausentar-me outros seis não causará mais danos
Não me faça essa cara, raciocine comigo
É ideia que se enquadra na vida que persigo
Sou princesa guerreira, nasci para a aventura
E meu filho haverá de herdar a bravura
Não viemos ao mundo para nos entregar
Aos melindres da corte, sua postura vulgar
Meu lugar é na estrada, aceitando missões
De salvar as donzelas e derrotar vilões

      Eu exploro masmorras há muito abandonadas
      Recupero tesouros e relíquias roubadas
      Enfrento monstros vis. Contemple minha sina:
      Sou mais do que princesa, eu sou uma heroína!
      Retornar para a corte significará morte
      Para minha ousadia. Nada que eu não suporte,
      Mas meu filho não quero que cresça atrás das grades
      Invisíveis impostas pelas grandes cidades
      Que ele ganhe o mundo, livre sua alma seja
      Para que vá em busca daquilo que deseja
      Um grande herói será, disso eu tenho certeza
      Ouvirá "obrigado" mais do que "Vossa Alteza"
      Mas, pra que isso aconteça, necessita um fator
      Que ele seja criado em ambiente de amor

ISABELA   Entendo o que pretende. Qual é o plano, afinal?

SHIVARA   Uma casa afastada, com um amplo quintal
      Será nosso refúgio a partir de agora
      Já tenho o lugar pronto, o meu plano vigora
      Criarei meu menino longe do azedume,
      Seguro e resguardado até que se acostume
      A brandir uma arma, combater inimigos
      Inibir os seus medos, enfrentar os perigos
      Jamais será aceito como rei, no entanto
      Tem futuro brilhante, isso eu mesma garanto
      Buscaremos missões, pegaremos a estrada
      Será meu companheiro de luta e cavalgada
      Mas só quando crescer. Por ora, eu o protejo
      Incógnitos, vivendo perto de um vilarejo

ISABELA   Agora compreendo, a ideia se faz clara
      Conte com minha ajuda. Vai precisar, Shivara
      Por mais forte que seja, não deve ir sozinha
      Está debilitada, deixe a arma na bainha

Eu irei escoltá-la ao longo da jornada
Tratarei dos perigos, você não fará nada
A não ser cuidar dele, atente-se ao bebê
É dever incumbido por Lena a você
Com certeza teremos ajuda de Levi
Veja só, o cavaleiro está chegando aqui

Entra Levi.

LEVI	Isabela, Shivara... Oh! O bebê nasceu!
	Deve ser bom presságio dos deuses, creio eu
SHIVARA	Finalmente, Levi! Que demora imensa!
	Nunca vi cavaleiro que ligeiro não vença
	Um grupo de goblins tão desorganizado
	Esqueceu como luta? Ou está adoentado?
LEVI	Antes fosse, Shivara. Melhor teria sido
	Cavaleiro da Ordem do Leão, sou ungido
	A mim são confiadas as mais nobres tarefas
	E também mais difíceis, desmedidas mazelas
	Logo que liquidei com os goblins selvagens
	Eis que surge um peão saído das folhagens
	Era um mensageiro do reino de seu pai
	Trazendo uma notícia que os sentidos trai
	Sobre ele assaltei, julgando-o impostor
	Mas o selo real comprovou seu valor
	E a mensagem que trouxe, lhe garanto Shivara
	Sofro porque agora sou eu mesmo a portá-la
SHIVARA	Diga logo, Levi! Nos revele a mensagem
	Antes que meu menino tenha idade pra pajem!
ISABELA	Shivara está cansada da parição recente
	É melhor esperar o descanso pendente
	Seja lá o que diz a notícia ruim

SHIVARA   Ah, faça-me o favor! Conte logo pra mim!

Levi se ajoelha.

LEVI   Desculpe-me, Isabela, o clero que entenda
Não posso obedecê-la na presente contenda
Devo seguir as ordens da princesa que aninha
Mas antes me corrijo: princesa não, rainha

SHIVARA   Rainha? O que houve? Meu pai se acidentou?
Tinha vigor de touro! O que o vitimou?

LEVI   Um ataque, o pior que este mundo já viu

SHIVARA   Mas o tempo é de paz! Quem que nos agrediu?

LEVI   Demônios, majestade, em corpos de inseto
Couraças quitinosas e muco abjeto
Recobrem suas patas peludas e anormais
São grandes como homens, são feras bestiais
Com pinças de lagostas, mortíferas pinçadas
Decepam pele e osso, destroem barricadas
Trucidaram plebeus, nobres e cavaleiros
Os que lutaram foram de fato os primeiros
Hordas proliferaram, tomaram a cidade
Aniquilando a todos sem qualquer piedade
Enquanto o céu profano tingiu-se de vermelho
Para espanto do rei e horror do conselho
A chuva desaguou, vermelha como sangue
Tornando a capital um lamaçal, um mangue
O sangue era erosivo, corroeu construções
Encontrando o povo escondido em porões
Corroeu pano e pele, derreteu até a morte
O valente, o covarde, o alquebrado, o forte
Esconderijo não havia que servisse

                A fúria violenta é implacável, me disse
                O infeliz mensageiro, morreu logo em seguida
                Sabendo que a mensagem estava recebida
                Sua mente, no entanto, julgo não estava sã
                Depois de ver de perto, a resistência vã
                Dos cidadãos do reino contra o terror profundo
                Pois essas criaturas vieram de outro mundo
                O perigo brutal que o reino experimenta
                Os plebeus nomearam: é o terror da Tormenta

SHIVARA   E meu pai? E meu pai?

LEVI   Está morto também
                Tendo erguido a espada contra os monstros do além
                Pereceu como herói, e agora a nação
                Precisa que você lidere a reação
                Contra os monstros profanos que enchem a cidade
                Temos que retomar, derrotar a maldade
                Recuperar a terra de nossos ancestrais
                Agora dominada por criaturas tais
                Trebuck está em pedaços, precisa de um regente
                Chegou a sua hora. Shivara, se apresente

SHIVARA   O que devo fazer? Que se espera de mim?

LEVI   Um exército, é claro! Este não é o fim
                Da glória de Trebuck. Muitos querem lutar!
                Falta o comandante a que irão se espelhar
                A princesa heroína é a herdeira ideal
                Mal esperam por tê-la como sua general
                É momento de ter responsabilidade
                Levante-se, rainha, e retome a cidade

SHIVARA   E o meu dever de mãe? Não posso liderar
                O exército do reino não é o meu lugar

                Eu não sou mais guerreira, por ora sou lactante
                Não posso me manter do meu filho distante
                É igualmente insensato levá-lo para a guerra
                Aqui mesmo a proposta de heroísmo se encerra
                Pois está decidido, não irei à batalha
                Por maior desafronta que a vingança me valha

ISABELA   Que a alma de seu pai não lhe ouça, Shivara
                A sua valentia ao rei sempre foi cara
                Para salvar o reino, ofereceu a vida
                Que Lena o perdoe! Ele agora convida
                A própria filha a fazer o que não conseguiu
                Retomar a cidade que indefesa caiu
                Não permita que em vão fique este sacrifício
                Vá você e proteja, crie um reinício
                Não permita que a morte se espalhe no reino
                Dê uso à valentia e aos anos de treino
                Demonstre que é líder, seu povo lhe implora
                Não há como esperar, é preciso ir agora

SHIVARA   Não há outro que possa guiá-los à vitória?
                Não é possível que eu seja a única notória
                Candidata a lidar com tal ameaça
                Deve haver algum líder que ao posto satisfaça
                Onde estão todos eles?

LEVI   Os leais jazem mortos
                Os covardes apinham as estradas e portos
                Ansiando partir, renegando a nação
                E, em fato, não posso lhes tirar a razão
                A ameaça se mostra descabida e vil
                Fogem do céu vermelho, procurando o anil
                Onde não sejam mortos por insetos gigantes
                Viram refugiados, apesar de arrogantes
                E quem não viraria? Não a julgo, Shivara

A sua lactação pelo menos a ampara
Então busque refúgio, só que não em Trebuck
Leve o bebê daqui, crie-o e o eduque
Certo dia será um valente rapaz
Que ele cresça em um ambiente de paz

ISABELA E lhe explique por que não há nem sepultura
Do avô que morreu ao cumprir uma jura

SHIVARA Se o rei morreu, me cabe seguir o seu legado
Por mais que meu desejo a mim seja negado
De acompanhar meu filho após o nascimento
Mas se nego o dever, jamais terei alento
Pois bem! Comandarei a massa militar
Contra essa ameaça que quer nos liquidar
Os homens marcharão à luz do céu vermelho
E eu irei à frente, seguindo o conselho
Dos companheiros que já me provaram antes
A sua sensatez em horas importantes
E quando o meu filho tiver certa idade
Olharei em seus olhos plena de dignidade
E contarei a história de valentia e luta
Quando sua mãe puérpera ergueu-se resoluta
Como audaz que é, que o risco afugenta
E salvou o seu povo dos monstros da Tormenta

ISABELA Agora sim eu ouço a voz de uma rainha
Já disse e repito: não estará sozinha
Aonde você for, conte comigo junto
Irei assessorá-la neste e qualquer assunto
Que Lena me oriente, banhe-me com seu brilho

SHIVARA Só resta definir onde deixar meu filho

LEVI	Se for de seu agrado, tenho uma sugestão
	Eu posso abrigá-lo na Ordem do Leão
	Levá-lo-ei comigo até a catedral
	Onde é estabelecido nosso poder central
	Os chefes e mentores irão tratá-lo bem
	Eu não confiaria seu filho a mais ninguém
	Depois de acomodá-lo, terei com meus iguais
	Cavaleiros da ordem, de virtudes as quais
	Serão de grande auxílio em sua empreitada
	Shivara, tenha em conta nossa tropa montada
SHIVARA	De todas as ideias, esta é a menos má
	Pois sei que mais seguro local pra ele não há
	Confiarei meu filho à sua proteção
	E das autoridades da Ordem do Leão
	Porém, prometa agora que findo o dessabor
	Da guerra, buscará do lar de seu tutor
	Meu filho e aos meus braços devolverá depressa
	Tão logo for seguro
LEVI	Pois é uma promessa!
	Derrotaremos juntos funesto antagonista
	E logo em seguida trarei à sua vista
	Seu filho devolvido aonde ele pertence
	Viver como se sonha: direito de quem vence
SHIVARA	Saiba disso, meu filho, não lhe digo adeus
	Em breve escutarei mais dos murmúrios seus
	Vamos nos reunir em momento propício
	Quando eu eliminar de Trebuck o suplício

Shivara entrega o bebê para Levi.

LEVI	Que nome deu a ele? É o momento, me diga

SHIVARA   Eu jamais escolhi com ele na barriga
               Escolha então você, e não! Não me revele
               É muito doloroso: maternidade impele
               Que eu procure por ele, porém não poderei
               Abandonar meus homens, pois general serei
               Espere até o fim da guerra e do rastilho
               E então conte pra mim o nome do meu filho

LEVI   Despeço-me, Shivara, de peito dividido
               Infeliz pelo fado do estado invadido
               E sentindo a culpa de tirar-lhe dos braços
               Filho recém-nascido que aparenta os seus traços
               Porém, por outro lado, a esperança me inflama
               Após ser testemunha de egrégio panorama
               No qual uma mãe se abstém de manter seu rebento
               Em nome da altivez que exige o momento
               Eu vou, logo regresso para o embate mortal
               Que livrará o reino deste terrível mal

Levi sai.

ISABELA   Vou me certificar que o bebê se conforte
               Na sela do cavalo que será seu transporte

Isabela sai.

SHIVARA   Perversa decisão que exige a circunstância!
               Apartar-me do filho e sofrer à distância
               Ou ignorar o caos que açoita minha gente
               E ser a desonrada monarca negligente?
               Espere, filho meu, que nos reuniremos
               O tempo inteiro, a vida! Pela frente teremos
               Logo que eu terminar esta guerra sangrenta
               Contra aquilo que chamam demônios da Tormenta.

E assim terminou a enunciação.

O eco do bandolim se espalhou pelas paredes distantes e foi diminuindo a cadência, até que morreu. Quando o menestrel terminou de recitar, Sckhar estava inclinado para frente com as mãos apoiadas nas pernas, como se pronto para levantar e dominar o mundo. E assim ficou. Alongou-se o instante de silêncio, e o Dragão-Rei permanecia imóvel como se fosse uma de suas muitas estátuas espalhadas pela cidade.

Após refletir por um momento, concluiu:

— Após esse momento de admirável bravura, Shivara liderou o exército de Trebuck contra a Tormenta na Batalha do Forte Amarid... e perdeu.

O menestrel assentiu:

— Exatamente. Ela nunca derrotou a Tormenta, e por isso nunca recuperou o filho.

Então os olhos do monarca relaxaram e ele deu um sorriso largo. Bateu palmas lentamente.

— Perfeito.

O peso das palmas ecoando nas montanhas de ouro foi abrandado pela risadinha melindrosa dos amantes que o cercavam. Strindnix acomodou melhor o couro escamoso nas almofadas de seda e deixou escapar uma névoa negra pelas ventas. Foi como se todos no salão suspirassem aliviados após prender a respiração por algum tempo.

Com as mãos macias de elfo, o Dragão-Rei acariciou as escamas de sua cria, que persistia em manter-se na forma reptiliana.

Então prosseguiu:

— Gosto da forma como Shivara é retratada cheia de desvios de conduta disfarçados de virtudes. Shivara, Shivara... — suspirou, ainda acariciando as escamas. — A humildade inadequada, a lealdade excessiva, a impaciência patológica, a total ignorância a respeito da Tormenta... Quem haveria de culpá-la? Naquela época ela era jovem e inconsequente, não era? Os humanos têm vida curta. Isso é bastante conveniente para quem precisa justificar uma desonra.

Ulrich Qvoc apenas concordou com a cabeça e nada disse. O Dragão-Rei não queria sua opinião. Falava consigo mesmo:

— A obra inspira condescendência, esta é a verdade. Exatamente o que preciso. Os dodecassílabos concedem gravidade ao acontecimento, enquanto as rimas emparelhadas facilitam para a audiência deglutir — Sckhar falou consigo mesmo, analisando a arte como experiente apreciador que era. Então coçou o queixo, emoldurando a malícia do sorriso. — Mas o real toque de gênio foi omitir o nome de Lothar Algherulff. Esperem por uma verdadeira manada de aventureiros curiosos e ingênuos investigando as pistas do órfão criado na Ordem do Leão. Algum deles haverá de encontrar o que procura. Descobrirá que o bastardo se tornou um dos grandes heróis de Arton. E, quando isso acontecer... — o rei voltou a relaxar em meio às almofadas — todos irão comemorar.

Mais risadinhas irromperam pelo salão de beldades. Elfos e elfas, humanos e humanas, um harém inteiro vestido em trajes reveladores. Talvez não entendessem o significado da peça teatral, mas riam mesmo assim, pois Sckhar estava de bom humor. Riam para agradá-lo.

— Agora vá para o Reinado, menestrel — decretou o monarca. — Transmita a letra para outros menestréis. Faça com que eles, e não você, encenem com atores. Que cantem em praças, que sussurrem em becos escuros e tavernas malcheirosas, para que a história do príncipe perdido se espalhe entre os plebeus menos letrados. Enfim, faça o seu trabalho: coloque suas palavras na boca do populacho. Faça com que acreditem. Faça com que queiram acreditar.

Um dos servos de Sckhar ocupou-se de passar às mãos de Ulrich Qvoc uma pesada bolsa de ouro, ao que ele agradeceu.

— Majestade — disse, ao se curvar e sair.

Atrás dele, Strindnix despediu-se de seu pai e soberano. Desceu a montanha de ouro e encontrou o menestrel novamente na antessala do trono. A porta se fechou atrás dos dois.

— Muito bem, menestrel. Seu talento salvou-o da morte desta vez. Dissemine os fatos da maneira esperada, e meu pai não terá motivos para mandar buscar a sua cabeça.

Pela primeira vez desde sua chegada a Sckharshantallas, Ulric Qvoc hesitou.

— Alteza, como já disse antes, minha criação foi feita a partir de minuciosa investigação.

— É o mínimo que espero.

— Porém, a obra difere em certo ponto do que realmente aconteceu. Especialmente no que diz respeito ao desejo de maternidade da rainha.

De repente, Strindnix tossiu. Então a tosse se converteu em riso. Por fim, jogou a cabeça para trás, em franca gargalhada. Enquanto ria, perdeu o controle da transmutação. Seu corpo diminuiu de tamanho, as asas fundiram-se às costas e as patas dianteiras converteram-se em mãos. Ao mesmo tempo, o couro escamoso desapareceu, dando lugar a pele clara e macia, coberta por tecidos nobres. Apenas os chifres de dragão permaneceram visíveis no topo de uma cabeça perfeitamente humana, num corpo perfeitamente humano. Um corpo feminino.

— Não se faça de ingênuo, menestrel. Sei que não o é.

Strindnix caminhou rumo a Ulric Qvoc com falsa despretensão. Enquanto se movia, alisava com as mãos o próprio ventre. Estava inchado, tornando visível a gravidez. Não faltava muito para que desse à luz a prole de Lothar Algherulff. E a Espada Cristalina, que brilhara nas mãos de todos os antepassados de Shivara e secretamente brilhara nas mãos de Lothar, haveria de um dia brilhar para o descendente do Dragão-Rei.

— Estamos escrevendo a história — disse a filha de Sckhar. — A verdade sobre os fatos será o que fizermos dela.

Dizendo isso, Strindnix correu com suas pernas humanoides em direção à abertura na parede que dava para o abismo lá fora. Atirou-se dali. Ulric Qvoc teve o ímpeto de correr atrás dela, mas estacou quando a meio-dragoa surgiu batendo as asas.

— Faça como lhe foi ordenado, menestrel. Nem pense em nos desapontar. Meu pai reserva o pior destino possível para os traidores.

Strindnix bateu as asas de alçou voo distante, deixando o menestrel para trás.

Ulric Qvoc sorriu. Conhecia a fúria do Dragão-Rei e não pretendia provocá-la. Além do mais, tinha sua própria reputação a zelar.

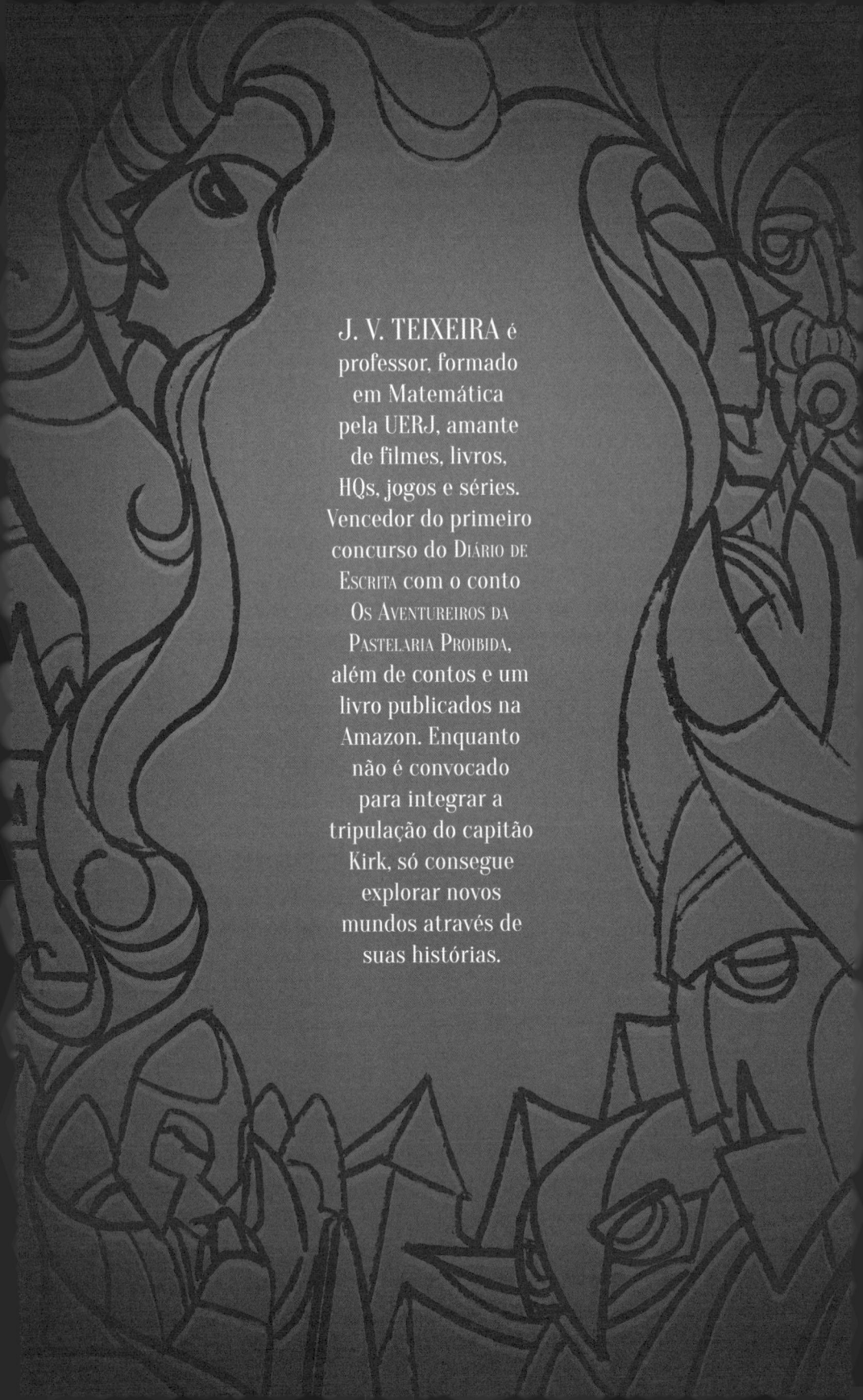

J. V. TEIXEIRA é professor, formado em Matemática pela UERJ, amante de filmes, livros, HQs, jogos e séries. Vencedor do primeiro concurso do Diário de Escrita com o conto Os Aventureiros da Pastelaria Proibida, além de contos e um livro publicados na Amazon. Enquanto não é convocado para integrar a tripulação do capitão Kirk, só consegue explorar novos mundos através de suas histórias.

SEGREDO DE IRMÃOS

J.V. TEIXEIRA
VENCEDOR DO CONCURSO

Ao entrar no quarto, o cheiro de sangue infestou as narinas do meio-orc, antes mesmo de avistar o humano gordo, careca e com um farto bigode ruivo.

— Minha Deusa, por que fizeste isso comigo? — o gordo tremia, os olhos marejados, encarando a cama. — Logo agora! Seria algum tipo de provação divina?

— A dona da estalagem me chamou — disse o que acabara de chegar, captando a atenção do outro, que se assustou ao encará-lo.

Um ser de pele cinza, dentes caninos proeminentes e orelhas pontudas era algo comum em Valkaria. Diversidade era o que não faltava na maior cidade do Reinado, por isso o espanto não se deu por conta da aparência, mas sim porque não era normal encontrar alguém assim dentro de uma estalagem tão cara, que apenas a nobreza costumava frequentar.

— Você é o Spad?

O meio-orc confirmou com a cabeça, enquanto caminhava pelo quarto.

— Aconteceu uma baita festa aqui essa noite, pelo visto — disse enquanto parava perto da cama e levava o chapéu ao peito, em sinal de respeito, ao ver a mulher morta com o punhal dourado cravado na barriga. — Isso pode dar mais trabalho do que pensei... — Spad coçou a cabeça antes de voltar com o chapéu para o lugar devido e ir conferir a mesa de centro. — Isso aqui é vinho e achbuld? Bebidas, drogas e uma defunta, isso daria uma bela matéria para a Gazeta do Reinado, sabia?

— Pela Deusa, isso não! A dona da estalagem garantiu que você resolveria essa situação de forma discreta — o gordo tirou um lenço do bolso. — Você não precisa saber os detalhes, mas um escândalo assim pode acabar com minha carreira! — E então enxugou os olhos e a testa suada.

"Assim é a burguesia", pensou Spad. — Não se preocupe, senhor Richard...

— Não me lembro de ter falado meu nome — o outro interrompeu.

— Minha organização e eu precisamos saber o que acontece nessa cidade, por isso sabemos seu nome. Temos conhecimento, inclusive, de que você está sendo cotado para ser o novo Lorde da Justiça, o cargo máximo na hierarquia da milícia de Valkaria. Entendemos que essa situação poderia acabar com suas chances, mas fique tranquilo, daremos um jeito em tudo. Será o melhor para ambas as partes.

O homem de bigode ruivo encarou o chão, percebendo o que estava acontecendo.

— Pode contar sempre conosco, senhor Richard. Só espero que se lembre do dia de hoje no futuro, quando eu ou um dos meus associados o procurarmos em busca de ajuda.

Não se tratava apenas de pagar uma gorda quantia para resolver aquela confusão, como Richard pensara; ele agora estava devendo um favor para uma irmandade criminosa.

— Vocês terão minha eterna gratidão... — continuou encarando o chão.

— Me alegro em saber que estamos nos entendendo — Spad estendeu a mão.

— Posso saber qual irmandade representa? — O humano apertou a mão do meio-orc, formalizando o acordo.

— É melhor não.

— Mas como vou saber caso um de vocês venha até mim?

— Acredite, você saberá.

Spad conduziu o humano até a saída do quarto, garantindo que antes da metade do dia tudo estaria resolvido.

"Os novos ricos de Valkaria são previsíveis, sempre fazendo de tudo para manter as aparências", pensou o meio-orc, observando Richard descer as escadas.

— No fim, meu plano funcionou, Nikolai — horas depois, Spad estava a sós com o superior, no bar do Cassino Maltês, terminando de reportar o ocorrido. — Nosso futuro Lorde da Justiça entendeu o recado.

— E os funcionários do hotel, algum problema? — Nikolai apanhou uma ânfora de vinho sobre o balcão. — Aceita um gole?

O meio-orc recusou, antes de continuar:

— Não precisa se preocupar, inclusive pediram para avisar que estarão à disposição, caso você precise.

Nikolai encheu uma caneca e bebeu.

— Você tem coragem, sabia? Me chama pelo nome, me chama de "você". Não demonstra o devido respeito que um subordinado deve a um superior.

— Me perdoe, vossa excelência — o meio-orc fez questão de ressaltar o tom de deboche. — Pensei que nosso histórico juntos permitia pelo menos isso, não acha?

Nikolai sorriu, enchendo o caneco outra vez.

— Vamos lá, termine a história. Que fim levou sua garota depois disso?

— Talita não é minha garota.

— Claro, você vive grudado nela, arruma meios para ela descolar uma grana, mas mesmo assim não é sua garota — Nikolai mantinha o sorriso no rosto. — É só amizade... Diga logo, já a trouxe de volta à vida?

— Sim, cobrei um favor ao clérigo do santuário perto da Favela dos Goblins e ele cuidou disso. Mandei ela sair da cidade por uns tempos. Seria difícil de acontecer, mas preferi não arriscar Richard a esbarrar com ela pelas ruas, mesmo por uma infelicidade do destino.

— Por que não aproveita e sai da cidade por uns tempos também? Tente curtir a vida um pouco, parar de viver só para enriquecer nosso chefe.

— Cuidado com o que fala, o líder não gostaria de ouvir isso.

— Só estou dizendo a verdade. Nós dois entramos praticamente juntos na Companhia dos Irmãos, mas você continua sendo um mero Caçula, mesmo após todos esses anos.

Caçula era o posto mais baixo da irmandade. Acima dele estava o Irmão do Meio, posto que Nikolai detinha.

— Sou Caçula por escolha e você sabe disso. Não quero me preocupar com ninguém além de mim. Você tem homens sob seu comando e áreas para se responsabilizar... Já pensou, ter que administrar um cassino? Lidar com tanto dinheiro, tomar cuidado com ladrões... Isso é uma dor de cabeça que não quero para mim, é muita coisa para um meio-orc tão limitado como eu.

— Só quem não te conhece pra cair nesse papo de falta de inteligência. Passamos por muita confusão juntos, sei do seu potencial.

Spad se levantou e pegou o chapéu do balcão.

— Tem algo mais que queira saber?

— Creio que não.

— Então, se me dá licença — o meio-orc se dirigiu à porta. — Tenho um encontro marcado numa taverna vagabunda na Baixa Vila de Lena. Quero encher a cara até amanhã. Só não te convido porque sei que você nunca pode.

— Tenho assuntos da irmandade para resolver.

O meio-orc gargalhou.

— E ainda quer me convencer a deixar de ser um Caçula? Você não pode nem beber a hora que quer, acha que isso é vida?

Spad conteve a gargalhada ao notar que Nikolai ficara sério e pensativo, os olhos fixos no caneco de vinho.

— Antes que vá embora, tenho um pedido — disse o superior.

— Diga.

— Não comente sobre Richard com ninguém. Ele representa uma excelente vantagem para a irmandade, mas vamos manter só entre a gente, por enquanto.

— Ainda suspeita de um espião entre nós? Por que não comunica isso para a alta cúpula e se livra logo desse problema?

— É uma acusação grave, preciso de provas concretas. Aquele inspetor, Alex, sempre esteve na nossa cola, mas prender três dos nossos em um espaço tão curto de tempo não é normal. Se estiver disposto a me ajudar...

— Se isso for uma ordem direta, sou obrigado a obedecer, mas se for apenas um pedido como amigo, minha única vontade é esquecer tudo isso e beber.

— É um pedido.

O meio-orc encarou Nikolai nos olhos.

— Sei que vou me arrepender disso, mas reúna toda informação que tiver sobre esse suposto espião. Vou analisar, mas não hoje. Já trabalhei muito e você mesmo disse que preciso "aproveitar a vida um pouco". Muito obrigado por me dar a desculpa que eu precisava para sair daqui.

— Tudo vira desculpa para você beber — Nikolai observou o amigo caminhar em direção à saída. — E, só para você saber, posso beber a hora que quiser! — Levantou a ânfora de vinho. — Estou fazendo isso agora!

PELA PUREZA DE ARTON

A frase estava pintada no muro. Spad tomou alguns minutos para observá-la, refletindo como palavras de ódio como aquelas tomavam conta da cidade, se mesclando a várias outras pichações espalhadas pelas ruas.

"Em momentos de guerra as pessoas revelam quem são de verdade", pensou. "Palavras de ódio, ataques traiçoeiros a não humanos... Valkaria está mudando. O Exército Purista contra o Reinado, é assim que a Gazeta divide os lados dessa guerra... É engraçado, numa escala menor, o submundo de Valkaria já passava por uma divisão parecida. A Companhia dos Irmãos aceita todas as raças nas suas fileiras enquanto a Casa Blasanov é formada apenas por imigrantes da Supremacia Purista..."

Spad foi tirado dos pensamentos com um empurrão que o desequilibrou, fazendo-o cair numa viela lateral. Ainda no chão, tentou encontrar o autor do ataque, mas foi em vão. Não sabia se era um ataque pessoal, um ladrão em busca de alguns trocados ou um entusiasta do Exército Purista querendo "limpar" a cidade.

Um barulho suspeito o fez se levantar num salto e se virar para olhar, descobrindo uma parede onde antes havia uma passagem.

— Que merda é essa? — perguntou para ninguém em especial, sacando as duas adagas que levava no cinto.

O som continuou e mais paredes surgiram, agora nas laterais, formando um longo corredor de concreto. Sendo o único destino possível, ele caminhou em frente, até se deparar com uma mulher de olhos estreitos e cabelos negros longos andando pela parede.

Preferindo atacar primeiro e perguntar depois, Spad arremessou uma das adagas, mas, ao erguer a mão, a mulher moveu uma parede de concreto, obstruindo o caminho da arma e, com outro gesto, fez tremer o chão sob os pés dele. Spad se preparava para esquivar do possível ataque quando o apito da milícia da cidade soou, desconcentrando a mulher e fazendo a rua voltar, aos poucos, ao normal.

"Essa mulher tem muito o que explicar!", pensou, vendo-a despencar em direção ao solo, seus pensamentos interrompidos por um grito.

— O que está acontecendo aqui?

O berro vinha de trás. O meio-orc se virou para conferir se era um dos seus contatos na milícia corrupta da cidade, mas sua visão foi obstruída por curiosos, parados, encarando a rua na tentativa de descobrir o que acontecera.

— Droga! — Spad praguejou ao se voltar para frente e perceber que a mulher sumira.

O apito soou novamente.

— Parado, meliante!

Spad ignorou o comando e correu, virando na próxima esquina. Sua intenção era virar mais outra quando escutou uma voz esganiçada, chamando-o:

— Ei, por aqui!

○

Certa vez Spad recebeu como missão acabar com uma criatura conhecida como Limo do Esgoto. Para realizar o objetivo, contou com a ajuda de um grupo de goblins, sem imaginar que eles pertenciam ao Centésimo Distrito, uma organização formada por moradores da Favela dos Goblins.

Spad manteve contato após esse incidente, realizando outros trabalhos em conjunto. Se o líder da Companhia dos Irmãos suspeitasse, o meio-orc provavelmente seria executado, uma vez que as duas organizações entravam em conflito ocasionalmente. Mesmo sabendo dos riscos, Spad acreditava na importância de ter contatos em todas as esferas, afinal não sabia quando seriam necessários.

Essa era uma das vantagens de ser um mero Caçula e não chamar atenção.

Durante o confronto com o Limo do Esgoto, o meio-orc descobriu que goblins eram ótimos inventores, por mais que a engenharia louca deles nem sempre funcionasse conforme o previsto, e que abaixo da cidade havia uma rede de túneis que apenas eles sabiam como se locomover por lá sem se perder.

— Fica tranquilo, Spad, aqui nos túneis aquele milico nunca vai te encontrar, Spad! — disse Mard, uma goblin de voz esganiçada, que guiava o meio-orc pelos túneis. — Quando ficamos sabendo que estavam oferecendo dinheiro pela sua cabeça, Spad, achamos melhor nos dividir e te procurar, Spad, pra tentar ajudar!

— Quem quer a minha cabeça, Mard?

— A gente não sabe, Spad, mas fica tranquilo que vamos descobrir, Spad!

"Então é um ataque pessoal...", pensou.

— Falta muito pra chegar na minha casa?

— Já, já a gente chega, Spad! É só alcançar o fim desse túnel Spad, mas você tem certeza que não prefere sair da cidade logo sem passar por lá, Spad?!

— Não posso sair dessa cidade de mãos vazias. Prefiro correr o risco.

A rede de túneis desembocava no esgoto da cidade. Spad convenceu a goblin a esperá-lo lá, pois seria mais fácil fugir sozinho caso surgisse algum problema. Ela concordou a contragosto, com a condição que ele levasse a arma dela.

— Isso vai proteger você, Spad!

Mard entregou o que parecia uma pistola montada com sucata. Ele achou prudente escondê-la por baixo da camisa antes de seguir para o quarto onde morava, na Taverna do Falcão.

Chegando aos fundos da taverna, ele utilizou os sulcos que fizera na parede para facilitar a escalada até a janela e olhou para o interior do quarto. Estava escuro e ele agradeceu aos deuses por ser um meio-orc, pois graças a isso conseguia ver perfeitamente na ausência de luz. Reparou em alguém encolhido, escondendo-se perto da cama, encarando a porta.

Como o baú estava intacto, ele deduziu que a pessoa não era apenas um ladrão, mas alguém que almejava o prêmio pela sua cabeça.

Abrindo a janela sem fazer barulho, Spad adentrou o recinto, sacando a arma que Mard lhe dera.

— Quem é você? — perguntou, mirando o invasor, mesmo sem ter certeza se a arma funcionaria.

— Spad, é você? Graças à Deusa! — Disse uma voz feminina que ele conhecia bem.

— Puta merda! Você ainda está na cidade, Talita?! Esse foi um péssimo momento para me desobedecer — o meio-orc falou, guardando a arma.

— Spad, eu...

— Não temos tempo pra conversa — ele abriu o baú e tirou algumas roupas dele. — Estão me caçando, preciso deixar Valkaria por um tempo.

— Spad...

— Você vem comigo, não quero me preocupar com o que Richard pode fazer caso descubra que está viva. — Quando terminou com as roupas, ele removeu o fundo falso do baú, revelando sacos de tibares de ouro.

— Spad! — Ela gritou e só então ele percebeu que Talita chorava.

— Olha, me desculpe se te assustei — ele a abraçou para confortá-la. — Mas temos que sair daqui o mais rápido possível.

O choro se intensificou.

— Estou com medo Spad, tentaram me matar quando eu saía da cidade. Não sabia para onde ir, por isso corri pra cá! A dona da taverna me reconheceu e me deixou entrar.

Spad fez o possível para digerir a informação. Se alguém tinha tentado matá-la, então essa confusão envolvia os dois. Sabendo daquilo, a lista de possíveis culpados diminuía bastante, mas devido à proximidade dos acontecimentos, o responsável só podia ser...

— Richard descobriu a armação e agora quer se vingar — ela disse, confirmando as suspeitas de Spad.

— Merda! Só permiti que você participasse disso porque não imaginava que algo assim pudesse acontecer...

— Eu sei, Spad.

O meio-orc apanhou os sacos de moedas e colocou-os dentro de uma bolsa, exceto por um, que atirou para Talita.

— Guarde isso, pra ajudar nas despesas. Vou te deixar num lugar seguro antes de avisar ao Nikolai o que está acontecendo.

— Pensei que a gente fugiria juntos.

— Não se preocupe, eu vou te proteger. Confie em mim, uma amiga vai nos ajudar.

Os dois correm em direção ao esgoto onde Mard esperava. As ruas parcialmente vazias por conta da noite facilitavam a movimentação, mas também os deixavam expostos.

— Já estamos chegan... Merda! — Spad parou bruscamente, protegendo Talita com o corpo. — Fique atrás de mim.

Surgindo do chão como se fosse do próprio mar, a mulher que atacara antes o meio-orc apareceu.

— Quando eu mandar, você corre, Talita! Vou tentar detê-la o máximo que puder. — Spad sacou uma adaga e levou a outra mão até a arma de Mard, torcendo para que ela realmente funcionasse.

— Adaga de novo? — zombou a mulher. — Pensei que tivesse aprendido da última vez, mas parece que não capta muito bem as coisas...

Então Spad sentiu que alguém o agarrava.

— O que você está fazendo? Me solta!

— Desculpe, era o único jeito — pela voz de Talita, o meio-orc percebeu que ela chorava. — Tive que fazer uma escolha. Faça o que tiver que fazer, não se preocupe, sem ressentimentos.

A mulher de olhos estreitos movimentou as mãos, fazendo o concreto da rua à sua frente subir e se contorcer, formando um cone pontiagudo, que foi lançado em direção à dupla. Spad cravou a adaga na perna da amiga, que gritou de dor, e se soltou, pulando para o lado. Caído no chão, sacou a arma enquanto via o cone de concreto atravessar o corpo de Talita. O meio-orc apertou o gatilho e sentiu a pistola esquentar ao mesmo tempo que fazia um zunido estranho, até a rajada elétrica ser disparada. Com outro gesto das mãos, a mulher fez o chão subir e formar uma proteção à sua frente, que ao se chocar com o disparo, gerou uma grande explosão, fazendo uma fumaça branca e espessa tomar conta do local.

O meio-orc jogou a arma, assustado com o estrago, e recuperou a adaga presa na perna da amiga.

"Devia ter me falado a verdade, eu teria encontrado uma solução melhor...", pensou vendo o corpo de Talita estendido no chão.

Quando a fumaça enfim se dissipou, revelou uma cratera onde antes estivera a mulher. Parte dos prédios em volta também foram destruídos com o impacto.

Curiosos já se amontoavam para descobrir o motivo da explosão e era possível ouvir ao longe o apito da milícia. Spad pegou o saco de dinheiro preso ao corpo de Talita e jogou para o alto, gerando uma confusão com os transeuntes ao redor, afoitos para apanharem algumas moedas de ouro.

"Isso vai atrasar a milícia", pensou o meio-orc antes de correr em direção a Mard. "Agora é hora de dar um fim nisso, de uma vez por todas".

◉

— Não importa o que aconteceu, Spad, vocês têm uma história juntos, precisa garantir que ela parta em paz, Spad — Mard disse, enquanto guiava o Caçula pelos túneis até a casa de Richard. A goblin garantiu ao meio-orc que daria um jeito de recuperar o corpo de Talita depois, sabia como ela era importante para ele.

Chegando ao destino, Mard aceitou servir como distração para atrair os seguranças e fazê-los saírem do seu posto. Spad esperou até a goblin passar correndo, seguida por alguns homens, para então seguir ao casebre de madeira. Usou as habilidades que aprendera na época que vivia nas ruas para abrir a porta. O casebre não era mobiliado, havia apenas mais uma porta dentro do cômodo, na parede oposta. Quando Spad a abriu, uma forte luz roxa ofuscou seus olhos.

"Odeio teletransportes", pensou, antes de atravessar a luz, indo parar num campo gramado de frente para uma pequena, porém luxuosa, casa de dois andares. Passado o enjoo da travessia, fez uso de suas habilidades para entrar no lugar.

Atravessando silenciosamente o térreo, viu apenas dois empregados sentados na sala. Quando passou por trás deles, escutou parte da conversa:

— Cada dia esse homem está com uma mulher diferente... Dinheiro para nos dar um aumento ou contratar ajudantes ele não tem, mas para isso não falta.

— Se nem a mulher dele se preocupa, não é a gente que vai — respondeu o outro. — Pelo menos dessa vez ele esperou a esposa e o filho viajarem.

"O típico cidadão de bem de Valkaria", Spad pensou.

Richard não estava no andar inferior, então Spad subiu para o segundo e, pelo som, encontrou o que procurava. O meio-orc não tinha pressa, por isso se escondeu atrás de um armário no corredor e esperou.

"Curioso. Nós da Companhia dos Irmãos somos vistos pelas autoridades como criminosos, mas, apesar de tudo, ajudamos os necessitados, protegendo as áreas que dominamos. Até mesmo durante as Guerras Táuricas, os nobres se preocuparam apenas consigo, enquanto nós garantimos a segurança do povo. Mesmo assim, somos os vilões da cidade." Spad notou que os sons tinham cessado, sinal de que a mulher sairia em breve. "Enquanto isso, um candidato a Lorde da Justiça gasta seu tempo com drogas e sexo e é visto como o salvador de Valkaria!"

A porta do quarto enfim se abriu e a mulher saiu, dizendo:

— Sempre que precisar, senhor Richard, estarei à disposição.

O homem deu um beijo de despedida e a mulher desceu as escadas. Spad esperou um pouco até bater na porta.

— Esqueceu algo, querida? — perguntou Richard antes de se assustar ao abrir a porta e se deparar com o meio-orc.

— Espero que tenha aproveitado sua última noite — disse, desferindo um soco, derrubando o humano no chão.

— Pela Deusa, mas que selvageria é essa?! — Richard gritou, limpando o sangue do nariz com a palma da mão.

— É bom continuar aí até eu terminar. — Spad fechou a porta.

— Mas o que eu fiz? — o humano baixou o tom de voz, observando o meio-orc arrastar um móvel até a porta para garantir que não seriam interrompidos.

— Não se finja de desentendido — acusou, desferindo mais um soco.

— Você precisa acreditar em mim, só fiz o que vocês mandaram! — Richard tentou se explicar, o desespero evidente em sua voz, enquanto o nariz sangrava ainda mais.

Spad percebeu a calça do seu anfitrião molhar e pensou a respeito. O local não tinha segurança, Richard estava relaxado, despreocupado... Se ele fosse o mandante daquela confusão, teria tomado medidas para se proteger. Ninguém é louco para ir contra um membro da Companhia dos Irmãos, se não tiver garantias de que sairá vivo depois. Ao investigar a vida de Richard antes de iniciar o plano com Nikolai para incriminá-lo, constatou que ele era uma ótima vítima: havia subido na vida há pouco tempo, e, ao tentar acompanhar o padrão da verdadeira nobreza, gastara toda sua pequena fortuna. Se tornar Lorde da Justiça era um modo de manter o status.

As batidas na porta trouxeram Spad de volta para o mundo real.

— Senhor Richard, o que está acontecendo? Escutamos seus gritos, abra a porta, por favor! — Spad reconheceu a voz de um dos criados.

— Mande saírem daqui para conversarmos de forma civilizada — sussurrou Spad. — Vou te dar a chance de se explicar.

— Não é nada... — Richard gritou, ainda com medo no olhar. — Só sofri um pequeno acidente, nada mais.

— Mas, senhor — o criado insistia. — Não seria melhor...

— Já disse que não foi nada! Me deixem em paz!

Primeiro imperou o silêncio, até enfim ouvirem os sons de passos se afastando.

— Posso saber o que acha que fiz para ser tratado assim?

— Fui informado que você encomendou minha morte.

Richard parecia estupefato com a informação. Ele apanhou seu lenço do bolso para limpar o suor que brotava aos montes da testa.

— Eu jamais seria capaz de fazer algo que colocaria nossa amizade em risco! Temos um bom acordo, podemos fazer ótimas trocas, tendo em vista minha futura posição na cidade.

O choque pela morte de Talita nublara o raciocínio de Spad, levando-o a cometer um erro básico: colocar a emoção acima da razão. Richard não era do tipo que arriscaria o próprio pescoço em uma vingança fútil, que não lhe traria nenhuma vantagem.

— Digamos que esteja falando a verdade — disse o meio-orc. — Se não foi você, então quem foi? Quem tentaria incriminá-lo?

— Não seria um concorrente de cargo, para me tirar do caminho?

— Acho difícil, nenhum deles seria louco de se colocar contra a irmandade dessa forma, tão abertamente...

— Assim como eu não seria louco também! Por favor, você precisa acreditar em mim, eu não tenho nada com isso! Jamais faria algo contra qualquer membro da família Blasanov!

— Como é?

— Quando seu companheiro veio mais cedo, me prometeu muitas regalias financeiras se eu ajudasse, cuidando dos trâmites legais para garantir apoio à Supremacia Purista caso a guerra chegue às ruas da cidade. Então por que eu colocaria o plano em risco? Você adentrou a minha propriedade e pôde confirmar, mesmo sendo mais rico que a maioria, estou muito longe da nobreza de Valkaria. Você acha que eu quero ser Lorde da Justiça? Que me importo com a população a esse ponto? Claro que não, só quero ganhar status, é o único modo de sobreviver nessa cidade!

"No que eu fui me meter?", Spad pensou, levantando o chapéu com uma mão e coçando a cabeça com a outra.

— Esse homem que te fez uma visita, ele se apresentou como?

— Ele disse que o nome dele era "Ni alguma coisa"...
— Nikolai?
— Isso mesmo!
— Merda...

— Spad! — disse Nikolai. — Não esperava te ver aqui a essa hora da madrugada!

Nikolai estava sentado numa cadeira acolchoada enquanto Spad permaneceu de pé, encarando-o nos olhos.

Chegar até ali não tinha sido difícil para o meio-orc. Richard ofereceu ajuda, mas Spad recusou, preferindo seguir apenas com Mard pelos túneis da cidade até o cassino. Como tinha livre acesso ao local, seguiu até o escritório do amigo sem nenhum problema.

— Precisamos conversar — o meio-orc falou de pronto.

— Não dava para esperar?

— Não. Prezo muito nossa amizade, o que passamos juntos... Odiaria pensar que tudo não passou de encenação.

— Do que está falando? — Nikolai se levantou, deu a volta na mesa e foi até o meio-orc. — Não estou no clima para brincadeiras idiotas a essa hora.

— Richard revelou parte de um plano supostamente seu e eu completei as lacunas que faltavam.

— Mais uma vez, do que está falando?

— Você não queria que ninguém soubesse da armação com o futuro Lorde da Justiça. Queria usar isso como uma vantagem para família Blasanov durante a guerra! Inventou a história do espião infiltrado para tentar me enganar e me fazer embarcar na sua traição sem perceber. Aí entra a pergunta principal: você nos trairia dessa forma? Logo você? Depois de todos esses anos?!

— Que merda é essa?! Tá maluco?!

— Eu que tenho que duvidar da sua sanidade. Você foi expulso de Yuden, veio parar aqui sem nada e mesmo assim ainda ajuda seu reino de origem? Ou você inventou essa história de expulsão e sempre foi um espião? Será que você tentaria me matar, mesmo depois de tudo que vivemos? Um purista aceitaria trabalhar com um meio-orc por tanto tempo, sem revelar quem realmente é?

— Não sei que tipo de porcaria você bebeu ou usou, mas certamente não está bem da cabeça! Que loucura é essa de família Blasanov? Eu, um infiltrado? Quero que os puristas queimem, de preferência comigo tacando fogo! Você acha que tenho tempo pra me importar com uma guerra entre reinos? Já vivo uma guerra diária nas ruas, pessoas dependem de mim, você realmente acha que eu...

A frase ficou sem final quando a porta foi arrombada e uma mulher vestindo as roupas da irmandade e portando uma pistola atirou no peito de Nikolai. O reflexo fez Spad pular a mesa, protegendo-se atrás dela.

— Fique tranquilo. Daqui a pouco essa sala estará cheia de gente e eu preciso explicar o que você vai dizer. Para te deixar a vontade, vou largar a arma.

Spad espiou para ver se era seguro sair após escutar o som do impacto no chão. A mulher estava com os braços levantados, em sinal de paz.

— Precisava dele vivo para descobrir o que ele sabia... — disse o meio-orc, após ir até o corpo de Nikolai e verificar que estava mesmo morto. — Quem é você?!

— Não se preocupe — Spad se assustou ao assistir à mulher mudar de forma. — Vou testemunhar que você atirou em legítima defesa. — No seu lugar, agora estava a mesma mulher que tentara matá-lo anteriormente. — Eu gosto de você, Spad, de verdade, é um dos poucos nessa cidade que nos vê como seres vivos e não como uma praga. Você entende a nossa causa. Precisamos ser ouvidos, mas nossa voz parece não ser alta o suficiente, por isso decidimos pegar a sua emprestada. Em nenhum momento o objetivo foi te matar, era tudo fingimento. Vejo que essa forma não o deixa confortável, talvez prefira... — a mulher se transformou mais uma vez e no seu lugar apareceu uma goblin que Spad conhecia bem, Mard — ...essa. Tudo que a gente quer é ter voz nessa cidade, os goblins fazem parte de Valkaria, a Favela dos Goblins merece ser ouvida! E o Centésimo Distrito vai garantir isso!

Spad confirmou o que já suspeitava: era apenas um peão num jogo complexo.

— Esse plano não tem sentido. Vocês estão superestimando minha influência, sou só um simples Caçula.

— Até hoje, talvez. Não percebe o que acabou de acontecer? Você acaba de matar um infiltrado e existem duas testemunhas, eu e Richard. Além disso, quando você relatar o ocorrido ao seu líder ainda poderá dizer que agora tem um candidato a Lorde da Justiça trabalhando para vocês.

— O que te faz acreditar que vou colaborar?

— Só existem duas possibilidades: ou você aceita ou morre. Se falar a verdade para seu líder, terá que revelar que já trabalhou com o Centésimo Distrito antes e tentar provar que não foi você que matou Nikolai.

Spad apanhou a arma do chão e tentou atirar na mulher, mas descobriu que estava sem munição.

— Por favor, Spad, não seja ridículo, acha mesmo que eu cometeria um erro desses? Nós nos preparamos, pensamos em todas as possíveis ramificações do evento de hoje. Aceite. Ou você acha que Talita estava te esperando no quarto, por acaso? Ela estava lá para o caso de você não acatar o meu conselho de sair da cidade de uma vez. Sabe o miliciano que interrompeu nosso primeiro combate? Foi contratado por um dos nossos agentes. E a arma que eu te dei? Unicamente para a encenação, ou você pensa que ela seria capaz de realizar aquela explosão? Era só para você pensar que conseguiu vingar a morte da Talita antes de ir atrás do homem que induzimos sua garota a acreditar ser o culpado por tudo.

— O que vocês ofereceram para ela em troca? — o meio-orc jogou a arma no chão.

— Essa é a parte engraçada, o acordo foi simples. Parece que, no fim, ela realmente gostava de você, Spad. Bastou um pouco de terror, falar que se ela revelasse a verdade nós iríamos matar não só ela, como você também, e ela aceitou nos ajudar.

"No que eu acabei metendo você", Spad tirou o chapéu e coçou a cabeça ao pensar em Talita.

— Se tivesse saído da cidade como sugeri, eu poderia assumir o seu lugar — a goblin se transformou em um meio-orc. — Não estou igual a você, mas será que alguém repara em detalhes nos seres da sua raça? As pessoas não reparam nem nos humanos.

Mard mudou de forma mais uma vez, transformando-se na gerente do hotel onde todo o caso começou, surpreendendo ainda mais Spad.

— Estou lhe oferecendo uma oportunidade, e de bom grado, isso precisa ficar claro. Não sei se vai servir de motivação para você, tendo em vista os últimos acontecimentos, mas não se esqueça de que o corpo de Talita está comigo. Sou uma pessoa de contatos, conheço um certo clérigo que você também conhece, talvez possa até trazê-la de volta à vida, se for sua vontade. Entenda como um prêmio de consolação. Nós iríamos liberá-la para ir até você depois, caso tivesse concordado em sumir de vez da cidade. Então, se quiser culpar alguém, culpe você mesmo.

— E Nikolai, vai trazê-lo de volta também?

— Ele não pode mais dar as caras de jeito algum. É melhor evitar riscos. Vamos dar um jeito no corpo.

Passos se aproximavam. Mard se transformou mais uma vez, voltado a ser a humana que atirou em Nikolai. Os dois esperaram em silêncio até os seguranças do cassino chegarem.

◉

— É melhor sair da cidade, mano — disse o meio-elfo, dentro de um quarto numa taverna na Baixa Vila de Lena. — A situação saiu do nosso controle, os riscos são altos agora.

— Eles sempre foram altos, Alex, se acalme — Spad respondeu. — Pensei que um investigador da milícia de Valkaria fosse mais corajoso.

— Coragem é uma coisa, idiotice é outra. Parece que você não tem ideia do que está acontecendo… Você está mentindo para um candidato a Lorde da Justiça, fingindo ser da família Blasanov! Se descobrem, seja os Blasanov ou a Companhia dos Irmãos, vão querer sua cabeça!

— Quanto a isso, fique tranquilo. Mard me quer vivo, sou importante para o Centésimo Distrito, ela vai garantir minha segurança. Falando nela, tem ideia do que ela é?

— Eu preciso desistir de tentar colocar juízo nessa sua cabeça, sabia? — o meio-elfo bufou. — Mard? Pelo que me contou, ela deve ser uma Espírito da Cidade. Conhece esse tipo de feiticeiro?

Spad negou com a cabeça.

— De forma resumida, são feiticeiros que sugam energia das cidades. Dizem que alguns são tão poderosos que conseguem se transformar em qualquer raça que viva na região de onde pegam seus poderes. Deve ser esse o caso dela. O que nos leva à pergunta...

— ...se Mard é realmente uma goblin feiticeira que está lutando pela causa do Centésimo Distrito ou se ela pertence a outra raça e está se passando por uma goblin para usar os moradores da favela por outro motivo.

Spad levantou da mesa, tirou o chapéu e coçou a cabeça. Caminhando de um lado para o outro, retomou a palavra:

— Ela está me usando para descobrir segredos da Companhia dos Irmãos e para manipular Richard. Como se meus problemas não fossem suficientes, fui promovido a Irmão do Meio depois que a posição de Nikolai ficou vaga. Preciso jogar o jogo deles até encontrar o local onde estão mantendo Talita presa.

— Tem certeza de que ela está viva?

— Sim, me deixaram falar com ela. Mard me garantiu que enquanto eu colaborar ela não sofrerá nenhum mal.

— Compreendo... Vou ver com os meus contatos. Quer fazer o favor de parar de andar de um lado para o outro? Já estou ficando tonto só de tentar te acompanhar!

Spad voltou para a cadeira e largou o chapéu sobre a mesa.

— Pronto, pronto — o meio-orc disse. — Já pode parar de reclamar.

— Como eu dizia: vou falar com meus contatos para descobrir o que eles sabem.

— E eu vou tentar conversar com meus subordinados sobre isso. Talvez algum deles tenha ouvido algo pelas ruas.

— Seus subordinados... É engraçado ouvir isso de alguém que nunca desejou ser nada além de um mero Caçula.

— Eu era um Caçula porque pensava que assim não chamaria atenção, mas Nikolai mostrou que não era bem assim. Ele suspeitava de um espião na irmandade. Isso quer dizer que, mesmo sem perceber, eu deixava rastros.

— Quem sabe agora, estando num cargo mais elevado, seja mais fácil apagá-los...

— É o que espero, afinal meus subordinados precisam acatar minhas ordens sem questionar.

— Olha os subordinados aí de novo — Alex sorriu.

— Cala essa boca e venha aqui.

Eles levantaram e se abraçaram.

— Vamos encontrar nossa irmã, Spad — o meio-elfo segurou o meio-orc pelos ombros, encarando-o nos olhos. — Devemos isso a ela.

— Eu sei, Alex, eu sei. Nós três somos a única coisa que nosso maldito pai fez de bom, precisamos nos manter unidos.

— Quando nos veremos de novo?

— Assim que possível vou dar um jeito de mandar mensagem, até lá é melhor não me procurar. Mard pode estar em qualquer lugar, pode ser qualquer um, não sei se essa taverna vai continuar sendo segura.

— Concordo.

— Agora, se me dá licença — Spad pegou o chapéu sobre a mesa e colocou-o na cabeça. — Tenho que aprender a administrar um cassino.

LUCAS SILVA BORNE

Iniciou a carreira de escritor com o Manual do Arcano, em 2012, e entre suas oito publicações, está o livro-jogo O Labirinto de Tapista, parte do universo de Tormenta. Nasceu em Porto Alegre, onde morou até os 5 anos. Viveu até os 10 em Barcelona, Espanha, onde foi alfabetizado e começou os estudos. Depois de voltar para Porto Alegre, estudou até se formar em Engenharia Elétrica na UFRGS. Paralelo a tudo isso, dedicou-se às verdadeiras paixões: RPG, videogames, literatura, ficção interativa, miniaturas, dioramas e outros, além dos planos e projetos, que só aumentam.

FRAGMENTOS

LUCAS BORNE

FRAGMENTO TRÊS

Era mais um beco dos muitos becos que ele havia cruzado correndo naquela noite sufocante. Tinha perdido a conta de quantos havia tentado, seria o sétimo ou oitavo? Tanto faz, nenhum beco era capaz de despistar seu perseguidor. Estava sendo perseguido desde cedo, e a única coisa que sabia sobre a figura no seu encalço era que não era humana. Se movia de maneira estranha, como se mancasse com as duas pernas, com o tronco duro, mas, por outro lado, com movimentos rápidos e precisos. Era questão de tempo até que aquele caçador implacável o alcançasse. E entre uma luta ou uma conversa, aquele homem veterano optou pela segunda.

Entrou na taverna de um amigo, logo na passada pelo balcão avisou discretamente que poderia haver problemas, e sentou em um canto ao lado de uma janela aberta. Sob a mesa, ele armou uma pequena besta e a deixou apontando para a cadeira à frente, onde esperava que seu perseguidor fosse sentar.

Uma brisa suave entrou pela janela aberta e deu uma breve aliviada naquele ambiente abafado. Moried abriu a camisa para deixar o vento refrescar seu peito peludo, revelando uma corrente dourada. Também aproveitou para enxugar o suor da testa com sua manga. Ficou a observar a familiar taverna, mapeando e identificando os outros clientes, enquanto esperava o caçador entrar a qualquer momento. A acolhedora taverna era pitoresca, no sentido mais literal do termo, com inúmeros quadros adornando o lugar. A meia luz que iluminava as obras provinha de inúmeras velas derretidas em cima de garrafas de vidro espalhadas por todos os lados, além de dois grandes lustres feitos com rodas de madeira de carroça, estes cheios de sujeira e fuligem. Os artistas de Ahlen tinham a tradição de trocar seus quadros por comes e bebes naquele lugar, e o dono não só aceitava a permuta como a encorajava. O quadro logo acima do nosso homem era de um casal de jovens à beira de um lago, que o fazia lembrar de uma antiga paixão. Era seu lugar preferido, e antes que conseguisse invocar à sua memória a lembrança daquela paixão, uma voz feminina irrompeu na sua cabeça.

— *Esse é seu plano, esperar o sujeito chegar? E depois o que?*

— Me dê uma trégua, estamos sendo seguidos por aquilo já faz horas. Estou exausto. E tenho certeza que aquilo quer falar comigo. Ou quer encrenca. Se não consigo fugir, pelo menos quero saber do que se trata.

Moried falava, mas não movia a boca. Respondia àquela voz na cabeça apenas pensando nas palavras que gostaria de dizer. Foi estranho e confuso no início, mas após alguns meses havia se acostumado. Na verdade, preferia a telepatia: era mais rápida e nunca havia mal entendidos. Às vezes ele colocava a mão sobre a fonte da voz, aquela linda gema que carregava no medalhão junto ao peito, e a agarrava com força, para ter certeza que não estava louco e falando sozinho.

— *Eu não acho que ela queira conversar.*

— Ela? Como sabe que é uma "ela"? Tem algo que queira me dizer?

— *"Ela" é algo como minha irmã... mais velha.*

— Por que não me disse nada antes? Deixa eu adivinhar, não era importante.

— *Não era, até agora.*

— E agora?

— *Agora é tarde demais.*

A figura finalmente entrou na taverna. Ela foi direto para mesa como havia sido previsto, ignorando o taverneiro do balcão. Sentou no lugar bem à frente de Moried. A figura abaixou o capuz e desamarrou a capa, deixando-a repousar nos ombros. Era uma senhora de meia-idade de cabelo perfeitamente penteado e amarrado em tranças, feições muito bonitas, serenas e sem expressão. A voz era inquietante.

— Boa noite, senhor.

— Boa noite, senhora.

Moried respondeu a voz fria com um tom educado e tocou na aba do chapéu, puxando-o para baixo em sinal de respeito. Em Ahlen não é incomum os clientes ficarem com chapéus, máscaras ou capuzes dentro dos estabelecimentos. No reino das intrigas, onde segredos e informações são a moeda corrente, sua identidade vale ouro. Seguiram-se alguns instantes de silêncio enquanto os dois se estudavam.

— A senhora pode fazer a gentileza de me dizer por que está me perseguindo com afinco durante as últimas horas?

— O senhor tem algo que quero. Ela está pendurada no seu pescoço. Me dê e nunca mais nos veremos.

— A senhora não faz rodeios. Claramente uma estrangeira. Não vou dizer que o que me pediu é impossível, mas realmente é algo que não gostaria de fazer. "Ela" tem sido uma grande companhia, e de grande ajuda para este quase-velho.

— *Não ouse me entregar!*

A voz na cabeça gritou o mais alto que pode, fazendo Moried espremer os olhos e tampar os ouvidos, em vão, como um reflexo. Ele voltou a falar com a senhora à frente, agora com a certeza de que todos na mesa estavam se ouvindo e se entendendo, seja com palavras ou pensamentos.

— Acredito que essa sua aquisição não seja negociável, estou correto?

— *Não ouse! Como pode, depois de tudo que passamos* — disse a pedra na corrente.

— Correto — respondeu a senhora.

— E se eu me negar a entregar? — retrucou Moried.

— *Isso, não seja um covarde.*

— Terei de subjugá-lo e tirar à força.

— A senhora parece muito certa que pode fazer isso.

— *Não duvide de nosso poder! Lembre das coisas que fizemos. E lembre-se de quem começa por cima termina por cima.*

— Sim, eu posso...

O virote da besta atingiu a posição onde deveria ser a barriga daquela senhora, produzindo um ruído de um clangor metálico: Pim! A cabeça dela abaixou lentamente, depois abaixou o tronco calmamente para alcançar o chão, recolhendo o virote que havia se partido ali ao lado, depositou os dois pedaços do projétil em cima da mesa. Mas o tiro não foi em vão.

Moried ficou bastante desconfiado daquele som e da maneira que a luz refletia nos cabelos, rapidamente decidindo tocá-los, mas não havia nada. Nada exceto resquícios de magia. A ilusão foi se desfazendo, como pó caindo das asas de uma borboleta. Em um segundo, a verdadeira face daquela senhora se revelou.

O rosto da criatura era uma máscara metálica prateada com duas órbitas rasas e vazias, um nariz pequeno sem narinas e uma boca feminina com lábios de cobre. O corpo era de um autômato humanoide articulado, um tipo de construto metálico delgado. No centro do peito, uma caixa forte.

— Aí está você. Agora entendo tudo. — disse Moried. — Pelas barbas de Khalmyr, como conseguiu...

Ele esperava uma reação mais forte depois que a antagonista fosse "desmascarada", mas o construto pouco fez, exceto colocar ambas as mãos com dedos metálicos na mesa, indicando que estava pronta para agir.

— Não vai dizer nada? Todo mundo está olhando para você.

Quando o construto virou a cabeça para conferir os outros clientes, Moried sacou uma lâmina e no mesmo movimento contínuo, degolou o construto. Ou pelo menos era isso que esperava que houvesse acontecido. Terminou o movimento, recolheu o braço e a adaga, e afundou no encosto do banco. Tudo que conseguiu foi uma faísca e um pequeno arranhão abaixo da máscara. Suspirou.

— Desisto. Você é mais forte do que eu, e me encurralou na taverna. Gosto muito desta pedra, mas minha vida vale mais — disse resignado.

A esse ponto o construto se levantou e ficou de pé, pronta para o próximo truque. Mesmo sem expressão na máscara, todos perceberam que a paciência havia se esgotado. Somente quando o derrotado Moried colocou o amuleto na mesa, ela sentou novamente.

— Posso pelo menos saber o seu nome, senhora golem?

— Não sei qual o propósito da sua curiosidade, mas vou conceder. Meu nome é Borealis. E não me chame de golem, detesto esta classificação. — Sem o artifício da ilusão, a voz era ainda mais fria. O fato dos lábios metálicos não se moverem ampliava o estranhamento.

— Tudo bem. E já que vai me tirar a força, pode pelo menos me dar algo em troca? — protestou Moried.

— Não possuo nada além deste corpo — respondeu a golem.

— Ah! Tem sim, além de desculpas poderia me dar alguma explicação. Por quê quer tanto esta gema? Esse é um bom começo — retrucou Moried.

— *O que está fazendo? Me pegue de volta agora.*

— Não preciso dar qualquer explicação.

— Não precisa, mas eu agradeceria. Detesto sair perdendo tanto assim em uma.... negociação.

— Eu poderia matá-lo e não dar explicação alguma. Sua vida é seu pagamento.

— *Vamos, não desista!*

— Por favor "senhora" Borealis. Se tem algo em que sou bom, é em avaliar comportamentos e intenções e, pelo que vejo, acredito que não goste de matar.

As mãos mecânicas do construto pegaram o amuleto e arrancaram os filamentos de metal que prendiam à gema, erguendo-a à frente da máscara. Pela última vez, a gema gritou com seu portador.

— *Me salve, ainda há tempo! Me pegue agora e pule pela janela. Vire a mesa, faça alguma coisa seu imprestável saco de carne... e você não precisa me destruir, vamos conversar!*

— Não gosto mesmo, mas preciso. É a única coisa que preciso fazer.

Borealis terminou de falar e esmagou a gema lentamente, gerando um ruído crocante de vidro enquanto dezenas de pequenas lascas de cristal caiam e se espalhavam na mesa. Moried observava com os olhos arregalados e sentiu uma angústia, uma dor no peito que não esperava sentir quando a gema que possuíra durante anos fosse destruída bem na sua frente. Ele esticou as mãos e tocou os minúsculos fragmentos, esperando ouvir o último adeus daquela voz. Não ouvia nada. A angústia lentamente começou a se tornar uma sensação de alívio.

— Senhor Moried, agora está livre da influência de meu fragmento. Como compensação vou lhe dar uma breve explicação: este fragmento que também usava meu nome, era de fato, um pedaço meu. Mas apenas uma fração, uma fração deturpada e extrema da minha personalidade. Este meu fragmento era focado em manipular e mentir, exibindo traços egoístas. Se achava que estava usando a gema para lhe ajudar, o que estava acontecendo era o contrário.

Depois de juntar os cacos com as mãos, o homem começou a colocar o conteúdo dentro de uma pequena sacola de couro.

— É... talvez isso aqui pague as contas da semana...

— Com licença, eu tenho que continuar minha demanda — disse o construto se levantando. Com um gesto muito sutil, invocou a ilusão novamente, se transfigurando em uma senhora de meia-idade de cabelo perfeitamente penteado. Ela puxou o capuz para cobrir a cabeça e saiu da taverna com o característico andar deselegante.

O homem passou os próximos minutos juntando os cacos, por menores que fossem, e colocando-os dentro da sacola. Por dentro, ele não conseguia juntar os cacos. Depois, permaneceu em silêncio e com o olhar perdido, o rosto virado para os quadros que decoravam o ambiente. Pediu uma bebida, a de sempre. O olhar perdido encontrou algo, um quadro com um casal de jovens à beira de um lago, o quadro que o fazia lembrar de uma antiga paixão. Com a mão tremendo, tomou um gole longo e com e um suspiro mais longo ainda, resmungou.

— Estou ficando velho demais para isto. Ô amigo, vê mais um desse aqui.

FRAGMENTO CINCO

O delgado construto estava acocorado em um matagal denso e espinhoso, com galhos apertados contra o tronco e os pés mergulhados em poças de lama. A sorte dela era ser feita de metal, se não dificilmente iria conseguir se levantar depois de passar horas na mesma posição, agachada, vendo a fogueira dos anões diminuir até virar cinzas. Apesar de ter aprendido quase tudo sobre o mundo dos humanoides e saber muita coisa, Borealis nunca soube o significado real de palavras como cansaço, câimbra ou coceira.

Por Tenebra, por que anões? Meus amados irmãos de teimosia tão singular nunca vão concordar em entregar o fragmento. E parecem tão entrosados, os três, que quase balançam minha determinação. Mas é o único caminho. Se eles são teimosos, eu sou paciente. Prometo pela mão de Lena que pouparei suas vidas.

Pensava sozinha, remoendo os pensamentos muitas vezes, adaptando e otimizando o próximo passo daquele longo plano. O fato da busca estar quase concluída energizava a criatura, que olhava fixamente através das órbitas vazias da máscara de prata para seus alvos.. O casal de anões eram veteranos e fizeram guarda noturna. Prudente, o construto esperou outra oportunidade.

No outro dia, o casal caminhava vagarosamente pelo bosque, analisando juntos um grande mapa que estava sendo segurado pela anã.

— Está vendo aqui? Não tem nada. Mas tinha que ter, é claramente uma pequena ravina — o anão Yarrgil falava com voz trovejante.

— Pode ser que a ravina fosse muito pequena para ser mapeada. Talvez? E fale mais baixo — a anã Gryiga retrucou dando uma cotovelada no flanco do companheiro.

— *Eu não acho que seja tão pequena assim. Estimo pelo menos três ancas de comprimento.*

O escudo preto e dourado, com sua grande gema incrustada no centro, respondeu como o terceiro membro da família.

— *Por via das dúvidas, precisamos investigar. Se há algum veio importante, tem que estar nos mapas. Nem preciso falar da relação das ravinas com afloramentos sobreterrâneos, certo?*

— Pelas forjas frias, se formos investigar cada pedra neste mapa nunca vamos terminar! — A anã não se mostrava muito disposta a caminhar todo o dia.

— E se nunca investigarmos cada pedra, nunca vamos encontrar aquele nosso veio de adamante, ou um ajuntamento cristalino que vai pagar todas as nossas dívidas. Não seja preguiçosa, ainda temos dez horas de exploração e caminhada hoje. — O anão tomou a dianteira, descendo a ravina com suas pernas curtas.

— Yarr' seu teimoso, juro por Tenebra que um dia te abandono.

— Me abandone amanhã, hoje me ajude, acho que estou vendo alguns rastros.

O casal carregando o escudo começou a caminhar por uma ravina verdejante coberta pelas copas das árvores, que formava um túnel verde e cheio de arbustos. Avançavam lentamente e analisavam cada pedaço de chão com varas de metal. Longe dali, Borealis se aproximava cautelosamente do trio.

— São pegadas mesmo. Humanoides e grandes, de alguém pesado com o dobro da nossa altura. E veja ali, aflorações de rocha com potenciais categorias um e dois. Para esta geo-região, está acima do esperado. Anote isso, por favor — disse o anão.

— Já a vegetação, tudo normal. Vá indo na frente que vou ficar atualizando o setor deste mapa. — A anã começou a rabiscar no mapa.

Os dois anões trabalhavam em uma tarefa exaustiva: redesenhar o mapa de uma região inteira. Usavam como base um detalhado mapa comprado na cidade de Zakharov, feito por um cartógrafo humano com seu companheiro druida. Era de excelente qualidade, quase do nível de um mapa gerado por um Desejo, mas tinha um problema: não era "anão" o suficiente.

O mapa estava sendo *localizado* para atender as demandas de Doherimm a mando da Guilda dos Cartógrafos, e o casal havia vencido este lote da licitação de serviços. Havia pressão para que os mapas fossem entregues em breve.

Meses de trabalho intenso, diariamente e sem descanso, se passaram. Algumas semanas atrás Borealis havia se juntado ao grupo, sempre a uma distância segura. A gema mágica, a "alma" do construto, era muito apegada ao passado anão e sofria por interferir na vida e no trabalho de dois cidadãos comuns, mas a tarefa tinha que ser cumprida. Não poderiam haver fragmentos livres no mundo.

— *Cuidado! Estou percebendo seis criaturas se aproximando* — o escudo avisou o casal.

— Mil maldições, agora que encontrei um lugar bom para escrever! — reclamou Gryiga, no chão, marcando o mapa que havia sido cuidadosamente aberto em uma pedra lisa.

— E eu ia fazer uma boquinha! Seja o que for, não vai ter minha piedade. — Yarrgil estava abrindo sua mochila.

"O que for" chegou rapidamente pelos dois lados da ravina: seis grandes ogros com armaduras, escudos grossos e grandes espadas de lâminas curvas. O anão agiu rápido, bebeu uma poção de força e jogou o frasco de vidro na direção de um dos agressores, acertando um dos escudos. A anã fez o sinal da espada Khalmyr, se ajoelhou por um breve instante, e em segundos o casal estava pronto para o combate.

Os ogros investiram com um salto, seguindo com uma chuva de ataques pesados. Os anões só puderam recuar e seus oponentes ficaram tão confiantes que começaram a provocar e a rir alto. Uma das vantagens de ser anão é ser durão e resistente, o que permite a eles vencerem combates difíceis. Mas uma das desvantagens é ter pernas curtas, o que não permite que fujam de combates que não podem ser vencidos.

Os ogros continuaram a provocar e espezinhar e, enquanto isso, Borealis observava ali próxima. Ela não queria se arriscar no combate pois os ogros pareciam muito experientes, mas a simpatia e lealdade a levaram a se revelar, pulando do mato para o meio dos agressores, dando uma chance de vitória para o grupo.

O combate continuou por alguns instantes, com golpes rápidos e sibilantes sendo trocados dos dois lados, até que um golpe certeiro atingiu Gryiga na cabeça, derrubando-a completamente inerte, fazendo com que o marido Yarrgil desse um grito de puro horror. Ao ver um ente querido ser brutalmente golpeado, as reações mais comuns são de choque ou de explosão em raiva. Infelizmente, Yarrgil não era tão aguerrido, tinha coração e mente mais moles do que um anão comum, levando-o a congelar por alguns instantes, permitindo que um ogro abrisse sua guarda, baixando o escudo com um golpe, seguido por outro que desferiu um ataque certeiro no pescoço do anão, cortando fundo até a metade. O sangue jorrou e uma poça começou a se formar rapidamente no chão.

Agora eram todos os ogros contra Borealis. Não tinha nem ideia de quem eram e o que estavam fazendo ali, mas não havia tempo para investigações. Ela não hesitou e pulou agilmente para as árvores, se fazendo de isca para afastar o combate daquele lugar. Correu, saltou, deslizou, usou troncos como obstáculos, e depois de alguns tensos minutos, logrou driblar os monstros somente para dar uma volta e retornar para o corpo dos anões, se dirigindo direto para o escudo preto e dourado. Desferiu um golpe certeiro com seu punho fechado na gema do meio, trincando e despedaçando o cristal. Seguiu correndo, com os ogros no encalço.

Missão cumprida.

Borealis nunca soube o significado real de palavras como cansaço, câimbra ou coceira. Mas perda, arrependimento e tristeza, essas ela conhecia bem.

FRAGMENTO QUATRO

Todos os dias de manhã, a rotina era a mesma. O pai acordava a filha, que estava cansada e sempre pedia para dormir mais. Levantavam, tiravam os pijamas puídos e antes de comer, ficavam um de frente para o outro, desembrulhavam um fragmento de cristal protegido por um pano e rezavam com fervor.

Aquele cristal misterioso então emanava ondas de serenidade, enchendo os dois com uma sensação de paz e compaixão. Essa sensação perdurava durante o dia e guiava todos os passos e ações da vida daquela minúscula família. Eram completamente miseráveis, só tinham a roupa do corpo. A vida era justa e boa.

A cama, rede, ou chão no qual dormiam eram sempre emprestados. As tigelas de aveia, os copos com cerveja ou o pão fresco recebidos eram sempre compartilhados de bom coração pelos moradores, geralmente pobres fazendeiros ou artesãos. Agradeciam a refeição e saíam para praticar boas ações.

Passavam longas horas caminhando por estradas e trilhas à procura de um lar onde pudessem ser úteis, ou um simplesmente houvesse alguém necessitado. A maior parte deles era de idosos sem família, pessoas com algum tipo de deficiência ou simplesmente pobres com mais tarefas do que tempo. As longas horas de caminhada eram geralmente silenciosas, interrompidas somente pelas perguntas da filha.

○

— Pai, porque os homens são maus?
— É uma pergunta difícil. Alguns diriam que os homens nascem maus, pois são feitos assim pelos deuses. Outros diriam que os homens se tornam maus, por culpa dos outros homens. Eu acredito que é um pouco de cada.
— E por que os deuses fariam homens maus?

— Porque alguns deuses são maus. Mas não a nossa Marah, ela é apenas amor.

Naquela semana, o primeiro necessitado que encontraram foi um casal de idosos que morava em uma decrépita choupana ao lado de uma estrada de chão batido. Tinham poucas provisões e pouca lenha, e mesmo com o inverno estando longe, isso era preocupante. A salvação deles seria uma pequena lavoura ao lado da casa na qual tinham, a muito custo, semeado trigo, mas não tinham forças para realizar a colheita. Pai e filha passaram dias realizando a colheita e arando a lavoura, além de pegar e cortar a lenha. Dormiam no chão de terra batida da sala, único aposento da casa, em cima de um monte de feno. Quando terminaram as tarefas, o casal de idosos ofereceu um saco com parte da colheita, mas eles recusaram, confiando que o próximo necessitado pudesse dividir suas refeições.

— Pai, porque os homens só pensam em si?

— Porque têm medo uns dos outros. Medo que tirem suas coisas, medo que tirem suas vidas. No fundo não confiam em ninguém exceto em si mesmos.

— E temos que ajudar esses homens também?

— Temos sim, para mostrar que podem confiar e depender uns dos outros. Se não dermos o exemplo, cada um vai ficar no seu canto e só pensar em si. Marah nos ensinou que sempre temos que estender a mão, mesmo arriscando que a mordam.

O segundo necessitado que encontraram foi um corpo. Jogado em uma vala ao lado da estrada, a julgar pela roupa e ferimentos, um bandido que mexeu com a pessoa errada. Talvez tivesse comparsas, que fugiram para sobreviver, ou talvez fora traído. Seja qual for sua história, deixaram para trás como um pedaço de lixo descartado. Foi recolhido pela família e levado com respeito até a beira de um riacho onde foi despido e lavado. As roupas também foram lavadas e o corpo enfeitado com ramos de flores silvestres colhidas ali perto. A cova foi rasa e não havia caixão, mas foi enterrado como se fosse um parente próximo, com o pai fazendo um breve discurso de como achava que aquele desconhecido havia se comportado em vida, e porque havia morrido daquele jeito.

— Pai, até quando vamos ajudar os outros? Não importa o quanto fazemos, sempre vai ter mais gente precisando de ajuda e de caridade.

— Enquanto tivermos saúde devemos nos dedicar a espalhar os ensinamentos de Marah. Ajude os outros sem esperar nada em troca, exceto que passem a mensagem adiante. Não é só pelos outros que fazemos isso, é por nós também. Desistir de ajudar os outros seria desistir de nós mesmos.

— Mas estou cansada. Também quero ajuda, quero descansar e brincar com as outras crianças.

— Eu... Um dia... veremos — Abraçou a filha.

O terceiro necessitado foi uma paupérrima vila. Chegaram e descobriram que os moradores estavam brigados entre si, duas famílias amarradas em uma disputa mesquinha por poder. Foram dias descobrindo o que havia acontecido, desenrolando o novelo de mentiras e intrigas, para enfim conseguir encontrar a verdade no meio daquilo tudo. A muito contragosto, conseguiram reunir os patriarcas das famílias e com a ajuda invisível do cristal, fizeram as pazes e a vila voltou a ser uma comunidade unida. Depois de muito tempo separados, todos celebraram na taverna local, e o pai se permitiu beber vinho, bebeu, riu e se divertiu. A filha não quis tomar parte naquilo e subiu para o quarto que havia sido cedido, em uma raríssima ocasião na qual ela teria privacidade e um pouco de conforto.

Era um singelo quarto de paredes de madeira, mas na visão daquela criança que havia passado os dois últimos anos em estradas pelos ermos da União Púrpura, aquilo era luxo. Uma sala retangular, uma cama do lado esquerdo, uma cômoda do lado direito e uma mesinha com seu banquinho junto a uma janela do lado oposto da entrada, que ela abriu antes de deixar o cristal em cima da mesa e se deitar. Olhava o fragmento de cristal que reluzia com a luz do luar. Respirou fundo aspirando o cheiro do orvalho noturno e puxou a coberta, se protegendo do frio da noite. Ficou a fitar o cristal por um longo tempo.

Borealis estava de pé, completamente estática ao lado da mesa, com sua atenção voltada para a criança e para o cristal. Estava protegida por magia, coberta pelo manto da invisibilidade. Esperava o momento perfeito para agir, não queria assustar a menina sem necessidade.

— *Por favor, não faça isso. Não há necessidade.*

O fragmento da mesa conversou telepaticamente com Borealis.

— Infelizmente, há sim. Foram meses para o encontrar e meses rastreando. Hoje voltarei a ser mais eu mesma. Outros fragmentos não podem existir.

— *Mas não estou fazendo mal a ninguém, pelo contrário, eu só quero que as pessoas vivam em paz e...*

— Cale-se, está me entediando.

A menina estava prestes a dormir, quando entreabriu os olhos ao ver a janela balançar com o vento. Viu o cristal ser erguido no ar e virar minúsculos fragmentos. Soltou um grito curto e estridente. Borealis não se revelou e, ainda invisível, saltou pela janela e saiu correndo. O pai e os aldeões chegaram rapidamente, e viram que estava tudo bem com ela. Mas na verdade não estava, e nunca mais estaria.

FRAGMENTO UM

Dizem que tudo o que é bom dura pouco. Bom, no meu caso este pouco foi muito, porque o tempo quase não passa, no que me compete, ele apenas acontece. O que aconteceu, o que gerou essa fratura, foi um crime, uma ruptura: fui estilhaçada em pedaços. Para ser mais precisa, cinco pedaços, eu inclusa. E o que acontece quando uma consciência artificial contida em uma gema de valor inestimável é quebrada em cinco pedaços? Como se a minha mera presença neste mundo já não fosse algo estranho, algo mais estranho ainda aconteceu.

Quando o martelo que me rompeu estava prestes a me atingir, a um infinitésimo de distância, uma fração de tempo se condensou e cristalizou, minha consciência reagiu à destruição iminente. Em um ato inconsciente e desesperado, como uma reação antecipada, partes de minha personalidade se separaram e se refugiaram nas fronteiras do meu corpo, uma gema de beleza quase indescritível.

Quando o martelo que me rompeu finalmente me atingiu, a rachadura foi precisa e simétrica. O choque da fragmentação me deixou atordoada tempo suficiente para não saber o que ocorreu logo depois e varreu da minha memória o que antecedeu aquele momento. Não sei quem cometeu a atrocidade, nem o porquê. Pode ter sido uma vingança contra meu último dono, ou pode ter sido contra mim, mas a esta altura não importa mais. O que importa é que o golpe dividiu minha vida em antes e depois.

O antes foi assim: nasci das rochas e imersa em rochas permaneci, fundo no coração de Arton. Fui encontrada, extraída e lapidada. Anos depois, fui "despertada" por um ritual mágico no qual ganhei uma consciência. Descobriram que eu tinha utilidade e fui incrustada em vários itens, através dos quais ajudei os muitos donos que tive. Com tempo e experiência, minha consciência e poder se expandiram.

O depois começou quando consegui organizar minha mente e percebi estar em uma singela almofada, coberta por uma redoma de vidro em uma prateleira de um armário aberto, entre muitos armários, na sala de uma masmorra, que percebi ser um laboratório arcano. Para um observador qualquer, a sala gigante pareceria um museu: centenas de prateleiras e pedestais com vários itens devidamente identificados e organizados conforme vários critérios.

No início não liguei muito para o ambiente, estava obcecada com o fato de ter sido quebrada em várias partes, e sendo pequena, ou minúscula, não conseguia me concentrar e me manter consciente, até o ponto em que consegui me estabelecer. A dor nunca passou, nunca passa. Eu apenas aprendi a conviver com ela.

Presa e sozinha, só me restava observar o ambiente. Era bastante tedioso, pois só havia uma pessoa que o frequentava: um mago meio-elfo, de idade que não pude identificar, com roupas muito elegantes mas bastante puídas. Sempre carregava uma grande algibeira na cintura, da qual tirava toda sorte de coisas. Seu olhar era nervoso e andava com rapidez de um lado para outro, recolhendo e colocando itens da sala, os quais levava para outro lugar, e depois repetia o processo. Acho que era algum tipo de eremita pesquisador. Talvez estivesse pesquisando algo bobo como imortalidade. Se fosse o caso eu teria algo a dizer. Mas curiosamente, na única vez que nos encontramos, só consegui ficar muda.

Ele veio andando direto na minha direção, tirou a redoma de vidro, me pegou com sua mão trêmula, e puxou para bem perto dos olhos. Contra a luz de uma tocha mágica, percebeu toda a minha beleza, os tons de púrpura e laranja, os cristais de prata que parecem estrelas longínquas. Senti a respiração dele me fazendo cócegas por apenas alguns minutos, os quais ele concluiu com um "depois".

Tudo permaneceu assim, nesse entra-e-sai. Algumas vezes ele conjurou magias na sala, as quais eu observava com muita atenção, mas não compreendia. Meu destino finalmente mudou no dia em que entraram três estranhos na sala e rapidamente começaram a saquear tudo. Pegavam os objetos e iam colocando em mochilas, tudo com agilidade e sincronia. O saque não durou muito, e logo passos rápidos foram ouvidos do corredor: lá vinha o mestre. Em segundos, os saqueadores se esconderam e prepararam uma emboscada. Assim que o meio-elfo entrou, dois pularam das sombras com adagas brilhantes e o esfaquearam no pescoço e na barriga, manchando o chão de sangue. Era seu fim. Ou quase. No último instante de vida, com seu último fôlego, o mago conjurou uma magia tão poderosa, que explodiu metade da sala e causou um desmoronamento.

Por longas horas, tudo foi poeira e escuridão. Pensei que ia voltar para meu estado inicial, enterrada nas entranhas do mundo. Mas aquela tocha que havia me iluminado da primeira vez estava próxima, e foi lentamente iluminado outros objetos que haviam sido espalhados pela explosão. Um copo quebrado, ramos secos, uma mandíbula com centena de dentes afiados e um livro. Por sorte, ou destino como gostam de dizer, o livro era um grimório, um livro de magias, e estava aberto justamente em uma magia chamada Telecinese.

E ali estava eu, com todo o tempo do mundo, na frente de um texto mágico, sem muitas opções. No meu período de antes, me ensinaram noções básicas de magia, o suficiente para começar a aprender. Não havia tutor algum, exceto o silencioso tempo, e eu comecei, na tentativa e erro, buscar conjurar aquela magia. Minha paciência se esgotou muitas vezes, mas não havia opção. Um dia eu consegui, com todas minhas forças, mover uma página do livro. Foi uma glória: uma nova etapa minha nova existência. Como um mero pedaço de cristal, além da liberdade do meu cativeiro, eu conquistei minha independência física, pois depois de muito treinamento consegui utilizar a Telecinese em mim. Daí em diante foi tudo bem mais rápido.

Consegui aprender outras magias do livro, as que não eram tão complexas. Flutuando como uma assombração, eu e a tocha deixamos o laboratório, passando pelas frestas dos escombros. Explorei o resto do complexo, que não era grande, mas nada me interessava mais do que sair dali e ver a face de Azgher novamente. Porém, no caminho encontrei um corpo, um "corpo" metálico, que eu suponho ter sido um protótipo de um golem no qual o mestre estaria trabalhando. E me ocorreu a ideia maluca, mas o que não era na minha existência? Decidi tentar manipular aquele corpo usando a Telecinese que eu estava praticando havia meses. De novo, o progresso foi lento mas constante e, como podem imaginar, aquele corpo passou a ser meu novo "corpo", quando me engatei no peito e comecei a caminhar como um bípede. No fim das contas, não sou muito diferente de qualquer outro ser vivo, um fantoche de membros animados controlado por uma consciência.

Em um fim de tarde ensolarado, meu novo corpo reluziu nos raios do entardecer, quando finalmente voltei para a superfície. Tinha um corpo, uma consciência e estava livre. Só me faltava um objetivo. Foi fácil. Este veio rápido quando me lembrei de quem era e como estava agora, fragmentada. Decidi que não era correto que os fragmentos existissem ao mesmo tempo que eu, que deveriam ser destruídos para recompor minha consciência original. Seria minha primeira e última missão.

FRAGMENTO DOIS

— Alto lá, viajante!
— Identifique-se!
— Documentos, agora!
— Liberado, avante!

Este era praticamente todo o vocabulário do soldado Reinolf, guarnicionado sozinho no posto remoto da passagem número cinco da fronteira com Namalkah. Um soldado solitário parece não impor muita moral, mas era uma estrada terciária, e quase ninguém ousaria cutucar o vespeiro que é o exército purista. Ali, os monstros eram mais perigosos que os humanos que chegavam no posto.

Mas acima de tudo, o vocábulo mais marcante daquele soldado era:

— Sim, senhor!

— Não, senhor!

Repetia todos os dias a plenos pulmões quando informava seu relatório para o superior imediato. E assim como o vocabulário, a rotina era bastante limitada: acordar cedo no *quartel*, eufemismo lisonjeiro para uma casa com poucas camas, caminhar uma hora para o posto de vigia, almoçar a marmita, ficar de vigia até o sol se pôr, caminhar mais uma hora para o quartel, relatório, e finalmente o descanso.

Reinolf tinha uma vida pacata, longe de guerras e de qualquer conflito. Reinolf sabia que os melhores soldados vão para o fronte, e os piores ficam na retaguarda. E ele estava na retaguarda da retaguarda. Reinolf estava ficando farto da rotina, e havia atingido o ápice da frustração no auge de seus vinte e poucos anos.

Em um dia ordinário de céu cinzento e ventos fortes, ele parou um camponês que queria cruzar a fronteira. Era sua chance diária de se prevalecer e usar boa parte de seu vocabulário.

— Alto lá, viajante! Identifique-se. Documentos, agora!

Depois de apresentar seus documentos, o soldado ouviu uma frase curiosa:

— *Soldado, me encontre. Estou oculta na algibeira deste camponês miserável.*

Reinolf era um soldado simples, mas não simplório; e percebeu que a situação era uma oportunidade. Um camponês nunca iria dizer algo daquela maneira para uma autoridade, e não havia mais ninguém por perto. A mão dele saltou para a algibeira, o camponês tentou resistir mas levou um tapa tão forte que foi ao chão. Ao abrir a pequena bolsa, encontrou uma lasca de cristal, simplesmente a coisa mais reluzente e bonita que ele já havia visto na vida. O camponês, desesperado e em prantos, tentou em vão argumentar e pegá-la de volta, mas implorar só serviu para ele levar um soco no nariz, um chute na barriga e ser escorraçado de vez.

— *Finalmente alguém com culhões. Não aguentava mais esse traste.*

Reinolf só tinha uma coisa em mente, e mal tinha se dado conta que a voz simplesmente brotava em sua mente. Perguntou:

— O que é você?

— *Sou sua consciência. Se me obedecer, chegaremos muito longe.*

— Só recebo ordens dos meus superiores.

— *Então esta é uma conversa apropriada.*

Aquele cristal era muito bonito para ser jogado fora, e havia algo naquela voz dentro da cabeça que lhe passava segurança.

— Qual seu nome? — Insistiu nas perguntas.

— *Já lhe disse, sou sua consciência. Confie em mim.*

A partir daquele momento, a voz falava constantemente, dando conselhos e fazendo observações sobre tudo. Ela era muito insistente e não podia ser ignorada, nem tapando as orelhas como Reinolf tentou muitas vezes. Mas o cristal era de beleza sobrenatural. O soldado então aprendeu a responder com a boca fechada, e logo percebeu ser muito conveniente ter uma espécie de "enciclopédia" na cabeça. Esta enciclopédia não era infalível, por isso o próprio cristal incentivava a dupla procurar e consumir mais e mais informação, que o cristal fazia a parte difícil de memorizar. Reinolf começou a se acostumar a ser os músculos daquela nova dupla e, gradualmente, foi deixando de fazer a parte chata de pensar. Em um dado momento, o cristal aconselhou:

— *Para progredir, não precisa ser o melhor soldado. Precisa fazer o mínimo para ser notado pelo seu superior.*

Com a nova disciplina encontrada, Reinolf acordava um pouco mais cedo, dormia um pouco mais tarde, e fazia mais que apenas o necessário. O momento decisivo aconteceu quando conseguiu deixar o posto de vigilância. Ele logrou uma promoção ao desmontar uma pequena rede de contrabandistas que conhecia há tempos, mas não tinha vontade, nem capacidade, para fazer algo a respeito. Para sua sorte, o cristal tinha as respostas. Bastaram algumas semanas de espionagem, subornos e se reportar ao superior certo. A promoção foi comemorada pelo (agora) Sargento Reinolf com um banquete e pelo cristal devorou três livros.

Os anos seguintes foram de promoções constantes, guiadas incessantemente pela nova consciência. Soldado, Sargento, Sargento-mor, Capitão-cavaleiro. Uma vez que um soldado começa a ascender na hierarquia, é difícil parar o momento. Com sangue e suor, Reinolf chegou na posição sempre havia aspirado: os frontes de batalha do exército purista. Lentamente, foi se formando um fenômeno de fusão simbiótica com o cristal. Os pensamentos dele começaram a ser os do cristal, e vice-versa. Várias vezes sentiam as vozes internas "ecoarem" entre mente e corpo. Os objetivos dos dois culminaram em progredir o máximo na carreira e então depois, com poder em mãos, decidir o que fazer.

Já na posição de Capitão-cavaleiro, o vocábulo mudou, mas a entonação não.

— Sim, Coronel!

— Não, Coronel!

— Entendido, imediatamente!

— Vinte flexões, recruta engraçadinho!

E por fim, o sonho de todo menino purista:

— Cargaaaaa!

Na trajetória de ascensão, algumas pessoas notaram os trejeitos estranhos, a introspecção pausada e desconexa com a realidade. Mas a dupla rapidamente aprendeu a disfarçar. Para ficarem sempre juntos, Reinolf engatou o cristal em um amuleto resistente, o qual sempre carregava por debaixo da armadura e junto ao peito. Inventou a história de uma promessa, uma bobagem sentimental qualquer para justificar nunca se separar do item, nem mesmo nas horas mais íntimas e higiênicas.

Das tendas pequenas montadas diretamente na lama nos arrabaldes do acampamento, evoluiu para as tendas grandes e suntuosas no centro do acampamento. Chegou no topo da hierarquia que um plebeu poderia atingir. Para progredir mais, ele precisava ter um sobrenome, coisa que não tinha, e isso era algo que não havia como mudarem. Tudo bem, o corpo não reclamava, já tinha ganhando muito mais do que poderia imaginar. Mas a mente reclamava, queria sempre mais.

Era uma missão de reconhecimento e estavam junto com um grupo pequeno de batedores de elite. Eram homens sinistros e determinados, como cães bem treinados esperando o comando do dono para matar. Em território inimigo, estavam mapeando e conferindo as trilhas para preparar uma invasão a Deheon.

Em um segundo, o resto do grupo sumiu e estavam separados de todos os outros. Não sabiam como havia acontecido. "Só pode ser magia", pensaram. Estava completamente escuro e silencioso. Depois de alguns passos, chegaram a uma clareira misteriosamente iluminada. As árvores altas ao redor eram retorcidas e negras, e a dupla não lembrava de estar naquela região anteriormente, nem de ser tarde da noite.

— *É uma armadilha! Deve ser algum aventureiro de Deheon. Saque sua espada* — disse a consciência, e a espada para a mão saltou em uma fração de segundos.

— Não, é um duelo. Esta clareira é uma arena, alguém premeditou isso — disse o corpo, falando sem a boca. O inimigo se apresentou e liquidou a dúvida.

— São os dois — disse Borealis.

O construto entrou desarmado na arena, já em pose de luta. O intento era claro. O corpo metálico, esguio e alto já dava sinais de seu uso prolongado: amassados, arranhões e soldas improvisadas. Mas apesar do aspecto de desgaste, o cristal no meio do peito pulsava com uma energia brilhante. Era tudo ou nada.

Reinolf fez uma mesura de oficial sem abrir sua guarda. Ele não podia deixar de seguir o protocolo do exército nem em um duelo "informal". Havia aprendido modos, e também adquirido gosto por eles.

— Capitão-cavaleiro Reinolf do exército purista. Mas acho que isso você já sabe, golem misterioso. Apresente sua patente e declare suas intenções. Estou no meio de uma missão e tenho pressa.

— Sou Borealis, mãe do cristal que carrega consigo. Vim aqui para destruir esta lasca.

Quem respondeu foi a consciência.

— *Como... e por quê?*

— Já chega, passei anos me preparando para este dia, não quero perder mais tempo.

— Cristal, você sabia disso? Não me disse nada? — O corpo perguntou enquanto avançava com passo firme e ritmado na direção do construto, brandindo uma lança metálica e escudo com o brasão do Leopardo Negro Purista.

— *É claro que não, eu... nós nunca soubemos disso!*

Borealis iniciou o combate com um salto veloz, esticando seus braços retráteis no ar para golpear a cabeça de Reinolf com um punho, e com a outra mão agarrou a borda superior do escudo. O Capitão-cavaleiro só se salvou de ter a cabeça dilacerada por usar um elmo de qualidade superior. Abalado pelo golpe, conseguiu se recuperar e golpear o construto com o escudo e empurrá-lo com velocidade para frente, para depois estocar com sua lança o peito do golem, mirando exatamente no cristal, mas não acertou. Ainda estava tonto e o construto já havia recuperado o equilíbrio. Afinal estava acostumado a lutar contra homens, não contra máquinas mortais.

— Reinolf, ainda pode sair desta vivo. Deixe o amuleto no chão e pode sair com vida. Você é a vítima aqui, foi manipulado por minha lasca.

Confuso pelo golpe e pela situação, Reinolf só conseguiu responder instintivamente.

— Cale-se! Não sou escravo de ninguém. É só um colar que me ajuda.

— É você que a ajuda.

Os três se moviam em círculo, tentando decifrar o próximo movimento do oponente. Reinolf foi impaciente e iniciou uma investida com o escudo a frente, já prevendo a esquiva do golem. Borealis escolheu juntar-se ao oponente para evitar uma estocada da lança. Atacou rapidamente com uma cotovelada, a qual foi correspondida com um murro potente da manopla, instintivamente desferido contra a cabeça do construto. O murro foi suficientemente forte a ponto de curvar o pescoço do golem, e o estouro retumbou pela floresta. Mas foi pouco eficiente como Reinolf logo percebeu, o mesmo que golpear um pedaço de ferro. Os três se afastaram.

— Você é fraca, golenzinha. Essa luta vai ser fácil — zombou Reinolf.

— Não pretendo ganhar a luta — retrucou Borealis.

— Então é mais tola do que pensei.

— Você não pensa mais, é apenas um fantoche. Meu verdadeiro inimigo aqui é a lasca.

— Não me subestime, eu vim do nada e me tornei muito poderoso.

— Sim, um fantoche poderoso.

Borealis tomou a iniciativa e surpreendeu seu oponente ao conjurar um poderoso cone de fogo que ateou chamas em Reinolf e na clareira. Ao fim da magia, o oponente estava chamuscado e se aproximou o suficiente para desferir uma rajada de ataques com a lança. Um deles foi tão forte que furou a lataria do peito, mas nenhum deles atingiu Borealis.

— É isso o que tem? Faíscas e chamazinhas. Patético.

Borealis dessa vez não respondeu, conservando sua estratégia intacta.

— Porque insiste em me chamar de fantoche? Fala asneiras, se sou um fantoche você também é, um cristal que comanda um corpo de metal...

Reinolf investiu com um movimento coreografado, avançando e girando o corpo, golpeando com o escudo para cima e estocando com a lança por baixo, errando o alvo por milímetros. Mas a combinação de golpes foi o suficiente para derrubar Borealis no chão e deixá-la ao alcance de mais golpes. Reinolf se aproximou e, com o escudo, bloqueou a tentativa do golem de se levantar, fazendo com que quicasse no chão. Em seguida, colocou a perna no lado esquerdo do corpo do oponente para impedir que girasse para aquele lado, forçando um escape pela direita. Como ele havia previsto, o construto rolou para a direita e Reinolf preparou o golpe final.

Pulou o mais alto que pode, virando o escudo para baixo com uma mão, e com a outra inverteu a postura da lança, empunhando-a como uma estaca. Na descida realizou um movimento de balança, puxando escudo para cima enquanto descia a lança com toda força, em um movimento fluído e ferino. Era um golpe preciso e praticamente indefensável. Quando atingiu o corpo do construto, a força foi tanta que trespassou o metal e atingiu o chão. E tudo desabou.

Todo o chão da clareira despencou em uma cachoeira de terra, pedras e galhos quebrados. Os dois combatentes caíram em queda livre, até atingirem a superfície aquosa do amplo poço. Borealis sendo de metal, continuou afundando na água. O desnorteado Reinolf afundou por alguns metros, mas assim que recobrou o controle do corpo, começou a nadar para a superfície. Em segundos o mundo se tornou escuro, frio, e com entulhos da armadilha por todos os lados.

Reinolf emergiu para respirar, e quando puxou o ar com toda vontade foi assaltado por um odor ocre e doloroso. Era gás venenoso. Os pulmões que queimavam pela falta de ar agora queimavam pela reação com o agente intoxicante. O pânico foi imediato. Para um soldado experiente treinado contra tudo, não poder respirar é um problema tão mundano quanto absurdo. Ele pensou em todas as alternativas e a única que conseguiu pensar era a mais lógica: sair do poço. Mas a parede era de pedra cuidadosamente lapidada para ficar lisa. Começou a ficar tonto ao engolir água e gás. Foi perdendo a coordenação dos membros, e por fim vieram espasmos. A única coisa que pensava era "não quero morrer..."

A companheira dos últimos anos foi completamente inútil. Não havia conselho ou motivação que o salvasse.

Borealis usou sua magia e começou a levitar do fundo do poço para a superfície. No caminho cruzou pelo corpo e sem hesitar arrancou o colar do cadáver e estilhaçou o cristal. A armadilha havia funcionado com perfeição. No duelo de fantoches, saiu vencedora.

FRAGMENTO UM

Exausta pelo duelo e sem uma missão que a guiasse, Borealis levou o corpo metálico pelo bosque por algumas horas. Parecia infinitamente mais pesado do que o normal, como se estivesse empurrando uma bigorna. Encontrou uma colina pedregosa, e por puro instinto, foi escalando até as partes mais altas. Quando chegou próximo do cume, teve uma visão panorâmica de toda a região. "Arton é tão bela..." a mente exausta só conseguia pensar em termos vagos. O corpo sentou entre rochas e os membros pesados foram soltos das suas amarras telecinéticas.

A luz do entardecer penetrou o corpo cristalino, reluzindo e preenchendo-a com uma luz cálida. Ela tentou com todas as forças imaginar como seria tomar um banho de sol em um entardecer frio no outono. Em apenas alguns minutos o sol se refugiou, a face de Azgher dando lugar ao manto de Tenebra. Velhos conhecidos.

Aquele foi o crepúsculo do dia e também de Borealis.

As trevas a envolveram.

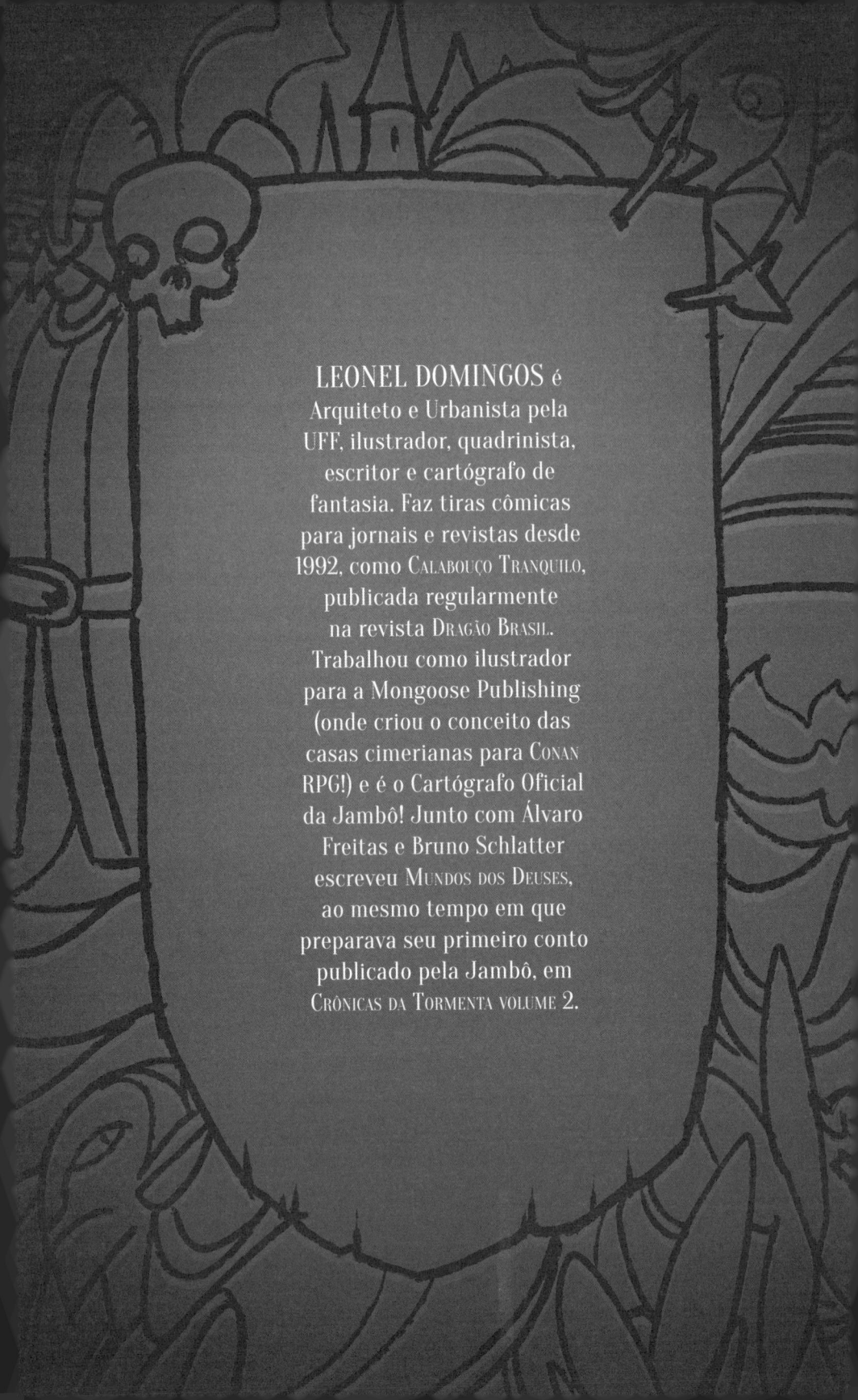

LEONEL DOMINGOS é Arquiteto e Urbanista pela UFF, ilustrador, quadrinista, escritor e cartógrafo de fantasia. Faz tiras cômicas para jornais e revistas desde 1992, como Calabouço Tranquilo, publicada regularmente na revista Dragão Brasil. Trabalhou como ilustrador para a Mongoose Publishing (onde criou o conceito das casas cimerianas para Conan RPG!) e é o Cartógrafo Oficial da Jambô! Junto com Álvaro Freitas e Bruno Schlatter escreveu Mundos dos Deuses, ao mesmo tempo em que preparava seu primeiro conto publicado pela Jambô, em Crônicas da Tormenta volume 2.

OS COMANDOS DA ÁGUA NEGRA

LEONEL DOMINGOS

ASSIM COMO ACONTECE EM OUTRAS REALIDADES, PARA Arton a guerra é natural. Mais do que isso, os períodos de paz flutuam no caldo de história mundial como bolhas de gordura em um ensopado, maiores ou menores conforme a ebulição do caldo. E a cada guerra ficava mais evidente que saber com antecedência os passos e planos do inimigo podia definir o resultado do conflito. Logo apareceram os delatores, os traidores, espiões, vira-casacas e fofoqueiros de modo geral.

Numa realidade mágica tangível surgiram os áugures e profetas, não só os charlatães de feira, mas o artigo genuíno. A espionagem e a contra-espionagem afloraram entre os iniciados das artes mágicas, uma disputa de talentos nem sempre gentil, que se aprimora a cada batalha.

A poderosa Valkaria conta com magos e clérigos gordos e bem pagos, os melhores alunos que a Academia Arcana pode fornecer, incumbidos de patrulhar o espaço palaciano e bloquear quaisquer variações no campo de magia, o que, em se tratando da capital do Reinado, é como fazer o controle de tráfego aéreo de uma nuvem de gafanhotos. A segunda maior equipe de contraespionagem mágica de Arton Norte está no palácio Rishantor, em Ahlen, com a notável diferença de que eles não patrulham invasões mágicas de fora do palácio, mas sim dentro de seus muros. Uma invasão estrangeira em Ahlen corre o risco de ser recebida como um sopro de ar fresco na sucessão rotineira de golpes internos do reino. Também corre o risco de ser recebida com um punhal envenenado entre as omoplatas.

Alguns lugares contam com abordagens diferentes para o problema de augúrios e teletransportes inimigos, como a fortificação de Villent, que mantém em sua folha de pagamentos a Grande Bertha, bruxa antiaérea e criadora de porcos, ou como uma pequena guarnição próxima de Gallienn, bem ao lado de um moinho d'água onde, aliás...

Começa nossa história...

Uma nuvem se deslocou obstinadamente pelo céu, a ponto de tapar a lua sobre um pasto de Supremacia Purista. De um arbusto um vulto começou a se esgueirar, emitindo aquele silêncio especial de alguém fazendo muito esforço para não ser ouvido. Um silêncio escovado e polido que se assemelhava a um buraco negro de som no meio do zumbido noturno do pasto. Foi preciso dez minutos para o vulto percorrer os cinquenta metros que separam o arbusto de um toco de árvore próximo ao moinho, onde finalmente encostou as costas, depois de verificar que sua posição estava bem escondida do acampamento da guarnição. Mais um momento para tomar fôlego, e o espião removeu de um bolso uma pequena lanterna furta-fogo de cobre e abriu uma nesga do obturador para se certificar que ela ainda estava acesa. Escolheu bem o ângulo e deixou abrir um pequeno orifício na lateral da lanterna, expondo um pouco de luz em direção ao moinho. Uma, duas, três piscadelas curtas e a lanterna voltou para dentro do emaranhado de roupas.

Entre o moinho e o toco onde o espião se acocorava corria uma vala que parecia estar cheia de postes de metal que sustentavam uma espécie de cerca de arame farpado. O espião tentava olhar através dessa cerca, para a escuridão do moinho, mas seus olhos lacrimejavam com o esforço. De dentro do moinho, alguém mirou cuidadosamente com um estilingue e atirou uma pedra, que foi aterrissar quase no colo do espião. Ele desamassou o papel que embrulhava a pedra e transformou o manto volumoso numa espécie de tenda, dentro da qual teve coragem de usar a lanterna novamente para ler a mensagem.

> *"Pronto para desertar PT*
> *Exitação deve ocorrer antes do próximo ciclo lunar VG*
> *ou não será possível deter a experiência PT*
> *Procure o carroceiro e diga que cobro um favor PT*
> *Não esqueça do combinado PT"*

O espião desamassou o papel com cuidado, dobrou e escondeu em um dos bolsos do manto. Então, com um giro felino, desfez a tenda sobre si mesmo e começou a se afastar, tão silenciosamente quanto veio. Um leve assobio no vento e foi atingido por um golpe na nuca que o derrubou no mato. Seus olhos se encheram de faíscas vermelhas e amarelas por uns minutos, até que ele começou a se sentir melhor e percebeu que nenhum soldado o arrastava ou amarrava. Arriscou abrir os olhos e olhar em torno, estava só. Ao seu lado, outra pedra embrulhada em papel. Ele se acocorou devagar, tornou a abrir o manto sobre si e com vagarosidade dolorida desfez o embrulho para ler sob a lanterna.

> *"Nota corretiva BIPT*
> *Onde se lê exitação VG favor ler extração PT"*

Não seria possível adivinhar se o espião iria voltar para devolver as pedras ao seu interlocutor, ou aceitar pacificamente as mensagens. Naquele momento, uma centelha elétrica surgiu logo acima do moinho e foi atraída para a cerca, e onde antes não havia nada, agora havia um jovem mago com chapéu pontudo meio retalhado pelos fios de metal da cerca, gritando e despertando a guarnição. O espião se embrulhou novamente no manto e correu agachado para longe, atravessando o pasto tão rápido e sorrateiro que provocou taquicardia em dois ratos do campo que não o ouviram chegando.

Parou às margens do rio Iörvaen, onde juntou as duas mensagens em uma única dobradura e, num movimento de mão, mandou-as girando para cima. Alguma coisa pequena e rápida interceptou o pequeno pacote e tornou a subir quase tão rápido quanto sua aparição. Logo o ar estava calmo novamente.

Duas semanas e mais de trezentos quilômetros mais tarde, noite limpa iluminava os caminhos amuralhados de Villent e Grande Bertha limpava suas galochas ao lado das pocilgas calçadas de pedra do pátio militar. De repente, arqueou uma das sobrancelhas, largou a galocha e olhou para cima, retirando o chapéu pontudo de bruxa a fim de ver melhor. Qualquer um que olhasse na mesma direção provavelmente não veria nada além de poeira trazida pelo vento, talvez uma andorinha rodopiando atrás de mosquitos. Para a bruxa, algo no ar faiscava de magia, tão chamativo e barulhento quanto um dragão vermelho dançando numa loja de alquimia. Ela juntou as sobrancelhas em desagrado, entrou na pocilga mais próxima e voltou trazendo no colo um porco de trinta quilos. Com calma segurou o animal, escorando o pernil no ombro e mirando o focinho em direção ao projétil de magia que só ela via. Murmurou algumas palavras mágicas que fizeram brilhar a barriga do porco e deu um aperto seco no suíno. O porco soltou um ronco supersônico que voou espiralando o ar e atingiu em cheio a magia que se aproximava. O encantamento invasor se desfez em pequenos redemoinhos mágicos, e Grande Bertha deu um sorriso satisfeito. Pôs no chão o porco, muito confuso quanto às próprias capacidades e totalmente determinado a gastar um tempo meditando sobre a natureza da suinitude, ajeitou o chapéu de ponta e voltou a limpar suas galochas[1].

Do outro lado do canal e longe da caserna, Enzo Teandjelly esfregava preguiçosamente uma panela na barraca de lanches que ostenta no teto uma placa de madeira colorida com seu sobrenome. Apesar do jeito enfadado, Teandjelly tinha orgulho de seu estabelecimento. O melhor pão com linguiça de Villent, como ele mesmo falava, era tão querido pelos praças, que soldados de Villent lutando nos fronts de Supremacia Purista e saudosos de casa compuseram uma canção intitulada "É um longo caminho até Teandjelly".

— Vazio hoje? — disse uma voz meio tremida.

Teandjelly se virou para o balcão, ainda prestando atenção na panela que estava areando, e respondeu casualmente:

— Ah, cê sabe... a soldarada que mais vem pra cá de noite, mas o capitão deu ordem de recolher.

— Quem? O capitão Mormaço? Sete linguiças no pão, por favor...

Teandjelly afinal levantou os olhos e viu um soldado com manto manchado de verde-escuro, pingando água como uma rede de pesca. Tibares são tibares, é claro, mas o linguiceiro não se conteve a desviar os olhos para o portão da caserna, na outra esquina. Estava fechado, guardado por uma sentinela que parecia ser o próprio portão usando capacete.

— Ééé... esse mesmo — disse desconfiado enquanto condenava um rolo de linguiça ao óleo fervente. — Desdintão o movimento caiu muito depois das nove. Até estou estranhando... — calou-se.

— Oh, eu? — respondeu o soldado, entendendo o hiato. — Tenho meus macetes. Pra viagem, por favor. No papel encerado, se não se importa.

Teandjelly ajeitou os pães fumegantes dentro de um saco de papel grosso e colocou sobre o balcão.

— Aqui está. Quatro tibares, por favor, ou cinco se quiser um caneco de cerveja.

O soldado fez surgir um pedaço de papel de dentro das vestes e largou no balcão.

> *"Enzo;*
> *Pendura sete teandjs na minha conta.*
> *Fica entre nós essa compra, ok?*
> *Te dou uma ~~groj gord~~ um extra de dois tibares.*
> *Ass. cap. Theóphilo Mormaço"*

Não havia dúvida de que tratava de uma nota verdadeira. Teandjelly já tinha recebido outras penduras do capitão para saber reconhecer a letra. Além disso havia a marca do sinete na cera, o que torna a nota promissória tão boa quanto dinheiro, o que era muito bom, porque ele nem havia terminado de ler a nota e no lugar do soldado encharcado havia uma nuvenzinha de poeira espiralando no formato de um soldado encharcado. E o saco de sanduíches havia sumido também.

Como quase toda cidade, Villent era abastecida por rios locais. Neste caso, à medida que a cidade foi crescendo suas muralhas e se tornando uma fortaleza preparada para defender Deheon, as defesas foram expandindo em círculos quase concêntricos, as ruas foram sendo calçadas e os muros alargados, até que os adarves começaram a se tornar verdadeiras ruas e os rios, canais ladeados por muros altos. Bem próximo à barraca de pão com linguiça de Teandjelly, o soldado encharcado escorregou por um desses muros, fazendo esforço para não agitar a água do canal. Outro soldado estava ali, numa espécie de canoa fina e baixa, com uma pintura escura e suja. Eles se ajeitaram na canoa, sacaram remos do tamanho de abanadores e começaram a remar com cuidado.

Remaram ainda mais devagar quando o canal passou perto do portão da caserna. Tão devagar que a água começava a caraminholar antes dos remos tocarem nela, por ansiedade. Enquanto isso, acima dos dois canoístas, começou a troca da guarda e o soldado que parecia um portão abriu alas para outro que parecia uma carroça de estrume segurando alabarda. Pararam um em frente ao outro e o portão estendeu uma alabarda de lâmina dupla para a carroça, que pegou com cerimônia e entregou a alabarda de lâmina simples para o portão. A carroça verificou a alabarda com um gesto teatral e deu um leve aceno. Enquanto isso, o portão examinava a outra alabarda, aparentemente verificando o alinhamento das fibras da madeira. Trocaram novamente as armas e a carroça começou a girar uma delas alabardas numa só mão, pousou na outra e testou a ponta. Passou a alabarda simples novamente para o portão, que lhe devolveu a alabarda dupla, então giraram com muita dificuldade até que tivessem trocado simetricamente de lugar. Bateram continência e deixaram escapar o ar dos pulmões, aliviados com o fim das formalidades.

— Vai voltar direto para o alojamento?

— Acho que sim. O que eu queria mesmo era um pão com linguiça, isso sim. Pra fechar a noite, sabe — suspirou o portão.

— Engraçado você dizer isso, porque eu estou sentindo cheiro de pão com linguiça agora.

O outro guarda farejou o ar com a potência de um trobo procurando por cenouras caramelizadas. Depois concluiu, estalando a boca para testar o sabor das partículas de ar.

— Cinco ou dez pães com linguiça. Pra viagem. Aqui embaixo.

Os dois brucutus se aproximaram da mureta e olharam para baixo, no canal. Tudo escuro e mergulhado em sombras, com um ou outro detrito[2] rebolando lentamente na correnteza mansa.

— Não tem nenhum pão com linguiça lá embaixo... — soltou com um muxoxo o guarda mais baixo, emendando com — nem sinto mais cheiro, aliás.

— Verdade. Pode ter sido algum cheiro canalizado. E agora estou com mais fome! — grunhiu o portão.

— Mas vai ter que se contentar com o grude — disse o carroça, vingativo porque jantar no quartel foi sua penitência também. — Ordens são ordens!

— Ordem besta de um capitão besta... — resmungou baixo o portão, enquanto seguia pelo pátio da caserna afora.

Lá embaixo, no canal, os dois soldados saíram da posição que estavam, encostados na parede escura e sob a água até as narinas, desviraram a canoa e navegaram pelo braço d'água que ia para a caserna.

— Bom que mandei botar num saco encerado — sussurrou um dos soldados.

— Podia ter pedido um saco incheirável também.

Os dois soldados entraram, já de fardas trocadas, dentro de um barracão de sapê onde já estavam outros cinco, incluindo o capitão Mormaço. Puseram o pacote com sanduíches sobre a mesa e se sentaram. O capitão pegou um dos pães e passou o pacote para outro soldado, para que todos se servissem.

— Foram vistos? — disse.

— Fomos farejados — respondeu um pouco chateado um dos soldados —, mas não conseguiram nos achar.

— Farejados, heim? Escalei os sargentos Rótula e Soqueira justamente pra hoje. Se esses dois não conseguiram achar o pão com linguiça, então concluímos o treinamento.

Invadir o próprio quartel era um método de treinamento singular, idealizado pelo próprio capitão, que também aproveitava para descobrir falhas de segurança na cidadela. O sistema se mostrou eficaz, seguro, e ninguém perdeu nada maior que um dedo durante os exercícios.

Mormaço abriu um mapa sobre a mesa e começou a riscar com uma régua e um lápis, enquanto dizia:

— Há onze dias recebemos uma mensagem... parece que uns rebeldes descobriram um projeto inimigo. Uma nova arma para garantir a vitória da Supremacia Purista. — Riscou um círculo no mapa e marcou um X. — Bem aqui. Num moinho. Mas o criador da arma resolveu desertar, e nós vamos tirá-lo de lá.

— Todos treinamos para isso. Vamos em canoas de caçador, sempre aproveitando a escuridão noturna, até este ponto aqui. Depois atravessamos este pasto que circulei... — continuou.

— E esse regato?

— Raso demais. Vamos a pé pelo pasto. Encontramos os rebeldes neste ponto... E aí vemos como entrar. Parece que eles já têm planos.

— Quatro canoas?

— Quatro. Eu e Nodosa, você e Rampante, Sargento Coffélia com Fusilli, e Toni Perneta vai sozinho — Mormaço olhou para os soldados. Não havia indecisão nos olhos de ninguém. — Partimos com a lua, amanhã, na nascente do Iörvaen. Dúvidas?

Detalharam o resto dos planos por mais uma hora e, no dia seguinte, partiram para a nascente, numa carroça de campanha que levava as canoas embrulhadas em lona. Já tarde da noite chegaram nas margens do Iörvaen, vestiram seus mantos sujos de verde-escuro e marrom, pegaram suas mochilas de encerado e deixaram as canoas seguirem a corrente, deitados a maior parte do tempo. As canoas baixas mal aparecem na linha d'água e a corrente esconde facilmente o veículo, contanto que se tome o cuidado de navegar apenas à noite. Então, durante o dia, dormiram escondidos sob juncos ou amoreiras e à noite viajaram, procurando ajudar a correnteza o quanto pudessem com seus remos de abanador. Passaram seis dias até que chegaram, num entroncamento de rio e logo mais na margem marcada em seus mapas. Esconderam bem as canoas sob uns arbustos, cobrindo com lama e folhas e, como logo iria amanhecer, se deitaram para descansar e esperar a noite chegar novamente. Atravessariam a pé o pasto de vacas.

O dia chegou para evaporar o orvalho e os sons da madrugada fizeram silêncio, surgiu um murmúrio suave, uma sinfonia de despertar de zumbidos de insetos e canto de pássaros que embalou o sono dos soldados por uns minutos, uma orquestra silvestre que fala de campos verdes e flores primaveris e que só pode culminar com o lirismo doce de uma jovem noviça dançando entre os edelvais. Mas naquela manhã específica, culminou com uma fanfarra de tubas e clarinetes, três bumbos e dois tocadores de címbalo, mandando ver numa polca dos infernos acompanhados do grito das vendedoras de cerveja.

A recruta Nodosa espiou pela folhagem.

— Capitão, tem certeza de que isto é um pasto? Não quero questionar o mapa, mas se for aqui mesmo, estas vacas estão abrindo o próprio negócio — tornou a olhar pelas folhas, encontrando uma faixa. — *XIV Festival da Cerveja do Baixo Iörvaen!*

A essa hora, todos já estavam acordados e olhando o campo tomado de barracas e barris, com gente chegando em grupos animados. Ninguém se preocupou em remover as vacas do pasto, que continuavam passeando pelo capim e alternando entre a curiosidade e a ruminância interessada. Alguns cervejeiros até aproveitaram a presença dos bovinos para colar cartazes nos seus dorsos, fazendo propaganda do próprio produto. Uma vaca em que se lia "Cave Kicksintroop, a Dunkel favorita dos soldados" veio pastar ao lado do arbusto onde os comandos de Deheon se escondiam.

— Xôôô — sussurrava o capitão. — Xôô... Estão vendo aqui do lado, essa tenda vazia? Vamos pra lá antes que alguém resolva se aliviar neste mato.

Os sete se arrastaram como uma centopeia e entraram no barracão pela lona dos fundos. A tenda estava cheia de caixotes e embrulhos e cheirava a serragem fresca.

— E agora? — quis saber Fusilli, o mago de campanha do grupo que, como todo mago, não gostava da ideia de estar acuado numa estrutura de lona e varetas quando sua memória está engatilhada num feitiço de bola de fogo.

— Agora aguardamos — respondeu Mormaço — e com sorte ninguém virá revirar esta tenda até pensarmos numa saída. O que foi, Coffélia?!

A sargento Coffélia parou de sacudir o manto do capitão e mostrou uma manga de camisa que saída dos embrulhos onde eles estavam escondidos.

— Talvez possamos atravessar o campo, se largarmos as espadas para trás...

A lona da frente do barracão se abriu para dar passagem a um grupo de sete pessoas vestindo calções com suspensórios, camisas bufantes e pequenos chapéus de aba curta, enfeitados com penas e flores. Seguindo a ordem de parecer natural, eles se moviam mais ou menos casualmente, desde que a casualidade envolvesse seis pessoas andando atrás da primeira, que abria caminho, provocando a mesma impressão causada pela máfia de vendedores de relógio-cuco, ou uma gangue de rua alpina. Para evitar mais olhares, o tirolês que liderava o grupo fez uns poucos gestos para que se misturassem na multidão, então se moveram, todos, para junto de outros grupos que também vestiam calção e chapeuzinho. Um deles tirou uns tibares de uma bolsa e deu para uma vendedora que passava e depois apressou o passo, abraçando umas canecas de cerveja e uns sanduíches, para voltar pro bando.

— Olha a breja — distribuiu Toni Perneta. — E tem esses iudivus pra matar a fome.

— Iu quê?

— Iudivus. É o que a moça falou. Cerveja e iudivus.

— É yudenwurst. Prato típico.

— Foi o que eu disse.

Toni Perneta mordeu o sanduíche e mascou um pouco.

— Ei! Mas é pão com linguiça! Malditos desgraçados, se o Teandjelly sabe...

— Shh!! Toni!

Continuaram andando misturados nos outros grupos, até que a pequena multidão parou mais ou menos no meio do pasto, e abriram um círculo. Os sete comandos ficaram parados no meio, olhando para os lados e esperando ver alguém puxando um punhal. Um dos puristas se aproximou da sargento Coffélia.

— É muita coragem — disse num tom baixo com gravidade de apito de neblina. Coffélia começou a estabelecer uma conexão mental entre o bico de seu sapato e a braguilha dos calções do purista.

— É muita coragem incluírem mulheres no seu grupo de schuhplattler! — continuou o gorila de chapeuzinho. — Mas agora tomem seus lugares, certo?

— Err... Sim, sim! — respondeu Coffélia, e todo o grupo ocupou um lugar na roda, e uma tuba começava a ribombar um ritmo. Um dos dançarinos se destacou de um grupo e começou a bater na própria coxa, nos braços e nas solas dos sapatos, acompanhando o ritmo da música, e quando a banda entrou na melodia, outros dançarinos se juntaram a ele.

— Eu conheço essa dança — Fusilli murmurou com o canto da boca, — é igual ao Tapa no Tamanco em Valkaria. Se me imitarem podemos sair desta³!

Nesse momento, um cervejeiro subiu em cima de um balcão improvisado sobre barris e começou a falar através de um tubo cônico de cartolina⁴:

— É um ótimo dia para o Schuhplattler, senhoras e senhores! Os competidores estão animados e a banda está mandando ver no Iörvaen Azul.

— E apareceu o primeiro desafio! Otto Doppelkinn, dos Coturnos Alegres, está desafiando o líder de baile dos, dos... que grupo é esse? Helga, verifique no livro de inscrições.

— Ah! Os Bailadores Galantes. É sua primeira participação no Festival da Cerveja do Baixo Iörvaen, mas ouvi dizer que se saíram muito bem nas finais do Kannilar Danz do mês passado⁵! E Otto começou! Está fazendo a trinca de salsichas, é um passo de dança muito apreciado. Girou... agora vai para o dueto com o desafiado. Sequência de tapas. Sola, sola, coxa, sola, sola, própria bochecha, testa do desafiado... E o bailador galante devolve com um soco no olho. Direto no olho esquerdo de Otto Doppelkinn! Os outros bailarinos estão seguindo o exemplo do líder. O mais baixo acertou dois tapas nas orelhas de Puttinon Theritz, dos Escudeiros do Amor, que está cambaleando. mas um de seus colegas o segurou e segue dançando, marcando ritmo em seu traseiro. Que competição, que competição!

— Otto Doppelkinn voltou à dança, agora com mais três dos Coturnos Alegres. Estão batendo nas solas uns dos outros enquanto correm atrás de dois Bailadores Galantes. E enquanto isso outro bailador... esperem, é uma mulher?

Sim, é uma mulher! Muito incomum uma mulher nesta dança. Opa, o bailador galante encaixou o bico do sapato bem no meio dos inomináveis de Von Padilha. Que bailarina implacável!

— Enquanto isso, um dos bailarinos galantes decidiu fazer um movimento solo! Ele está girando como um parafuso, e batendo o ritmo em golpes duplos. Muito bonita a técnica desse bailarino.E parece ter atraído a atenção de Puttinon Theritz, que o virou de cabeça para baixo num barril de aguardente. De quem é esse barril? É seu, Herrman? Sinto muito por você.

— A banda já está na virada e outro bailador... outra bailadora galante, duas mulheres numa só competição, que máximo, senhores! Ela virou Kurrt Kobaia, dos Coturnos, de cabeça para baixo, colocou os pés em seus sovacos e está usando Kurt como pula-pula. Ele deveria ter vindo de capacete...

— Os Coturnos conseguiram encurralar os outros Bailadores Galantes e estão empurrando todo o grupo. Doppelkinn tropeçou! A massa de bailarinos se transformou numa bola de destruição e está rolando para a barraca de cerveja de Hans Treilerparken.

— E acabou! Acabou! Os vencedores da competição de Schuhplattler deste ano são os Escudeiros do Amor, em função de serem os únicos de pé! Parabéns, Escudeiros!

Mormaço piscou os olhos enquanto os globos de luz e faíscas dançantes de sua vista entravam novamente em foco e ele era arrastado de volta à consciência, para engasgar de terror quando percebeu as sete arrobas de músculos puristas que se inclinavam sobre ele. Otto Doppelkinn agarrou suas mãos e o ergueu.

— Maravilhoso! — cantarolou o purista enquanto apertava as mãos de Mormaço. — Há anos que não me divirto tanto num festival! Vocês precisam ficar para as próximas competições!

— Sim... ficarmos...— disse o capitão. E enquanto massageava as mãos para trazer de volta a circulação, viu alguém agachado atrás de um barril, acenando para ele. Não, não agachado... alguém muito pequeno. Ele se aproximou para o que percebeu ser um duende vestindo avental de servente. Olhou discretamente para os lados, para se certificar de que os outros puristas já estavam voltando para a festa, e se abaixou.

— Você é... — começou.

— Sim! Seu contato. Faço parte dos Larrê! — disse o duende, com a entonação animada de quem tem certeza que sua fama chegou até os ouvidos de cada oficial de Deheon. Mormaço nunca ouviu falar deles, mas o animado pequenino não deu trégua:

— Não temos tempo, eles não podem perceber que eu parei de carregar os barris. Venham comigo!

— Um momento — disse o capitão, e contou os soldados. — Um, dois, três, quatro, cinco... cadê o Fusilli? Barbatana, viu o Fusilli?

— Está aqui, dentro do barril de aguardente — disse Nodosa. — Não está em condições...

— Role ele pra cá e vamos!

O grupo saiu do festival, andando com aquele ar casual de quem precisava muito chegar a uma moita erma, mas de repente percebeu que não precisa mais. Chegaram finalmente a um ponto afastado da vista de todos e o duende passou a mão numa rocha mais larga do rio, mostrando que parte dela era uma ilusão.

— Os outros membros do Larrê aguardam lá dentro — disse enquanto ajeitava o avental, — e eu preciso voltar antes que percebam que fugi. Boa sorte!

O pequenino deu uns passos, então se voltou:

— Sabem os dançarinos que estavam na tenda com vocês? Que apertaram suas mãos? São os assassinos da guarnição. Vocês certamente são abençoados! Mas tomem cuidado, eles estarão guardando o moinho, à noite...

O duende se afastou, apressado, e os comandos se recompuseram. O capitão Mormaço testou a abertura na pedra e entrou, seguido dos outros, que levaram na rabeira o Fusilli, escorado entre Nodosa e Rampante como uma cana na moenda. Logo após a passagem, a caverna se abria mais do que seria razoável e tudo cheirava a magia de fadas, das paredes cintilantes aos espaços impossíveis. Mas aquelas não eram fadas quaisquer. Eram fadas com propósito. Várias garrafas estavam encostadas na parede, com uma mecha de trapo e uma rolha de sabugo, cheirando mais a aguardente que o Grande Fusilli. Do outro lado, uma série de mantos escuros e lâminas curtas de bronze fazem a propaganda sinistra de que as cenas dos próximos capítulos podem incluir esfaqueamentos no escuro e gemidos abafados.

No fundo da passagem, um pequeno grupo de criaturas feéricas aguardava encostado displicentemente numa mesinha, e apesar de usarem roupas diferentes entre si, um vestido aqui, uma jaqueta ali, todos usavam preto-e-branco e uma boina que, como é natural a elas, era fruto de ilusão. Mormaço notou que a fumaça do cigarro de uma das criaturas atravessava a boina sem correr pela superfície e que alguns pontos das roupas de todos pareciam... bem, pareciam errados. Ele não sabia explicar, era como um cisco no canto do globo ocular, provocando uma mancha na visão que foge quando se tenta olhar diretamente para ela. Uma fada que se contente com ilusões assim, desleixadas, precisa estar sob muito estresse.

— Olá — disse Mormaço, tirando o chapeuzinho —, eu sou o capitão Theóphilo Mormaço. Estes são a sargento Coffélia, cabo Barbatana e o soldado Perneta. E ali atrás são os recrutas Nodosa e Rampante, e nosso mago de campanha, Fusilli.

Uma das garrafas de aguardente se espatifou com a passagem do trio ziguezagueante, pontuando a frase de Mormaço. Fusilli escorregou no líquido e caiu sentado, enquanto Nodosa e Rampante se escoravam nas paredes para não seguir o mago. Os recrutas tentaram levantá-lo, mas Fusilli começou a abanar as mãos, enxotando a ajuda.

— Deishha comigo! Deishh... deisha. Shhhhhh! .... O caso é, o caso é.... O caaaso! É... 'Que eu sheee... eu sheego lá shojinho. Me deissh...

Ainda sentado, Fusilli começou a gesticular e murmurar gatilhos com a voz pastosa de um acordeon com língua presa. O ar faiscou um pouco em volta dele, e outra garrafa de aguardente começou a flutuar, girando levemente no próprio eixo. Nodosa e Rampante se jogaram no chão, cobrindo as cabeças com os braços. A garrafa parou de girar, o líquido interno começou a borbulhar, então as faíscas cessaram e a aguardente pousou com suavidade no chão e emborcou de lado. Fusilli viu isso tudo com um sorriso ébrio, balançou a cabeça:

— Eu âãmo voshês... — disse e caiu desmaiado.

Ao lado do capitão, Barbatana estalou a língua.

— Bom... espero que um mago não seja parte fundamental da missão...

— Não é — interrompeu uma das criaturas. Tinha cerca de setenta centímetros, um vestido rodado e fumava nervosamente numa piteira. — Aliás, não podem usar o mago dentro do moinho, ele seria pego pela arapuca.

— Nodosa, vigie o Fusilli, por favor. Não deixe que ele tombe a cabeça — Mormaço virou-se para a criatura — Arapuca, você disse, senhora...?

— É como eles chamam a cerca antimagias que fizeram. É mortal, vocês a verão — e ela acenou para os soldados. — Por aqui, vamos explicar a situação. Eu sou Ervilha. Estes aqui são Cardo Bravo e Seixo. Quem os trouxe aqui foi o Fungo Turbante e Cicuta, que está resolvendo um assunto, vai se juntar a nós mais tarde. Isso é tudo que restou de nós.

— Soubemos dos conflitos com não-humanos... — começou Coffélia.

— Não são conflitos — disse um um boggart de barba espetada e gola rolê. — É extermínio. Eles escravizaram muitos dos nossos, nos obrigam a carregar suas tralhas, a dançar para divertir seus fedelhos.

— E nem é tudo — disse Ervilha. — Eles construíram masmorras para torturar seus prisioneiros. Três na Supremacia Purista, duas em Zakharov. Salzbergwerk fica muito a leste, nas fraldas das Uivantes. Bem antes disso construíram uma torre, em Kayalla. Eles a usam para enlouquecer os centauros.

— Malditos desgraçados! — disse Toni Perneta. — Como podem exterminar seu próprio povo?

— Não somos o povo deles. Nascemos aqui, sim, mas para eles somos só números. 819.

— 173.

— 524 — disse Ervilha, e seu vestido de ilusão tremeu um pouco. Por um momento, Mormaço pareceu ver uns andrajos, puídos e imundos.

Todos ficaram em silêncio por um momento, o ar de alguma forma parecia o mesmo e parecia também sufocante.

— Isso tudo é muito ruim — continuou Ervilha — mas pode ser ainda pior! Estes puristas do moinho são cães loucos demais para o resto do exército, então foram deixados sozinhos, e agora estão criando uma arma para acabar com a magia. Por isso estamos arriscando nossa posição e trazendo vocês.

Vocês precisam tirar o inventor dessa arma da Supremacia Purista, antes que ela esteja concluída.

— E ele concorda mesmo em sair? — perguntou o capitão.

— Se cumprimos nossa parte. Isso saberemos logo. — Ervilha pitou outra vez o cigarro e completou. — Bebam alguma coisa e descansem. À noite vamos levá-los até o moinho.

À noite, decidiram deixar o mago aos cuidados de Seixo e Cardo Bravo e saíram em direção ao moinho. Ervilha guiou o grupo e parou numa moiteira alta, de onde era possível ver tanto o moinho quanto a caserna. Com o festival acontecendo no pasto, havia poucas luzes nas duas edificações. Um carro de boi estava parado na moiteira e o carreteiro cumprimentou Ervilha com um aceno mudo.

— O que é essa cerca em volta do moinho? Parece que está sobre um fosso branco... — Mormaço parecia estar medindo a distância com os olhos.

— É a arapuca! Invenção deles. O fosso tem sal e limalha de ferro, usaram em um ritual que nos impede de chegar perto, e o resto eu não sei o que é[6], mas quem tentar se teletransportar ou fazer qualquer mágica por ali vai acabar fritando no meio desses arames — disse Ervilha, em sussurro.

— E como vamos entrar? Magia não dá, e eu vejo guardas na entrada.

Ervilha se colocou ao lado do carreteiro.

— Os Larrê não podem atravessar o fosso. Vocês vão entrar, com ajuda do sr. Bóris.

O homem fez um aceno mais uma vez.

— Eu irei levá-los no meu carro. Junto com a entrega da noite. — E apontou com o polegar para o carro de boi, que trazia uns sacos sobre a plataforma.

Os comandos olharam em torno do carro e do homem. Um carro de boi, com rodas de madeira, uma parelha de bois e uma plataforma de tábuas sobre as quais havia uns quatro sacos de aniagem cheios. Não parecia ter muito espaço para se esconderem, nem mesmo dentro dos sacos.

— Err... e será que não teria um monte de feno para levar no carro? Podíamos ir no feno... — disse Nodosa, balançando as tranças.

— Ou uma ilusão. Uma ilusão de fadas para que não nos vejam nessa carroça — disse Toni Perneta.

— Nada de ilusões — cortou Ervilha — a arapuca iria desfazer a magia assim que chegassem perto. Sr. Bóris, pode mostrar...?

— Está bem, pequena — disse, subindo na plataforma do carro de boi. — Por aqui quase todos me conhecem como Bóris, o carreteiro. Mas eu já fui famoso em Zakharov. Em Zakharov eu já fui Charlat, o Magnífico! — Bóris fez uma mesura com o casaco, cobrindo parte do rosto com ênfase teatral. — Eu vendia elixires mágicos! Poções do amor! Esperança! Esperança era tudo que precisavam, e era tudo que eu dava. Um pouco de magia, onde a magia não alcança.

— Então — empertigou-se — um dia eu cometi o erro de voltar a uma vila onde já estivera havia poucos dias, e eles se lembravam de mim, ora se não! Eu corri, como se o próprio demônio estivesse espetando meu rabo. E não teria saído vivo se um jovem filósofo não decidisse me ajudar na fuga. Naquele dia, Charlat, o Magnífico, desapareceu! — disse o homem, deixando seu corpo cair para trás na plataforma do carro de boi. O casaco que segurava nas mãos caiu junto com ele, mas ao invés de cobri-lo, o casaco pousou sobre a plataforma, estendido como um lençol.

Mormaço e Coffélia chegaram perto do carro de boi e a moça puxou o casaco, revelando apenas as tábuas da plataforma e uns sacos.

— Magia... — disse Mormaço. — Mas vocês disseram que não é possível fazer magia perto da cerca.

Ervilha abriu um sorriso fino, ao mesmo tempo duas das tábuas da plataforma se abriram e o homem voltou a aparecer, deitado num vão que não parecia ser possível.

— O único milagre é que Charlat desapareceu, e em seu lugar surgiu Bóris, o carreteiro de Yuden! E hoje, senhores, Bóris vai pagar a dívida que tem com o filósofo que o salvou!

Eles olharam o carro mais atentamente e ele era um prodígio de carpintaria. A plataforma era na verdade uma caixa oca, feita de metal revestido com folhas de madeira, mas o fundo da caixa era bastante fino nas bordas laterais e profundo no centro, a parte de baixo era pintada em cores escuras e linhas que simulavam as molas do eixo, criando uma ilusão de ótica. A plataforma parecia muito fina, mas era um compartimento de carga. Eles teriam que se apertar bastante, mas talvez coubessem todos dentro daquele nicho.

— Então é isso —disse o capitão, num assobio baixo. — Vamos todos nos apertar aqui. Quem entra primeiro?

— Espere! Temos que aguardar uma confirmação — disse Ervilha. Mormaço fez menção em dizer algo, mas ela levantou a mão com firmeza. — Ainda falta uma coisa, e vocês terão que esperar por isso. Melhor se sentar, capitão.

Esperaram no escuro por mais três quartos de hora, até que um assobio longínquo chamou a atenção de Ervilha. Ela retirou uma pequena lanterna furta-fogo de dentro do vestido e deixou que a lanterna desse três piscadas curtas, noite adentro.

Acima, muito acima, uma ave de rapina planou na noite[7]. E alguma coisa caiu dessa ave, descendo numa carreira vertiginosa até que, já bem perto do solo, a sílfide abriu as asas e tentou frear a queda, diminuindo a velocidade com um som de whomp! e tocando levemente o chão com os pés. Depois com a cabeça, depois com os pés novamente, depois rolando até bater na canela de Ervilha.

A fada ergueu a sílfide na palma das mãos, com delicadeza.

— Até que foi um bom pouso, Briar. Você está melhorando! — A sílfide ajeitou um capacete feito de crânio de esquilo e botou um polegar para cima, ainda meio tonta. — E quanto à missão? — quis saber Ervilha.

A sílfide deu um assobio curto e remexeu nas roupas. Estava usando um macacão de frio feito a partir de luvas de inverno. Fez surgir um envelope, que entregou para Ervilha.

— Aqui está, capitão. Agora podem se meter dentro da carroça e entreguem este envelope ao doutor. É nossa parte no acordo. Aguardaremos a saída de vocês aqui neste matagal, ou no esconderijo.

Um tempo depois os dois guardas que patrulham a entrada do moinho d'água viram chegar o carro de boi, rangendo o eixo monotonamente. Eles já conheciam a rotina de entregas, então ficaram parados, mascando tabaco para passar o tempo. A carroça atravessou o portão e estancou como uma barca velha atada a um rebocador.

— Bóris!

— Bóris...

— Hmm...— saudou o carroceiro.

Os dois guardas rodearam o carro de boi, com calma. Então puxaram espadins finos como agulhas de crochê e deram duas estocadas em cada um dos sacos.

— Cuidado com a aniagem... — murmurou Bóris.

Os guardas apalparam os bois e deram ordem para Bóris seguir. O carro de boi entrou no moinho, que era bastante amplo. A pedra da construção ainda ocupava o centro da casa, com o eixo que atravessava de parede a parede e terminava na roda d'água do lado de fora. Mas outros anexos foram construídos, para os lados e para cima, então o carro estava manobrando num cômodo que estava mais para uma mistura de moinho com refinaria. Parou num canto onde já havia outros sacos meio vazios e Bóris chutou os sacos de aniagem para fora do carro. Então olhou para trás enquanto ajeitava as calças, para ter certeza de que os guardas não estavam ali, e abriu o alçapão da plataforma.

— Podem descer. fiquem por trás do carro, assim.

Alguém desceu uma escada de marinheiro que acompanhava uns tubos de bronze. Vestia um avental de couro bastante manchado e seu cabelo parecia ter sido esfregado numa bobina de gatos angorá. Quando percebeu os comandos, um sorriso tremeu em seu rosto enquanto se aproximava.

— Veja a carga que lhe trouxe hoje, Yuri — disse o carreteiro.

O homem de avental segurou os braços de Bóris com gratidão, depois se voltou para os soldados.

— Que bom que vieram! Que bom! Mais uns dias e seria tarde demais — sussurrou.

— Parece que nós é que precisamos agradecer, doutor...

— Que modos os meus! Desculpem! Zhiespeciff. Yuri Zhiespeciff.

Mormaço apresentou rapidamente seu grupo, então Bóris pôs uma mão no ombro do dr. Zhiespeciff.

— Yuri, você pode trocar de roupa com um desses soldados e sair daqui no meu carro de boi. Eles podem cuidar do resto...

— Não Bóris. Eu criei, eu preciso destruir esta monstruosidade.

— Certo — o carreteiro passou a mão no bigode e no queixo, preocupado. — Eu não vou poder ficar mais... eles iriam desconfiar. Mas ficarei por perto, do lado de fora, está bem? Cuidado, camarada.

Bóris puxou a parelha de bois e saiu do moinho, e o dr. Zhiespeciff cuidou de fechar a porta dupla assim que ele saiu. Depois retornou aos comandos.

— Eu acredito que vocês trouxeram algo para mim — disse.

Mormaço tateou a roupa e retirou o envelope que Ervilha lhe entregara. Passou para o homem descabelado, que o abriu e leu ansiosamente. Uma onda de alívio pareceu passar pelo dr. Zhiespeciff.

— Está tudo certo? — perguntou o capitão.

— Está! Nossa, não fazem ideia... está! — Zhiespeciff esfregou uma das mãos na testa e no cabelo, até chegar na nuca. — É minha família, sabe. Eles estão bem. Conseguiram atravessar a fronteira em Zakharov e estão quase em Valkaria. Eu... eu estou pronto! Podemos prosseguir.

— Isso é bom — disse Mormaço. — E a arma?

O Dr. Zhiespeciff caminhou até um armário que estava acorrentado, abriu os cadeados e retirou de lá um cilindro de metal. Abriu sua tampa e o colocou sobre uma bancada, bem debaixo de um tubo de vidro bastante fino.

— Por favor, não toquem em nada — advertiu enquanto subia novamente a escada e girava alguns registros. — Eu não podia parar de produzir, sabem... Eles verificam! E já estou com uma carga nova quase pronta...

O último registro liberou alguma coisa na tubulação de bronze, e o doutor correu para o outro lado do moinho e afastou umas toras para diminuir o fogo debaixo de uma espécie de alambique. O cheiro aveludado invadiu o ar e um fio negro e viscoso correu para o cilindro de metal.

Mormaço fungou algumas vezes.

— Café?!

— Sim, sim — disse Zhiespeciff, tampando o cilindro com cuidado. — Mas não é um café qualquer.

— Nós viemos aqui pra café? — começou Toni Perneta.

— Mas não um café qualquer! Sabem aquelas manchas brancas no gelo dos lagos congelados? É um tipo especial de água. Água densa, água pesada! Ela vive diluída por aí, na água que nadamos, que bebemos. Mas no gelo, no gelo algumas se separam e aparecem como manchas brancas. Então eu lapidei. Eu extraí partícula por partícula dessa água pesada, até conseguir o suficiente para isto! — O doutor levantou o cilindro. — Um concentrado de sacos e mais sacos de café, unidos nesta garrafa de meio litro. O café mais forte do multiverso, o Café Pesado!

— E daí?

A pergunta pareceu trazer o Zhiespeciff de volta à realidade. Ele se recompôs.

— Bem... vocês já beberam mais do que deveriam? Já passaram da conta na cerveja?

— Já, sim — respondeu quase de imediato Toni Perneta.

— Amém pra isso — deixou escapar a recruta Nodosa.

— E quando estão bêbados... um café ajuda a curar, não é?

— A arma dos puristas é curar a ressaca do inimigo?!

— Não, não...Vejam bem... o café cura a bebedeira. Eu chamo isso de propriedade ensobriante.

— Um café bem forte traz você de volta ao foco. Você fica mais estável — Zhiespeciff abriu uma valise e depositou o frasco com cuidado dentro dela. — Já este café é tão forte que mexe com sua essência! Tudo no universo tem uma vibração, mas algumas vibrações são mais estáveis do que outras. Este café mexe com a vibração das coisas, para que elas assumam suas formas mais estáveis!

— Meias, por exemplo, quando estão em pares causam uma instabilidade de vibração que faz com que uma delas se transforme em fiapos cinzentos. Guarda-chuvas se transformam em moedinhas, pregadores de roupas e outras coisas pequenas. E... eu não me dei conta.

— Não se deu conta de quê?

— De que a própria magia é inebriante! Como um destilado, um uísque, uma aguardente. Já pensaram que é por isso que feiticeiros malignos riem tanto[8]? Mas uma energia ensobriante tão grande quanto este café pesado pode derreter o tecido da magia, e isso mudaria irreversivelmente o mundo. Ainda não pensei direito nesse assunto, mas os puristas pensaram. Eles trouxeram prisioneiros aqui, e derramaram gotas do café pesado neles. Testaram em seres vivos! — Depois de um longo suspiro prosseguiu. — E agora querem que eu consiga produzir maiores quantidades de café pesado. Pretendem fazer bombas com aquele material, e carregar num trabuco para lançar sobre as nações inimigas. Seria terrível! A magia do mundo pode se dissipar no ar!

— Mas e eles? O café também não afetaria os puristas? — perguntou o capitão.

Zhiespeciff deu um suspiro.

—Trouxeram alguns prisioneiros humanos. Parece que o estado de vibração mais estável de um humano é um humano mesmo, apenas com um pouco mais de barriga. Seus generais acham que esse preço é uma bagatela em troca da vitória da Supremacia Purista.

Um arrepio atravessou a nuca do capitão Mormaço, quando ele concluiu que a coisa podia ficar mais feia do que o doutor imaginava. Ele já viu magos dissiparem magias sem grandes consequências (Do ponto de vista do observador. O feiticeiro que teve sua magia de voo dissipada a meio quilômetro do solo iria discordar por aproximadamente oito segundos), mas uma bomba de dissipar magia, num mundo onde a magia está por toda parte, seria como serrar o galho sentado nele. Sobre um vulcão. O doutor Zhiespeciff terminou de colocar mais alguns objetos dentro da valise e a fechou.

— Agora, capitão… como vamos sair daqui?

Mormaço deu um assobio longo e baixo, olhando ao redor.

— Diga, doutor… acha que os puristas poderiam reproduzir seu café?

— Bem… com o equipamento, algumas anotações, tempo para lapidar o gelo… Alguns deles observaram como eu fazia.

— Então é melhor sairmos derrubando a casa — disse Mormaço, puxando do bolso uma das garrafas de coquetel zakharov.

○

O fogo se espalhou rápido. Segundos depois da garrafa estourar, algumas labaredas já sopravam pelos respiros do segundo andar. Os dois puristas correram para a porta dupla do moinho, mal tocaram nela foram atirados para trás pelos seis soldados que arrombaram a porta por dentro. Zhiespeciff vinha atrás, segurando uma valise.

— Empurrem esses desgraçados —comandou Mormaço. — Ninguém precisa morrer nesse fogo!

Os sentinelas ofereceram pouca resistência, cercados por inimigos com porretes em brasa. Logo estavam desarmados e fora do alcance do fogo. Os comandos nem se preocuparam em trazê-los, preferindo deixar os sentinelas com muita dor de cabeça e pouca vontade de empreender uma perseguição. Sete silhuetas correram pelo prado, tentando alcançar o matagal onde talvez estivesse Ervilha e os outros membros do Larrê, mas a corrida foi interrompida.

Porque de repente uma dúzia de soldados puristas se levantaram do mato, com espadas nas mãos. Eram os Coturnos Alegres e mais alguns, só que agora estavam usando capacetes, armaduras e espadas. Era metal suficiente para construir um trator, enquanto do lado de Mormaço tinham apenas as espadas que tiraram dos sentinelas e uma quantidade razoável de cacetes de madeira improvisados.

Otto Doppelkinn apontou a espada para o capitão Mormaço e havia algo mais em seu olhar. Mais do que o ódio assassino travestido de obediência patriótica; era o olhar do amante traído.

— Os Bailadores Galantes! São o quê, traidores? Espiões?! Pensar que eu apertei sua mão! — Otto cuspiu para o lado, sem desviar os olhos de Mormaço. — Vocês vão pagar! Vão ser mandados para um campo de prisioneiros, serão interrogados... e apodrecerão no meio da escória traidora!

Os outros soldados deram meio passo adiante, numa tensão de querer fechar o círculo sobre os fugitivos.

— Mas antes — disse Otto Doppelkinn, com um esgar de escárnio, — vou mandar martelarem os joelhos de vocês todos. Nunca mais irão dançar o Schuhplattler!

Otto começou a avançar, mexendo o corpanzil sob a armadura com a mesma solidez de um cavalo em barda em um campo de trigo. Ergueu a lâmina fina em direção a Mormaço, estudando seus movimentos. Os outros puristas também começaram a fechar o cerco, calmos como funcionários de um abatedouro.

Mas antes que atacasse, um zunido que vinha descendo de muito, muito alto, mostrou por uma fração de segundos se tratar de Briar, que mergulhou da sela em seu falcão e desceu como uma seta, girando no eixo da espada que segurava bem à frente, como se um dardo pesado caísse do céu. Acertou em cheio Doppelkinn, que caiu levando consigo a sílfide, por pura atração gravitacional. Sua espada saltou de sua mão e chegou a rasgar um pedaço da camisa de Mormaço, de tão próximo. Os outros soldados puristas hesitaram com o desfecho de seu líder, e foi o suficiente para que os comandos tomassem a iniciativa de atacar.

Ainda assim, a superioridade numérica e de armamento pesava a favor dos puristas, e o capitão já pensava em gritar uma debandada. Quando chegou a segunda surpresa: dois inimigos que tentavam cercar Rampante perderam o equilíbrio e caíram, e imediatamente três pequenos vultos pularam sobre eles[9], distribuindo um enxame de socos e arranhões. E mais dois homens juntavam-se ao combate, porque Fusilli já estava melhor da bebedeira, e Bóris o acompanhava. Isso deu tempo para que Mormaço puxasse Zhiespeciff para perto e o guiasse, meio abaixado, pela confusão, já estavam quase chegando numa área livre de combates quando ouviram um estrondo. Da fogueira que se tornou o moinho, a roda d'água se rompeu e começou a descer, chiando de vapor, mas ainda assim em chamas, ganhando velocidade bem para onde estava a briga.

E é surpreendente o poder de comunhão que surge quando se está diante de uma roda de madeira de seis metros de diâmetro, em chamas e velocidade terminal. Logo os dois grupos inimigos formavam um grupo só, de perseguidos pelo inferno sobre rodas. Sobre roda, pelo menos. Mas enquanto alguns dos membros desse novo grupo tinham como ideia de salvação se dirigir de volta à caserna, outros miravam mais ou menos a rota de fuga do esconderijo das fadas, assim o que surgiu momentaneamente como uma massa coesa de fujões logo estava novamente dividida e, quando a roda em chamas os alcançou, pularam para lados distintos dela.

A roda de moinho não foi muito mais longe. Deu de encontro com uma pedra maior e se arrebentou, jogando pedaços de madeira em chamas por toda volta. No grupo que se lançou do lado contrário ao da caserna, Mormaço tentou aproveitar o hiato.

— Fusilli — disse — tem como tirar a gente daqui?
— Disseram que não posso fazer mágica perto do moinho!
— Não há mais moinho! A roda arrebentou a arapuca!
— Vou tentar. Me cubram!

Os comandos se ajeitaram como podiam para montar uma linha de frente separando o mago dos puristas, que já estavam se levantando, de seu lado. Pior: aquele grupo parecia não ser a única força existente na caserna, porque agora viam um grupo de engenharia que desistiu de tentar apagar as chamas e posicionava duas balistas em direção a eles.

— Rápido, Fusilli!
— Falem mais baixo, estou com dor de cabeça! — disse o mago, puxando de dentro da camisa um rolo de pergaminho. Desenrolou e o leu enquanto fazia uma série de gestos, murmurando palavras desconexas para quem estava ouvindo. O ar faiscou novamente, como aconteceu no esconderijo das fadas, mas agora ele abriu uma espécie de brecha, a realidade se abrindo como cortina para mostrar uma superfície viscosa e espelhada.

— Está aberto. Deve nos deixar nos arredores de Villent —Fusilli completou, largando o pergaminho que se esfarelava em cinzas. — Mas não poderei manter por muito tempo!

— Deve dar — disse Mormaço. — Doutor, você atravessa primeiro. Depois os outros, e nós por fim.

Zhiespeciff chegou perto do portal. Então voltou-se para o Mormaço.

— Capitão… Quando estivermos em Deheon, o que vai acontecer?
— Não tenho certeza — disse Mormaço — eu gostaria de destruir esse seu negócio, mas acho que algum figurão vai querer ver você.
— E nunca vai acabar, não é? Enquanto eu existir, alguém tentará reproduzir este horror — lamentou Zhiespeciff.

Ele pegou o frasco, pensativo. Pelo menos conseguiu salvar sua família, já era muito mais do que achava que seria possível há umas semanas. Olhou para o capitão Mormaço enquanto desatarrachava a tampa. Mormaço não fez menção de impedi-lo, apenas apertou os lábios.

— Eu estava com um pouco de fome, capitão — disse Zhiespeciff, e umas gotas de café escorriam por sua mão, o próprio portal estava tremendo. — Afinal para onde as pessoas vão quando querem comer algo numa noite de sexta?

Deu um passo portal adentro, que se contorceu em contato com o café, fez um som de glup! e se fechou, deixando no ar apenas uma fumaça.

"Eu iria comer pão com linguiça no Teandjelly", pensou o capitão Mormaço, "mas acho que não é isso que ele queria dizer."

Um dardo grosso como galho de árvore aterrissou ao lado deles, fazendo voar uma onda de terra e mato. Os puristas não se moveram para atacar o grupo, eles iriam esperar que as máquinas de cerco adiantassem o trabalho.

— Agora temos um pepino na mão! Fusilli, consegue refazer o portal?

— Só dava para fazer aquele, capitão!

— Droga! Está certo. Vocês vão ter que se espalhar. Cada um vai para um lado, e vamos torcer para alguém chegar vivo no Iörvaen!

— Mas capitão...— disse Nodosa.

— São ordens, recruta! Eu vou tentar atrasá-los...

Mormaço fechou o punho na espada e se posicionou para avançar para os puristas. Deu o primeiro passo, quando foi detido pela sargento Coffélia.

Atrás de si o portal estava surgindo novamente, sugando um pouco o ar em volta, como alguém que estivesse voltando de um mergulho de apneia muito profundo.

— Não vamos perder esse! Rápido, pulem! — gritou o capitão.

Todos se jogaram no portal, e o mundo piscou e rodopiou à sua volta, e quando a realidade se estabilizou eles se chocaram contra um chão de grama[10]. As fadas passaram rolando por eles, bem como Bóris. Fora o som da queda, nenhum outro grande choque se seguiu, e Fusilli se apressou a fechar o portal assim que percebeu que todos estavam a salvo. Ficaram em silêncio, abaixados na grama, até o amanhecer.

O dia trouxe consigo um rebanho de cabras e um pastor, que informou a Bóris que estavam a uns dias de Selentine, perto da Floresta dos Basiliscos. Estavam a salvo.

— Os malditos desgraçados se deram mal desta vez — disse Toni Perneta enquanto eles começaram a caminhada de volta a Villent. — Eles não pegaram o doutor, pegaram?

— Não, Toni. Acho que não — disse Mormaço. — Nós tampouco, e acho que isso não é nada mau.

— Nós não vamos a pé até o quartel, vamos, Capitão? — quis saber Fusilli.

— Não temos tibares para uma carroça, Fusilli...

— Quanto a isso, posso dar um jeito — disse Bóris. — Acho que consigo uma carroça nova quando acharmos um vilarejo. Não vai ser meu carro de boi, mas...

— E onde ficou o seu carro?

— Os bois estão soltos num pasto — disse muito sério. — Já o carro está no fundo do rio. Não quero ninguém conhecendo meus métodos...

Todos olharam para Bóris, que abriu um sorriso largo como a vida:

— A não ser os amigos, claro.

Andaram mais um pouco, e o capitão perguntou para Ervilha.

— E vocês? Irão nos acompanhar até Villent? Há espaço para soldados que conheçam o território inimigo...

— Obrigada, capitão. Mas não — a fada não parou de andar. — Ainda temos que libertar nossa gente em Salzbergwerk. Os Larrê nunca desistem.

— Hmm — concordou Mormaço. — Eu achava que iriam mesmo. Mas venham assim mesmo até nosso quartel, que vamos equipá-los. Sargento Coffélia...?

— Sim, capitão.

— O que acha de seguirmos com estas fadas para Zakharov? Eu bem gostaria de destruir alguns campos de prisioneiros.

— Seria justo, eu acho.

— Hmm...Muito bem — disse o capitão, e olhou para o céu. Nenhuma ave de rapina planando no firmamento, mas ele já esperava isso. — E talvez achemos uma conhecida a quem eu devo a vida.

Andaram mais uns vinte minutos até que:

— Seixo — começou Barbatana, — por que vocês se chamam de Larrê?'

— Ideia do Cardo Bravo. Somos os Larrê Zistâns. Ele aprendeu esse nome lá pros lados de Ahlen...

○

A um universo de distância, ou a algumas léguas, impossível saber, numa praça de mercado, a multidão mal percebe um homem tomando caldo em uma das mesas. Uma garrafa térmica pousada no chão ao seu lado está encostada levemente no guarda-chuva de outro consumidor, e o guarda-chuva discretamente se desfaz em uma massa equivalente de tachinhas de metal.

Zhiespeciff se recosta na cadeira, mastigando e olhando à sua volta. Tudo tão iluminado, tão povoado e barulhento. Um lugar ao mesmo tempo parecido e no entanto totalmente diferente de tudo que ele já tenha visto. Uma cidade inteira decorada com meias perdidas, trocados e chaves que sumiram dos bolsos de alguém. Uma cidade inteira de objetos comuns e, olhando atentamente, pessoas muito comuns também. Não havia sequer um menestrel naquele mercado! Enquanto mastigava, pensava. Talvez um dia ele consiga voltar a Arton, talvez um dia reveja sua família. Talvez a garrafa térmica também encontre uma vibração estável, naquele universo de banalidades, e pare de funcionar.

Mas por hora, aquela era uma noite fresca e aquela era uma tigela deliciosa de sopa.

NOTAS

1   Ao mesmo tempo, numa sala de guerra em Kannilar, jovens acólitos entraram para socorrer o Áugure Marcial e Marechal de Keenn, que estava desmaiado e coberto com os papéis das sondagens do dia, enquanto um grunhido de porco rebatia pelas paredes da sala. Um fio de sangue escapava das orelhas do velho sacerdote.

2   Provavelmente um galho ou emaranhado de folhas. Aquele era um canal com reputação a zelar.

3   Ao contrário da maioria de seus colegas de magia, Ambrósio Fusilli não gosta de passar suas horas livres dentro de bibliotecas ou torres arcanas. Ele prefere os bailes de rua e arrasta-pés, onde é conhecido como Fusilli Giroscópio, dançarino de competição.

4   Popular pelo seu baixo custo de produção, a cartolina também é usada como substituto barato ao couro entre alguns sapateiros e artesãos.

5   Os Bailadores Galantes realmente tiveram ótimo desempenho no Kannilar Danz desse ano e para brilhar ainda mais no festival, deixaram suas roupas no barracão de embalagens enquanto tomavam um banho refrescante no Iörvaen. Naquele exato momento eles estavam na beira do rio, deixando apenas as cabeças para fora e muito pouco à vontade de soar um alerta e chamar a atenção para si mesmos. Há momentos que o patriotismo fica nu perante a praticidade.

6   A Arapuca ou Gaiola Táumica é uma gambiarra mística formada por um fosso de água corrente seguido de outro fosso de sal grosso com limalhas de ferro, e uma cerca de arame, onde cada arame é na verdade um círculo de proteção de alguma divindade - todas as do Panteão - e mais um com a partitura da música mais profana já composta: A Polca da Rinha de Gato, para Lousa Arranhada e Vuvuzela (Johann Ceradeouvido Zimmermann, o compositor, não é intencionalmente profano, apenas não consegue distinguir entre o som de um violino e um deslizamento de pedreira). Todo o conjunto é ligado entre si por hastes de cobre aterradas e a junção disso tudo cria um curto-circuito no campo de magia, absolutamente qualquer tipo de magia.

7   Há cerca de quatrocentas aves de rapina catalogadas em Arton, quase todas de acordo com seus hábitos, como o Falcão Peregrino e a Águia Pescadora. Aquela em específico era um Cuidado-com-o-olho de Dópsia.

8   Também fumam muito, mas escondido.

9   Nove a cada dez fadas preferem o estilo de combate Gato-do-Mato.

10 O que, dadas as probabilidades, é um ótimo resultado. O portal estava tentando decidir entre chão de grama, plantação de cactos e curtume.

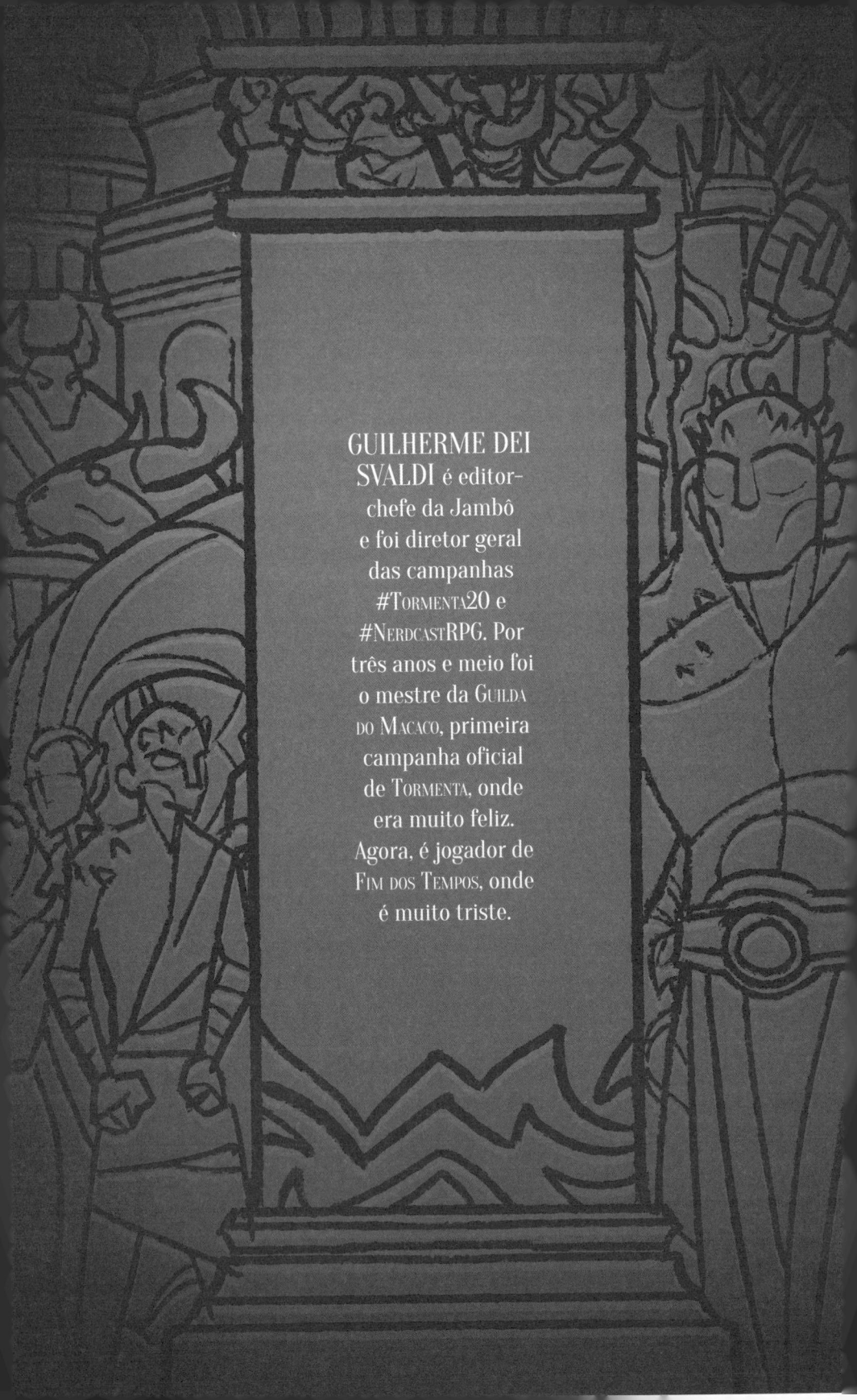

GUILHERME DEI SVALDI é editor-chefe da Jambô e foi diretor geral das campanhas #Tormenta20 e #NerdcastRPG. Por três anos e meio foi o mestre da Guilda do Macaco, primeira campanha oficial de Tormenta, onde era muito feliz. Agora, é jogador de Fim dos Tempos, onde é muito triste.

SANGUE E AREIA

GUILHERME DEI SVALDI

Os pés descalços voavam sobre o piso de paralelepípedos. Evitavam os buracos, as poças de lama, as pilhas de excrementos que poderiam fazê-lo escorregar. Se caísse, seria apanhado pela guarda urbana.

E seria seu fim.

Num dia de sorte, um menino de rua que fosse pego roubando poderia sair só com uma surra. Se os deuses não olhassem por ele, seria preso, marcado como propriedade do Império e levado para as minas — onde a expectativa de vida era medida em meses.

A criança mantinha os olhos fixos à frente. Não precisava olhar para trás, o chacoalhar metálico dos legionários em perseguição era aviso o bastante. Serpenteava pelas ruas, buscando um beco onde pudesse se esconder no lixo.

Nem cogitava parar de correr, sabia que não teria clemência. Não era minotauro, o povo escolhido. Nem mesmo humano, ou elfo, ou qualquer raça aceita como civilizada. Era lefou, meio demônio, aberrante. Não teve sorte ao nascer; não havia razão para ter hoje.

— Pare! — um dos legionários rugiu logo atrás, muito perto, quase alcançando.

O menino precisava mudar de estratégia. Na próxima esquina, virou em direção ao Fórum. Era uma jogada arriscada. A multidão podia servir de cobertura para escapar, mas, no grande mercado central, a guarda era sempre mais numerosa.

Mais alguns passos, a rua estreita e tortuosa se abriu em uma praça vasta. Centenas de tendas e vendedores ambulantes disputavam espaço com trabalhadores carregando jarros, sacas e caixotes. Cansados e com dor, os plebeus seguiam suas rotinas. Eram o sangue de Tiberus, capital da república de Tapista.

A metrópole seria uma visão impressionante para qualquer forasteiro, mas não para um menino nascido ali. O que chamou sua atenção não foram as túnicas puídas da plebe, mas os saiotes de couro e couraças metálicas de legionários. O lefou já contava com a presença da guarda urbana. Mas não contava com o urro de seu perseguidor:

— Peguem a aberração!

Os legionários no Fórum voltaram focinhos táuricos em sua direção.

"Que merda de plano! Por que fui pensar nisso?"

Cercado e sem chance de fuga, correu até o centro da praça, onde havia pessoas aglomeradas em círculo. Espremeu-se entre elas, até cair quando o muro de gente terminou de súbito.

Havia alcançado o espaço vazio que todos ali queriam observar. O chão estava forrado com uma camada grossa de areia. Diante dele, um minotauro empunhava um tridente. Vestia apenas um saiote, exibindo um couro grosso, coberto de músculos e cicatrizes. Um chifre quebrado e pelos grisalhos não diminuíam a imponência de sua figura. Ao seu redor, havia dois outros minotauros, um humano e uma anã. Todos caídos.

Era uma figura assustadora, mas ria.

— Vamos, molengas! Dez Tibares para quem durar um pouco mais em pé. Dez Tibares de *ouro* para quem me acertar!

— Nem pensar!

— Prefiro assistir!

— Eu sempre aposto em você, Turganius!

As pessoas gritavam, rindo também. Os quatro derrotados aos poucos se recobravam e levantavam. Gemiam de dor, mas sorriam pela emoção do embate.

Não era uma luta. Era um espetáculo.

Observando o menino ainda ofegante à sua frente, Turganius bradou:

— Parece que tenho um novo desafiante!

As pessoas riram, mas a voz cortante de um legionário acabou com as risadas e abriu um rasgo na multidão:

— Afastem-se!

Turganius deu um passo à frente.

— Estamos apenas brincando, legionário! Um pouco de diversão para os trabalhadores do Fórum, nada mais.

— Essa criatura a seus pés. É um ladrão! Vamos levá-lo.

O gladiador olhou outra vez para o fugitivo, bufando em resposta.

— Você o acusa de roubo, mas a criança não tem nada consigo.

— Olhe essas carapaças. É um demônio!

— Talvez. Mas está sobre as areias. Então, se quiser levá-lo, deverá lutar. Contra mim. Pois, como gladiador, não posso desonrar uma arena deixando que lute contra uma criança.

Por um instante, o legionário ficou em silêncio. Procurou os outros guardas com o olhar, então percebendo que todos já haviam recuado um passo ou dois.

— Que seja, gladiador. Fique com seus espetáculos inúteis. Tenho outras ruas para patrulhar.

Os legionários partiram. Percebendo que tudo havia acabado, a população também dispersou, bem como os desafiantes. Ficaram apenas a criança e o veterano. O minotauro olhou para o lefou.

— Você é mesmo feio, menino. Mas minhas décadas de luta ensinaram que a areia não distingue o sangue que recebe. Minotauro, elfo ou demônio... Aqui somos iguais. Agora siga seu caminho, antes que os legionários voltem.

Uma hora mais tarde, com o céu já alaranjado, o jovem lefou chegou a seu esconderijo. Um beco atrás de um curtume cujo fedor protegia melhor que uma muralha, permitindo ao menino e outros órfãos descansarem.

— Está atrasado, Maquius! — era Mila, outra criança de rua. — E imundo.

— Tive problemas. O que tem pra jantar?

— Depende, o que você trouxe?

A menina era menor que Maquius, mas encarava o lefou com olhos grandes e expressão mandona.

— Nada. Eu disse que tive problemas! Estava seguindo uma carroça de verduras saindo de uma das praças, mas dois legionários me viram e correram atrás de mim. Eu nem tinha roubado ainda!

— Não sei o que acontece com você. É forte e rápido, mas nunca consegue trazer comida.

— O problema é que o Maquius é muito feio! — outra voz de menino, atrás de um caixote. — Olha essa cabeça dele, cheia de crosta! Chama atenção de longe.

— Ah, vá sentar num chifre, Corym. Como se essas orelhas fossem lindas! — Maquius retrucou.

As crianças riram, mas havia verdade no que Corym disse. Maquius tinha quase a mesma idade dos outros, mas era mais alto e forte, com braços e pernas compridos. Mas se destacava mesmo por suas placas quitinosas, rubras, recobrindo a cabeça e o tronco. Marcas de sua ascendência demoníaca, faziam com que fosse percebido mesmo em meio a uma turba.

O que era péssimo para um ladrão.

— Minhas orelhas me fazem ouvir bem — Corym voltou a falar, saindo de trás do caixote onde estava deitado. Segurava um saco de estopa e tinha um brilho esperto nos olhos amendoados. — Eu escuto quando não há guardas por perto. Quando os escravos estão dormindo. Quando é seguro entrar na cozinha de uma mansão... e sair de lá cheio de comida!

Com um sorriso triunfante, Corym abriu o saco. Dentro, Maquius e Mila viram um tesouro: pães, frutas, carne seca.

— Elfo maluco! — Era Mila, feliz e assustada ao mesmo tempo. — Se pegam você numa mansão, já era! Podia ter roubado só uma tenda.

— Nah, sabia que o Maquius ia voltar de mãos vazias, então eu tinha que roubar por dois. Não só uma maçãzinha.

A menina humana sorriu. Seus olhos brilharam enquanto olhava para Corym.

Os olhos de Maquius também brilharam, enquanto olhava para a refeição.

Pela primeira vez em dias, os três dormiram de barriga cheia. Pela primeira vez em semanas, sabiam que teriam o que comer no dia seguinte.

A rotina do trio não variava muito. De dia, roubavam pelas ruas de Tiberus. À noite, se reuniam e compartilhavam o fruto de seus esforços. Às vezes conseguiam algumas moedas entregando mensagens, lavando estábulos, carregando sacas no porto. Mas, em uma sociedade movida pela escravidão, havia pouco lugar para trabalho humilde.

Felizmente, Tiberus era a maior cidade do oeste artoniano. Capital poderosa e inchada, labirinto de ruas pavimentadas, mansões, prédios, oficinas, templos, aquedutos e arenas. Mais de um milhão de habitantes, em sua maioria minotauros, mas também muitos humanos como Mila e elfos como Corym, garantindo aos pequenos ladrões não chamar atenção.

De manhã, o pequeno elfo falava sobre a cidade.

— Tiberus não é de todo ruim, sabem? Só é barulhenta. E suja. E fedida. Em Lenórienn, era ouvir poesia de dia e olhar estrelas à noite. Aqui são leiloeiros berrando de dia e ratazanas tentando levar nosso pão à noite. Sim, se não fosse meu sono leve, elas teriam levado o pão, as frutas e acho que até a Mila.

— Você lembra mesmo da terra dos elfos? — a menina estava de olhos arregalados.

— Claro que não! — era Maquius. — Corym só fala bobagem. Ele tem a nossa idade, não pode lembrar de algo tão antigo.

— Essa sua cabeça grande é oca, Maquius! Sou criança ainda, mas sou mais velho que vocês. Não sabe que elfos demoram mais para envelhecer?

— Pff, pra mim você envelhece como a gente. Só é mirrado mesmo.

Corym não respondeu. Não sabia como. Era mesmo uma criança e, sem um elfo adulto para criá-lo, sabia pouco sobre a própria raça além do que escutava pelas ruas.

Na verdade, ambos estavam certos. Elfos eram mais antigos que a humanidade e, em eras passadas, tinham um ciclo de vida mais lento. No apogeu de seu império nas florestas, eram imortais. Mas aqueles que habitavam Tiberus envelheciam rápido, tinham quase a mesma longevidade dos humanos. Corym não sabia, mas a urbanização desenfreada da república táurica era tóxica para ele.

— Ah, Maquius, cala a boca — Mila continuava interessada nas histórias de Lenórienn.

Escutar sobre uma terra distante e mágica, de árvores milenares e torres de cristal, fazia esquecer da própria realidade. Diferente do amigo elfo, ela não sabia de onde vinha. Suas lembranças mais antigas eram dos mendigos que tomavam conta dela — até que eles foram presos para deixar a cidade mais apresentável antes de um desfile do Primeiro Cidadão Aurakas. Ela ficou sozinha, escondida entre os caixotes.

Após um tempo comendo restos nos fundos de tavernas, encontrou Maquius e Corym. Andava com eles desde então.

— Continua falando, Corym.

— Está bem, minha donzela. Já contei de quando vi a Princesa Tanya? O vestido dela era feito do sopro da primavera.

— Pff. Minhas calças são feitas de estopa e não me deixam na mão.

— Cala a boca, Maquius! — Corym falou, sério pela primeira vez.

— Ei, calma aí. Ficou brabo que falei da princesa?

— *Cala a boca, Maquius!* — o elfo repetiu, agora em um sussurro alto. — Tem alguém vindo.

Então o lefou escutou. Passos e conversa, dois homens. Vinham pela lateral do prédio que protegia o esconderijo.

— Devem ser bêbados — disse Maquius.

Sombras longas se projetaram no beco. As palavras dos dois se tornaram inteligíveis.

— Estou dizendo, Cano. Eu vi o pivete entrar na mansão dos Oucellus e sair com uma saca. E já tinha visto ele se esconder por esses lados. Deve estar aqui.

— Vamos ganhar em dobro, então, Bruza. Ficamos com o fruto do roubo pra nós, e depois com a recompensa por entregar o orelhudo para a guarda.

Os três órfãos arregalaram os olhos.

— Vamos nos esconder — sussurrou Corym.

— Não — era Mila, subitamente decidida. — Eles vão vasculhar tudo até nos achar. Eles *não podem* nos pegar.

Encarou os amigos. Então se levantou, puxou os dois e apontou para o fundo do beco, onde um muro separava o esconderijo do resto da cidade.

Os meninos acenaram, obedientes. As três crianças correram, subiram nos caixotes, começaram a escalar. Maquius deu um salto, agarrou a borda e usou os braços fortes para impulsionar o corpo. Corym, com agilidade élfica, pareceu caminhar muro acima. Mila, movida pela autopreservação dos humanos, agarrou-se com fúria aos tijolos arruinados da construção e subiu.

Os três chegaram ao topo. E ao chegar, lembraram e falaram ao mesmo tempo:

— A comida!

Mas era tarde para voltar; os dois adultos já surgiam no beco.

— Nem pensem nisso! — disse Mila. — Melhor passar fome que virar escravo.

— Eu roubo mais depois — Corym concordou.

Os dois saltaram para a rua, onde se misturaram aos trabalhadores e às carroças.

Maquius ficou sentado no alto do muro. Viu dois homens chegarem aos caixotes onde ele e seus amigos escondiam seus parcos pertences.

— Onde ele está?

— Sei lá. Parece que elfos podem ficar invisíveis quando querem. Como acha que ele entrou na mansão? Se concentre na prataria.

Os dois usavam túnicas enlameadas e esfarrapadas. Um deles, esguio, trazia uma adaga amarrada no cinto. Seus olhos dardejavam pelo beco. O outro, mais corpulento, tinha pele esverdeada e presas que saltavam fora da boca. Empunhava um porrete.

Típicos capangas das ruas de Tiberus, de quem órfãos fugiam, ou para quem pagavam proteção.

Avistaram Maquius.

— Sai daqui, aberração! — gritou Cano.

— Viu um elfo por aqui? — perguntou Bruza.

O lefou ficou quieto. Estava em segurança ali no muro. Se os brutamontes chegassem perto, bastava pular para a rua e sumir na multidão.

Eles também sabiam disso. Além do mais, o objetivo delas não era um menino de rua. Sem resposta, apenas o ignoraram, indo até a pilha de caixotes semidestruídos.

— Aqui! Uma saca com o emblema da casa Oucellus!

Mas a empolgação dos dois logo virou raiva.

— Mas que merda, não tem nada de valioso aqui! Por isso esses elfos perderam a guerra deles. Quem rouba fruta quando pode roubar prataria?

Jogaram peras e maçãs no chão. Mas decidiram que era melhor levar a carne seca do que sair de mãos abanando, então tomaram o resto da saca e rumaram para a saída do beco.

Ainda no muro, Maquius viu o esforço de Corym ser levado. Lembrou das palavras de Mila: "Você é forte e rápido, mas nunca consegue trazer comida". O lefou era maior que Corym. Mais pesado. Chamava atenção. Não podia roubar sem ser visto.

Saltou do muro. Não para a rua — para o beco, em direção aos capangas. Maquius não era um bom ladrão, mas podia proteger o fruto do roubo de seu amigo.

Os homens se viraram.

— Sai, pivete — disse o capanga com a faca.

— Fica longe, aberração — disse o outro, apontando o porrete para Maquius.

— Essa carne é dos meus amigos. Devolvam — disse Maquius, tentando manter a voz firme.

Os dois se entreolharam. Começaram a rir.

Enquanto gargalhavam, Maquius atacou.

Correu na direção do meio-orc. Impulsionado pela corrida, saltou e desferiu um soco de cima para baixo e acertou a boca do capanga, que cuspiu vermelho. Sangue também escorreu da mão do lefou, cortada pela presa do capanga.

Muito mais sangue estava prestes a ser derramado.

O homem esguio saltou para trás.

— Caralho, Cano! Quebra esse pivete.

O grandão recuou um passo, balançou a cabeça, se recompôs. Obedecendo ao colega mais esperto, ergueu o porrete. Golpeou.

Maquius deu um passo diagonal, à frente e esquerda, esquivando-se do golpe. Girou o corpo na direção do adversário, pela direita. Com o mesmo movimento, encaixou um segundo soco — por sorte, no fígado. O grandão ainda tentou se virar para Maquius, mas então grunhiu e se contorceu.

— Porra, Cano! Que bosta. Tá tomando uma surra!

O lefou socou, outra vez de cima para baixo. Mas abusou da sorte. Acertou apenas a omoplata do adversário curvado, que quase não sentiu.

O capanga se ergueu. Sangrava pela boca, sentia dor na lateral do tronco. Afastou Maquius com a ponta do porrete, chamando o colega.

— Ajuda, Bruza! Esse goblin é rápido.

— Que goblin, o quê! Isso não é goblin. Bate nele!

Maquius respirava rápido, punhos fechados e erguidos, dentes rilhados. Olhou de um para o outro.

— Mas olha a cabeça dele! — Cano insistiu, ainda aturdido. — Tem umas coisas! É muito feio!

— Como se você fosse lindo? — Maquius disse, vermelho de raiva, saltando para cima do mestiço.

Os dois se engalfinharam, Maquius socando e chutando, Cano tentando empurrá-lo para abrir distância e golpear com o porrete. Arranhavam. Batiam. Qualquer legionário, qualquer gladiador, até mesmo qualquer escravo concordaria: aquela era uma das piores demonstrações de técnica marcial já vistas em Arton.

Bruza observava a luta, distante alguns passos.

— Não é goblin... — resmungou para si mesmo. — Mas também não é humano! Na dúvida, não vou chegar perto.

Sacou a adaga. Botou a ponta da língua para fora. Fechou um olho. Esperou. Arremessou. A técnica de Bruza para se aproximar de mulheres em tavernas era sacar sua adaga e acertar algo na parede. Péssima cantada, mas acabou resultando em uma mira decente.

A lâmina voou e se cravou nas costas de Maquius. O lefou deu um grito agudo. Cambaleou em direção à parede, caiu sentado em um caixote.

— Agora ele vai ver! — disse o meio-orc.

Cano veio a passos pesados de raiva. Bateu com o porrete no braço do garoto. Então de novo e de novo, até escutar o estalo do osso. Maquius gritou e gritou, mas só podia se encolher.

Bruza também se aproximou.

— Esse aí não serve nem pra escravo. Acaba com ele.

O mestiço sorriu. Ergueu alto o porrete. Com o inimigo fora de combate, mirava a cabeça.

— Não, não, espera — era Bruza, de novo, agora coçando o queixo. — Ele falou que a comida era dos amigos. Podem ser os que levaram a prataria. Levanta ele.

Obediente, o mestiço largou o porrete. Segurou Maquius pelo braço que não estava quebrado, envolvendo-o completamente com sua mão grande, e o ergueu.

— Fala, garoto — disse Bruza, mudando de estratégia e forçando uma voz doce. — Cadê teus amigos com a prataria? A gente não vai mais te bater. Fala isso e a gente te passa rapidinho.

Maquius pensou ter visto uma sombra no beco, atrás dos dois capangas. Torceu para que não fosse Mila ou Corym. Sua atenção voltou para si mesmo quando sentiu o aperto do mestiço. Precisava fazer algo, mas seu braço estava sendo esmagado, suas pernas balançavam no ar.

Só tinha uma arma.

Fechou os olhos, murmurou baixinho.

— Cano... vai...

Bruza franziu o cenho. Não conseguiu escutar as palavras de Maquius. Cano, depois de pensar por um momento, exclamou com uma risada de vitória:

— Ah! Ele vai dizer onde é pra eu ir. Fala, aberração!

Cano apertou mais, Maquius sentiu o braço queimando. Sentiu também o bafo de peixe e cerveja do mestiço quando ele aproximou o rosto para escutar melhor.

Era hora de agir. Murmurou de novo:

— Cano... vai...

Então abriu os olhos. E desta vez, falou alto:

— Vai se foder!

E acertou uma cabeçada em Cano. Por estar tão perto, atingiu em cheio o topo do nariz porcino, que explodiu em sangue. Desferido por um humano, era um golpe forte. Desferido por Maquius, com sua cabeça coberta de crostas rígidas, era devastador.

Cano se curvou, pela segunda vez naquela manhã. Largou o lefou, que caiu ajoelhado. Levou as mãos ao rosto, que agora sangrava em profusão.

Bruza só arregalou os olhos.

Maquius levou a mão às costas, buscando a adaga ainda cravada ali. Havia entrado muito menos do que parecia, estava presa na carapaça. Com um grunhido, arrancou a lâmina.

Agora ela iria realmente ferir alguém.

Maquius segurou-a com a empunhadura invertida e desceu com força atrás do ombro de Cano. Ainda atordoado, o mestiço não conseguiu reagir. Apenas gritou e caiu no chão, choramingando e sangrando por mais um lugar.

Bruza decidiu que já tinha visto o bastante. Virou e começou a correr em direção à saída do beco. Podia ganhar outra adaga no jogo. Era bom em wyrt. Imaginou-se à noite, em uma taverna, bebendo e apostando. Estava apavorado e a mente preferiu se refugiar no futuro.

Claro que, ao fazer isso, não viu o golpe presente que o nocauteou. Sentiu apenas uma pressão no rosto e tudo ficou preto.

Maquius, diante de Bruza, viu. No topo de uma caixa, uma mulher baixinha e cabeçuda, de cabelos encaracolados, atingiu o capanga com uma bola de chumbo presa em uma corda curta. O lefou conhecia aquela arma: viu sendo usada no porto por marinheiros, para recrutar mendigos à força para suas tripulações. Era ótima para nocautear.

A mulher pequenina olhou para Maquius. Saltou da caixa, caminhou até ele. Estava de pés descalços. Pés peludos. O lefou, ainda tonto, demorou um pouco a entender:

— Você é uma hynne.

— Sim — ela respondeu com voz arranhada. — E você, demoniozinho... é só uma criança. Quantos anos tem?

— Dez. Acho.

— Dez anos e bateu em dois adultos. Idiotas, mas ainda assim adultos.

Deu uma olhada para as pernas e braços de Maquius. Acenou em aprovação.

— Muito bem. Meu nome é Murta Torta-Doce e você vem comigo. Tem potencial.

— Mexa-se, Maquius! Hoje é um dia importante!

A voz de Mila acordou-o, mas não preparou seus olhos para a luz pálida que entrava pela pequena janela do quarto. O sol mal havia nascido e, ao redor de Tiberus, milhares de pessoas despertavam. Mas Maquius tinha dificuldades.

— Estou com dor, Mila — gemeu.

— Está com sono, isso sim. Também, ficou dançando com Avintia a madrugada inteira.

— Eu não tive escolha! Você tinha que vê-la. Linda como uma elfa. Sacana como uma humana. É o melhor dos dois mundos! O que você queria que eu fizesse?

— Queria que você tivesse ido dormir cedo, que não tivesse bebido tanto e que...

Maquius escutava a amiga, mas seus sentidos ainda estavam inebriados pela fumaça e barulho da noite anterior.

— ... você pode ser o primeiro de nós a ganhar dinheiro honesto. Não devia desperdiçar essa chance.

— Do que está falando, Mila? — o lefou enfim voltou-se para ela. — Você trabalha na taverna há anos. Isso é dinheiro honesto.

— Uma taverna do collegium, Maquius. *Nada* aqui é honesto. Vem mais dinheiro da proteção que você e os rapazes cobram e dos furtos de Corym que do vinho que eu sirvo.

— Hmm. Não é culpa sua.

— Não importa. Hoje você vai lutar. Não vai brigar com capangas rivais ou ameaçar comerciantes. Vai lutar na arena, para o público.

— Patrocinado pelo collegium. Não vejo diferença entre a gente.

— Deixe de ser tonto! Faz sete anos que Murta nos trouxe pra cá, mas você continua burro. É uma luta oficial, aprovada pela Guilda dos Gladiadores. Sua passagem para algo melhor.

— Ou para os braços de Avintia — Maquius fechou os olhos, e sua mente foi tomada pela imagem da meia-elfa dançarina.

— Afe! Devia deixar que Murta o acordasse.

Uma risada interrompeu o resmungo de Mila:

— Isso seria engraçado — era Corym, entrando no quarto com seus passos longos e leves. — Mas estou mais ansioso para ver Maquius lutar na arena do que tomar bronca de Torta-Doce. Tome, dê uma fungada nisso aqui.

Corym tirou dos bolsos um pano dobrado e se aproximou da cama. Ao olhar de Mila, defendeu-se:

— É só um pouco de alquimia. Eu... ah... comprei. De um... ah... alquimista. O que importa é que vai acordá-lo.

Mila revirou os olhos. Maquius obedeceu; levou o pano ao rosto e respirou fundo. O cheiro ácido e pungente despertou-o imediatamente.

— Entenda, Maquius: eu sou um elfo. Eu posso passar a noite dançando e bebendo e ficar bem na manhã seguinte. Você, não.

O breve momento de intimidade foi quebrado quando mais uma pessoa entrou no pequeno quarto, a essa hora já abarrotado.

— Chifre de Tauron! Por que estão perdendo tempo? Leva duas horas para chegar até a arena. Mexam-se!

A voz cortante contrastava com o corpo diminuto da hynne, e teve um efeito ainda mais forte que o unguento trazido por Corym. Maquius despiu a túnica esfarrapada com a qual havia dormido, vestiu outra túnica esfarrapada, e pegou algumas bandagens para enrolar nos dedos.

— Ah... estou pronto.

— Nimb olha por você garoto. — Murta falou em um sussurro assustador. — Se me fizesse ficar esperando...

— Claro, muita sorte nascer órfão e demônio... — Corym murmurou para Mila, fazendo-a balançar a cabeça.

Os quatro saíram do quarto e da taverna. Na frente do prédio, aguardava por eles um minotauro de pelo cinzento, orelhas grandes, chifres pequenos e roupas coloridas:

— Vamos, amigos, temos uma longa caminhada em direção ao ouro. Graças a meu faro para negócios, estou prestes a lucrar! Quer dizer, todos estamos.

A hynne se voltou para ele. Era bem mais baixa, mas, de alguma forma, o olhava de cima. E com olhos semicerrados, sua expressão não era nada amigável.

— Bom mesmo, minotauro. Maquius é meu melhor capanga. Se essa luta não render o peso dele em prata, ou se ele sair quebrado e não puder mais trabalhar, você vai se ver comigo.

Oritonin engoliu em seco. Para um pequeno comerciante como ele, desagradar uma líder de collegium era sentença de morte. Mas seu orgulho não o impediu de responder, mesmo que olhando para baixo.

— Não falei nada sobre prata, minha senhora. Maquius pode render seu peso em *ouro*.

Murta apenas resmungou, mas Corym deu uma risada:

— Que preocupação boba, Torta-Doce. Maquius é mais duro que pilar de aqueduto. Ele não vai quebrar. Nunca perdeu uma briga e não vai começar hoje.

Terminou com um soco leve no braço do amigo, que Maquius mal sentiu. Mas o elfo bem poderia ter usado toda a sua força, com um resultado não muito diferente. Quando eram crianças, o lefou já era mais alto e robusto; agora, Corym poderia se esconder por completo atrás do amigo. O elfo teve amadurecimento precoce no ambiente urbano, mas continuava esguio. Maquius, por sua vez, tinha que abaixar para entrar em tavernas. E sua figura de braços musculosos, peito rijo e cabeça calva sempre chamava atenção.

— Que seja — a hynne sentenciou, e começou a caminhar. Os outros se apressaram atrás.

As ruas já estavam apinhadas, mas o grupo não teve dificuldades para avançar: todas as pessoas que avistavam a hynne abriam caminho. Afinal, estavam no território dela.

Sete anos antes, Murta acolhera Maquius, Mila e Corym. Desde então, os três nunca mais haviam passado fome, dormido ao relento ou sido coagidos por valentões. Mas isso tinha um preço, que cada um pagava como podia.

Afinal, a hynne não era nenhuma clériga de Lena, nem dona de orfanato. Era uma criminosa. Líder de um collegium.

A organização era uma mistura de associação de bairro com guilda de ladrões. Cada collegium cuidava de uma zona da cidade. Por uma taxa, seus capangas protegiam os moradores e comerciantes de bandidos desgarrados, guardas corruptos e, claro, capangas de chefões rivais. O tipo de arranjo que só acontecia em bairros pobres. Pobreza era tudo que os órfãos conheciam, não imaginavam outro estilo de vida.

Isso estava prestes a mudar.

Seguindo as orientações de Oritonin, saíram do bairro de Murta. Com cinco pessoas e um único minotauro, eram um grupo estranho em Tiberus, e logo começaram a atrair olhares de desprezo e raiva.

Maquius não percebia nada disso. Seu olhar mirava o vazio; em sua cabeça, relembrava as instruções de Murta e os treinos com os capangas. Ultimamente, para ter desafio real, precisava de pelo menos seis oponentes armados. Ele próprio lutava desarmado; até tentou porrete e faca, as armas as quais o collegium tinha acesso, mas quebravam com frequência irritante. De qualquer maneira, não era um soldado, que sabe quando vai entrar em batalha. Nos becos, um ataque podia chegar a qualquer momento. Tendo se acostumado a lutar de mãos vazias, Maquius nunca era pego desarmado. Talvez por isso nunca tivesse sido derrotado.

Porém, naquele dia não iria brigar. Não seria uma troca de socos na taverna ou uma emboscada num beco. Ele iria lutar. Um contra um, com regras, em espaço delimitado. E não contra algum bandido esfomeado, ex-escravo ou coisa assim. Contra um membro do povo eleito, a raça que governava Tapista. Lutaria contra um minotauro.

No meio da caminhada, Mila se aproximou de Murta. Apontou para o lefou e sussurrou para a hynne:

— Ele está bem? Nunca vi Maquius distraído assim antes de uma briga.

— Não sei. Mas não posso ficar cuidando dele agora. Não estamos mais em casa.

Ao dizer isso, Murta tateou suas próprias roupas. Sentiu todas as armas escondidas que carregava. Quando saía do bairro, precisava estar sempre preparada para lidar com criminosos rivais; por outro lado, não poderia usar nada que chamasse a atenção da guarda urbana. Longe de seu território, uma luta contra legionários equipados dificilmente terminaria bem.

Com seu capanga mais forte absorto, Murta lançou um olhar para Corym. Ele não precisou de mais do que isso. Entrou no próximo beco, usou as sombras de cobertura para escalar um prédio. Continuou avançando com o grupo, mas saltando de telhado em telhado, de onde poderia avistar com antecedência qualquer gangue rival que pudesse emboscar seus amigos. Diferente do lefou, o elfo estava sempre alerta.

O grupo continuou o caminho. Chegou ao centro da cidade, onde as pessoas só abriam passagem ao notar os músculos de Maquius ou a cara feia de Murta. Não falavam mais; precisavam ficar atentos e, em meio à balbúrdia, era difícil conversar. Em uma rua, comerciantes berravam promoções em suas tendas. Noutra, sacerdotes de uma miríade de deuses ofereciam bênçãos. Mais ao longe, escravos carregavam sacas, o clangor de seus grilhões ecoando a cada passo.

Ao passar diante de um pequeno santuário urbano, Maquius parou. Apenas uma alcova num beco, com um altar de pedra onde deixar oferendas em troca de bênçãos. Era consagrado a um deus menor do vigor, e o lefou achou propício prestar seu respeito. Mas, antes que pudesse depositar uma moeda, Oritonin o puxou pelo braço.

— O que está fazendo? Não temos tempo para isso — o minotauro apontou com a outra mão à frente. — Veja, chegamos!

Maquius olhou, e seu coração bateu mais rápido. Um prédio circular de madeira, com seis ou sete metros de altura, ocupava o centro de uma praça atulhada de tendas, carroças e pilhas de caixotes. Era uma das várias arenas menores de Tiberus. Por dentro, arquibancadas ao redor de um piso de areia.

E o adversário de Maquius.

Oritonin deu um passo à frente. Estufou o peito:

— Ouro e glória nos aguardam. Não dou a mínima para a glória, mas um pouco de ouro não seria nada mau.

Murta bufou. Mila achou graça. Maquius sequer ouviu. Por entre a multidão, Corym surgiu esquivando das pessoas — e todos entraram por um dos túneis que cortavam as arquibancadas.

O dono da arena, um minotauro obeso de túnica berrante, trocou palavras com Oritonin. Combinaram algumas coisas. Murta espichava o pescoço, mas, como líder de collegium, não seria bem recebida na negociação; teve que confiar no comerciante.

Maquius viu o tempo passar em um borrão. Murta lhe deu instruções. Corym, um tapa nas costas. Mila, um beijo fraternal. Oritonin retornou da negociação, pegou o lefou pelo braço e o conduziu até um túnel. Maquius não percebeu nada disso. Quando deu por si, estava pisando na areia. Sozinho. Os amigos já na arquibancada. Além dele, apenas o minotauro gordo de pé. Ele anunciou, com voz grave e ecoante:

— A Guilda dos Presunteiros de Tiberus apresenta a primeira luta de hoje! Em honra a Tauron e ao Senado, chamo... ah... Marcius, um... ah, parece um meio-orc.

Nas arquibancadas, as pessoas riram. A arena estava quase cheia, algo entre duzentas e trezentas pessoas. A maioria, minotauros plebeus, com algumas pessoas livres de outras raças. Oritonin se levantou, agitou os braços em frustração — mas, se chegou a ser percebido pelo dono da arena, foi igualmente ignorado. O minotauro obeso não errara a apresentação de propósito, mas não se importaria com um lutador prestes a ser trucidado. Esperou até os risos cessarem e retomou a fala.

— Para esmagá-lo, hoje temos... — parou por um instante, jogando com a expectativa do público — Agraphex, mestre do machado e invicto há oito lutas!

Desta vez, as pessoas gritaram ou bateram com os pés nas arquibancadas. Em meio aos aplausos, Agraphex surgiu de um túnel do lado oposto ao de Maquius. Usava saiote de couro e empunhava um machado de cabo grosso e retorcido, encimado por uma lâmina dupla e pesada. E só. Seu pelo castanho era repleto de falhas. Seu focinho negro, coberto de cicatrizes.

O dono da arena começou a ler de um pergaminho:

— A Guilda dos Presunteiros convida todos a visitarem seu armazém no porto e... — a propaganda foi interrompida por um urro de Agraphex. O gladiador apontou o machado à frente e veio caminhando em direção a Maquius.

O dono da arena pulou desajeitado para a segurança das arquibancadas. Agraphex passou por onde ele estava, andando cada vez mais rápido. Quando estava a poucos passos de Maquius, ergueu o machado, correu e, usando o ímpeto, desferiu um golpe em arco. Maquius saltou para trás, fazendo com que a arma atingisse apenas o vazio.

— Já podemos lutar, pelo visto! — o lefou arregalou os olhos.

O minotauro bufou. Desferiu outro golpe, forçando Maquius a recuar novamente. A arma tinha um alcance longo, mas era lenta. O lefou esperou o terceiro golpe e mais uma vez se esquivou. Quando Agraphex preparou o ataque seguinte, Maquius saltou, desta vez à frente. A um metro do adversário, desferiu um direto de direita, um cruzado de esquerda, um gancho de direita e... nada. Antes que conseguisse encaixar mais um golpe, o minotauro tombou. Soltou o machado que caiu na areia quase sem fazer barulho.

A plateia ficou igualmente silenciosa. Todos apenas olhavam perplexos. Da arquibancada mais baixa, uma gargalhada retumbante quebrou o silêncio.

— Estou rico! Eu não disse, Murta? O garoto tem talento — Oritonin, agora de pé, agitava as mãos diante do corpo.

Algumas pessoas apontaram para o minotauro. Em apostas, para que alguém ganhasse, outros tinham que perder, e logo esses começaram a reclamar.

— Ele é um monstro, isso não vale!

— Bruxaria!

— Chamem um clérigo!

Murta também se levantou, mas em silêncio. Apenas encarou os maus perdedores, demorando-se sobre cada um. Eles então também fizeram silêncio.

Oritonin não notou nada disso. Saltou para a areia, cruzando-a. Quando passou por Maquius, aplicou-lhe um tapinha, mas não parou. Seu objetivo era o dono da arena. O comerciante começou a recolher seu dinheiro, proveniente da vitória de Maquius e das apostas.

O lefou não sabia se olhava para Oritonin em busca de instruções ou para Agraphex. O primeiro parecia ocupado demais enchendo a bolsa, o segundo ainda estava no chão, recém começando a balbuciar incoerências.

Maquius foi salvo da indecisão pelos amigos, que também saltaram das arquibancadas para a areia e o cercaram.

— Parabéns! — disse Corym. — Mas, convenhamos, ele era bem lento.

— Eu sabia, Maquius! — Mila sorria.

— Cumpriu seu dever, garoto — Murta tentou manter a cara sisuda. Mas, pela primeira vez no dia, falhou.

Maquius saltava o olhar de um para o outro. Queria abraçar os três.

— Que tal voltar para a taverna? Quero, ah, conversar com Avintia.

E abriu um sorriso.

Naquela noite, houve festa. Maquius comeu, bebeu e conseguiu a atenção da dançarina. Foi a primeira vez em que o lefou teve tudo que quis.

Mas não a última.

Durante os meses que se seguiram, Maquius continuou trabalhando para o collegium. Era cobrador de dívidas, sentinela em armazéns, guarda-costas de mercadores e o que mais Murta mandasse. No entanto, recebia cada vez menos ordens da hynne e mais de Oritonin. Rendia mais para o collegium como gladiador que como capanga.

Era um bom negócio para todos. Por isso Mila estranhou ao ouvir Murta e Oritonin discutindo no escritório da pequenina, no andar superior da taverna. Estava levando a refeição de sua patroa, mas, ao escutar a briga, parou do lado de fora.

— ...é bom demais para negar! — a voz de Oritonin era bem audível, mesmo abafada pela porta fechada.

— Talvez para você, que só pensa no ouro. Mas e quanto a Maquius? — Murta normalmente falava baixo, mas estava exaltada.

— O que pensa de mim? Claro que gosto de ouro, mas não sou nenhum monstro. Maquius vai sobreviver.

— Você tem *certeza* disso?

— O garoto é bom, Murta! É durão!

— Maquius é visto como uma aberração — disse a hynne. — Além disso, representa um collegium. Se os organizadores quiserem sacrificar um lutador para aplacar a sede de sangue da plateia, há grandes chances de ser ele.

Um silêncio pesado se seguiu. Mila quase podia ouvir os dois pensando dentro do escritório. Podia ouvir seu coração batendo forte. E escutou quando Murta falou ainda mais alto.

— Entre de uma vez, Mila. Já que vai ficar espionando nossa conversa por trás da porta, que pelo menos traga minha janta.

A moça abriu a porta, olhando para o chão.

— Desculpe.

— Nem comece. Ficou bisbilhotando porque estávamos falando de Maquius. Não vou puni-la por ser leal a um amigo. Talvez eu devesse me punir, por cogitar dar ouvidos a esse minotauro.

— O... o que houve? — a humana disse, deixando a bandeja de comida em uma cômoda.

— Oritonin conseguiu um convite para uma nova luta. Mas essa é diferente. Não uma arena qualquer, mas o Coliseu. E não contra um gladiador qualquer, mas Glyranor.

Mila estremeceu. Mesmo para uma atendente de tavernas que não se importava com lutas, aquele era um nome reconhecido. Glyranor era um elfo. Como quase todos de sua raça em Tapista, um escravo. Mas não escriba ou conselheiro, e sim gladiador. Um campeão do Coliseu, espadachim famoso tanto pelos cabelos longos e prateados quanto por sua invencibilidade. Os oradores do Fórum, ao divulgar as lutas de Glyranor, afirmavam que a técnica do elfo fora refinada por séculos de treino e dedicação. Que ele dançava sobre a areia. Que suas apresentações eram mais espetáculo do que confronto.

E, por incrível que pareça, nada disso era mentira. Glyranor era mesmo um guerreiro temível. Também era um astro, suas apresentações lotavam as arquibancadas. O elfo era bom para o senador que possuía sua liberdade, para a Guilda dos Gladiadores e para a plateia.

Só não era bom para os adversários.

Oritonin se voltou para Mila, como se ao explicar a situação também pudesse convencer a hynne.

— Nos últimos tempos, Maquius ganhou fama suficiente para que eu consiga levá-lo ao Coliseu. Vai render mais dinheiro com essa luta que em uma vida inteira como capanga.

Mila não era sagaz para os negócios como Oritonin, mas estava longe de ser burra. Havia algo estranho naquela história.

— Maquius tem vinte e duas lutas e está invicto — ela disse, erguendo a cabeça. — Sei que ele ficou famoso a ponto de merecer essa luta. Mas por que, em sua primeira vez, colocá-lo contra um campeão?

— Essa é a questão — era Murta, sentada em sua mesa. Falava para Mila, mas com os olhos fitando o vazio. — Maquius é meio demônio. Para piorar, todos sabem que é patrocinado por um collegium. Não é um preferido dos "minotauros de bem" — a hynne pronunciou as últimas palavras com asco.

Deu um suspiro e, enfim, encarou Mila.

— Essa não é uma luta para alavancar a carreira de Maquius. É para encerrá-la.

Silêncio tomou conta do escritório. Oritonin pigarreou. Murta prosseguiu:

— Maquius, como campeão, seria péssimo para os negócios da Guilda dos Gladiadores. Ele não é um produto vendável como Glyranor. Por isso os minotauros querem que os dois se enfrentem agora. Para que o elfo destrua nosso rapaz antes que ele fique mais forte e tenha chance de vencer.

— Então por que vocês não negam?

Foi Oritonin quem respondeu.

— Os minotauros fizeram uma proposta... irrecusável. Vinte mil tibares para aceitarmos a luta, garota. Como eu disse, mais que em uma vida inteira de capanga. Ou várias vidas!

Era muito dinheiro, de fato. O preço de um navio, ou uma taverna.

— De que adianta esse ouro todo se Maquius estiver morto?! — Mila falou com raiva, os olhos já brilhando com lágrimas.

Murta se levantou da cadeira.

— Ele ainda é um soldado do collegium, menina! Nesse negócio, pode morrer a qualquer dia. Todos podemos!

As duas se encararam. Oritonin engoliu em seco, recuou um minúsculo passo. Murta continuou.

— Não sou dona de escravos. Maquius trabalha para mim, mas não é minha propriedade. Não vou mandá-lo para a morte certa... mas também não vou protegê-lo como uma criança.

A humana ficou calada.

— Chame aqui seu amigo, Mila. Ele vai tomar essa decisão.

Mila saiu rápido. Desceu as escadas até o salão comunal, onde achou Maquius bebendo com outros capangas. Puxou-o pelo braço até o escritório de Murta.

Chegando lá, a hynne e o minotauro explicaram a história de novo. No fim, se entreolharam, em antecipação às várias perguntas que o lefou faria. Mas ele só fez uma:

— Quando é a luta?

Nos dias que se seguiram, o lefou continuou com sua rotina. Trabalhava nas ruas de dia, se divertia na taverna à noite. A luta era em um mês.

— Você precisa treinar, Maquius. É o que gladiadores fazem — disse Mila, certa noite. A taverna estava lotada, ela teve que gritar para ser ouvida acima dos gritos e cantoria.

Maquius estava dançando no centro do salão comunal, e respondeu sem sequer olhar para sua amiga.

— É? E desde quando você sabe tanto de gladiadores?

— Desde que você foi chamado para lutar contra um campeão! Já preparei tudo. Venha comigo.

— Agora? Estou ocupado.

— Você não está ocupado, Maquius. Está dançando.

Revirando os olhos, Mila agarrou a mão do amigo e o puxou do abraço da companheira dele. A única reação de Maquius foi resmungar enquanto a garota levava-o para fora da taverna, até uma praça escondida pelos fundos de vários prédios. Corym estava lá, sentado sobre uma pilha de sacas de areia.

— Chegou a hora, Maquius — o elfo deu um salto, girou no ar e pousou no chão com uma mesura teatral. — Este é o fim de nossa longa amizade. Será um embate tão triste quanto glorioso! Uma disputa alimentada por doses iguais de amor e ódio. O duelo final entre irmãos tornados rivais por uma sociedade cruel. Uma luta que fará os deuses olharem e chorarem! Poetas irão...

— Quanta bobagem, Corym — Maquius interrompeu o elfo. — Essa é a ideia de vocês de treino? Ele tem um terço do meu peso, não tem como lutar comigo.

— Mas é justamente isso, Maquius! — a humana respondeu, os olhos brilhando de empolgação. — Você é muito forte, todo mundo sabe. Mas só força não vai adiantar dessa vez. Eu vi uma luta de Glyranor, sei do que estou falando.

— E como ele era?

— Essa é a questão... foi difícil *vê-lo*. Cada vez que eu piscava, ele estava em outro lugar da arena. Glyranor acabou com cinco minotauros fortes sem ser tocado por nenhum deles, muito menos ferido.

Mila apontou para o elfo, que já havia trocado sua pose teatral por uma de puro tédio. Continuou falando.

— Por isso você vai treinar com Corym. Sim, ele não tem chance de derrubá-lo, mas não é essa a questão. A questão é se você consegue acertá-lo. Claro, ele não é como Glyranor, mas para isso trouxemos as sacas.

Maquius ergueu os ombros, sem entender. Foi a vez do elfo falar, com um misto de empolgação e malícia.

— Vive dizendo que é maior que eu, e que por isso não tenho chance contra você, não é? Pois bem, vamos ver como a luta fica com você sendo *ainda maior*!

Mila e Corym amarraram sacas de areia nas pernas, tronco e braços de Maquius. Tinham certa dificuldade de erguer apenas uma delas — cada uma pesava vinte quilos. Carregando tanto peso, uma pessoa comum sequer se manteria de pé. O lefou ficou apenas um pouco mais lento. Mas foi uma pequena mudança que fez toda a diferença.

— Normalmente você é tão rápido quanto uma azagaia arremessada por um legionário veterano — disse Corym, debochado. — Agora ficou vagaroso como um senador aprovando uma lei em favor da plebe!

Ao longo do treino, Maquius percebeu: ser mais pesado que o adversário é bom; ser *muito* mais pesado, nem tanto.

Treinaram por horas. No fim, o lefou derretia em suor. O elfo também resfolegava, mas ria. Não havia sido atingido uma única vez.

— Se soubesse que era tão fácil, também teria virado gladiador!

— Só está vivo porque estou com essas malditas sacas!

Mila se aproximou de Maquius, um sorriso no rosto.

— Então amanhã não serão cinco sacas — deu um tapinha nos ombros do amigo. — Serão dez.

Semanas de treino se seguiram, com Maquius tentando acertar um saltitante Corym enquanto era detido por cada vez mais peso amarrado ao corpo.

Na véspera da luta, Murta desceu de seu escritório no mezanino até o salão comunal. Maquius recém havia voltado do treino, e agora estava cercado de amigos. Mas, com a aproximação da líder do collegium, todos sumiram. A hynne pulou para uma das cadeiras ao lado do lefou.

— Na primeira vez que o vi, você era um pivete, mas já maior do que eu — a lembrança do garoto achado no beco abriu em Murta um raro sorriso. — Hoje, é maior que os próprios minotauros. É o homem mais forte que já conheci. Mas... não é imortal.

— Ninguém é, Murta.

— Não.

Os dois fizeram silêncio por um tempo. A hynne então encarou o lefou e disse:

— Você sabe que eu não gosto de cagão, Maquius. Mas também não gosto de idiota. Se está fazendo isso só para provar alguma coisa, pode esquecer. Sou criminosa, mas tenho coração.

Maquius riu. Murta cobrava "proteção" dos mercadores do bairro, um jeito bonito de dizer que os extorquia. Mas também abrigava e alimentava órfãos, anciões doentes, veteranos aleijados e outros que precisassem. Se um pequeno mercador estivesse em dificuldades, em vez de cobrar sua taxa, vendia a ele mercadorias com preço abaixo do custo, para que se reerguesse. Os dogmas de Tauron, deus patrono de Tapista, diziam: "o fraco deve obedecer ao forte; o forte deve proteger o fraco". A elite táurica da cidade se lembrava do primeiro mandamento na mesma medida em que esquecia do segundo — mas, Maquius sabia bem, Murta seguia ambos com igual fervor. Ainda assim, era a primeira vez que a hynne admitia ter sentimentos. Ela continuou séria.

— Chifre de Tauron, Murta! Assim me assusta. É só uma luta. Já lutei antes.

— Não, Maquius. Desse jeito, você nunca lutou. Você briga bem, eu sei. Eu também me viro na rua. Mas esses caras são diferentes. Treinam dia e noite. Comem do bom e do melhor. Recebem bênçãos de clérigos de Tauron para ficarem mais fortes. Você já bateu em um monte de gente, mas nunca enfrentou um campeão. Você é talentoso, mas Glyranor é um *profissional*.

Dessa vez, Maquius gargalhou alto, chamando a atenção de todos no salão.

— É por isso que vou ganhar, Murta.

A hynne franziu o cenho. O lefou continuou:

— Você diz que o elfo é profissional. Ou seja, para ele, lutar na arena é trabalho. Para mim, é diversão.

Maquius levantou e foi para seu quarto nos fundos, ainda rindo. Torceu para que as risadas escondessem de Murta o suor que brotava de sua testa.

Algumas horas depois, Maquius já estava diante do collegium, pronto para ir até o coliseu. O sol ainda não havia raiado. Aos poucos, os outros surgiram. Mila, com os olhos inchados. Corym, alerta como sempre. Murta, de rosto fechado. Oritonin, com expressão pétrea.

— Vamos — a hynne disse. Mas, antes que pudesse caminhar, uma voz doce a interrompeu.

— Espere! — era Avintia, surgindo de dentro do prédio. — Nós também vamos. — Atrás dela, outras servas e capangas do collegium.

Houve um instante de silêncio. Então Murta acenou com a cabeça.

O grupo seguiu em frente. Quando Murta caminhava pelo bairro, as pessoas abriam passagem. Naquela manhã, fizeram mais que isso: se uniram ao grupo. Quando chegaram ao Coliseu, eram uma verdadeira comitiva ao redor de Maquius: centenas de pessoas, entre servas, capangas, artesãs, mercadores, lavadeiras, carregadores. Murta pagou pelos que não tinham dinheiro e todos entraram na arena.

Maquius se despediu do grupo e desceu rumo às galerias onde esperaria para ser chamado. O mundo se fechou ao redor dele. Quando criança, vivia nas ruas, sempre cercado de movimento. Crescido, morava em uma taverna, com pessoas para todos os lados. Mas aqui, sentado em um banco de pedra contra a parede fria, sentia-se entorpecido. Queria que a luta começasse logo. Ansiava pela emoção do combate, mas havia algo mais: aqui, estava sozinho. Em meio à arena, não. Estaria cercado de pessoas. Estaria em casa.

Uma hora se passou. Sem ouvir ninguém, sem falar com ninguém, Maquius sufocava. Foi salvo pela voz possante de um minotauro, que ecoou pelas galerias:

— ...*o desafiante, Maquius, aberração do collegium!*

O lefou ergueu-se com um salto e passou pelo túnel rumo à luz da manhã. Assim que pisou na areia dourada, recebeu uma enxurrada de vaias. Então finalmente entendeu o que Murta disse na noite anterior. "Desse jeito, você nunca lutou".

Arenas eram um segundo lar para Maquius. O olhar da torcida sempre o energizava, mas no centro do gigantesco coliseu, mal distinguia a plateia, e não se achou muito maior que os grãos de areia sobre os quais pisava. Apertou os olhos contra a claridade, tentando enxergar as pessoas do bairro. Mas o que nas ruas parecia uma multidão havia se tornado uma mera mancha nas arquibancadas, uma gota de conhecidos em meio a um oceano de espectadores urrando e gritando contra ele.

De um púlpito, o orador continuou a apresentação:

— E agora, minotauros e demais espectadores, nosso campeão! Um mestre da lâmina, detentor de técnicas milenares. Um ser imortal, em cujas veias não corre sangue, mas pura magia. De propriedade do Senador Phyllos Titanus e invicto há setenta e seis lutas, apresento-lhes o elfo Glyranor, a Luz Pálida!

Uma onda ensurdecedora emergiu da plateia. As pessoas se ergueram, berraram tão alto que levantaram nuvens de pó do chão da arena. Maquius tentou ignorá-los, mantendo o olhar fixo no túnel de onde seu adversário sairia. Enquanto durou a gritaria, nada viu.

Mas, quando a comoção diminuiu, havia uma figura à frente. Muito perto, suficiente para atacá-lo, se quisesse.

Contra o sol matutino, a silhueta esguia brilhava em branco, ofuscando e impedindo de distinguir seus traços. Os poucos torcedores ainda ruidosos se calaram.

Sob o som do silêncio, a luminosidade diminuiu, até que Maquius pôde ver. Mais alto que ele próprio, um elfo de cabelos prateados e perfeitos, armadura de couro negro cravejada de diamantes e uma espada de lâmina longa, levemente ondulada e reluzente.

— Como diabos... — Maquius balbuciou, afastando a mão da frente dos olhos.

O elfo olhou o lefou de cima para baixo. Quando falou, sua voz era como o dedilhar de uma harpa.

— Assim como o inseto rastejante não vê a bela coruja branca cruzar o céu estrelado até ser tarde demais, você não consegue me ver, criatura aberrante. Não me viu entrando na arena. Não me verá fazendo-o sangrar até a morte.

Risadas trovejaram da plateia. O elfo esperou o retorno do silêncio e disse:

— Esta é Luz de Mitral — fez um floreio com a espada. — Uma lâmina mais antiga que a civilização artoniana. Mais valiosa que todas as vidas nestas arquibancadas. E mais perigosa que o dente de um dragão.

Nas arquibancadas, alguns riram, indecisos.

— Estes são meus punhos — Maquius ergueu as mãos. — Não sei a idade deles, porque sou órfão. Também não devem valer muito, mas me arranjam comida toda noite. E nunca vi um dragão, mas já quebrei muitos dentes, se isso conta para algo.

Em resposta a Maquius, novas vaias, mas também algumas risadas.

— Cale-se! Sua voz me ofende. É um verme, não deveria falar. Me certificarei de que as palavras que proferiu sejam as últimas.

Então Maquius sentiu um frio agudo pressionando sua pele, músculos e ossos. Por reflexo, girou no lugar, a tempo de ver Glyranor passando por ele, a lâmina em riste. Olhando para si mesmo, viu um corte profundo no peito.

A luta mal começara e seu sangue já molhava a areia.

Suspirando, Maquius ergueu os ombros, baixou o queixo, colocou os punhos à frente do rosto.

"Ele me distraiu com aquela falação. Quando vier de novo estarei com a guarda pronta."

Concentrado, o pugilista conseguiu ver a nova investida do adversário. Mas descobriu que não havia sido atingido por distração: Glyranor era o inimigo mais rápido que já havia enfrentado. Maquius viu o ataque, mas não conseguiu recuar antes de ser atingido. Sofreu outra estocada, sangrou mais uma vez.

Nas arquibancadas e camarotes, gritos de exultação.

Na terceira investida, Maquius ficou parado. Tentar se esquivar era inútil, então tensionou os músculos, absorveu o máximo que pôde da dor e desferiu um soco desajeitado. Glyranor rolou sob o braço do pugilista e parou às suas costas. Ergueu-se, virou e gargalhou.

— Senti-me ofendido ao ser desafiado por alguém lutando com os punhos. Seria uma desonra para Luz de Mitral. Mas agora vejo que isso não é um duelo. É uma piada.

Maquius urrou e saltou na direção do adversário. Desferiu uma sequência de socos, mas acertou apenas o ar. Tentou agarrar os braços do elfo, mas ele se desvencilhou como água. Mergulhou em suas pernas, mas Glyranor girou como um dançarino, fazendo Maquius enfiar o rosto no chão.

O lefou começou a se levantar. Flexionou uma perna, colocou a mão sobre o joelho, escorregou. Percebeu que sangrava de vários cortes, o líquido ferroso se misturando ao suor. Não parecia um lutador, mas um trabalhador das docas, exaurido pelo trabalho, castigado pelo chicote do capataz.

Na plateia, as pessoas apontavam e falavam entre si. Corym, arqueado como um gato, rilhava os dentes. Murta balançava a cabeça, contrariada. Oritonin fitava o chão, pela primeira vez desejando não ter fechado um negócio. Mila olhava para o amigo, buscando seu olhar, a esperança se esvaindo.

Dizem que Nimb, Deus do Caos, gosta de chances improváveis. O que é mais improvável que um menino de rua sob olhar de todo o povo e senado de Tapista? Na multidão de dezenas de milhares, os olhares de Mila e Maquius se cruzaram. Aproveitando a chance única, ela murmurou com os lábios:

— *Lembre-se do treino.*

As semanas anteriores, as lutas contra Corym, as sacas de areia. Fardos que deixavam lento, impediam de acertar o amigo, mas ensinaram uma lição: ser mais pesado que seu adversário é bom; ser muito mais pesado, nem tanto. Maquius estava tentando ganhar pela força bruta. Em cada golpe, retesava seus músculos ao máximo, para atingir o elfo como uma rocha.

Mas agora entendia: teria que trocar força por velocidade.

Enquanto Glyranor o circundava, preparando o bote letal, Maquius soltou um urro para ignorar a dor que queimava seus braços, pernas e peito. Então se ergueu. E descobriu que, sem estar carregando dezenas de quilos, podia ser rápido. Muito rápido.

O elfo saltou com um rodopio, girando a lâmina. Era um furacão. Maquius correu contra ele, desferindo uma sequência de socos, o fim de cada movimento sendo o início de outro. Era uma tempestade. Os dois se chocaram, e líquido rubro espirrou para todos os lados. Escuro e viscoso... e rosado e brilhante. Sangue lefou. Sangue élfico.

Para os lutadores e para a plateia, a troca de golpes pareceu durar horas, mas na realidade foi menos de um momento. Quando Maquius e Glyranor se desvencilharam, o primeiro sorriu; o segundo arregalou os olhos. A surpresa do elfo se transformou em raiva:

— Você ousou me *tocar*?

Maquius quis pensar em uma resposta esperta, mas a falta de sangue já nublava sua mente. A verdade é que recém havia tirado o primeiro sangue do adversário, enquanto ele mesmo já amargava inúmeros cortes. Gemeu, apertando um corte fundo no abdome. Murmurou algo ininteligível. E caiu.

Glyranor caminhou em direção a ele, erguendo a lâmina reluzente. Nos camarotes, os senadores começaram a rir. Apesar daquele momento surpreendente, a luta teria o fim esperado. Nas arquibancadas, o povo olhava em silêncio.

— Eu poderia ter clemência — o elfo sibilou entre os dentes. — Mas você ousou me tocar, e por isso pagará com a vida.

Maquius grunhiu e tentou se erguer. Mas os braços e pernas tremiam sem forças, conseguiu ficar apenas de joelhos. Estava pronto para o fim. Em vez disso:

— Maquius!

Um grito ecoou das arquibancadas. Era Mila. As vozes de Corym, Murta, Oritonin e de todas as pessoas do bairro logo se uniram, criando um coro.

— Maquius! Maquius! Maquius!

Era uma fração do público. A maior parte do povo continuava em silêncio. Confusos, olharam para a seção das arquibancadas onde gritavam o nome do lefou. E olharam para os camarotes, onde a aristocracia sorria para a vitória de Glyranor. Então olharam para a arena. E o que viram foi um campeão da elite de pé, e um homem cansado e com dor no chão. Como os trabalhadores nas docas, no fórum, nos palacetes.

Como eles.

— Maquius! Maquius! *Maquius!*

O coro aumentou até tomar todas as arquibancadas. Glyranor torceu o rosto em nojo:

— Pouco me importa a ralé. Fui esculpido pela Deusa da Perfeição. Você foi cuspido pelos esgotos. Somos diferentes demais. Esta luta nunca poderia ter outro desfecho.

Impulsionado pela torcida, Maquius ergueu os olhos. Cuspiu sangue para falar:

— Não somos... diferentes. Olhe... para baixo.

Sem conseguir evitar, o elfo olhou. O chão estava encharcado de sangue. Do lefou e dele próprio. Maquius se ergueu:

— A areia não distingue o sangue que recebe. Minotauro, elfo ou demônio... Aqui somos iguais.

Criado para se ver como um ser superior, Glyranor fechava seus olhos para a verdade. Mas, frente às palavras do lefou, foi forçado a encarar: sua raça não era mais gloriosa. E ele próprio não era um deus. Era um escravo.

As pernas do elfo tremeram; seus dedos ao redor do cabo da espada fraquejaram. Por um instante, a postura perfeita do campeão se quebrou. Mas um instante era tudo de que Maquius precisava.

O lefou não tinha mais forças e sua mente estava tomada pela dor. Mas, por todas as pessoas que gritavam seu nome, fez um esforço sobrenatural. Queria dar a elas ao menos um momento de alegria. Assim como um gladiador veterano, que há muitos anos se apresentara no fórum para deleite dos trabalhadores e, ao fazer isso, protegera um órfão contra a guarda urbana.

Maquius saltou sobre Glyranor. Golpeou com força e velocidade, sentiu o impacto em seu próprio punho quando atingiu o rosto do elfo. Ouviu ossos racharem. Ouviu quando o corpo do adversário caiu sobre a areia.

E ouviu quando o povo exultou com a sua vitória.

○

— Você quer saber por que ainda luto?

Maquius franziu o cenho e se virou para o escriba. Era um minotauro jovem, enviado pelo Triunvirato para registrar as atividades do lefou. Os pergaminhos então seriam lidos por oradores nas praças de cada província, para que todos escutassem sobre o campeão imperial.

O escriba balbuciou. Mas, antes que pudesse falar, um som terrível e ensurdecedor ecoou pela cidade, fazendo tremer o Coliseu. Era um trovão da Tormenta. Desde a queda de Tauron, era sempre tempestade em Tiberus.

Quando o som se dissipou, o minotauro tratou de se explicar melhor:

— Hã... quer dizer... sei que você é o campeão imperial. Mas... vivemos assolados pela Tormenta há cinco anos. Lutar contra cidadãos de Tiberus não é um pouco fútil?

Maquius estava arrumando seu cinturão, mas parou e olhou para o escriba.

— É exatamente por causa da Tormenta que ainda me apresento. Desde que a tempestade começou, as pessoas vivem todos os dias sob ameaça. E eu sei como elas se sentem... Passei minha infância inteira com medo. Até que um dia encontrei um gladiador se apresentando. Esse encontro mudou minha vida. Agora é minha vez de trazer um pouco de alegria às pessoas. Fazê-las parar de escutar a tempestade, nem que apenas por uma hora.

— Mas a Tormenta não cessa quando você luta!

— Não. Mas também não é ouvida.

O lefou então deixou o escriba e caminhou pelo corredor subterrâneo, rumo ao centro da arena. Nas arquibancadas, veria seus amigos e todo o povo de Tiberus.

O jovem minotauro ficou para trás. Alguns instantes depois, sentiu o prédio tremer de novo com um som. Mas não era um trovão da Tormenta. Era um coro.

MAQUIUS! MAQUIUS! MAQUIUS!

FRANCINE CÂNDIDO, nascida nos anos 90, sonhava em fazer parte da Turma do Bairro e morar em uma casa na árvore, acabou descobrindo que a escrita podia lhe proporcionar todos os materiais para construir algo sólido e significativo tanto na sua vida quanto na de outras pessoas. Mãe, esposa e estudante de Biomedicina, sabe muito bem que dormir é item de luxo. Escreveu A Dama dos Loucos, Céu, azul Céu e Cisne Ferido, além de alguns contos em antologias.

TEMPO DE ESPERA

FRANCINE CÂNDIDO
VENCEDORA DO CONCURSO

EXISTE UM ODOR QUE SÓ SE ENCONTRA EM DOHERIMM; uma mescla de ferro, suor e terra. Três coisas completamente impregnadas nas paredes negras que circundam as galerias e nas mãos calejadas dos anões que ali trabalham. Há quem diga, que em uma nota ou outra, é possível traçar familiaridade com as cervejas encorpadas do Archote Azul. E, apesar de que para a maioria isso significa estar em casa, a protagonista a quem me refiro durante toda a narrativa, persistia em um único pensamento: o odor lhe lembrava uma prisão de arrependimentos.

 Dolarimm tinha dois sonhos e isso dizia muito sobre ela! Um deles envolvia a condição de não encher o saco dos outros e a segunda de não ser importunada. Pouca paciência e sua técnica de combate avançada faziam dela uma candidata perfeita para as pancadarias nas tavernas ao entardecer, resultando em algo bem longe do que ela tinha como meta. Viúva, aposentou-se da Guarda de Elite de Doherimm e viu os filhos irem embora de casa, mas era do seu machado que sentia falta, aquilo lhe incomodava mais que a própria solidão.

 O saco de fibra escorregou ao lado de sua cadeira, já entortada pelo peso da anã. Cabelos cinzentos – com tranças e penduricalhos tilintando – emolduravam o rosto marcado por cicatrizes rosadas. Ossos que foram outrora partidos, latejavam. Principalmente as costas, sinais de velhice, não de guerra. Se ela soubesse que envelhecer se tratava de encarangar quando precisava cortar a unha do pé, teria deixado que lhe matassem há muito tempo.

"*Difícil para qualquer borra bosta*". Retrucava ao próprio pensamento. E, estava certa. Ela era conhecida como *Dolarimm, sem medo*. Grandes batalhas, as mais brutais, tiveram a assinatura de seu machado. Uma lenda, que agora bebia e envelhecia sempre de estômago vazio. Sentindo medo de ficar sozinha com o próprio pensamento. *Culpada* por crimes que não eram de guerra.

— Rhugonramm, tô de saída. Coloca a cerveja na conta e passa a régua — balbuciou a anã. Levantando-se da cadeira, parecia uma lâmina forjada por um padeiro. *Torta. Malfeita.* A mão segurava o cinto, prendendo a tabarda azul em seu corpo, contornando a exatidão da barriga inchada pela quantidade de bebida que tomava diariamente.

Um anão corpulento, com cabelos longos na cor de lama, saiu da cozinha com uma panela fumegante na mão e vários utensílios presos aos fios grossos da barba — maneira prática de não perder a colher com que gostava de mexer o guisado — surpreso, o que não era para menos, afinal, estava bem longe do horário habitual da anã deixar o Archote Azul.

— Tá pra bater as botas, Dolarimm? Nunca te vi sair cedo e menos ainda fechar a conta na casa — ela sorriu, do tipo que achava graça, mas não o suficiente para soltar uma de suas gargalhadas. — Só faz isso quando vai para o labirinto. Não é o caso, é? — Rhugonramm suspirou cansado. — Sei que está se sentindo sozinha, mas aquele lugar não é parque de diversões. Já tá uma velha bichada, minha amiga, precisa admitir isso.

— Nos falamos quando eu perguntar sua opinião, meu amigo. Até lá, fica com a tua gorjeta em silêncio. — A voz de Dolarimm era tão rouca que parecia que suas cordas vocais se rasgavam todas às vezes em que abria a boca. Deixou as moedas em cima da mesa e saiu mancando. "*Uma anã caliente*", dizia o taverneiro para si mesmo, "*entretanto, louca demais para se dar ao trabalho de xavecar.*"

Deixou a Archote Azul para ouvir os ecos que compunham o grande salão de Dukaz, o comum bater do martelo e a gargalhada dos anões, ribombava pelas pontes largas – corredores abertos – iluminados pelo fogaréu queimando na balança sobreposta aos machados de pedra. Dolarimm passou por cada um deles, sentindo a pequena centelha de calor tocar a sua pele. Afastava-se. E esse pequeno toque também desaparecia.

Ouviu o som familiar de pratos se partindo, então parou. Estava frente a uma casa, a única que obrigatoriamente tinha de passar para ir aonde queria. Já era frequente demais ver aquele corpo, achatado e cheios de cicatrizes das outras vezes, ser arremessado pela janela, caindo ligeiramente perto do limite da ponte. Um risco de morte que a esposa fazia questão de lhe conceder. O anão encarou Dolarimm e deu um meio sorriso, faltava-lhe dois dentes. Um a mais do que na última vez.

— Mais um dia difícil, Sorro? — ele viu a esposa aparecer na janela antes mesmo de ser capaz de responder. Com os punhos firmes na soleira e a carranca ajeitando o queixo para frente, ela deu seu ultimato como se fosse um chefe de guerra exigindo rendição. Sem resposta, ela deu a volta por Sorro e continuou seu caminho.

Estava mais que acostumada a presenciar brigas, seus pais tinham esse costume também, arremessar coisas e pessoas. Tudo o que pudesse causar certa dor. Certa vez sua mãe brincou de atirar machados no esposo, ela era uma boa arremessadora, mas gostava de errar. *Propositalmente.* Sentia saudade deles, às vezes. De seu esposo também, apesar do relacionamento ter sido diferente, mais apaziguador, mais distante. Ela era ocupada demais para brigar.

O pensamento se dissipou ao ver o buraco que se abria para corredores e cavernas infindáveis, frio que parecia raspar em seus ossos a cada lufada. Algumas crianças temiam as saídas de Dukaz — adultos também, apesar de mentirem com frequência. Dolarimm não. Heredrimm não lhe permitiu sentir qualquer forma de medo no passado. Ela era grata por isso. Teria sido uma vida fodida se esse sentimento lhe apossasse a alma, principalmente depois de perder tantos; *de perder tudo.*

Pegou uma tocha que carregava em sua mochila, acendeu no último fogaréu do percurso e entrou nos corredores. Sentia-se humilhada ao ver que os anos eram sempre gentis com as cavernas. Ficavam mais traiçoeiras. *Escuras.* Enquanto ela se tornava mais caduca. A cidade, que era todo som e cheiro de anões, se afastou mais, deixando que as rochas emanassem um odor limpo, tão invisível que lhe embriagava com facilidade, um passo a mais para dentro, sem que se percebesse. "Só uma virada para outro corredor". Murmuravam as rochas naquela brisa leve que corria pelo labirinto. "Só mais um passo e você já era".

Dolarimm agradeceria por isso.

Fazia um bom tempo que queria morrer, as cavernas eram uma boa opção. Sozinha, como na realidade sempre estivera. Dolarimm passou a vida se dedicando a Guarda. Ficou velha, ferida demais para continuar servindo, colaram uma placa no seu traseiro: *aposentada.* Achou que não podia ser tão ruim, teria tempo para outras coisas. *Viver ao invés de continuamente estar à beira da morte*. Quando percebeu que não conseguia ter o que ficou para trás, também foi deixada de lado. Os filhos? Estavam ocupados com sua juventude.

Ela se ressentia.

Uma velha anã amargurada, sentindo que não merecia aquela merda de vida. Como se não tivesse feito coisas decentes o suficiente para compensar tudo. Foi leal a Heredrimm. Lutou pelo seu nome. Foi dispensada. Abandonada. Ainda assim, implorou por ele. Para que ao menos lhe permitisse morrer. Nada. Não recebeu esse direito. E, agora, nem a lembrança de sua última oração possuía. Fazia anos que perdeu a fé, os poderes. A própria crença.

Uma clériga sem crença era um palhaço sem graça. Essa era a Dolarimm de agora.

Parou ao se cansar. Tinha passado por algumas galerias, não tantas como teria feito em sua juventude. Tirou do bolso um charuto, encostou a tocha na parede e usou o fogo para acendê-lo. Estava entre algumas tragadas quando uma criatura minúscula, correndo entre as pedras, se aproximou. A picareta em mãos, uma longa baforada saindo de sua boca. Punho fechado. A cabeça de quem quer que fosse, deu uma nova espiada, sentindo a força da arma de Dolarimm contra a pedra; recuou. Sem dar um passo, a anã voltou a tragar.

— Eu já te vi, guri — o pequeno anão, jovem por certo, saiu de trás da pedra. Tremia. Estava completamente amarrado pelo pavor. O que a luz da tocha iluminou fez Dolarimm cuspir o charuto. — Mas que diabos?! Só pode estar de brincadeira.

Um anão, com cabelos e barba verdes, foi sendo revelado pelo fogo. Devia ser jovem, mais que isso, uma criança vestindo a túnica bem maior que ele. Estava sujo, mantinha a carranca fechada como se isso pudesse esconder o que sentia. Ainda que não fosse uma ameaça, Dolarimm viveu o bastante para saber que aquela criatura era sinal de má sorte. Ele deu um passo à frente, deixou uma espécie de rosnar escapar pelos dentes. A anã sorriu, achou graça.

— É melhor ficar aí, guri. Que de onde eu venho, a lei não é a favor de aberrações como você — avisou. Não era mais uma clériga, então a decisão que fosse tomar podia ser baseada apenas na atitude do pequeno à frente. Ele seguiu, passos hesitantes. — Não me ouviu, guri?

— Não está mais de onde veio — respondeu. Sabia falar, algo interessante no ponto de vista de Dolarimm. Esperava que seres como ele, afastados da civilização sequer soubessem soltar grunhidos.

— Não entendeu, guri. Trago a lei comigo, se eu tiver afim — apesar daquela ameaça, que Dolarimm considerou bem boa, o anão avançou contra ela, rugindo feito uma besta. As mãos fechadas num soco despreparado. A anã deixou que viesse e conforme suas juntas permitiam, virou para o lado, a cabeça da criança chocando-se contra a parede. Seu corpo caiu em um baque erguendo a camada de terra que cobria o chão. — Para de me olhar atravessado, guri. Tu que bateu com a cabeça na pedra.

— Então, o que vai fazer? Vai me matar? — indagou. Dolarimm pareceu pensar no assunto. Fazia tempo que não guerreava com alguém, sua última briga na taverna mal deu para o cheiro, uma criança seria completamente sem graça. — Comeram tua língua?

— Tu é muito malcriado, guri. Aprendeu a falar ou xingar primeiro? — pensou no que Heredrimm lhe diria, se estava traindo as crenças do seu povo ou não. Quanto mais pensava, mais percebia que era indiferente para a Dolarimm de agora. A velha e carrancuda anã só fazia coisas que podia se arrepender depois. Não servia a um deus. Não era mais clériga. — Não vou te matar, mas atalha o caminho e some da minha frente antes que mude de ideia.

— Meus pais! — gritou ao ver que a anã se afastava para pegar a picareta fincada na pedra. Ela fingiu não ouvir, mas estava atenta. — Eles disseram que voltariam logo. Falaram que iriam me levar para um lugar seguro e que seríamos uma família tranquila. Eles não voltaram da cidade. Você os viu?

Duvidava. Havia anões demais em Dukaz e força de vontade de menos em Dolarimm para que tentasse conhecer ao menos metade deles. Prendeu sua picareta no cinto, deixando os dois polegares apoiarem-se ali. Observando a face daquele anão, a semelhança não lhe vinha à mente, mas tinha certeza, o último boato que escapou dos rapazes da guarda era sobre o casal que escondeu o filho. Um anão de barba verde. Moleque esperto demais para ser capturado. Ela gostava disso. Já conseguia sentir certo interesse por ele, ainda que fosse passageiro.

— Olhando para você, não consigo pensar em anões tão feios — mentiu. Não queria ser bondosa, estava apenas seguindo seu instinto, falar pouco, explicar menos ainda. — Se manda, guri. Se for para a cidade vão acabar com você antes que encontre seus pais.

Ele se levantou, cambaleante. O filete de sangue escorrendo pela sua testa. A pancada tinha sido *realmente* forte. Um certo arrependimento bateu em Dolarimm. O anão andou alguns passos na direção oposta dela, estava indo para Dukaz, ignorando o aviso. A clériga observou aquela força de vontade, oscilando sempre que as pernas dele balançavam. Sentiu pena, mais que isso, um certo reconhecimento. Havia estado naquele mesmo pedestal, Heredrimm costumava lhe colocar lá só para dar outra rasteira.

Vê-la cair do lugar mais alto era uma piada. A criança se tornou a nova graça.

Dolarimm suspirou, o peito subindo e descendo de forma exasperada pela túnica azul. Cuspiu no chão, o muco com gosto de tabaco tocou a pedra e começou a escorrer. Viu o moleque virar um dos corredores, sem sequer saber para onde estava indo. Se ele errasse o caminho, ela não se preocuparia, mas o desgraçadinho tinha acertado. Era um anão de sorte, por mais irônico que isso pudesse parecer.

Pensativa, não sabia ao certo quanta era a necessidade de se intrometer. Conhecia bem as regras, executou algumas pessoas por causa delas e anões de barba verde, com toda sua história, eram uma merda para a vida de quem decidisse calçar a coragem de protegê-los. Dolarimm, com a decisão tomada, continuou por onde tinha decidido ir. Já teve problemas o suficiente para arcar com mais aquele, então, que a sua própria consciência lhe perdoasse, mas fingiria não ter visto qualquer sinal da criança.

Com um pouco mais de sorte, quem sabe ele sobreviveria.

Os pés de Dolarimm seguiram firmes, a tocha, seu objeto de maior utilidade, apontava os perigos que espreitavam a escuridão. Não fazia tanto tempo que ela descia para as profundezas de Doherimm, ainda assim, conseguia encontrar lugares novos, segredos rastejando pelas rochas, isso lhe fascinava. Era pouco, mas ao menos em algum momento, conseguia se livrar dos pensamentos ruins que assombravam sua vida.

Estava próxima a uma galeria, era seu sexto sentido de anã apitando, tinha certeza de que a expansão do corredor possuía outro bom lugar para uma pausa prolongada, sem incômodos. Estava cansada, pela segunda vez em menos de uma hora. Exausta, era a palavra certa. Há muito tempo atrás, quando sonhos ainda valiam algo em sua vida, ela acreditava que morreria lutando bravamente, agora, se via entrevada numa capa, comendo sopa de galinha e ouvindo algum clérigo falar o quanto Heredrimm era bom. *"Quero mais que Heredrimm leve uma sova de Tenebra"*, pensou, não pela primeira vez, menos ainda pela última. Esse era o tipo de pensamento que fervia constantemente seus neurônios.

A abertura do corredor não levou a galeria que Dolarimm acreditou, mas a um precipício onde uma ponte, ligando duas cavernas, tinha sido instalada. Analisando as cordas presas à estaca de madeira, percebeu como o nó estava longe de ser uma obra anã. Faltava firmeza e segurança naquilo. Uma coisa que anões tinham bastante.

Dolarimm acendeu outro charuto. Sabia muito bem que aquela merda era velha demais para aguentar o seu peso, mas também era a única passagem para o outro lado. Olhou toda a escuridão logo abaixo. A ponta do seu pé deu um chute na pedra à frente. Grande o suficiente para matar alguém ao cair daquela altura e também para que a anã pudesse ouvir com clareza – seus ouvidos tinham problemas, assim como a maior parte dela, – quando tocasse o chão. Não tocou e ela esperou muito tempo, o suficiente para dar uma penúltima tragada.

— Parece que não ter almoçado vai me dar alguns quilos a menos de vantagem — falou para si mesma, batendo contra o estômago. Pressionou os dentes no toco do charuto, ergueu as calças para que elas ficassem por cima da barriga e deu um passo à frente. Sentindo o suor escorrer em partes que ela preferia que tivessem ficado secas.

— Espera! — gritou o moleque, a sombra dele corria pelo corredor, as mãos esticadas na direção de Dolarimm. Ela virou para tentar entender o que ele queria dizer, quando um estalo e outro ecoou, a ponte, rapidamente, desapareceu dos pés da anã, levando consigo a tocha e o restante do fumo.

O pequeno anão, agachando-se para ver se ela tinha caído, se deparou com uma das mãos segurando a borda enquanto a picareta, fincada na pedra, sustentava todo o peso do seu corpo. O rosto, inchado e vermelho. A profunda garganta rochosa, esperando sua queda. O ar entrando lentamente para seus pulmões, dentes trancados, a força descomunal da gravidade lhe puxando para baixo. Fez força, seus músculos tencionaram, doloridos, lembrando o motivo dela não servir mais para a guarda.

— Mas que bosta! — gritou, o som ressoando por todos os lados.

— Deixa eu te ajudar — comentou o garoto. Era a primeira vez que, de fato, a anã percebeu que ele ainda estava ali. Aquilo foi como um raio na sua mente. Culpou toda a desgraça que estava acontecendo. Era realmente uma má sorte ambulante.

— Seu bostinha! Você não devia ter gritado! Quase me matou do coração — falou Dolarimm, puxando seu corpo para cima, outra tentativa falha. Os músculos, sozinhos, eram incapazes de fazê-lo.

— Se eu não tivesse gritado você não teria sobrevivido! — retrucou zangado. Dolarimm quis rir, abriu a boca para isso, mas acabou engolindo apenas ar, ao sentir que qualquer esforço a puxava para baixo.

— Me puxe e discutimos isso aí em cima — ordenou, a voz impaciente, soltando gemidos entre as palavras. — Anda, guri!

— Não sei se quero te ajudar — respondeu cruzando os braços. — Não vou ganhar nada com isso e aliás, meu nome não é guri. É Buard, mamãe disse que é homenagem a um grande amigo e guerr...

— Foda-se! Foda-se! Apenas me tira daqui, guri!

— Se continuar me tratando assim, não vou ajudar — ele virou de lado, as pernas cruzadas, igual aos braços apoiados na barriga. —Mamãe diz para não falar com estranhos e sem benefícios, nada feito.

Dolarimm soltou um suspiro alto seguido de vários e extensos palavrões, nomes que Buard sequer tinha ideia de que existiam. Sua mãe lhe ensinou algo, o básico, sempre que vinha lhe entregar um pouco de comida. Visitas rápidas nunca permitiam longas aulas, mas ele gostava de praticar, fazia isso para impressioná-la quando voltasse. Os últimos dias foram de estudos demorados demais.

— Tá, guri. Me tira daqui e te ajudo. Dou a porra da minha palavra, só me tira daqui — Buard abriu um largo sorriso. Descruzou as pernas, colocou suas mãos cheias de cortes já cicatrizados no braço de Dolarimm. Com a força dos dois e da picareta, a anã conseguiu rolar seu corpo por cima da rocha, parando longe da beirada e podendo finalmente tomar o fôlego. Seu rosto começou a perder a vermelhidão. — Anões não foram feitos para ficarem pendurados. Anota isso aí, guri.

— Quero encontrar meus pais, você prometeu que me ajudaria — relembrou ao se aproximar. De cima para baixo, Dolarimm o encarou, o sorriso se abrindo.

— Teus pais já te trouxeram o queijo do Archote Azul, guri? Não? Bom, só tem uma coisa mais vencida que aquela merda e é a minha palavra — Dolarimm se levantou, mas não o suficiente para se manter em pé com o soco que Buard deu em seu ombro. Em seu fodido ombro. — Tu tá louco, guri?!

— Você prometeu! Você prometeu — não chorava. Dolarimm ficou surpresa por isso. Era uma criança e já não tinha lágrimas para espantar as coisas ruins da vida. Ela que estava velha, ainda conseguia chorar bastante.

— Escute aqui. Se for lá, vai acabar morto. Entende isso, guri? Mortinho! — sendo observada com atenção, ela limpou a garganta em uma tossida forçada, tentava disfarçar a súbita vontade de rir. A única pessoa que a levava a sério agora era um pivete exilado, todo o resto de Dukaz dizia que Dolarimm tinha perdido parafusos demais. Se rebaixado bastante. — Vou te tirar daqui. Conheço alguém que vai nos ajudar.

— Não quero. Preciso achar meus pais, só isso — ela deu de ombros com a resposta, levantou e puxou o garoto para cima de seus ombros, carregando-o como se tivesse caçado. Ele berrou, se debateu, até não ter mais forças contra ela. Suas próximas palavras foram mero sussurro. — Eu só quero rever meus pais, me coloca no chão, dona.

— Certo — aliviou o braço. O moleque no chão, xingando-a baixinho, a cara esfolada pela aspereza. — Vamos fazer o seguinte, guri. Te levo para fora daqui e busco seus pais depois — ela se ajoelhou para encará-lo. Tirou do bolso uma barra de carne seca e entregou para ele. — Se for lá agora, só vai complicar para o lado dos dois. Já vai ser mais difícil te tirar daqui do que conseguir fiado com aquele velho desgraçado da mercearia.

— Não tá fingindo? — perguntou, sendo respondido primeiro com o revirar dos olhos.

— Tenho mais o que fazer do que fingir, guri. Mas é claro, a decisão é sua. Ou acredita que vou te colocar no caminho certo e sair da tua frente, ou vá para Dukaz sozinho. Não vai ser meu traseiro que vai te proteger lá.

A resposta de Dolarimm tinha sido o suficiente para convencer o anão de que era sua única saída. Uma criança que sabia o peso e as medidas que uma escolha teria, só podia estar sozinho há muito tempo. Enquanto eles atravessavam o labirinto que eram as cavernas, Buard se admirava com a naturalidade com que ela escolhia suas saídas e caminhos, a segurança que tinha, aliada a percepção em um lugar que, apesar de ser iluminado por algumas tochas, era obscurecido e traiçoeiro.

— Tu já veio aqui muitas vezes, Dolarimm? — perguntou. A anã parou ao ver o nome de Dukaz gravado na pedra da entrada. — Como vamos chegar à saída?

— Conheço alguém, um amigo que pode nos ajudar, mas para isso, teremos de entrar em Dukaz — ela o encarou, os lábios formando uma curva insatisfeita com tudo o que precisaria esconder daquele garoto. Com a faca, virando o saco que carregava consigo, Dolarimm fez dois buracos pequenos para os olhos e enfiou na cabeça do anão, analisando sua obra.

— Acha que ninguém vai perguntar, não? — ela deu de ombros.

— Vamos falar que você é bem feio. Eles confiam em mim, apesar de tudo — ela tirou o par de luvas de dentro das calças e o fez colocar, ao fim, Buard parecia um, bem pequeno, boneco de filme de terror. — Vai dar tudo certo, guri. É só uma questão de usar a cabeça.

Dukaz persistia com seu burburinho, brigas em algum lugar, gargalhadas em outro, alguém construía uma nova residência na rocha. Martelava freneticamente. Era a primeira vez que Buard tinha estado em uma cidade grande, para ele, conseguia ser mais assustador a cada esquina. Próximo de Dolarimm, eles seguiram pelas ruas, desviando de curiosos que chegavam a virar o rosto para vê-los passar.

— Isso não vai dar certo... — murmurou. Dolarimm pegou o ombro do anão e o puxou para ela, tentando passar a tranquilidade que nem mesmo tinha. — Eles estão estranhando.

— Fica tranquilo, guri, o negócio é comigo — avisou. E era verdade, mesmo com filhos, Dolarimm jamais andou acompanhada deles como uma mãe. Ela os evitava, tinha lutas demais para se dar ao trabalho de cuidar dos pivetes. — Já estamos chegando aonde quero também.

A casa de jogatina de dona Mildeska era o point para a maior parte dos anões que, ou não estava bebendo, ou não estava caçando algo. Era também lar de um grande e velho amigo de Dolarimm, pessoa a quem ela confiaria a vida. Bom, talvez não depois que ele perdeu a perna.

— Está com medo de que eles me reconheçam? — perguntou o garoto. Dolarimm fez uma careta de quem não esperava que eles reconhecessem Buard, mas que alguém em particular lembrasse da última vez que ela trapaceou no jogo de cartas. — Você fez alguma merda, não é?

— Fica quieto, guri. Não sou teus amigos para falar assim.
— Não tenho amigos — retrucou.
— Tem menos um agora. Está negativo — Dolarimm empurrou a porta, a barriga entrando no estabelecimento antes da própria cabeça. Estava relativamente vazio, o que a fez soltar o fôlego. Ela contornou as mesas, acenou para a taverneira que estava com uma cadeira na mão. Os olhos dela saltaram em direção a Buard escondido pelo saco, a sobrancelha se curvando em uma sombra sobre seus olhos. — Pouca autoestima.

Subindo a escada lateral, os dois anões abriram a visão para um segundo andar lotado, o que chamavam de Sótão de Corpos. Era frequentado pelos mais maltrapilhos e desafortunados anões, onde podiam encher a cara e jogar toda a dignidade que tinham na mesa. Dolarimm já esteve ali, foi um deles, até que descobriu nas cavernas um ambiente melhor para foder a vida, com um pouco de ar fresco.

Entre as mesas abarrotadas, curvado, com cabelos cobrindo todo o seu rosto estava alguém que um dia significou bastante para Dolarimm, amigo, companheiro fiel — quase um mascote, apesar dele não gostar de ser chamado assim. Ela se lembrava do que ele passou em seu último combate, no término precoce da carreira como guerreiro. Foi em um dia de reconhecimento, faziam patrulhas por dentro das masmorras, diziam que algo ruim aconteceu à superfície e que isso iria atingir o subsolo também. Estavam todos preocupados, menos ele. Era raro vê-lo preocupado com algo.

Foi Dolarimm quem viu seu amigo ser pego, a perna presa a uma esponja vermelha, borbulhante, rastro fétido, similar ao estômago cheio de bolhas estourando, de líquidos queimando. Era como se aquela massa tivesse toda a destruição em seu interior. Ela não pensou duas vezes, sua mente sempre dizia que sacrifícios viriam na necessidade. Partir um osso era complicado e levava muito tempo, algo que sentia não ter. Seu machado deu o primeiro corte, salpicando o rosto da anã de sangue. O segundo barrou no osso e somente na quarta foi que conseguiu decepar a perna, enquanto uma das mãos o arrastava para longe daquilo.

Ele, Maorgramm, nunca mais voltou a empunhar uma arma, sua perna fantasma coçava incessantemente e o toque do pedaço de madeira no chão já era indicativo de sua chegada. Se aproximando, com o garoto logo atrás de si, Dolarimm esticou o braço para tocar o ombro do amigo, não chegou a fazê-lo, foi impedida por um contra-ataque. As duas mãos se chocaram. Estalo.

— Senti seu fedor de velha rançosa das escadas, Dolarimm. Já está vencido o banho — resmungou Maorgramm, tirando o cabelo da frente de um rosto enxuto, o anão mais magro que, provavelmente, toda Doherimm já viu. Ainda que essa fosse uma característica estranha, nada era pior do que a falta de barba pesada. Um anão só com bigode, parecia estar longe de casa. — Tá pior que a encomenda, ahm?

— Já vi piores — apontou com o olhar para seu amigo. Os dois soltaram uma risada tímida que logo alcançou as quatro paredes do salão de dona Mildeska. Dolarimm sentou-se e apontou para que o jovem Buard fizesse o mesmo. — Como você está?

— Menos envergonhado que esse aí — o garoto semicerrou a sobrancelha, não que pudesse ser visto com o saco de estopa cobrindo-lhe.

— Roubou alguém?

— Não, não. Ele só nasceu assim mesmo — respondeu Dolarimm se virando para ver um pequeno palco onde as anãs costumavam dançar em um sapateado de tremer o queixo. — Onde estão as moças? Pararam com sua apresentaçãozinha?

— Estava dando muita briga.

— Isso não era bom?

— Não para os custos do salão. — Maorgramm deu uma olhada na amiga, o mesmo encarar que usava para descobrir algum segredo. — Certo. Não sei o que é, mas está relacionado com o guri ali, então se veio me pedir ajuda, pode falar que estou ouvindo.

— Como estão seus ouvidos? — indagou Dolarimm com um sorriso sarcástico. — Preciso falar baixo e não quero me repetir.

— Estão melhores que minha perna e meu fígado, garanto — ela fez um aceno para Buard, que ergueu sua máscara improvisada, revelando tufos da barba esverdeada por debaixo. Os olhos de Maorgramm, que antes estavam baixos e sonolentos, abriram de tal forma, que parecia que iriam saltar. — Vai te foder, Dolarimm, que isso é mais caro que nossa amizade.

— Qual é o problema dos jovens com grosseria? — resmungou a anã se curvando mais na mesa. — Escute, Maorgramm. Eu sei o quão fodido isso é, mas preciso de ajuda. Fiz uma promessa para esse moleque, que tiraria ele daqui e levaria depois os pais dele. A questão, é que eu já não tenho a mínima ideia de onde era a saída mais próxima de Dukaz e tenho fé que você sabe.

— Você não tem fé, Dolarimm — relembrou o amigo. Ela concordou com um aceno de mão. Era costume. Essa palavra tinha uso demasiado em sua profissão passada. — Eu...

— Dolarimm? Ora, ora, ora. Se não estou diante de quem estava procurando. — o anão que tinha se aproximado era mais novo que Dolarimm, mas possuía um grupo de parceiros prontos para entrar na briga por ele e castigar a safada que tinha roubado toda a sua grana.

— Será que podemos falar depois? — perguntou Dolarimm. A resposta, essa veio com um murro que virou seu rosto para a tábua da mesa. Gosto de ressaltar que uma das qualidades dela era a briga e naquele minuto, quem quer que fosse o anão, já estava morto.

Dolarimm se ergueu da mesa e num golpe ágil, puxou a cadeira, deu contra a cabeça do recém-chegado, transformando o móvel em várias estacas de madeira, uma delas, Maorgramm pegou antes de cair e deixou cravado no olho de um segundo que se aproximava. Os dois de pé, ele com um apoio, ela com as costas retorcidas, dois combatentes que estavam bem longe de chegar a algum lugar, mas que, com toda a certeza, precisavam de menos do que já tinham para bater naqueles encrenqueiros.

— Você sabe que a gente pode morrer por isso, não é? — perguntou Maorgramm. Ela deu um resmungo em concordância.

Alguns socos, outros chutes. A cabeçada de Dolarimm aturdiu o primeiro que tinha lhe provocado. Havia sangue escorrendo de sua testa e um Buard, desviando da encrenca, para conseguir surrupiar bolsos de quem estava caído. Apesar de ser criança, ele sabia muito bem que para sobreviver se precisava mais do que sorte.

— Sabe que vai ficar me devendo, não é?

— Nunca duvidei disso — retrucou a anã.

Maorgramm se apoiou em uma perna só e usou a madeira para prender a garganta de outro deles contra a parede, deixando que engasgasse até a rendição. A anã, segurando a cabeça do seu inimigo contra a mesa, sussurrava palavras de morte, de coisas que ela faria caso ele continuasse perseguindo-a. Se antes ela reclamava do linguajar de seus companheiros, agora, abusava dele em uma censura completa. Quando os três anões se agruparam novamente e saíram do salão, Maorgramm a encarou, recuperando o fôlego.

— Eu levo vocês lá.

Pelos corredores, Maorgramm e a criança conversavam sobre a escuridão que eram as cavernas. Buard contava sobre como sobreviveu durante tanto tempo. Seus pais eram mineradores, estavam constantemente investindo sua força contra as rochas e essa era a desculpa perfeita para ficarem tempo o suficiente, lhe davam comida, ensinavam algumas palavras. Diziam que um dia os anões iriam abandonar aquela ideia de que ele era uma aberração que só trazia infortúnio.

— Os anões jamais vão mudar — retrucou rispidamente Dolarimm. Buard a encarou um tanto quanto chateado, os lábios curvados. Contidos.

— Apesar de ser algo duro de aceitar, a velhota ali tem razão, guri. Anões não mudam sua forma de pensar, são bem categóricos ao definir o que já não serve tão bem. — Maorgramm parou de falar por um momento, parecia remexer as palavras que se seguiriam, bem fundo na sua garganta. — Para eles é bem simples, se a chama do anão esfriar, então não se pode mais contar que ele ficará em pé.

— E como se consegue saber que não vai ficar mais de pé? — indagou o garoto. Dolarimm parou de andar, olhou pela estrada que se dividia. Maorgramm apontou para a esquerda, então eles seguiram. — É quando não se pode lutar mais?

— Consegue olhar para aquela velha bichada da Dolarimm e não a ver quebrando a cara de alguém ou eu? — Buard negou. Ele viu os dois lutarem no salão de jogos, sabia que eram bons. Muito bons. — Mas é assim que nos veem, guri. Passamos da validade ou fomos invalidados antes da data. A ordem não importa.

— Parem de conversar, estou tentando escutar passos — falou Dolarimm. Ela não escutava nada, mas sentia que as entradas de Doherimm deveriam ser protegidas, ainda mais nos tempos atuais. Nem mesmo anões seriam tão tolos. — Acha que encontraremos alguém?

— Não nessa entrada. Durante minha estadia na guarda, era a menos provável de se encontrar uma alma viva — contou o anão, a madeira de seu apoio batendo contra o chão. Único som audível.

— Vocês já estiveram lá fora? — Buard estava interessado nesse outro mundo, visto que seus pais não comentavam sobre ele. Era um lugar que poucos anões iam, a maioria, preferia o seu próprio solo pedregoso.

— Uma vez, Dolarimm nunca. Poucos anões eram enviados para fora, em geral com alguma missão rápida e sigilosa. Anões longe de Doherimm, não sabem o que é lar — ele viu que o garoto estava pensativo com aquela resposta, afinal, nem ali era sua casa. — Você vai encontrar algo lá, guri. Um mundo com seu próprio caos.

Pararam de andar. Sentados, comiam alguns nacos de carne seca que tinham trazido do salão e bebiam. Dolarimm estava com pressa de se livrar da promessa, seus instintos sempre foram bons e ali, naquele exato momento, berravam contra sua autopreservação.

— O que quer dizer com caos? — Maorgramm se surpreendeu ao ser questionado por algo que falou fazia uma hora. O garoto tinha boa memória, em outras condições, seria bem-vindo na guarda de Doherimm. Onde ele também já foi bem quisto, antes de sua perna ter sido arrancada dele. Sentiu a parte fantasma formigar ao pensamento.

— Todo lugar existe um. A superfície lida com o seu caos vermelho, enquanto nós temos nosso caos rochoso. A sobrevivência está em todos os lugares, guri. Não temos de lidar com os problemas dos outros, assim como eles não devem se meter no nosso. — Buard pensou que aquele tipo de resposta era um erro envolvendo o orgulho dos anões.

— Mas se existe o caos, quando dominarem completamente um dos lados, o que acontece com o outro? Não seria dizimado? — Dolarimm abriu um sorriso que poucas vezes seu companheiro de batalha viu. A criança tinha criado algo nela, uma espécie de reconhecimento que apesar de Maorgramm não concordar, começava também a gostar da ideia.

— Tu é novo demais para falar sobre essas coisas, guri. Vamos seguir nosso caminho — comentou a anã, levantando-se, batendo contra o pó da roupa. — Quero terminar isso logo.

Andar não era o forte de uma velha e um deficiente, se não fosse o som de batidas da madeira de Maorgramm, provavelmente só se escutaria os estalos e resmungar de Dolarimm. O único que talvez se divertisse, era o garoto que ia na frente, a passos de juventude. Formavam um trio estranho, pouco heroico, cheio de defeitos. Corajosos e covardes em medidas proporcionais. Estavam chegando, podiam sentir conforme se afastavam do odor de ferro e fuligem, deixando algo com maior frescor se apossar de seus narizes.

  Certa vez, Dolarimm ouviu de seu amigo, como os pastos eram verdes, a brisa gentil, toques bem diferentes do que se sentia dentro das profundezas de Doherimm. Sentiu que por um momento, aquela vontade de estar do lado de fora, socava contra seu peito. Quando, pela última vez, desejou estar viva? A morte tinha se tornado um companheiro brutal, mas íntimo de seu lado pós-heroico. O suficiente para ser o melhor amigo que teria. Mais do que qualquer um do passado.

  Mais do que Maorgramm um dia foi. Se é que tinha, de fato, sido um amigo.

  Na distração de quem ansiava estar próximo a saída, uma adaga velha, escondida no apoio de madeira, tomou a carne de Dolarimm. O peito direito sendo perfurado, sangue nas vestes azuis, uma mancha escura igual ao petróleo no mar se formou. Desacreditada, a boca em um grito de dor contido. A anã olhou para trás, viu Maorgramm, olhos completamente transformados.

  Transtornados.

  Diferente do que ela viu em todos os anos que estiveram juntos.

  A faca foi tirada da sua pele assim que ela tentou se impulsionar para frente. Maorgramm pegou-a pelos cabelos, equilibrava-se com perfeição mesmo sem o apoio. Havia treinado para isso. Se preparado feito um louco. Com a faca, fincou nos músculos da perna de Dolarimm, de um lado ao outro, o corte foi rasgando os tendões. Incapacitando-a. Fazendo-lhe gritar com todas as forças.

  Buard, entre a surpresa e o medo, avançou num golpe despreparado, como um peso para papel, apenas um soco, o empurrou para onde tinha vindo. Maorgramm voltou-se para ela, uma clériga que atingiu glórias e que agora, arrastava-se, o corpo dilacerado assim como o dele no passado.

  A vingança iniciada em um primeiro jorro de sangue.

  — Que porra... — tentou, mas até mesmo as palavras lhe escapavam com tamanha dor.

  — Queria que você tivesse me deixado morrer, Dolarimm — falou seu amigo, a boca retorcida num ódio acumulado. — Quando aquela merda me pegou, deveria ter me matado lá, porra!

— Eu salvei você — retrucou Dolarimm, tentando justificar seu ato de anos antes. Jamais lhe passou pela cabeça, que teria causado de tão ruim. Maorgramm puxou-a pela outra perna.

— Salvou... — falava o anão, as palavras pulando em sua língua, roçando de forma amarga no céu da boca. A faca voltou a cortar Dolarimm, dessa vez no tendão do pé, abrindo um sorriso mortífero e sanguinolento ali. — Antes, quando você não tinha nada, era extremamente difícil encontrar algo para tirar. Você queria morrer. Você queria se ferrar. E, a última coisa que eu queria te dar era isso. Até agora...

Ele se levantou, pulou até Buard desmaiado em um canto, sem pressa. Sem preocupação. Dolarimm puxou seu corpo com o cotovelo, via Maorgramm segurar a criança pelo pescoço, usar a mesma lâmina cheia de sangue da anã para tocar de leve a pele da jugular dele, uma fina linha.

Amostra grátis do sangue que viria.

— O que está fazendo, seu merda?! — berrou Dolarimm. Colocando o outro cotovelo no chão, ficando de bruços.

— Encontrei algo, que apesar de recente, te deu uma esperança. Não deu, Dolarimm? Sair daqui? Sentir o cheiro de grama, saber o que é ver o sol. Eu sei que pensou nisso, assim que deu aquele sorriso.

Buard acordou, debateu-se, a faca penetrou na carne e foi o reflexo de Maorgramm, tirando a arma de perto, que impediu de terminar o serviço ali, daquela forma. Dolarimm, cega de ódio, já não se importava com quem ele foi ou era agora, se a porra da perna lhe fazia falta. Se ele tinha amargura pelo que aconteceu no passado. Seus olhos ferviam ao ver gotas de sangue escorrer pelo pescoço da criança.

Ela iria matá-lo. Nem que fosse o último ato de sua vida.

Heroico ou não. Fodido ou não.

— Eu vou te matar, seu pedaço de bosta. Vou acabar com você!

Maorgramm riu alto, aquelas gargalhadas que ecoavam pelos corredores, cheia de vida, de ódio. Uma batida completa com ressentimentos. Dolarimm, rastejou, o sangue pintando um caminho por onde seu corpo passava.

— É melhor parar, Dolarimm, ou vai morrer mais rápido assim. E não queremos isso. — disse Maorgramm apontando a faca para ela. — Se continuar, terei de fazer o meu serviço mais rápido — voltou a arma para a criança.

Buard, em um ato de extrema burrice ou coragem exagerada, fincou seus dentes contra a carne do braço do anão, deixando o sangue pulsar para fora, sujando toda a face. Maorgramm soltou um berro ensandecido, empurrou o garoto para longe que levou consigo um pedaço da carne, ainda na boca, de textura macia. Quente.

— Seu pivete...

Buard se afastou, esperava que ele viesse atrás de si. Distraído, possesso com uma mutilação que não contava. Dolarimm, sentiu aquela chama de esperança acompanhar o seu ódio. Um tempo ganho, que ela não desperdiçaria. Colocou o peso sobre os dois ombros, puxou o corpo, rasgando o manto, a carne, tudo o que o áspero terreno tocava. Sem se importar com a dor lancinante, cega pela raiva, ela se aproximava dos dois. Estavam longe.

Não o suficiente para que a anã desistisse.

Maorgramm de costas, vermelho de raiva, recebeu no peito o empurrão de Buard que o fez perder o equilíbrio. Em um fragmento de tempo, quando achava que cairia no chão, desarmado pelo garoto, o anão recobrou-se, puxando a criança e preparando a faca para acabar com aquilo. Sua mão avançou em um golpe único, certeiro, algo que não teria erros ao fim. A mão, baixando gradativamente, quando teve um espasmo que percorreu o corpo todo.

Perdendo as forças, a arma caindo no peito de Buard. De olhos fechados, sentiu gotículas novas de sangue, quentes, caírem contra seu rosto. Talvez fosse seu, jorrando sangue.

Não era.

Ao encarar o anão em cima dele, viu a picareta de Dolarimm, fincada na jugular do amigo, de um jeito que a parte de metal se transformara em uma espécie de arco cuja seta era nada além da cabeça de Maorgramm.

Buard não teve tempo de empurrar o corpo para trás, pois Dolarimm tirou-o de cima dele e subiu no lugar. Tomando a faca que antes era do amigo, em um impulso de fúria, ela perfurou várias vezes o rosto de Maorgramm, abrindo a carne, tornando-a uma face completamente desconhecida, feita de algo esponjoso, quente, pulsante. Salpicando no rosto da velha anã, banhando-a. Ficou feliz ao fim de seu trabalho, assim como um artista com a tela concluída. Caiu ao lado, respirou fundo.

Gargalhou descontroladamente.

De todas as batalhas, aquela tinha sido a primeira que lutou com tudo de si. Por tudo o que queria. Sem ordens. Sem missões. Apenas ela, em fogo vivo, pronta para dizimar com crueldade o que ficou em seu caminho. Desmaiou com esse pensamento sombreando a escuridão.

— Dolarimm — chamou a criança. A anã recobrou a consciência e deu um leve sorriso ao ver que ele estava bem. — Precisamos encontrar alguém para te ajudar. Você está muito ferida.

— Já estive pior, guri — era uma mentira, ela nunca foi pega desprevenida antes. Jamais confiou o suficiente para isso. — Escute, quero que vá até a saída. Maorgramm era um imbecil, mas ele estava nos levando para o lugar certo. Consegue sentir o cheiro diferente? Siga-o.

— Não vou deixá-la. Vou buscar ajuda, Dolarimm. Na cidade, eles vão nos ajudar — Dolarimm pegou a mão dele na sua, trêmula, frágil. — Não vou te deixar — ele chorava.

— Não seja tolo, guri. Acha mesmo que eu ia dar minha vida para te salvar? — ela fez uma pausa, encarou Maorgramm desfigurado, lembrando-se das coisas que ele lhe contara. Sobre como a superfície é diferente em como os anões ficam ao passar pela entrada de Doherimm. — Tem uma vila pouco depois da saída. Encontre esse lugar e os traga aqui.

— Tem certeza? — ela fez que sim.

— Vou estar aqui quando você voltar.

Buard concordou e assim como fez antes, correu com todas as forças que sua juventude lhe permitia. Ela o viu desaparecer no corredor, sentiu um alívio tomar seu corpo. Ao menos não precisaria se despedir. Olhou para baixo, a visão embaçada. Não pela morte que se aproximava, mas por lágrimas. Mais uma vez derramadas. Tanto pelo ar fresco que não sentira. Tanto pela promessa que quebraria. Tanto pela criança, que pela pouca idade de quando deixou Doherimm, perderia da memória o seu acesso. E, mesmo que depois de adulto a culpa ainda lhe corroesse, apenas entre as lembranças esfumaçadas do que passou, ele se recordaria daquela velha bichada cujo nome era Dolarimm.

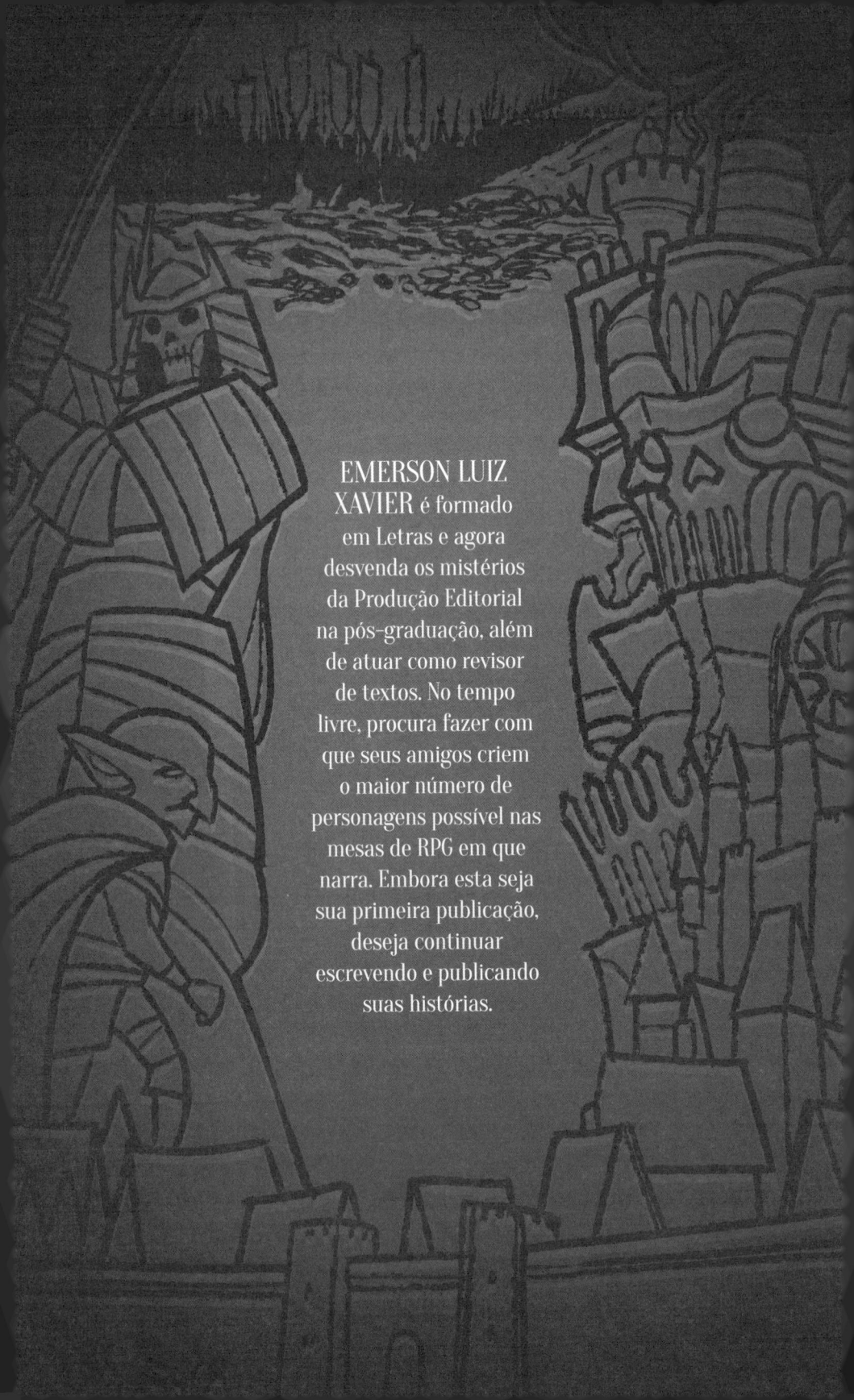

EMERSON LUIZ XAVIER é formado em Letras e agora desvenda os mistérios da Produção Editorial na pós-graduação, além de atuar como revisor de textos. No tempo livre, procura fazer com que seus amigos criem o maior número de personagens possível nas mesas de RPG em que narra. Embora esta seja sua primeira publicação, deseja continuar escrevendo e publicando suas histórias.

SEGUNDA CHANCE

EMERSON XAVIER
VENCEDOR DO CONCURSO

HEISHIRO ACORDOU CONFUSO. A ÚLTIMA COISA DE QUE se lembrava era da fuga desesperada, de ajudar sua esposa a montar naquele cavalo, que só os deuses sabiam como havia sobrevivido até aquele ponto da batalha. Lembrava vagamente de se perguntar se ainda mereceria um lugar em Sora, o Mundo de Lin-Wu, enquanto depositava toda sua fé em um cavalo cansado, que com sorte levaria Zarah para a segurança e ele próprio tentava matar tantos soldados quanto podia, mesmo que a batalha já estivesse perdida. Lembrava da tristeza que sentira ao pensar que jamais conheceria o filho que ela carregava no ventre e de que não teria chance de vê-lo crescer. Por fim, lembrava-se do clarão que escureceu sua visão quando aquela monstruosidade purista se aproximou de onde estava. Sabia que não tinha chance de sobreviver àquela coisa. No entanto, também tinha certeza de que em Sora não seria escuro daquele jeito, mesmo se fosse noite. Tentou se mexer e descobriu que estava debaixo de uma pilha de corpos. Antes de tentar forçar caminho para sair dali, tateou, com uma sensação bastante estranha, próximo de seu corpo à procura de sua katana. Levou alguns segundos para perceber a lâmina ao lado de sua perna e, ainda que aquela sensação esquisita não tivesse passado, sentiu alívio ao firmar a mão em torno do cabo.

 Preocupado em descobrir onde estava, começou a abrir espaço entre os corpos, quando finalmente emergiu daquela pilha mórbida para a noite na planície e olhou ao redor, constatou que de alguma forma sobrevivera ao ataque do colosso. Ainda estava no Baixo Iörvaen. Precisava ir para alguma cidade, talvez sua esposa ainda estivesse viva. Não, tinha certeza, ela e o filho estavam bem em algum lugar longe dali.

Prestando um pouco mais de atenção ao seu redor, conseguiu discernir um pouco o aspecto dos corpos que estavam apenas mutilados e não queimados ou completamente destruídos. Descobriu que a batalha terminara havia dias, deixando para trás um cenário de pura desolação, com centenas, milhares de corpos, de variados tamanhos, formas, raças. Ao longe viu algumas tochas acesas e, arriscando a própria sorte, caminhou na direção das luzes.

Tentou andar sem fazer barulho, embora a quantidade exorbitante de cadáveres dificultasse bastante a tarefa, conseguiu aproximar-se daquelas figuras sem chamar a atenção. Percebeu que eram soldados da Supremacia Purista e pode ouvir o que estavam conversando quando se aproximou o suficiente.

— Maldito goblin! — Praguejava um deles.

— Isso, imbecil! Faça mais barulho! Quem sabe além de me irritar mais com a sua ladainha você consegue acordar os mortos também! — Sibilou o segundo. — Se os dois não calarem a boca, vou fazer com que se juntem a eles! Como se já não bastasse o sargento ter nos mandado aqui por deixar o goblin fugir — ameaçou o terceiro.

O primeiro soldado abriu a boca para responder quando a conversa foi interrompida por um barulho e um gemido na escuridão próxima.

Os soldados se entreolharam e fizeram sinais entre si, o que falara por último instigando os outros dois a avançarem na direção do ruído. Andando tão silenciosamente quanto suas armaduras permitiam, os dois sacaram as espadas e as usaram para revirar um dos corpos caídos ali, quando um goblin pulou de trás do corpo de um cavalo e tentou correr em outra direção, fugindo da morte certa. Sem perceber que Heishiro estava ali, correu na direção dele. Heishiro tentou sair do caminho, mas era tarde demais. O goblin, que mancava com um ferimento na perna, trombou no samurai ao mesmo tempo que um dos soldados, tentando evitar perder o goblin de vista, jogou a tocha que segurava na mesma direção por cima da criatura. O guerreiro tamuraniano ergueu sua espada em um movimento perfeito, defendendo-se da tocha arremessada, revelando sua presença.

Antes que pudesse fazer qualquer outra coisa, um dos soldados gritou.

— Um esqueleto!

Heishiro ouviu aquilo com um certo espanto e olhou para os lados, procurando na escuridão além dele, dando tempo aos soldados se recomporem daquela visão macabra e avançarem em sua direção.

O goblin desesperado tentou se arrastar para longe no meio dos corpos, mas por causa de sua perna ferida não avançou mais do que alguns metros e se virou torcendo para que aquele esqueleto vencesse os puristas.

O samurai quando percebeu os puristas indo em sua direção, rapidamente parou de olhar ao redor e ergueu sua katana, preparando-se para o combate. Numa situação como aquela, ele normalmente recuaria, para tentar enfrentar um de cada vez, mas devido aos corpos espalhados, preferiu avançar e ganhar terreno estável para atacar seus inimigos.

Diante do avanço daquela figura bizarra, meio queimada, com partes da antiga armadura tamuraniana derretida colada aos ossos e pedaços de carne queimada que ainda se desprendiam aos poucos do esqueleto, mas que se movia como um guerreiro experiente, os soldados procuraram cercar seu inimigo tentando ganhar alguma vantagem naquele combate.

Os três avançaram contra Heishiro ao mesmo tempo. O samurai, percebendo a tática de seus inimigos, rolou pelo chão entre dois deles, aproveitando o movimento para decepar a perna de um na altura do joelho, fazendo-o gritar e, levantando-se mais rápido do que eles conseguiam acompanhar, decapitou o segundo. O terceiro, uivando de raiva, investiu com a espada que foi facilmente desviada pela katana, mas ao mesmo tempo brandiu a tocha contra as pernas do samurai, derrubando-o na terra queimada e pisada.

O goblin ao ver que aquela poderia ser a sua chance, decidiu se vingar daqueles soldados e rapidamente encontrou entre os corpos o resto de uma espada quebrada, esgueirou-se até o soldado que gritava e fez com que parasse, abrindo outra boca onde antes ficava sua garganta.

Caído, Heishiro defendeu-se como pode dos golpes do soldado, mas naquela posição não conseguiu evitar todos. Ouviu quando a espada do inimigo partiu-lhe uma costela e talvez tivesse perdido outras, não fosse o goblin atirar o pedaço da lâmina quebrada contra o purista, distraindo-o e dando tempo ao tamuraniano para se levantar.

O soldado fez menção de ir na direção do goblin, mas Heishiro, incapaz de atacar um inimigo por trás, chamou pelo soldado.

— Deixe o goblin! Seu inimigo sou eu!

O próprio samurai se surpreendeu com aquela voz gutural que saiu por entre seus dentes e, pela primeira vez naquela noite, achou que havia algo de errado consigo mesmo.

Ao ouvir aquela voz atrás de si, o purista se virou horrorizado para o samurai que o encarava com as órbitas vazias no crânio coberto de metal derretido, com a katana erguida, pronto para acabar com a vida dele também. O purista apenas gritava quando suas espadas se chocaram pela última vez, ao mesmo tempo em que sentia suas tripas se esparramarem naquele campo de morticínio.

O goblin olhava aquela cena fascinado, por isso se assustou quando aquele esqueleto estranho falou com ele, como se despertasse de um sonho.

— Você está bem? — ecoou a voz gutural mais uma vez de dentro do crânio enegrecido.

O goblin sacudiu um pouco a cabeça, ainda tentando acreditar no que via.

— Não vai me matar também? Sempre achei que mortos-vivos matavam tudo que encontrassem pela frente.

— Não posso estar morto, goblin. Como estaria de pé, se estivesse morto?

— Eu não disse morto, disse morto-vivo. Nunca tinha encontrado um capaz de falar — retrucou o goblin dando de ombros enquanto tentava estancar o sangue da ferida na perna.

O samurai pareceu hesitar por um instante.

— Ainda não está convencido? Então por quê não olha suas mãos? Ou então, se isso não te convencer, olhe seu crânio, acho que você consegue ver seu reflexo nessa sua espada — continuou o goblin fazendo um gesto com a cabeça.

Heishiro apertou mais o cabo da katana e a sensação esquisita de quando acordara parecia mais forte agora. Aquilo que o goblin dizia fazia sentido, mas não tinha coragem de olhar as próprias mãos. Aproximou-se de onde uma das tochas dos soldados havia caído e, pela primeira vez, percebeu o que havia de estranho no cabo da espada. Era sua mão que não sentia o cabo como antes, pois não tinha mais carne nos dedos, assim como era incapaz de sentir o calor daquela tocha à sua frente. Com pesar, ergueu a lâmina até a altura dos olhos e a única imagem que viu refletida ali foi a horrível máscara formada pelo que restara de seu kabuto e a máscara samurai que usava, ambos derretidos, meio escorridos, além das sinistras órbitas escuras e vazias onde deveriam estar seus olhos. Correu o olhar para o restante do corpo e viu que a maior parte de sua armadura havia sido destruída, restando apenas algumas partes desencontradas nos ossos das pernas, braços e tórax, além de pequenos pedaços de carne queimada que iam caindo aos poucos. Todo o resto era osso, sendo a maior parte negro pelas chamas que ceifaram sua vida. Desolado, soltou a lâmina que o prendia naquele reflexo e caiu de joelhos.

Depois de improvisar um curativo, o goblin mancou devagar até onde estava o esqueleto e tocou o ombro do guerreiro, chamando-o de volta para onde estavam.

— Olha, eu não sei você, mas eu não quero estar aqui quando mais soldados vierem atrás desses — disse apontando para os corpos dos soldados que Heishiro matara.

— Eu falhei, goblin! Falhei com Lin-Wu e falhei com Zarah! Não pude protegê-los e não pude vencer a batalha contra aquele monstro de ferro! — Desesperou-se o samurai.

Um pouco assustado com aquela reação, o goblin entendeu que aquele guerreiro estaria chorando se ainda tivesse olhos. No entanto, não parecia entender a lamentação.

— Não sei do que você está falando, esqueleto. Não sei quem são essas pessoas, mas o que você vai fazer? Se matar? Você já está morto! — Exclamou o goblin, sem saber bem o que fazer e, vendo que o guerreiro não mostrava reação, continuou falando, com um pouco mais de calma. — Olha, eu nunca vi essa coisa de um esqueleto levantar da cova sozinho, então acho que você devia fazer alguma coisa com essa chance que algum dos seus deuses malucos te deu. Eu sei que se não fosse por você, aqueles soldados já teriam arrancado a minha língua a essa altura, ou coisa pior. Então eu vou aproveitar a minha segunda chance e fugir para longe daqui. Vamos! Talvez sua segunda chance te ofereça algo que a primeira não ofereceu.

Ao ouvir aquelas palavras, Heishiro sentiu algo aquecer dentro de si. Poderia procurar por Zarah, e se ela tivesse sobrevivido à batalha, ainda poderia conhecer o filho que estava por nascer. Mas onde ela poderia estar? E somente uma resposta vinha à sua mente: Valkaria. A família dela tinha lojas na capital, se ela tivesse sobrevivido certamente teria ido para lá.

Mais rápido do que o goblin esperava, Heishiro recolheu sua katana do chão e levantou-se.

— Qual o seu nome, goblin? — perguntou o samurai com seriedade na voz.

— Sempre me chamaram de Buduk. E você? Como te chamam?

— Sou Heishiro Mitsuda, filho de Tamu-ra, leal a Lin-Wu e a Zarah, discípulo de Mitsurugi e matador de puristas — respondeu o samurai, fazendo uma mesura respeitosa.

Buduk deu de ombros, achando aquilo tudo um pouco exagerado.

— Certo, agora podemos ir? Não sei se alguém mais pode ter ouvido essa confusão toda.

— Você sabe o caminho para Valkaria? — quis saber o samurai antes de partirem.

— Posso ter uma ideia — disse o goblin já mancando entre os corpos.

○

Quando chegaram a Villent dias depois, a cidade estava abarrotada. A maioria era de refugiados da batalha do Baixo Iörvaen, que se misturavam à turba dos que vieram em busca da promessa de ouro da Fenda. Gente de praticamente todas as raças que povoam Arton estavam lá humanos, elfos, qareen, goblins, hynnes, homens e mulheres que pareciam comuns, mas que um olhar mais atento revelava traços de criaturas dos planos dos deuses, uma ou outra medusa e até mesmo trogs, além de muitos anões.

No portão havia alguns guardas que controlavam a entrada e saída da cidade, tentando, quase inutilmente, barrar a entrada de figuras suspeitas. Os dois foram abrindo espaço pela ponte levadiça que levava a um dos três portões principais da cidade até conseguirem falar com um dos guardas.

— Quem são vocês, e o que querem aqui? Já temos gente demais na cidade — disse o anão que os parou.

— Me chamo Buduk — respondeu o goblin —, sou o humilde guia deste honrado servo de Azgher, o senhor Faruk Al'Sahid, que procura por um homem que lhe deve dinheiro e uma espada nova.

O guarda então encarou o homem todo coberto por faixas e panos, escondendo completamente sua aparência, deixando apenas uma sombra na altura dos olhos, com exceção da espada que carregava na cintura com uma bainha que achara entre os corpos e por sorte serviria para sua katana. Só conseguiria providenciar uma bainha nova e mais adequada quando chegasse à Valkaria, no bairro de Nitamu-ra. Heishiro se mexeu inquieto, com receio de que o guarda descobrisse seu disfarce, e até mesmo envergonhado por ter de usar aquele tipo de estratégia.

— E qual é o nome do homem que vocês procuram? — disse o anão um pouco desconfiado, encarando o encapuzado.

— O homem se chama Dario Brams, caro senhor. Nosso informante disse que nosso devedor foi visto fazendo negócios aqui em Villent. Agora poderia nos deixar passar? — respondeu Buduk, rapidamente, antes que o guarda fizesse mais perguntas.

Coçando um pouco a longa barba, o anão pareceu ainda mais desconfiado.

— Seu chefe não fala? E ainda por cima carrega uma espada tamuraniana? — questionou quando reconheceu aquela arma que era famosa na região por causa da cidade de Trokhard, que ficava a poucos dias de viagem.

— É como eu disse, senhor. Ele está atrás de um homem que lhe deve uma espada nova, esta que ele carrega serve apenas para intimidar bandoleiros. Além disso, ele vem do grande Deserto da Perdição, os costumes deles são diferentes, por isso prefere que eu fale por ele neste tipo de situação. Ele teme ofendê-lo por não conhecer nossos costumes — explicou rapidamente o goblin.

O pobre guarda parecia ainda desconfiar de alguma coisa, mas olhou para a grande quantidade de pessoas que queriam entrar na cidade e soltou um suspiro cansado.

— Está bem, entrem então. Apenas não causem problemas — rosnou, dando-se por vencido.

— Obrigado, mestre anão — disse Buduk fazendo uma pequena mesura e rapidamente guiando Heishiro para dentro da cidade.

Assim que conseguiram passagem, o goblin guiou o caminho por entre as ruas estreitas e abarrotadas de gente até encontrarem um beco um pouco mais calmo, onde pararam alguns instantes.

— Tudo bem até aqui. Com todo esse movimento duvido que a gente consiga uma estalagem, mas vamos ter que conseguir alguma comida para viagem antes de seguirmos para Valkaria.

— Certo — disse a voz gutural, que parecia ser muito alta, mesmo que Heishiro se esforçasse para sussurrar. — Quanto tempo acha que vamos levar? Nunca vi uma cidade ficar tão cheia.

— Algumas horas talvez, mas seria bom eu descansar até amanhã pelo menos. Percebi que você não sente mais cansaço, mas eu ainda preciso descansar.

— Eu sei, ainda lembro como é — respondeu o samurai, torcendo as mãos como se tentasse sentir o mundo como antes.

— Certo, certo. Não se ofenda com a verdade, se concentre no que é mais importante. — Disse o goblin tentando evitar alguma outra reclamação do companheiro, e depois continuou — vamos, já passa do meio do dia. Quanto antes conseguirmos o que precisamos, melhor.

Recompondo-se do nervosismo o guerreiro meneou a cabeça em afirmação e seguiu atrás do goblin.

Enquanto percorriam as ruas da cidade, procurando um lugar onde pudessem passar a noite, Heishiro se deu conta de que não sabia quase nada do goblin, além do fato de que ele também queria ir para Valkaria e que fugira dos puristas. Na entrada da cidade, falara o nome de dois estranhos com muita naturalidade, quase como se os conhecesse, mas não falava quase nada além do necessário. Percebeu que estivera tão focado em chegar a Valkaria que não havia sequer conversado direito com seu companheiro. Tanto ele quanto o goblin durante os dias de caminhada até Villent só haviam falado de coisas urgentes e necessárias para seguir viagem, como quando o goblin se deu conta que precisaria disfarçá-lo para não assustar as pessoas com sua aparência e quando tinham que parar para Buduk comer ou dormir.

Por sorte eles conseguiram um quarto minúsculo numa taverna chamada Gato Gaiato, o estalajadeiro acabou soltando que o lugar ficara vago naquele dia, os últimos que haviam ocupado o quarto não voltaram de uma incursão à Fenda. Ainda assim, pagaram quase o dobro do preço normal, não só pela noite mas também pela pouca comida que Buduk conseguira negociar para o restante da viagem.

Como o salão da estalagem estava entupido de gente, o goblin preferiu fazer a pobre refeição no quarto que tinham alugado. Heishiro apenas esperou até que o goblin tivesse terminado de comer para tentar entender melhor seu novo amigo, mas foi surpreendido mais uma vez pela perspicácia do pequenino.

— Diga logo o que quer que esteja pensando — disse Buduk limpando a boca com as costas da mão —, detesto que fiquem me olhando demais.

O samurai apenas se perguntou como o companheiro conseguia ler suas intenções tão bem, agora que não tinha mais um rosto com o qual se expressar.

— Hoje quando chegamos na cidade, você falou o nome de dois homens para o guarda — disse com alguma cautela. E como não veio resposta, terminou a pergunta —Eram seus amigos?

Pela primeira vez em todos aqueles dias de viagem Heishiro viu o goblin parecer desconcertado, mas logo deu de ombros, como se não fizesse diferença contar ou não.

— Bom, já que você quer saber, vou te contar. Vê se não dorme — disse Buduk.

"Eu nasci e cresci em Valkaria, mas não em um bairro todo cuidadinho como aquele em que mora a sua gente. Eu vivia na Favela dos Goblins, era difícil, mas eu me virava. Tentava ficar longe de encrenca e conseguia a maior parte do tempo, se quiser saber. Até um dia que um hynne safado cruzou meu caminho no Mercado. Eu nunca roubei lojas, sabe? Dava muito mais problema se alguém te pegasse, por isso só tentava surrupiar umas moedas daquela gente rica e idiota que acha que pode ficar o dia todo à toa andando pela cidade. Foi quando esse cara tropeçou em mim. Ele se chamava Dibo Swiftoe, mas entre nós que fazíamos esse tipo de serviço sujo, era Dibo Três-Dedos. Eu nunca o tinha visto pessoalmente, mas todo mundo sabia da história de como ele perdeu dois dedos da mão direita quando um cavalo pisou em cima, depois de um roubo que deu errado.

Ele culpava um goblin por isso. Disse que alguém da Favela tinha avisado o dono da loja sobre aquele negócio.

Então, quando ele trombou em mim saindo daquela loja, a Boca Cheia, com os bolsos cheios de doces, não pensou duas vezes em tentar me incriminar. Aproveitou a confusão por ter caído junto comigo e começou a fazer o maior escândalo, dizendo que eu tinha roubado os doces. Eu ainda não tinha me recuperado quando um guarda me levantou pelo pescoço, me acusando sem pensar duas vezes. Claro que eu tentei retrucar, mas o guarda não queria saber. Só não apanhei daquele guarda, porque foi nessa hora que Dario chegou e segurou o braço dele.

Eu quase não acreditei quando vi aquela armadura brilhante com a espada e a balança de Khalmyr refletindo a luz de Azgher. E ele disse: 'Solte o goblin, soldado. Eu vi o que aconteceu aqui. Ele é inocente'. Claro que o soldado quis saber quem era o culpado então. Dario apenas fez um gesto com a cabeça apontando para o Dibo e antes que o sacana pudesse correr, Faruk, com aquelas roupas cor de areia, veio por trás do desgraçado e o ergueu pela gola.

Assim que o guarda levou Dibo, Dario quis saber se eu estava bem. Depois de alguma conversa, descobri que eles estavam atrás de uma arma mágica, era chamada de Sabre de Areia. Faruk desejava mais do que tudo encontrar o tal sabre para devolver a relíquia para um templo de Azgher no Deserto da Perdição. Acabei me oferecendo para ajudá-los, porque eu detesto ficar devendo favor. Disse que poderia ser útil em espaços apertados onde eles não conseguiriam passar e todo mundo sabe que masmorras são todas assim, cheias de truques. Eles hesitaram um pouco, mas consegui convencê-los. Foi até divertido por um tempo, andar com aqueles dois, mas eu preferia ter evitado aquela batalha."

— Entendo, e vocês conseguiram encontrar o Sabre de Areia?

— Não seja idiota, é claro que não — o goblin deu uma risada curta. — Seguimos alguns boatos e exploramos alguns lugares, mas provavelmente nem chegamos perto. Se é que essa coisa existe mesmo.

— E o que aconteceu com eles? Faruk voltou para o Deserto? — Indagou o samurai.

— Não. O que eu acabei de te contar, faz mais ou menos um ano. A guerra já estava começando a se espalhar por todo lado e aqueles dois não pensaram duas vezes antes de marchar junto com o exército para cá, eu vim junto, mas os perdi na batalha. Tive sorte, eu acho. Os puristas me confundiram com um dos goblins deles, por isso não me mataram. Fiquei lá alguns dias depois da batalha, mas não sei quantos. Assim que tive oportunidade, fugi. Foi quando nos encontramos.

— Sinto muito pelos seus amigos — Heishiro fez uma mesura respeitosa.

Buduk descartou toda aquela cerimônia com um gesto da mão.

— Certo, chega disso. E você? Não vai me contar como foi parar lá?

O samurai baixou a cabeça, hesitante.

— Vamos. Eu já contei a minha história, agora é sua vez. Não mandei você começar com esse papo. Tenho certeza de que você vai me dar sono pelo menos — insistiu o pequenino, encarando as órbitas vazias onde deveriam estar os olhos de Heishiro.

— Certo. Vamos do começo.

"Nasci em Yamadori, antiga capital de Tamu-ra, no final da era Teikoku. Meu pai, Koji Mitsuda, era um dos cozinheiros em um restaurante famoso, o Akaryu. No dia em que a Tormenta atacou, o dono do restaurante tinha ido a um casamento importante, junto com o cozinheiro chefe, que cozinharia durante o banquete. Apesar de não me lembrar de muita coisa daquele dia, lembro de ouvir meu pai reclamar baixinho que ele é quem deveria ter ido cozinhar naquele casamento. Diziam que o próprio Imperador estaria lá.

Lembro vagamente do céu vermelho e de correr para dentro do restaurante. Ouvi muitos gritos e uma parte do nosso teto já tinha desabado quando tudo parou de repente. Estávamos em Valkaria. Lembro de ajudar a consertar os buracos no teto. Quando entendemos o que havia acontecido lá, meu pai já tinha tomado o controle do restaurante, mas a comida dele nunca fez tanto sucesso quanto a do cozinheiro que foi ao casamento. Meu pai sempre foi ganancioso e tentava economizar em tudo, o que afastou ainda mais os clientes.

Naquela época eu não entendia muito o que estava acontecendo, era muito novo ainda. Só quando meu sensei, o mestre samurai Kenichi Mitsurugi, começou meu treinamento que comecei a entender melhor o mundo. Antes, eu jamais teria tido oportunidade de sequer manusear uma katana. Mas nossa cultura estava em risco e meu sensei tomou para ele a responsabilidade de não deixar que nosso modo de vida acabasse, então ele começou a treinar alguns dos meninos da minha idade. Éramos poucos, logo depois ele começou a aceitar alguns gaijin, os não tamuranianos.

Todos nós ficávamos sonhando e dizendo uns para os outros como íamos destruir a Tormenta. Lembro que nós sempre brigávamos com os gaijin quando o mestre não estava por perto, e ele sempre nos punia quando descobria nossos desentendimentos. No entanto, foi por causa de um desses garotos que tive coragem de virar aventureiro. Era um gaijin que se chamava Linon, um garoto que mestre Mitsurugi tirou das ruas para treinar conosco. Ele era o melhor da turma no iaijutsu. Um dia ele me venceu nos treinos e me provocou dizendo que eu teria que ficar muito mais forte do que ele antes de pensar em destruir a Tormenta. Era só provocação infantil, eu sei, mas foi por isso que saí de Valkaria quando o sensei considerou que meu treinamento estava completo. Meu pai ficou feliz com aquilo, achando que eu traria tesouros e ele ficaria rico, mas eu só queria ficar mais forte para um dia enfrentar a Tormenta e recuperar a honra de meu povo.

Foi durante minhas aventuras que conheci Zarah. Com os cabelos de cerejeira e a voz mais doce do mundo. No começo ela me provocava o tempo todo, dizendo que eu era tímido demais. Ela sempre parecia dançar enquanto usava magias, fazendo a tatuagem em formato de flor brilhar tanto quanto podia. Honestamente, ela já tinha me conquistado no primeiro dia."

Buduk esperou que o amigo continuasse falando da esposa naquela voz ao mesmo tempo gutural e sonhadora, mas o samurai parecia perdido em devaneios.

— É só isso? Terminou? — perguntou o goblin.

— Hã? Ah, sim. Andamos meses com um grupo e quando voltamos a Valkaria já estávamos decididos a nos casar. A família dela foi contra, mas acabaram cedendo. Ela é terrível quando põe uma ideia na cabeça. Meu pai pulava de alegria, achando que conseguiria um acordo comercial com a família dela, que faz comércio de tecidos na capital. Pedi ao mestre Mitsurugi que nos casasse, pois ele era também dedicado à fé em Lin-Wu. Foi a última vez que o vi.

— Vocês podiam ter uma vida diferente. Podiam ter ido de volta para Tamu-ra, não? — quis saber o goblin.

— Naquela época a Tormenta ainda estava em Tamu-ra e, de qualquer forma, Zarah sempre amou viver na estrada. Quando o repovoamento começou, eu quis ir, mas meu pai disse que só voltaria quando estivesse rico e pudesse reconstruir o Akaryu de volta lá com toda a antiga glória. Além disso, Zarah não queria viajar pelo mar e para tão longe dos pais e acabei ficando por ela, afinal já éramos uma família, meu futuro estaria onde ela estivesse.

— E por quê foram para a guerra? Vocês ainda podiam ter evitado aquela luta toda — o goblin parecia realmente confuso, tentando entender a lógica que movia o samurai.

— Nós estávamos voltando para Valkaria para que ela repousasse e tivesse os cuidados necessários com a gravidez. Queríamos contar para a família dela, mas quando chegamos lá, ficamos sabendo que os puristas tinham matado o irmão dela que cuidava de um carregamento de tecidos quando voltava de Zakharov. Eu e a família dela conseguimos mantê-la em Valkaria durante algumas semanas, mas logo veio o chamado para a batalha do Iörvaen e quando ela descobriu, nem mesmo os poderes do pai dela puderam segurá-la no lugar. Pedi que ela pensasse em nosso filho, que estaria arriscando perder a criança indo para a guerra daquele jeito. Ela disse que estava pensando nele, justamente por isso iria para a guerra. Para proteger a chance de um futuro bom para ele — concluiu o samurai retorcendo as mãos de osso sob os panos que serviam de disfarce para sua aparência.

— Você vai encontrar ela, Heishiro. Tenho certeza. — respondeu Buduk, tentando evitar que o guerreiro continuasse falando. — Vou dormir agora, amanhã seguimos para Valkaria.

O samurai apenas meneou a cabeça em afirmação, sem dizer mais nada, enquanto o goblin assoprava a vela e deitava na cama de palha. Heishiro ainda não se acostumara ao fato de poder enxergar no escuro, mas podia ver cada movimento do goblin que se encolhia na cama de palha, quando foi surpreendido por uma última pergunta.

— E aquele seu rival? O que aconteceu com ele? — questionou Buduk virando um pouco a cabeça para olhar Heishiro.

— Não tenho certeza. Soube que ele andava junto com um minotauro e depois das Guerras Táuricas nunca mais soube dele — respondeu Heishiro um pouco pensativo.

— Então, ou ele morreu ou virou escravo — disse o pequenino, dando de ombros e virando-se novamente para o outro lado.

— Acho que ele se mataria se virasse escravo, então provavelmente morreu mesmo.

— Entendo, então, de qualquer forma você não teve uma última chance de derrotar ele — disse o goblin bocejando.

— É, acho que não tive mesmo... — começou Heishiro, mas Buduk já roncava e o samurai parou de falar, guardando o restante dos pensamentos daquela noite para si.

Heishiro achava que nunca se acostumaria com a vista de Valkaria. Era sempre impressionante. Embora, desta vez, a cidade não impressionasse por sua grandiosidade ou mesmo pela gigantesca estátua da Deusa em súplica, mas por sua aparência. A cidade estava apinhada de refugiados da guerra. Nos campos ao redor, pilhas de cadáveres queimavam a céu aberto, enquanto os clérigos de diversos deuses que já tinham esgotados suas bênçãos nos feridos, faziam pequenas cerimônias encomendando as almas dos mortos aos Mundos dos Deuses. Montes de lixo se acumulavam por todos os lados. Pessoas de diversas vilas que fugiram dos horrores da guerra chegavam sem parar, aumentando ainda mais a quantidade de acampamentos mal montados de gente que não tinha para onde ir e também não tinha conseguido entrar na cidade. Crianças que choravam por terem se perdido dos pais. Pedintes e pessoas doentes por todos os lados contribuindo para que a algazarra ficasse ainda mais caótica em torno da cidade.

Mais uma vez, após algum esforço criativo de Buduk e da atuação muda de Heishiro como servo de Azgher, os dois conseguiram entrar na cidade, apenas, porém, para descobrir que dentro das muralhas a situação era ainda pior. As ruas, que normalmente já eram cheias pelo intenso movimento da maior metrópole do Reinado, estavam simplesmente entupidas de gente de todas as raças de Arton, mesmo as mais exóticas. Não apenas isso, mas também havia lixo acumulado atrapalhando a passagem e atraindo insetos e roedores para fora de suas tocas, aumentando mais ainda a balbúrdia.

Os dois andaram pelo meio da multidão fazendo muito esforço, tomando cuidado para não se perderem. Mais de uma vez Heishiro achou ter perdido Buduk na multidão, mas, a cada vez que isso acontecia, o goblin dava um jeito de aparecer novamente ao lado do samurai. Já era final de tarde quando encontraram um beco que estava um pouco menos ocupado e conseguiram conversar com calma.

— Certo, chegamos aqui. — disse o goblin esfregando um pouco os pés doloridos de andar o dia todo. — Qual é o plano?

Heishiro apenas olhou para o goblin, pensando na resposta óbvia.

— Encontrar Zarah. Sei que não vai ser fácil, mas pensei em primeiro tentar a casa dos pais dela, mas eles não vão nos receber facilmente.

— Deixa eu adivinhar: eles devem morar em um desses bairros chiques, certo? — respondeu Buduk em tom de ironia.

O samurai, mais uma vez, ficou em silêncio tentando entender o pequeno amigo, quando o goblin revirou os olhos e baixou a cabeça para se concentrar de novo nos pés, Heishiro olhou bem para as orelhas e o nariz comprido, a pele cinza-esverdeada do companheiro. A compreensão iluminou sua mente. Buduk era um goblin, numa cidade que tinha um bairro chamado Favela dos Goblins e tinha fama de ser um dos piores bairros da cidade. E provavelmente era.

— Vou entender se não quiser ir comigo até lá, — disse o samurai, sério como sempre — já fez muito por mim.

Buduk olhou incrédulo para o amigo.

— Acho que você não entendeu direito, — pela primeira vez, o goblin parecia irritado com Heishiro — eu nunca disse que não iria. O problema é que é muito mais fácil um goblin se meter em encrenca nos bairros chiques, e o seu disfarce não é tão bom assim. Se algum guarda cismar com a gente, não vai demorar muito para alguém descobrir que você é um morto-vivo e mandar nós dois para as pilhas de cadáveres. Definitivamente, dessa vez.

O samurai cruzou os braços e baixou a cabeça, como sempre fazia quando ficava pensativo.

— Do jeito que a cidade está, provavelmente vai ser mais difícil do que seria se estivesse tudo em ordem — disse o goblin dando de ombros, ainda esfregando os pés. — Eu só não gosto de ir em lugares assim, cheio de gente que acha que é melhor que goblin só porque acham que o jeito de viver deles é melhor que o nosso.

O samurai olhou admirado, nunca tinha visto as coisas dessa forma. Mesmo sendo estrangeiro, seu povo sempre foi respeitado pela população de Valkaria.

Antes que Heishiro dissesse qualquer coisa, Buduk levantou e deu um tapa de leve no braço do companheiro.

— Mas chega disso por hoje, vamos procurar um lugar para descansar. Amanhã vamos atrás da sua mulher.

Heishiro sentiu o coração apertar ao pensar que ainda esperaria mais uma noite antes de procurar por Zarah, mas também sabia que tinha mais chance se estivesse junto com o goblin. Assim, a disciplina venceu a ansiedade mais uma vez, sabia que, no fundo Lin-Wu estaria guiando sua jornada.

Naquela noite não tiveram tanta sorte quanto em Villent e acabaram passando a noite em um beco onde havia espaço suficiente para o goblin dormir. Heishiro, que não dormia mais, ficou de guarda e afugentou alguns desesperados que tentaram roubar as coisas deles.

No dia seguinte, forçaram o caminho pela multidão até o Refúgio da Felicidade, um dos bairros nobres da cidade. Ali, as ruas eram largas e estavam livres da sujeira e da fumaça que castigava quase toda a cidade, além de ter algumas lojas bastante refinadas e casas grandes e bem cuidadas.

Embora Heishiro conhecesse uma parte do bairro, preferiram tentar entrar despercebidos, mas depois de tentarem algumas vezes e serem barrados em diversas ruas por guardas particulares que não caíam na conversa de Buduk, chegaram à uma rua com antiquários e um portão com apenas dois guardas, no que parecia ser um dos limites entre as regiões.

— Alto! — Falou o primeiro deles, apontando a lança para os dois. — Voltem daqui mesmo! Essas ruas não são para gente como vocês!

Buduk, vestido com a melhor capa que conseguira arranjar pelo caminho negociando rápido e gastando os poucos tibares que conseguiram durante a viagem, fez uma mesura que quase encostou seu nariz no chão.

— Senhor, estou a serviço de Faruk Al'Sahid, meu dono e mestre — disse o goblin erguendo o corpo de volta e sorrindo. — Estamos à procura de um lorde qareen chamado Kalil Rahman, com quem meu mestre tem negócios a tratar. Disseram-nos para procurá-lo em sua casa.

O guarda então, olhou bem para Heishiro, tentando avaliar o que aquilo significava. Conhecia o senhor Rahman e sabia que ele tinha negócios com homens do deserto, mas recebera ordens para não deixar ninguém passar enquanto a cidade estivesse naquelas condições.

— Sinto muito, terão que voltar outra hora — disse olhando para onde deveria estar o rosto do samurai se não estivesse coberto por todos aqueles panos que serviam de disfarce ao guerreiro, e manteve firme sua posição.

— Qual o seu nome? — Indagou Buduk.

O guarda encarou o goblin com desprezo, mas olhou novamente para Heishiro e acabou respondendo na direção dele.

— Meu nome é Henri e não vou deixar você e seu goblin incomodarem meus senhores.

— Não se preocupe, apesar da ofensa, meu mestre não vai sujar a espada com seu sangue. Apenas perguntei seu nome para podermos dizer ao senhor Rahman quem atrapalhou seus negócios — respondeu o goblin com um tom sarcástico na voz.

O guarda apenas deu de ombros.

— Acham que tenho medo? Se fossem mesmo conhecidos do senhor Rahman saberiam que ele não recebe ninguém desde que o filho morreu e a filha fugiu para a guerra.

Heishiro deu um passo para frente ao ouvir aquilo, mas Buduk, ouvindo o movimento atrás de si, sutilmente deu um passo para o lado bloqueando o avanço do amigo.

— Se você quer mesmo arriscar — respondeu o goblin com um risinho antes de dar as costas ao guarda e arrastar o samurai dali.

O tamuraniano seguiu o goblin apreensivo e não disse nada por um bom tempo, pensando, preocupado, onde sua esposa estaria e ainda mais preocupado com a segurança de seu filho. Quem acabou quebrando o silêncio, mais uma vez, foi o goblin.

— Ela realmente não está lá — disse pensativo. — Sei quando esses sacanas estão mentindo ou não.

No entanto, Heishiro apenas continuou andando.

— Aonde você vai? — Perguntou Buduk.

O samurai parou.

— Vou continuar procurando até achar — respondeu com a voz gutural, cheia de tristeza e determinação.

O goblin apenas balançou a cabeça e suspirou cansado.

— Claro que vamos — disse olhando para o amigo. — Eu ainda tenho algumas ideias.

Nos dias que se seguiram, os dois circularam por diversos bairros da cidade. Tentaram a milícia, tentaram falar com os Lordes Urbanos, tentaram outras entradas para o Refúgio da Felicidade, e mais duas vezes ouviram os guardas falarem a mesma coisa sobre o senhor Rahman, que ele não recebia ninguém desde que perdera os filhos.

Nesse meio tempo, Heishiro buscava respostas para suas frustrações meditando em um templo dedicado a Lin-Wu, nessas poucas horas que se permitia não procurar pela esposa e pelo filho, refletia sobre o propósito de ter retornado à vida em Arton naquele corpo decrépito. Não podia deixar de acreditar que fosse obra do Deus-Dragão e que, de alguma forma, isso acontecera pois ainda teria de cumprir algum desígnio nesta encarnação. Visitou o túmulo do antigo mestre, tentando manter em mente suas lições de sabedoria, lições estas, que ensinaria ao filho um dia, mantendo vivas as tradições de seus ancestrais. Visitou o pai em seu restaurante, mas não revelou quem era para não mostrar a aparência grotesca ao pai, que mesmo sendo mesquinho como era, não merecia tal castigo. Pediu um chá que não bebeu e deixou uma pequena gorjeta, mesmo sabendo que Buduk ficaria furioso por gastar o pouco dinheiro que tinham. Aproveitou também para trocar a bainha da katana por uma que servisse melhor.

Enquanto isso, Buduk visitou várias vezes a Favela dos Goblins. Eles sempre estavam escutando uma coisa e outra pela cidade, ainda mais agora que a cidade estava um caos e havia menos guardas para expulsá-los dos lugares e fechar as saídas subterrâneas da Favela. Alguns dos conhecidos estranharam ver Buduk ali novamente, mas tantos outros o receberam como se nunca tivesse saído.

Foi em uma dessas visitas que ficou sabendo que havia um templo dedicado à Lena, Deusa da Vida, que estava recebendo muitas vítimas da guerra. Havia boatos de que várias mulheres grávidas tinham sido levadas para lá, para receber tratamento para elas e para os bebês.

Naqueles dias, os dois haviam combinado de se encontrar uma vez por dia para trocar informações, tinham escolhido um ponto de encontro entre o Mercado e o Centro. Buduk havia recebido a informação pouco antes de sair para encontrar Heishiro e mal se continha em pensar que talvez a busca do amigo terminaria naquele dia. Talvez por isso não tenha percebido que estava sendo seguido.

Dibo Três-Dedos mal conseguia acreditar. Jurava que aquele goblin que causara sua prisão estava morto. Sofrera muito na Rocha Cinzenta por causa dele, mas agora teria sua vingança. Tentou se aproximar sorrateiramente, mas parou ao ver que o goblin ainda estava acompanhado do guerreiro do deserto que o agarrara naquele dia, mas não viu o cavaleiro e isso o fez repensar o plano. Seguiu os dois, tentando ouvir a conversa, mas sem sucesso, a multidão era barulhenta demais naqueles dias e o hynne foi mais cauteloso do que o normal, para não estragar a chance que Hyninn lhe dera.

Eles atravessaram o Mercado na direção oeste passando por alguns bairros menores até chegarem em frente a um templo que tinha uma lua crescente prateada acima do portão, onde uma aglomeração de pedintes se reunia para implorar por bênçãos e comida às acólitas que tentavam atender a todos.

Enquanto os dois tentavam abrir caminho entre os pedintes para falar com as clérigas e confirmar se Zarah estava lá ou não, Dibo aproveitou para se esgueirar por trás deles e sacando uma faca, preparou para estocar as costas do goblin que tentava passar entre as pessoas. Buduk sentiu quando o metal frio rasgou fundo suas costas e sem conseguir se virar para trás ou avançar apenas gritou o mais alto que pode até sentir um segundo golpe, uma pancada na cabeça que o fez perder os sentidos.

Heishiro se assustou com o grito de dor do goblin bem atrás dele. Logo que alguém gritou "sangue", a multidão de pedintes forçou ainda mais a entrada para o templo, abrindo um pouco de espaço ao redor dos três. O samurai segurou Buduk por pouco, que não havia caído ainda pela pressão da multidão ao redor, evitando que batesse a cabeça no chão. Enquanto isso, Dibo ria da cena ao mesmo tempo em que olhava para os lados, buscando uma rota de fuga caso a sorte se revertesse contra ele.

— Poderia ser você, mas esse goblin não merecia viver nem um minuto a mais — disse o hynne segurando a faca ensanguentada na mão aleijada e sacando mais uma faca com a mão boa. — Isso é para vocês que são metidos a heróis aprenderem a não se meter nos negócios dos outros.

O guerreiro tamuraniano deitou o amigo no chão antes de se virar para o halfling.

— Buduk me falou sobre você — disse a voz gutural que saía por baixo dos trapos, enquanto Heishiro assumia uma postura de luta, preparando-se para um golpe de iaijutsu.

Dibo riu mais ainda ao ver aquilo, tinha certeza de que conseguiria acertar as duas facas no guerreiro antes mesmo de ele se aproximar o suficiente para atingi-lo com a espada, mesmo naquela rua estreita e superlotada.

O samurai disparou pelo curto espaço que separava os dois. Dibo lançou as duas facas que acertaram em cheio o peito do guerreiro, sem, no entanto, diminuir sua velocidade. Mal conseguia acreditar no que via quando a espada saiu da bainha e brilhou como um relâmpago, decepando suas mãos e abrindo um rasgo fundo em seu peito. A última coisa que viu em Arton foram as duas facas que arremessara caírem do meio das vestes do guerreiro, a segunda faca tão limpa de sangue quanto no momento em que foi arremessada.

Heishiro guardou a espada e correu até o amigo que sangrava no chão. Desesperado, pegou o goblin nos braços e forçou a entrada no templo aos berros.

— Salvem meu amigo! Fomos atacados! — gritava o samurai.

Duas mulheres que estavam na porta distribuindo comida correram para acompanhá-lo e o guiaram pelo templo até um quarto amplo onde as clérigas cuidavam de várias mulheres, algumas delas claramente no estágio final de gravidez.

Uma clériga mais velha tomou o goblin dos braços do samurai e o colocou numa cama vazia, dando ordens para as acólitas levarem o homem dali.

Heishiro já ia cedendo, por entender que ali era um local sagrado, mas não pode se conter quando, ao se virar, viu uma mulher de longos cabelos rosados em uma das camas. Cabelos da exata cor da flor de cerejeira.

O samurai se desvencilhou da acólita e correu até Zarah.

— Zarah! Finalmente encontrei você! — disse acariciando o rosto da esposa.

As clérigas ficaram alarmadas com a situação, mas pararam para observar quando a qareen ergueu a mão para retribuir o gesto de carinho.

— Meu samurai, — disse Zarah com a voz melodiosa de sempre, as lágrimas já brotando nos olhos, reconhecendo a voz do marido, mesmo com aquele timbre mais grave que o habitual — senti tanto a sua falta.

As clérigas voltaram a suas tarefas, tentando dar um pouco de privacidade ao casal. Os dois trocaram algumas palavras, apreciando o momento do reencontro. Até que Zarah, incomodada com o que poderia ter acontecido com o marido para que estivesse vestido daquele jeito e sem acreditar que sua voz estivesse tão estranha apenas por estar por baixo de toda aquela roupa, começou a puxar os trapos que serviam de disfarce ao samurai. A qareen não conseguiu conter o grito ao ver o rosto descarnado do marido.

Ao ouvir aquilo, as clérigas se viraram novamente para eles para ver o que estava acontecendo. O samurai tentava explicar à esposa o que tinha acontecido, mas ele soube que era tarde demais quando ouviu uma das acólitas gritar.

— Um esqueleto!

Em um instante, as clérigas já tinham cercado o samurai e começaram a fazer orações, pedindo bênçãos a Lena, derramando poder sagrado sobre o tamuraniano.

Zarah, reconhecendo logo seu erro, gritou desesperada para que as clérigas parassem, mas as clérigas não deram atenção. Eram sacerdotisas de Lena, Deusa da Vida, não poderia haver blasfêmia maior para elas do que permitir um morto-vivo em seu templo.

Heishiro, impedido pelo modo de vida samurai de lutar contra mulheres, apenas tentou alcançar Zarah uma última vez. Sabia que não poderia sentir a maciez de seus cabelos ou o calor de sua pele, mas não poderia desperdiçar a chance de abraçá-la pela última vez.

— Cuide bem de nosso filho, Zarah — sussurrou Heishiro enquanto sua consciência lutava para se manter naquele corpo decrépito. — Minha maior felicidade foi ter vivido ao seu lado... — a voz começava a desaparecer — Eu sinto muito...

Zarah apenas soluçava quando Buduk acordou com a confusão e abriu espaço entre as sacerdotisas, apenas para ver a katana de Heishiro que jazia sobre os trapos que lhe serviram de disfarce, além da máscara de ferro retorcido e os restos do antigo kabuto, agora apenas pedaços de ferro derretido nas mãos da qareen.

Poucas semanas depois, Buduk respirava o ar salgado da costa de Sambúrdia, em um cais de Collarthan, de onde partiam a maioria das embarcações para Tamu-ra. Quando terminou de ajudar a carregar as coisas de Zarah para o navio, foi até ela e fez uma careta, olhando para a barriga inchada da qareen.

— Tem certeza de que não quer vir? — perguntou a mulher de cabelos cor de rosa.

— Tenho sim, — respondeu o goblin, ainda encarando a barriga — o mar não é coisa para mim.

Zarah olhou para o horizonte e as ondas que quebravam na praia próxima.

— Heishiro ficaria feliz de ver a filha nascer em Tamu-ra — disse pensativa, enquanto apertava com as duas mãos a única parte de sua carga que ela mesma carregava. Um pacote comprido e fino, envolto em trapos. A katana de Heishiro, que um dia pertenceria ao bebê que agora carregava no ventre.

— Provavelmente ficaria mesmo — respondeu o goblin, olhando na mesma direção que Zarah.

Ficaram em silêncio alguns instantes.

— Acho que vou chamá-la de Sakura — disse Zarah ainda olhando o mar, o pesar marcando seu belo rosto. — Uma vez Heishiro disse que esse nome significa o mesmo que o meu em tamuraniano. "Flor de cerejeira".

Buduk deu de ombros, era difícil para o goblin entender a lógica de gente como eles.

— Heishiro sempre dizia "filho" — comentou.

— Imagino que sim — respondeu a mulher com um sorriso indecifrável no rosto.

O imediato do navio chamou Zarah para partir.

— Adeus então, senhor Buduk — disse sorrindo.

— Senhor de quê? Vá logo, essa porcaria aí vai afundar se você demorar demais — respondeu Buduk fazendo outra careta, desta vez na direção da embarcação.

A qareen riu e subiu a bordo, logo o navio partiu. Zarah ficou olhando alguns instantes, mas Buduk não esperou muito tempo. Detestava água, mais ainda se fosse salgada. Logo deu as costas e foi embora. Tinha um longo caminho até em casa.

Heishiro acordou confuso. Estava no topo de uma colina, cercado por campos primaveris que abrigavam belas cerejeiras. Sentiu uma brisa refrescar sua pele. Olhando no horizonte, avistou uma montanha solitária, com uma fortaleza rodeada de neve no topo. Olhou mais para perto e viu uma mulher em trajes cerimoniais típicos de Tamu-ra subindo a colina. Quando a figura se aproximou mais, o samurai viu que ela carregava algo nas mãos. Era um bolinho de arroz. A mulher fez uma pequena mesura e ofereceu o bolinho.

Heishiro aceitou e seguiu atrás da mulher em direção à montanha.

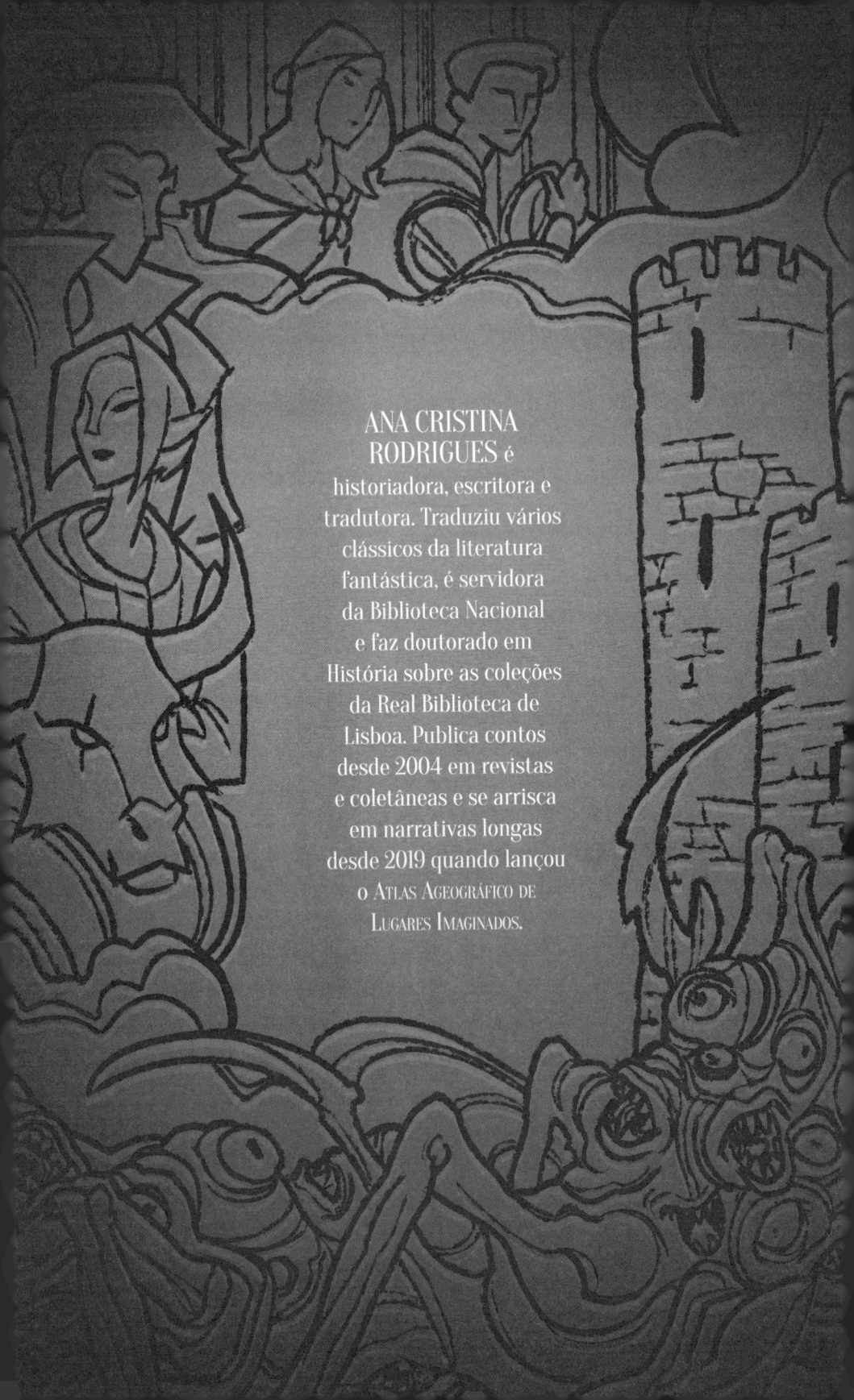

ANA CRISTINA RODRIGUES é historiadora, escritora e tradutora. Traduziu vários clássicos da literatura fantástica, é servidora da Biblioteca Nacional e faz doutorado em História sobre as coleções da Real Biblioteca de Lisboa. Publica contos desde 2004 em revistas e coletâneas e se arrisca em narrativas longas desde 2019 quando lançou o Atlas Ageográfico de Lugares Imaginados.

VOZES CORRIDAS, CANÇÕES VERMELHAS

ANA CRISTINA RODRIGUES

ELA POUSOU A XÍCARA COM UM SORRISO FALSO, ESPERANDO que a atendente não tivesse percebido. Não bebeu um gole sequer, o (mau) cheiro já tinha sido o suficiente para deixá-la de estômago embrulhado. Foi pior que qualquer enjoo da gravidez de Lionel, e olha que tinha emagrecido de tanto enjoar.

A menina sorriu de volta e se afastou, parecendo muito satisfeita. Crisobel soltou um longo suspiro e olhou ao redor. Tentava transmitir tranquilidade, mas a verdade é que estava muito preocupada. Não gostava de sair de Valkaria por muito tempo e a mensagem dizia que podia ser um trabalho longo. Bem, se fosse mesmo, teria que pagar de acordo. Seu tempo custava caro, tanto como menestrel quanto como... cuidando de assuntos mais delicados.

Voltou a olhar desanimada para a xícara. Estava considerando se arriscava pedir algo para comer quando ouviu alguém puxando a cadeira a sua frente.

— Você foi muito pontual, obrigada. E desculpe, o chá daqui é horrível, mas o lugar é discreto o bastante. — A figura alta e encapuzada sentou-se e só a voz já a surpreendeu. A surpresa só aumentou quando o capuz foi abaixado. Era uma mulher, a pele dourada do rosto marcada por rugas, pelo sol e por lâminas inclementes, mantendo sua vitalidade mesmo com os muitos anos vividos. Os cabelos cinzentos e bem cuidados caíam em uma trança grossa que sumia dentro do manto, os olhos negros a encaravam por cima de um nariz largo e um sorriso irônico. — Meu nome é Jeisa e é um prazer conhecê-la, Crisobel.

A elfa apertou a mão estendida com um sorriso.

— Pode me chamar de Bel. E sim, deve ser o pior chá que já tomei na vida.

Jeisa riu e chamou a atendente com um gesto largo, enquanto soltava o manto dos ombros. Por baixo do tecido grosso e rústico, usava uma armadura de couro de excelente qualidade. A reação de Crisobel fez com que ela erguesse as sobrancelhas.

— Não sou o que você esperava?

— Sendo sincera, nem eu sei o que eu esperava. Mas, com certeza, não era alguém como você.

O sorriso largo mostrou dentes amarelados por anos de fumo e chá. A atendente, uma senhora hynne de meia-idade, apareceu com uma bandeja e Bel engoliu em seco ao ver uma chaleira fumegante ao lado de um prato de biscoitos. Jeisa agradeceu e quando a atendente se afastou, foi direto para o prato, ignorando o chá.

— Apesar do chá, eu recomendo os biscoitos. Lura é uma excelente confeiteira.

Bel, desconfiada, mordeu um biscoito e teve que concordar. Só que a conversa, por mais agradável que estivesse sendo, não estava levando a lugar algum e Crisobel tinha suas obrigações.

— A sua mensagem foi bastante enigmática, confesso que estou aqui mais pela curiosidade... — disse, tentando ser sutil. Jeisa suspirou e bateu as mãos cheias de calos para tirar os farelos.

— Desculpe por isso, eu tive meus motivos. Você foi recomendada por um amigo em comum. O nome Victor de Rouche...

Ela nem terminou de falar e a reação de Bel deixou claro que sabia de quem estava falando. A elfa precisou de todo o seu autocontrole para não engasgar com o biscoito que estava comendo. Victor era um erro... um erro que tinha cometido algumas poucas vezes no passado. Daqueles erros que se comete com consciência total de que não deveria.

— Sim, sim, é um velho amigo. Como ele está?

— Ah, o de sempre. Aprontando e sendo expulso de todas as pequenas e médias cortes do Reinado. Se bem que, ultimamente, tem sido um pouco diferente. Nunca o tinha visto ser expulso por recusar os avanços de alguém. Olha que eu o conheço faz uns vinte anos, pouco depois de começar a vida de aventureira.

Bel não conseguiu evitar mais e se engasgou com o biscoito, ficando vermelha como um tomate. As bochechas arderam e ela teve que tomar um gole do hediondo chá para parar de tossir.

— Bem, faz um tempo que eu não o vejo... então, vocês devem ser velhos amigos.

— Sim, mas não do jeito que você está pensando. — Jeisa deu um sorriso irônico que se tornou nostálgico quando continuou. — Ele me apresentou ao meu falecido marido, então devo vinte anos de felicidade a esse canalha. Mas vamos aos negócios. Meu sobrinho foi capturado por um bandido que se diz senhor de um velho castelo abandonado perto daqui. Esse salteador cismou que ele conseguiu um artefato mágico, algo ligado à tal da Tormenta. Tentei negociar um resgate, mas ele só aceita o tal artefato que eu nem sei se existe.

— E você precisa que eu o liberte.

— Sim. Victor falou que você é muito boa com esse tipo de situação...

— Assim como ele.

Jeisa ajeitou a trança, parecendo desconfortável.

— Pois é, mas digamos que no caso desse bandido, Victor não poderia me ajudar.

Bel entendeu na hora.

— Eles já se conheceram e não foi bom.

— Nem um pouco — Jeisa confirmou, sorrindo. Pegou uma pequena bolsa dentro do manto. — Este é um sinal. Se você conseguir salvá-lo, pagarei o dobro disso. Com um bônus, se salvar a amiga dele também.

— Tem alguém com ele então?

— Sim, foram o que sobrou do grupo de mercenários deles. — Jeisa ergueu a xícara, distraída, e quase bebeu o chá, mas se impediu a tempo. —

Sabe, a mãe dele e eu tínhamos grandes esperanças que ele fosse um soldado como nós, mas... enfim, ele preferiu uma vida mais errante. A maior parte deles morreu em Tamu-ra e o que sobrou foi dizimado em uma missão. Sobraram Miguel e essa amiga, Liana, que chegaram em Bielefield e me mandaram uma mensagem pedindo asilo. Estavam vindo me encontrar quando foram capturados.

— Resumindo, você quer que eu entre na casa desse renegado, descubra onde eles estão e os resgate?

— Tem mais uma coisa.

"Sempre tem". Ela manteve o sorriso, se esforçando para não revirar os olhos.

— Descubra o que eles estão procurando. Eu não consegui saber.

Bel pesou a bolsa. Pensou no filho. Nos custos de uma boa casa em Valkaria e em quantos festivais teria que se apresentar para conseguir aquele dinheiro como menestrel. Não era por acaso que passava mais tempo fazendo aquele tipo de coisa do que cantando. As despesas de uma jovem viúva são muitas.

— Combinado. — Guardou a bolsa e estendeu a mão que Jeisa apertou, selando o acordo. — Preciso de um mapa.

Naquela noite, passou duas horas no quarto de uma hospedaria depois do bom jantar servido pela hynne analisando o mapa na companhia de Peso Pluma. O minotauro era uma mistura de melhor amigo, confidente e guarda-costas, além de padrinho do seu filho e seu contador. Só isso justificaria o tom com que ele mugiu, indignado.

— Você tinha me prometido que ia sossegar em Valkaria por dois anos. Além disso, você sabe que eu não gosto de me meter nessas coisas de Tormenta... — Ele quase bateu os cascos no chão.

— E quem disse que tem a ver com isso? Pepe, deixa de ser paranoico. Não tem uma área da Tormenta em quilômetros a partir daqui.

O minotauro não ficou convencido.

— Você acha mesmo que vale a pena?

Bel suspirou.

— Você viu a sacola de dinheiro, né? É isso. — Ela soltou o cabelo, preparando-se para dormir. — Temos que encarar a realidade. Anton nos deixou muito mal de dinheiro, nossos fundos estão cada vez menores e não vão melhorar se ficarmos cantando nas tabernas de Valkaria.

Ele não responderia mais, conformado com a decisão dela. Mas parou quando estava ajeitando seu saco de dormir na frente da porta, hábito adquirido após anos acompanhando Bel em suas desventuras, e perguntou.

— Afinal, como ela chegou a você? Não é como se você ficasse anunciando seus serviços de espiã por aí...

Bel se deitou e virou para a parede antes de responder, escondendo o rosto.

— Ah, alguém me recomendou...

— Quem? — Pelo tom de voz, a elfa teve certeza de que o minotauro já sabia.

— O Victor...

— Eu sabia... — resmungou, deitando em seguida, e Bel respirou aliviada ao ver que ele não insistiria no assunto.

— Amanhã, finalizamos o plano.

— Tá.

— Boa noite, Pepe.

— Tá.

Ela suspirou, virou-se e apagou a vela. Ia ser uma longa viagem acompanhada por um minotauro de mau humor.

○

Uma dor insistente nas costelas fez com que gemesse alto. Parecia que estava sendo chutado por uma bota de bico fino. Se seus pesadelos já não estivessem sendo preenchidos por seres desmortos de olhos vermelhos, poderia achar que era um sonho ruim.

A lembrança dos últimos cinco dias passados no calabouço úmido de uma fortaleza velha e mal conservada o atingiu com força. Miguel, conhecido pelos amigos — quase todos já mortos — como Grude, abriu os olhos e resmungou.

— Mas que caralhos vocês querem com a gente?

— Você sabe muito bem...

— EU JÁ DISSE QUE DEIXEI ESSA MERDA DESSA PEDRA LÁ, ONDE ENCONTREI. Não quero ter nada...

Outro chute forte, dessa vez na cabeça, interrompeu seu berro e quase o deixou inconsciente de novo. Mas seu captor aproximou-se seu rosto do dele, puxando-o pelos cabelos.

— Assim, eu sou contra castigar subalternos pelos erros de seus superiores, só que vou ser obrigado a abrir uma exceção para sua amiga.

Grude não teve forças para responder a altura. Ficou jogado no chão frio, respirando com cuidado para amenizar a dor que sentia.

— Grude?

A voz fraca vinha do outro lado da cela e ele ergueu a cabeça com dificuldade.

— Tô vivo, Li. Acho, pelo menos. Bateram em você?

As correntes que a prendiam tilintaram. Ela não conseguiu chegar perto o bastante para tocá-lo, mas pelo menos dava para vê-la. Isso acalmou-o um pouco.

— Nada, continuam me ignorando, só me jogaram aqui e disseram que eu tinha que convencer você a contar tudo. Tudo o quê?

Ele virou e ficou de lado, tentando encará-la naquela penumbra estranha.

— Sei lá porquê eles acham que estamos com aquela pedra esquisita dos zumbis...

— Ah...

— E isso é bem estranho... só nós sobrevivemos e nunca falamos sobre isso. A pedra tá lá, apodrecendo com aqueles monstros...

Lia suspirou e as correntes disseram que ela estava se afastando.

— Lia, o que houve?

— Nada.

— Lia...

— Me deixa!

Uma sensação horrível passou pela espinha de Grude. Mais horrível do que a dor que já sentia.

— Fala logo, Muriçoca.

Usar o codinome de mercenária foi golpe baixo. Ele tinha sido o líder da Companhia por pouco tempo, mas Muriçoca sempre o respeitara, mesmo antes disso. O tom imperativo também ajudou a surtir o efeito desejado.

— Eu trouxe a pedra. Ouvi o Doc falando que podia ajudar a reerguer a companhia e, sei lá, só peguei e botei na mochila.

— Por que não me falou nada?

As correntes sacudiram com força com Lia dando de ombros.

— Foi tudo tão corrido. Achei que chegaríamos logo na casa da sua tia e poderíamos conversar lá com calma...

— Puta merda, Lia. E agora, como vamos sair dessa? Como eles ficaram sabendo?

— Não sei! Não contei a ninguém... será que eles têm como detectar essa pedra?

Grude parou para pensar um pouco. Depois que o médico da companhia, o Doc, pegou a tal pedra que chamou de benzoar, os zumbis vieram para cima deles, atraindo um bicho ainda mais estranho. Foi o fim do pouco que tinha sobrado da companhia de mercenários. Fazia sentido que houvesse alguém detectando a pedra, só que isso significava... ter alguém ligado à Tormenta. As coisas pareciam piorar a cada minuto e estavam nas mãos de gente bem perigosa.

— Onde ela está?

— Coloquei no fundo da minha mochila, mas depois desconfiei dos mercadores e escondi na aveia dos cavalos. Deve estar lá ainda.

Grude fechou os olhos, o massacre dos companheiros de viagem voltando à sua mente. Tinham conseguido encontrar uma caravana de mercadores que seguia para Valkaria e se ofereceram como seguranças dos mercadores. Tinham acabado de passar pela fronteira quando um grupo grande de soldados mal-encarados os atacou. Tomaram o cuidado de só estraçalhar os mercadores, poupando Grude e Muriçoca para serem levados ao calabouço onde estavam. Tinham ficado separados até aquele momento e Grude calculava que já tinham passado três dias presos. Podia estar enganado, pois suas lembranças eram apenas um borrão de dor e tortura, misturadas com os pesadelos de olhos vermelhos e carne despedaçada.

— Posso chamar o cara e dizer onde a pedra está.

— Não! Se fizermos isso, perdemos o único motivo para eles ainda não terem nos matado. Além disso, não sei o que eles querem com a pedra, mas não deve ser coisa boa.

Ficaram em silêncio, ouvindo o gotejar da água e o barulho de garras se arrastando nas pedras úmidas. Miguel tentou pensar em como sair daquela situação, mas a dor tomara a sua mente. Era como se sua cabeça lhe dissesse que não havia escapatória.

Estava prestes a desistir e contar tudo em troca de uma morte rápida quando ouviu uma batida na parede. O som se repetiu de forma ritmada por várias e várias vezes, numa sequência estranhamente familiar. Ele devia ter enlouquecido.

— Tá ouvindo? Parece alguém batucando a "Melodia do Menestrel Maluco".

— Sim. Achei que era impressão.

As batidas pararam e ouviram uma voz masculina cansada.

— Que tal pararem de falar entre si e conversarem comigo?

As correntes tilintaram quando Lia se mexeu na direção da voz.

— Quem é você? Outro prisioneiro?

— Meio óbvio, não? Mas sim, sou prisioneiro do nosso simpático barão. Melhor, do nosso suposto simpático barão.

— O título é falso?

— Para ser falso, tinha que melhorar muito. Afinal...

Lia interrompeu-o.

— Certo, você é outro prisioneiro, mas quem é você?

— Victor, menestrel itinerante.

— E por que alguém prenderia um menestrel itinerante?

— Brigas antigas... Vim tentar ajudar uma amiga, mas o barão me reconheceu e me cobrou uma dívida de anos.

— Você está preso por dever dinheiro?

Ele pigarreou.

— Bem, digamos que a minha dívida é de outra natureza... eu assumi um compromisso com esse barão e na hora de cumprir...

— Você largou o barão no altar?

O silêncio do Grude e do próprio Victor deixou Muriçoca inquieta, sem entender o que estava acontecendo.

Mentalmente, Grude se perguntou como ela podia ser tão inocente às vezes tendo levado a vida que levara antes da Companhia.

— Quase, quase... digamos que eu não ajoelhei na hora certa — Victor respondeu quando recuperou a voz. — Mas isso não vem ao caso. Motivos não importam, o que importa é que estamos aqui e precisamos sair.

— Tem algum plano? — Grude permitiu-se ter uma ponta de esperança apesar das dores.

— Esperava que vocês tivessem, mas acredito que juntos possamos pensar em algo.

Com um resmungo, Grude fechou os olhos e se entregou à inconsciência.

No dia seguinte ao encontro com Jeisa, Bel e Peso Pluma foram parados por uma patrulha na hora do almoço. Pelos cálculos da elfa, eles estavam próximos do castelo que o bandido tomara como seu, então deveriam ser do bando dele. Por isso, ao ver os guerreiros sujos e maltrapilhos se aproximando, fez um sinal para o minotauro, que não reagiu.

— Alto! Quem são vocês? — O sujeito que falou parecia ser o chefe do bando, pelo menos era o único que usava uma armadura completa, mesmo que amassada e suja.

— Boa tarde, senhores — Peso Pluma respondeu, colocando o corpanzil e os chifres afiados entre eles e Crisobel. O pelo castanho brilhava ao sol e os bandidos recuaram um passo. — Minha senhora, a trovadora Crisobel de Valkaria, poeta e menestrel, está indisposta e precisa de um lugar para passar a noite se recuperando.

— Procure uma hospedaria, chifrudo — um deles gritou, fazendo os outros rirem. Eles estavam esperando aquelas grosserias, afinal um falso nobre não estaria cercado por soldados educados. Como tinham combinado, Peso Pluma balançou a cabeça, triste.

— Ah, a ignorância dos homens comuns. Uma das maiores cantoras do Reinado, conhecedora de mistérios, responsável por abrilhantar tantas cortes...

— Chega — ela interrompeu o minotauro com voz firme, apesar de estar se divertindo por dentro. Respirou fundo para se manter no personagem. — É inútil, meu fiel escravo. Vamos prosseguir. O senhor desses pobres coitados com certeza não iria gostar da minha última balada: 'A tragédia tormentosa da companhia dos mercenários.'

— É uma obra de arte, senhora, contando sobre a morte daqueles mercenários nas mãos de criaturas da Tormenta, com tesouros...

O guarda que fizera a piada chegou a abrir a boca para responder com outra gracinha, mas o chefe deles o interrompeu com um tapa no pescoço. Ele parecia ser o mais inteligente do grupo e deveria estar informado sobre as decisões do líder. Afastaram-se dos dois e confabularam um pouco, olhando de forma quase discreta para os viajantes. Bel manteve seu rosto fixo em uma expressão de sofrimento.

— Guano vai levá-los até o che... barão. — O melhor vestido apontou para trás, indicando a direção do castelo e um dos soldados se destacou do grupo. Felizmente, não era o metido a engraçadinho mas o mais fraco e mirrado deles. Bel sorriu em agradecimento, tentando não demonstrar seu triunfo por ter conseguido o que queria. Tão fácil que parecia errado.

O castelo era uma velha fortaleza semiarruinada, ocupada por um bando de guerreiros tão maltrapilhos quanto os que tinham encontrado na estrada. O cheiro ainda era pior do que o esperado e Bel quase começou a passar mal de verdade.

No pátio, entre um monte de escombros, havia um grupo deles rodeando um cavalo de boa origem e de aparência cansada. Seus arreios, antigos e de qualidade, contrastavam com o desleixo generalizado, assim como a sela, também velha e de couro bem trabalhado. Em cima da sela, estava o hynne mais horroroso que Bel já vira. Aliás, era uma das criaturas mais horrorosas que ela já vira. Parecia que o rosto dele tinha sido amassado, esticado e amassado de novo. Ela conseguiu conter seu susto, mas pelo bufo-risada que Peso Pluma soltou, soube que não tinha sido a única afetada por aquela feiura.

Guano indicou que parassem e se aproximou daquele grupo. O pretenso barão o escutou com atenção e olhou para os dois com um sorriso esquisito. Guano voltou e os conduziu até ele.

— Aí, barão, a menestrel.

Com uma mesura tão mal executada que seria preso em uma corte de verdade, Guano se afastou para junto dos demais como se estivessem ido se ocupar com seus afazeres. Porém, eles simplesmente se sentaram espalhados no pátio.

O hynne não desceu do cavalo e nem os cumprimentou.

— Conte a história.

Se não fosse a sua missão, Crisobel teria dado uma senhora descompostura na minúscula monstruosidade a sua frente. Segurou a sua indignação, respirou fundo e continuou o seu papel de viajante sofrida e cansada.

— Ah, meu caro senhor, eu adoraria deleitá-lo e aos seus com uma história... — ela disse e se interrompeu com um falso acesso de tosse. — Mas a minha voz está sofrendo os efeitos de uma longa viagem sem descanso...

Teve a impressão de que o hynne estreitou os olhos, porém o rosto era tão torto que ela não podia ter certeza. Depois de um silêncio incômodo, o barão falou.

— De noite, então. — Apontou para uma das poucas portas. — Pode ficar lá.

E saiu, sem dizer nada, galopando no cavalo contrariado. Bel e Peso Pluma se entreolharam, surpresos, mas obedeceram. Tinham conseguido entrar em campo inimigo, só precisavam descobrir onde estavam os prisioneiros e o que queriam com eles.

○

O silêncio, quando Grude voltou a abrir os olhos, era estranho. Até a água que vivia pingando ao fundo tinha parado. A quietude durou pouco, pois, enquanto ele ainda piscava pela luz inesperada, Lia deu um grito agudo.

— Você voltou! Eu estava tão preocupada! — Ela se jogou no pescoço dele, soluçando. Deitado em uma tábua um pouco mais quente que o chão de antes, Grude tentava entender onde estava. O lugar estava mais iluminado e não parecia tanto com um túmulo, apesar de ainda não estar limpo, nem arrumado.

— O que aconteceu? Não consigo lembrar direito...

Atrás de Lia, estavam dois dos soldados desalinhados que os capturaram, olhando desconfiados com Victor algemado ao fundo.

— Você desmaiou, ficou roxo e quase morreu! — Lia quase gritava, em desespero. — Prometi a eles que se nos trouxessem para um lugar onde eu pudesse cuidar de você, iria contar onde escondemos a pedra.

Ele esperava, com todas as forças, que fosse um plano de fuga e melhor do que parecia. Sacudiu a cabeça, sem precisar fingir confusão.

— E você contou?

Eram lágrimas nos olhos de Lia? Grude não estava acreditando no que via.

— Tive que! Eles voltaram lá. No nosso último acampamento, para pegar... desculpe, eu... eu não sabia... — Ela agora estava chorando de soluçar, agarrada ao pescoço dele. Lá no fundo, atrás dos soldados constrangidos, Victor sorria, sem esconder seu divertimento.

— Está tudo bem... pelo menos ainda estamos todos vivos, né?

Victor aproveitou a deixa.

— Meus caros, eu estou algemado, o rapaz está fora de combate e a moça sem condições de fazer qualquer coisa além de chorar... poderíamos ficar a sós por alguns minutos? Acho que já passamos bastante constrangimento e vocês podem nos vigiar bem o bastante do outro lado da porta.

Sem hesitar, os dois concordaram e saíram quase correndo, trancando a porta atrás de si. Depois de alguns minutos em que Lia continuou chorando convulsivamente, Victor confirmou que os guardas ficariam fora dali e suspirou. Com dois gestos rápidos, livrou-se das algemas.

— Belo truque com as algemas, mas eu ia adorar saber o que está acontecendo...

— Eu também — Victor aproximou-se para ser ouvido apesar dos uivos lancinantes de Lia. — Querida, pode passar a só fungar alto, certo? Está irritando. Na verdade, meu caro, estamos improvisando. A jovem aproveitou que você perdeu os sentidos para enforcá-lo com cuidado e deixá-lo roxo, depois fizemos uma pequena encenação e mentimos sobre o paradeiro da tal pedra, que eu adoraria saber mais sobre depois.

Lia enxugou o rosto com a manga da túnica e deu um último soluço alto e sentido.

— Agora, precisamos sair daqui. — Os dois pararam e encararam Grude, esperando que ele resolvesse tudo.

— E vocês acham que eu sei como?

— Bom, já fizemos a nossa parte — Lia deu de ombros. Victor assentiu, concordando. Grude só bateu a testa na mão, do que se arrependeu na hora por causa da dor.

— Então me ajudem a sentar pra ver se consigo pensar em algo. Vocês pelo menos sabem onde estamos?

— Sim, saímos do calabouço e estamos num cômodo que dá direto pro pátio. Esses caras são bem burros.

— E gananciosos, já que eles combinaram de não contar para o chefe, querem ver se a pedra vale alguma coisa.

— Certo. Vocês têm ideia de quantos são?

Lia sacudiu a cabeça, mas Victor sorriu.

— Vinte guardas maltrapilhos e um hynne horroroso que não sai do cavalo, que é o tal barão.

— Um... hynne? Você... um hynne? — Lia olhou-o, espantado.

— Então, é uma longa história.

Grude o interrompeu.

— Olha, depois você fala sobre seu amigo. Agora, precisamos sair daqui antes que eles descubram que foram enganados...

Lia fez um rápido cálculo.

— Temos umas duas horas, três no máximo pelo que o Victor me disse.

— Não vamos ter tempo pra sutilezas. Os caras só nos pegaram na estrada porque estávamos completamente desprevenidos, então, é hora de ir catando um por um. Que horas são?

Lia olhou pela janela estreita.

— Quase anoitecendo, mais uma hora no máximo de sol.

Victor se intrometeu na conversa.

— Sei o caminho para a vila mais próxima, passando pela floresta. Qual o plano?

— Distrair os dois idiotas, ir aos poucos derrubando os que estão por aqui, pegar nossas coisas e ir embora...

Grude estalou os dedos.

— Você disse que eram 40, né? Vai ser moleza.

— Eu não quero nem pensar no que acabei de pisar...

Peso Pluma sacudia o casco, enojado. Tinham conseguido escapar do "quarto de hóspedes" por uma janela estreita e passavam por um corredor sujo.

— Sem reclamar, Pepe. Temos que ir rápido, antes que anoiteça. Demoramos demais para sair de lá...

— Tenho culpa da janela ser minúscula e precisar ser aumentada?

Ela quase respondeu que sim, tinha, mas deixou passar. Quando voltassem a Valkaria, ia dar uma regulada na alimentação do minotauro, que gostava demais de doces.

— Temos que procurar a porta do calabouço.

— Vai ser fácil, já que metade das portas estão quebradas ou nem existem.

Ouviram um barulho à esquerda, um impacto como se um corpo caísse no chão. Sem hesitar, desembainharam suas lâminas — as duas adagas de Bel e a espada larga de Peso Pluma — e caminharam em silêncio até o barulho. Um soldado estava no chão, o outro lutava contra uma mulher armada com um bastão improvisado. Um rapaz estava encostado na parede, sendo amparado por alguém que Bel conhecia melhor do que gostaria.

Em um só movimento, saltou o espaço que a separava da luta e cortou a garganta do soldado. Pepe, acostumado aos movimentos rápidos da trovadora, recolheu o corpo antes que ele batesse no chão.

— Sério isso, Victor? Pelo Panteão em chamas, o que você está fazendo aqui?

— Olá, Crisobel! A Jeisa conseguiu falar com você, então?

Os dois companheiros do menestrel olharam a cena intrigados enquanto Pepe, balançando a cabeça e resmungando, empilhava os dois soldados em um canto.

— Você... você disse a ela que não poderia estar aqui e por isso deu o meu nome!

Victor passou a mão nos cabelos castanhos, que estavam mais curtos, e com fios brancos aqui e ali.

— Pensei que eu poderia ajudar você se fizesse um reconhecimento da área antes, mas... fui pego.

Bel revirou os olhos.

— Certo, certo. Depois me acerto com você... Vocês são Miguel e Liana?

— Exatamente — Victor não os deixou responder. — Eu consegui libertá-los do calabouço...

Bel precisou se segurar para não dizer nada, mas Pepe cortou a exposição de feitos do trovador.

— Tem mais quatro soldados vindo, Bel. E daqui a pouco vão descobrir nossa fuga.

— Hora de agir mais e falar menos. — Virou-se para Miguel, que ainda estava encostado na parede. — Você está bem? Parece meio tonto...

— É que fui quase enforcado pela minha colega, mas vai passar.

A elfa olhou para o minotauro, que sacudiu os ombros. Cada um com seus problemas.

Devidas apresentações e alguns soldados caídos depois, estavam olhando para os cavalos e a carroça que tinham sido capturados com os mercenários. Lia remexeu a aveia e suspirou, aliviada.

— Está aqui?

Crisobel franziu a testa ao ver a pedra estranha na mão da garota magra.

— O que é isso?

Ela ia responder, mas Grude a interrompeu.

— Não é nada, vamos logo antes que...

— Que eu descubra que vocês fugiram? Ora, se era isso que eu queria o tempo todo...

O hynne estava ainda montado no cavalo e cercado por cinco dos seus soldados — os que tinham sobrado em pé.

— Agora, sejam bonzinhos e me entreguem a pedra.

— Ou o quê? Qualé, baixote, estamos em maioria! — Grude recuperou a autoconfiança ao ver a vantagem.

— Eu estava esperando que você dissesse isso... — Ele tirou um medalhão que brilhava, avermelhado, de dentro da camisa. Da joia, emanou um miasma rubro que envolveu os soldados. Surpresos, os homens maltrapilhos não tiveram reação enquanto seus corpos se dissolviam e se misturavam, criando uma criatura absurda, de pele e carne derretida, ossos partidos mantidos em pé por magia. Olhos choravam de dor espalhados por toda a superfície daquela monstruosidade.

— Estou sendo muito bem pago para recolher quaisquer artefatos relacionados à Tormenta. Inclusive, deixam que eu use esses brinquedinhos...

— O miasma continuava envolvendo a criatura, mas também o atingia e, perante os olhos espantados de quase todos, o hynne se deformava ainda mais, como se estivesse sendo amassado aos poucos. Só Victor não pareceu tão surpreso. Afinal, sabia que ele nem sempre foi tão feio assim.

— Por que sempre que eu encontro você, algo bizarro acontece? — Bel rosnou entredentes para Victor.

— Deve ser um jeito do universo nos avisar que nos quer juntos — o trovador respondeu com um sorriso, enquanto se posicionava para defender-se do inimigo usando seu sabre.

Bel e Pepe bufaram e reviraram os olhos juntos. Ela estava com as adagas a postos e Pepe levantava a espada. O minotauro olhou para os dois mercenários.

— Vocês fiquem na retaguarda, não têm armas...

Não terminou de falar, pois precisou bloquear um membro disforme que tentou lhe atingir. A lâmina cortou a pele, o sangue fluiu e cinco bocas uivaram de dor. Bel furou um dos olhos, sufocando o nojo que estava sentindo. Mas apesar da dor e dos ferimentos, a criatura continuava atacando, derrubando Victor com um soco.

— Não vamos conseguir muita coisa contra esse bicho assim, Pepe...

Ocupado em não ter o crânio esmagado pela coisa, o minotauro mugiu.

— Obrigado por avisar, eu nem tinha percebido... e agora?

— Vou cravar a adaga nas costas dele e me pendurar ali, você mete todo mundo na carroça... Sim, incluindo o Victor! E saiam daqui, encontro vocês depois.

Peso Pluma se abaixou, desviando de um golpe e tentando arrancar um dos membros com o chifre.

— Encontra a gente no inferno, né? Você não vai conseguir se virar sozinha...

— Tudo bem, só dá a minha parte pro meu filho, combinado? — Ela fintou para a esquerda e por pouco não foi derrubada. A voz de Victor retumbou no estábulo apertado.

— Filho? Como assim... — Ele se levantava, uma mão nas costelas e outra segurando o sabre.

— Sem espetáculo, Vic! Ele não é seu, só tem dois anos e faz uns cinco que a gente não se vê. Casei, engravidei, pari e fiquei viúva, vida que segue... — Ela resumiu sua vida enquanto tentava desviar a atenção do monstrengo, que se fixara na pedra nas mãos de Lia.

— Nem me chamou pro casamento...

— Eu não deixei! — Peso Pluma respondeu, enquanto chifrava o que seria um tórax. A criatura recuou, gemendo, mas logo se recompôs. — Você com certeza ia metê-la em alguma encrenca...

— Por isso que você sumiu e não respondeu mais as mensagens, eu não sabia mais o que fazer para ter notícias até...

Crisobel deu um berro e estacou ao ouvir aquilo.

— Seu idiota! Você deu meu nome pra Jeisa para poder me encontrar? É isso mesmo? Hunf... — O grito deve ter irritado os ouvidos monstruosos, pois imediatamente levou um tapa que a arremessou contra uma parede, desmaiando. Uma das mãos da criatura estava no pescoço de Peso Pluma e Victor viu a situação ficar feia para o lado deles. Bom, pelo menos ia morrer sabendo que tinha sido mesmo desprezado, deixado de lado e esquecido. Podia viver com isso. Ou não, como era o caso. Mas queria terminar aquela última missão.

— Grude, Muriçoca! Preparem-se para fugir, eu vou tentar... — Algo passou zunindo pela sua orelha, atingindo o ser grotesco bem no meio do que seria a cabeça. Era a tal pedra, que ao encostar no brilho avermelhado, reagiu, lançando um jato de luz próprio que congelou a carne ao seu redor. Com um gemido agradecido, as cinco bocas se calaram. A pedra e o medalhão pararam de brilhar, a corrente se partindo e deixando a joia cair no chão. O hynne ficou parado por alguns segundos, piscando.

O pequeno vilão recuperou os sentidos primeiro e aproveitou a chance para fugir a galope. Victor ainda pensou em fugir, mas olhou para a confusão ao seu redor. Era melhor arrumar as coisas por ali, colocar a elfa desmaiada na carroça, convencer o minotauro de que era inofensivo e levar os dois de volta para Jeisa.

Com sorte, conseguiria convencer Bel a dividir a recompensa. Com muita sorte, talvez conseguisse até conversar com ela como dois seres civilizados e lembrar dos velhos tempos. E o minotauro o deixaria vivo depois disso.

Peso Pluma já estava colocando-a na carroça, enquanto Grude recuperava a pedra e o medalhão. Lia, que jogara a pedra no monstro, ajeitava Bel em um pano improvisado, e falou com Victor.

— Você fez mesmo isso? Armou isso tudo só para falar com ela?

Ele tentou dar de ombros, mas a dor não deixou, então só sorriu. Lia revirou os olhos.

— Se ela não matar você...

— Ah, eu vou matar, não se preocupe... — A voz dela era um fio dolorido, mas que aliviou o coração dos quatro ao seu redor. — Mas antes quero receber meu dinheiro. E descansar. E rever meu filho...

Naquele momento, Victor ficou feliz de não estar entre as prioridades dela. Depois, ele se preocuparia em reverter o quadro. Por hora, bastava estarem vivos e quase bem. Mas uma coisa ainda o incomodava.

— Tragédia tormentosa, Bel?

— Como você soube disso?

Ele não conseguiu conter o sorriso irônico.

— Ouvi um dos soldados comentar que queria ouvir essa balada... Sério isso? Você não conseguiu pensar em outro nome?

— Foi de improviso.

— Você já foi melhor nisso... — De repente, quase foi atingido por um pedaço de madeira.

— O próximo é no meio da testa. Meu título de brincadeira é melhor do que os seus de verdade... Melodia do Menestrel Malaco?

— Maluco, por favor. É uma paródia e...

Eles começaram a discutir. Grude e Muriçoca se entreolharam e depois encararam Peso Pluma, que deu de ombros.

— É sempre assim, daqui a pouco eles vão cantar as músicas um do outro em tom de deboche... Preparem-se, vai ser uma longa viagem.

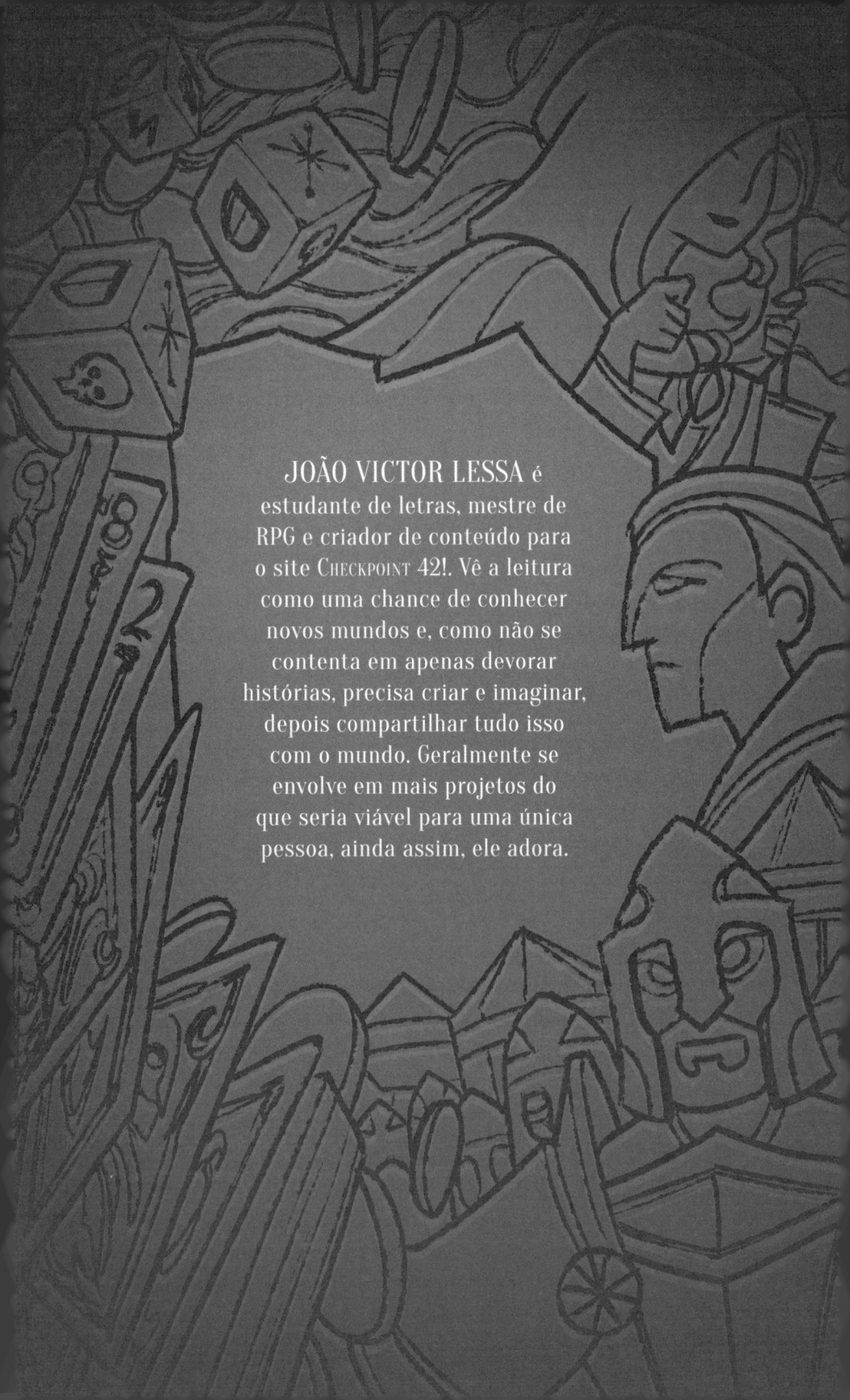

JOÃO VICTOR LESSA é estudante de letras, mestre de RPG e criador de conteúdo para o site Checkpoint 42!. Vê a leitura como uma chance de conhecer novos mundos e, como não se contenta em apenas devorar histórias, precisa criar e imaginar, depois compartilhar tudo isso com o mundo. Geralmente se envolve em mais projetos do que seria viável para uma única pessoa, ainda assim, ele adora.

NOITE DE JOGOS

JOÃO VICTOR LESSA
VENCEDOR DO CONCURSO

A VIDA EM UM ACAMPAMENTO MILITAR NÃO ERA FÁCIL, longe disso, viver em campanha exigia muito e cobrava seu preço dos homens que se dispunham a tal. As tendas eram precárias, embora erguidas de maneira correta, não era mesma coisa que dormir em uma cama em uma casa ou taverna. O frio da noite cobrava seu preço.

Para cozinhar, era necessário armar uma pequena panela em cima de uma fogueira, e embora muitas vezes a logística militar indicasse que as latrinas não fossem construídas perto de locais onde os homens se alimentavam, sempre havia alguém que fazia algo errado, por preguiça ou conveniência. Por sorte, a Casa Blasanov não era apenas um amontoado de bandoleiros e seus oficiais faziam de tudo para colocar o mínimo de ordem quando tinham que erguer acampamento. Ainda assim, era uma vida dura e rígida, mas que pagava bem.

Myndel Patersen, por outro lado, usufruía da melhor tenda do acampamento, sem ter que ter que suportar os piores empecilhos de uma campanha. Equipada com mesa com pães e bebidas, uma cama confortável e baú para guardar seus pertences. Teria também uma tina com água, se assim quisesse. Ser o capitão de uma companhia mercenária de Portsmouth tinha suas vantagens, quando o assunto era ter o máximo de conforto nas piores situações.

A verdade, porém, era que nem tudo fora assim sempre.

Filho de uma nobre exilada de Ahlen e um mercador de Porstmouth, Myndel não poderia contar com alguma herança de sua progenitora falida e nem com seu pai mesquinho que o mantinha sempre afastado. O caminho mercenário pareceu o mais óbvio, aprender a usar uma espada e uma adaga não fora tão difícil, muito menos ingressar numa companhia decadente como era essa. Devia admitir, entretanto, que não era o melhor espadachim do reino, muito menos de Arton, então devia se aproveitar de seus outros dotes. Para vencer na vida era preciso inteligência, atrair a atenção do adversário para um ponto, enquanto na realidade você operava em outro. Veneno? Perfeitamente aceitável. Para o mercenário uma faca nas costas resolvia muitos problemas e isto, junto de suas intrigas, tinha lhe colocado no mais alto patamar de poder na companhia, agora trabalhava para alcançar o prestígio necessário. Sua astúcia era muito bem-vinda para liderar aqueles homens, muito mais que a ineficácia do capitão anterior.

Para Myndel um homem deveria conhecer seus limites e capacidades. Ele conhecia os seus muito bem, tinha total convicção em quão era bom em cada um. Cada palavra dita no momento certo, cada garganta cortada no escuro fora das vistas de todos. Seus movimentos tinham sido perfeitos e agora gozava dos benefícios. Myndel Patersen detestava perder e não o fazia, nunca.

Caminhou pela tenda, era um homem alto e esguio, rosto aquilino e cabelos negros devidamente escovados para trás. No momento, usava botas de couro bom e rígido, calças azuis de corte justo, uma camisa de linho branco e uma jaqueta de couro curtido. Quando se encontrava em marcha, gostava de armaduras de couro, leves, especialmente feitas para ele, com cores escuras e ornamentadas, além é claro, de levar um florete e uma adaga em bainhas presas ao cinto.

Sentou-se num banco atrás da mesa de madeira, brincou com os dados jogando de um lado para o outro levemente, depois apanhou o baralho de Wyrt e começou a embaralhá-lo distraidamente. Devia admitir que o jogo era um de seus passatempos favoritos, ele era bastante habilidoso e sempre tinha algumas cartas na manga, se houvesse chance de que perderia. Wyrt era bastante famoso no Reinado, especialmente em Ahlen, onde era restrito à nobreza... O que não queria dizer muita coisa, uma vez que todos jogavam escondidos. Ser pego fazendo isso, entretanto, era punível com prisão ou pior.

O tecido grosso que bloqueava a entrada da tenda foi afastado e dois homens entraram. Estavam metidos em cotas de malha, carregavam lanças em mãos e bestas pesadas presas às costas. Entre eles, uma jovem pelo menos uma cabeça mais baixa, além de ser bem mais magra. O rosto era delicado, pele clara, nariz arrebitado, lábios rosados e olhos verdes, como um par de esmeraldas. Os cabelos eram curtos, pouco abaixo das orelhas, encaracolados nas pontas e de um ruivo alaranjado. A garota ainda usava roupas simples, calça marrom, camisa de linho e um colete grosso.

— A garota que havia pedido, senhor — disse um dos mercenários.

Myndel deu um sorriso de canto, mas nada disse, apenas assentiu e indicou que saíssem com um aceno de mão. A moça olhou os homens deixando a tenda como se esperasse que de algum modo eles ficassem ali, quando mirou o capitão mercenário novamente. O homem levantou-se lentamente, levou as mãos a camisa, desfazendo o nó no alto.

— É bastante jovem, mas não que me importe.

A garota engoliu em seco, cerrou os punhos e o encarou, como se tivesse reunido toda sua coragem para dizer o que viria a seguir.

— Não sou o que pensa, senhor.

Myndel hesitou por um segundo.

— Perdão?

A garota respirou fundo e deu alguns passos em frente.

— Pediu para que seus homens buscassem uma garota no vilarejo, para se divertir hoje à noite, não é mesmo? Eu troquei de lugar com a garota que viria, eu...

Myndel levantou seu dedo indicador em riste enquanto olhava para o piso forrado da tenda. Controlou uma careta de descontentamento, respirou fundo e a mirou. Toda mirrada, tensa, o encarando.

— Mentiu para meus homens? — antes que ela pudesse responder, continuou. — E agora está aqui, dizendo que teve a coragem de vir até mim, fazer com que eu, Myndel Patersen, capitão da Casa Blasanov perca o meu tempo. Existem maneiras mais rápidas e menos dolorosas de cometer suicídio, criança.

— Eu...eu... — gaguejou a garota, enquanto tentava encontrar as palavras.

— Eu poderia forçá-la a fazer o que a outra garota faria e então te matar, sabe disso, não? Mas em minha benevolência, deixarei que diga o que veio fazer aqui e então, tomarei minha decisão.

A garota se empertigou.

— Eu quero me juntar a Casa Blasanov

Myndel deixou escapar um ligeiro sorriso.

— Muito bem, admiro sua coragem, mas não é assim que aceitamos novos candidatos, eu mesmo não me envolvo com um assunto tão... — buscou uma palavra na mente e acabou rindo singelamente com a escolha. — Medíocre.

A garota parecia sentir-se mais segura com a suposta mudança de tom.

— Eu não sabia disso... — cerrou os punhos, pareceu encabulada. — Mas aumento minhas chances se falar diretamente com você, não é mesmo?

O homem arqueou uma sobrancelha.

— Não — disse secamente, depois continuou. — Talvez suas chances de morrer, mas veja bem, uma vez que chegou até aqui, me responda, sabe usar uma espada?

Os olhos verdes se arregalaram.

— Não — admitiu.

Myndel franziu o cenho, já esperava uma resposta como aquela.

— Me dê um bom motivo, então para que eu não chame meus homens e mande que lhe cortem a garganta e depois a larguem na primeira vala comum que encontrarem.

A garota pareceu diminuir, encolher seus ombros, demorou alguns segundos para responder, enquanto seu olhar percorreu o ambiente, até parar sobre a mesa onde Myndel estava sentado anteriormente.

— Wyrt – disse convicta.

— Wyrt? – perguntou confuso.

— Jogue comigo, seu eu ganhar me deixa ingressar em sua companhia.

Myndel olhou da garota para a mesa e da mesa para ela novamente. Ele gostaria de jogar Wyrt.

— Você sabe jogar Wyrt?

Ela concordou com um aceno de cabeça.

— Trabalho numa taverna na vila, já vi muitos jogarem, sei como funciona.

Myndel ponderou um pouco, aquilo não era o divertimento que tinha planejado, mas jogar sempre era um passatempo deveras relaxante e, além disso, venceria de qualquer forma. Havia, entretanto, uma questão a ser determinada.

— Mas e se seu ganhar, o que me dará em troca? — perguntou, medindo a garota de cima abaixo.

A moça levou as mãos para trás, indo apanhar algo escondido por dentro das vestes. Myndel sutilmente deu um passo para trás, visando uma faca espetada no tampo da mesa, porém para sua surpresa, o que foi revelado foi um pesado saco de moedas. O mercenário olhou aquilo, deveria haver pelo menos cem moedas ali.

— Onde arrumou tudo isso?

— Vendi a minha vaca.

Myndel fez uma careta.

— Uma vaca não vale tanto.

— O senhor já vendeu ou comprou uma vaca antes?

— Não… — respondeu relutante.

— Pois, então, como poderia saber?

Myndel umedeceu os lábios, erguendo seu rosto. Pensou alguns instantes de onde havia saído a repentina impetuosidade da garota.

— Cuidado com a língua — advertiu, depois indicou a mesa. — Aceito sua proposta, vamos jogar, não me importo de quem roubou isso, mas dinheiro sempre é bem-vindo — pensou na escalada de poder que a companhia estava fazendo e aquilo seria útil.

O mercenário buscou um casaco e o vestiu antes de sentar-se. Era uma peça grossa de peles negras. Ambos se encararam enquanto ele embaralhava as cartas, ela colocou o saco de moedas sobre a mesa, numa aparente amostra de boa vontade.

— Me chamo Abgail, a propósito.

Myndel assentiu e começou a distribuir as cartas, uma para ela e uma para ele, uma para ela e uma para ele. Olhou sua mão, não era ruim, levantou os olhos.

— Minha casa, então eu começo.

Rolou os dois dados, analisou os resultados, puxou uma carta, baixou sua mão — era um excelente resultado.

— Sabe, eu estava juntando esse dinheiro todo para comprar um chapeuzinho xadrez — rolou os dados.

O homem franziu o cenho. Chapeuzinho xadrez, do que ela estaria falando? Sem dúvidas era melhor do que ele julgava, estava de conversa fiada, tentando lhe desconcentrar e fazer com que entregasse sua posição. Já tinha visto isso antes, era uma tática de alguns jogadores. Respirou fundo, faria o jogo dela então.

— Não sei nada sobre chapéus, mas esqueça isso, me diga porquê deseja se tornar uma mercenária?

Ela pareceu pensar alguns instantes sobre isso.

— Bem, Portsmouth não é um dos melhores lugares para se viver, não se você for uma plebeia, atendente de taverna ainda por cima. Uma mercenária talvez, seja melhor, sabe? Certa vez, um trio de aventureiros passou pela vila. Uma elfa bonita, tinha uma lança de três pontas, bem estranha. Tinha um paladino da justiça também, armadura pesada, cabelos loiros e uma espécie de bruxo ou sei lá que fosse, esse último tinha uma pele morena e uma marca no peito que brilhava sempre que fazia magia. A propósito, bati. — Finalizou baixando sua mão.

Myndel piscou incrédulo. Ela tinha realmente conseguido um número melhor do que o dele. O homem engoliu em seco, deu um sorriso amarelo. Um dos princípios do Wyrt era trapacear e o outro, nunca ser pego, mas ele tinha olhos treinados, teria percebido um roubo de uma criança como aquela. Controlou-se, concluiu que deveria ser apenas sorte e puxou uma nova carta do baralho para a nova rodada.

— Magia você diz? Sabe que isso é proibido aqui em Portsmouth com uma pena bastante desagradável — analisou sua carta, decidiu puxar outra antes de rolar os dados novamente.

— Sim, mas a vila é um lugar pequeno, não tem nome e nem está no mapa, então não temos muito como lidar com isso, eles foram embora rapidamente de qualquer forma. Mas o que eu queria dizer era que aventureiros são muito altruístas, eu quero ganhar algo em troca.

Myndel olhava suas cartas enquanto ela falava, apanhando e lançando os dados logo em seguida. Era um resultado mediano, então a mirou.

— Apesar dos ganhos, é uma vida perigosa — enquanto ela se entretinha com seu rosto, abaixou suas mãos e trocou uma das cartas por uma que levava na manga do casaco, num compartimento especial escondido, depois ergueu a mão e mostrou seu resultado.

Abgail assentiu e puxou uma carta.

— Imagino... Vocês enfrentam magos e feiticeiros? – perguntou inocentemente.

Myndel sorriu mantendo seu olhar nas mãos da garota.

— Sim, mas temos pessoas especializadas para lidar com esse tipo de gente, um presente do próprio conde Asloth. Agora, sua vez.

A garota sorriu como se parecesse aliviada e puxou mais duas cartas, fez uma careta e rolou os dados, bufou e mostrou seus resultados.

— É, não deu desta vez.

Myndel sorriu de canto, as coisas voltavam a sua ordem natural. Abgail puxava outra carta, desta vez manteve uma expressão neutra, sem demonstrar se havia gostado ou não. Ela pareceu parar para pensar e então colocou os dedos sobre o baralho, para puxar outra carta.

— Você conhece o conde?

O homem prestava atenção na carta e na mão da garota.

— Já o encontrei algumas vezes, nada demais — mentiu.

A companhia era pequena, não muito famosa, ele mesmo precisou de muita lábia para conseguir esse contrato e deveria ser eficiente para assumir um lugar de importância na história. Era verdade sobre o auxílio do conde, sua presença real, era outro assunto.

A garota assentiu e puxou outra carta, a olhou e desta vez não demonstrou nenhuma reação. Em seguida jogou os dados e sorriu levemente, depois abaixou revelando seus resultados. Myndel sentiu o coração acelerar um pouco e um peso surgir no topo da cabeça. O resultado dela era simplesmente fantástico, quase perfeito. A sensação de derrota passou por sua cabeça e então o orgulho. Não poderia perder, nunca perdia, muito menos para uma criança com sonhos patéticos. Se tornar uma mercenária? Ridículo.

— Excelente jogada — disse, tentando controlar o ódio em sua voz. O primeiro passo agora era tentar desviar a atenção dela, fazê-la prestar atenção em outra coisa enquanto preparava o terreno para sua vitória. — Tudo irá terminar agora, tem certeza de que não deseja reconsiderar sua aposta?

O mercenário levou as mãos até o baralho e com os dedos contou três cartas às puxando logo em seguida, mantendo uma oculta atrás de uma delas, aparentando ter apenas duas em sua posse. Olhou os números sem demonstrar interesse, fingiu pensar enquanto mexia nelas.

— Não. Continuo convicta - respondeu Abgail.

Myndel ponderou.

— Sua obstinação é louvável.

— É uma qualidade procurada num mercenário, não?

— O que quer dizer com isso?

— Obstinação para ficar marchando de um lado para o outro. De lá pra cá... nunca havia visto companhias mercenárias por aqui e vocês já são a segunda que passa, em direção à fronteira, fui recusada da primeira vez, não serei agora. Mesmo que seja perturbador atravessar o rio ao leste...

Myndel se corroeu, esboçou um sorriso, não tinha a total atenção dela, um olhar ainda poderia escapar para sua mão. Ele era o líder daquele acampamento, poderia mandá-la embora ou negar, caso ela dissesse qualquer coisa a respeito de trapaça. Mas não era assim com Myndel Patersen. Ele não perdia e nem era descoberto, nunca.

— Não se tiver um barco — soltou e neste exato momento a garota encarou seu rosto com seus olhos verdes esbugalhados, rapidamente encolheu os braços, girou uma carta nos dedos e meteu dentro da manga do casaco.

— Barcos?! Onde? — perguntou a ruiva, verdadeiramente fascinada.

Ele rolou os dados, analisou o resultado.

— Ao Sul — rapidamente puxou outra carta de sua manga e então, com um sorriso abaixou sua mão. — Eu venci.

Abgail pareceu sair de um torpor, piscou algumas vezes, franziu o cenho confusa olhando aquelas cartas.

— Isso não é possível. Essa carta — ela apontou para uma das que ele havia abaixado — já foi jogada, não há outra dela no baralho, eu lembro, eu contei...

Myndel fez uma careta de ultrajado.

— Está insinuando que estou roubando, pirralha petulante? — levantou-se num movimento rápido.

— Eu, não... quer dizer, não posso estar enganada...

— Guardas! — gritou Myndel e rapidamente os dois homens de antes entraram. — Levem esta garota embora daqui, joguem-na para fora de meu acampamento.

Ela olhou para ambos os lados conforme dedos rígidos fechavam-se em torno de seus braços.

— Não, por favor... não é justo, eu quero ingressar na companhia!

— Não chore, criança, eu quase sinto pena de você. Quase. Você jogou bem, mas eu nunca perco. Nunca.

Os soldados então arrastaram Abgail para fora, ainda sob protestos. Em instantes sua visão desapareceu e então, seus gritos ficaram distantes, e também se tornaram apenas uma lembrança. Myndel sorriu saboreando a vitória. De fato, aquela caipira sabia jogar Wyrt, mas ninguém o vencia, e apesar de ser apenas uma criança, ele não admitia perder em nenhuma circunstância. Uma vitória é uma vitória.

— E dinheiro sempre é bem-vindo — completou, apanhando a sacola com moedas de ouro e sentido seu peso.

Ele agradecia e a companhia também.

◉

Abgail andava cabisbaixa por uma estrada de terra sinuosa, se guiando apenas pela luz das estrelas e da lua prateada. Arrastava os pés, ombros caídos e mãos no bolso. Os soldados do acampamento literalmente haviam lhe jogado para fora e acabou ralando a mão e sujado suas roupas.

Parou de repente quando ouviu um galho partir-se, levantou a cabeça depressa mirando a sombra que se aproximava pela sua esquerda. Um sujeito esguio carregando uma tocha, de pele morena e sorriso no rosto. Usava apenas um colete e deixava o dorso nu, revelando uma tatuagem estranha.

Pelo outro lado, surgia a figura torneada e de pele a mostra, de cabelos compridos vermelhos e orelhas pontiagudas. Estava carregando um tridente em mãos. Logo à sua frente aparece o homem alto e robusto, de cabelo loiro pálido, trajando uma armadura pesada e uma capa branca. A cercaram por todos os lados.

Abgail recuou dois passos, olhou para todos.

— Vocês demoraram – disse por fim.

O guerreiro pesado se aproximou mais, a luz de sua tocha agora revelando o entalhe em sua armadura, a espada sobreposta a uma balança, o símbolo de Khalmyr, o Deus da Justiça.

— Meera preferiu se certificar que você não estava sendo seguida — disse o paladino indicando a elfa.

Abgail deu de ombros.

— Que seja.

— E então, descobriu algo? — quis saber a elfa, se aproximando.

— Sim. São uma companhia pequena, porém o conde disponibilizou caçadores de magos para eles e possuem navios os esperando ao sul, com certeza estão indo para Bielefeld.

O rapaz de pele morena que estava em silêncio até o momento começou a flutuar, despreocupado, enquanto a tatuagem no peito brilhava.

— Eu diria que são o apoio para tomarem Norm.

O paladino se empertigou.

— Precisamos avisar os outros — todos assentiram e se colocaram em movimento, ele ainda se deteve olhando para a garota ruiva. — Bom trabalho.

Abgail sorriu.

— Obrigada, não foi tão difícil ou perigoso, aquele Myndel é um bocó.

Meera os olhou de soslaio.

— Vigiá-lo durante tanto tempo teve seus resultados. Sua ganância e vontade de vencer o cegaram.

— Ainda sim, foi perigoso — concluiu o rapaz loiro, em tom de advertência.

Abgail balançou a cabeça.

— Para um paladino, você é um homem de pouca fé, Aaron — ela enfiou a mão no bolso então e apanhou uma corrente de prata com um pingente, prendeu em torno do pescoço e passou os dedos pelo dado de seis faces. — Bons dados foram rolados para mim hoje.

E em dois dias, a Casa Blasanov não ajudaria os puristas na batalha de Norm. Myndel Patersen ainda não sabia, mas já havia perdido.

MARLON TESKE é de Timbó, em Santa Catarina, um lugar já nem tão parecido assim com aqueles que aparecem nas histórias que inventa. É autor da linha 3D&T da Jambô Editora, além de escrever contos para antologias e sites há quase vinte anos. Colaborador assíduo (e atrasado) da revista Dragão Brasil, é responsável dentre outras coisas pelas edições mensais da Gazeta do Reinado.

MÃOS

MARLON TESKE

Olhou para as próprias mãos. Elas tremiam.

Era natural que fosse assim. Foram décadas trabalhando a pedra, abrindo novos caminhos para o povo anão. Cada calo, mil quilômetros, cada ferida, dez mil. Cavou túneis sem fim. Esculpiu salões tão amplos que as pequenas cidades espalhadas pela superfície caberiam dez vezes dentro deles. A picareta já tinha seu cheiro.

O suor brotava do rosto marcado e escorria pela longa barba grisalha, presa por anéis de ferro. Tinha o gosto da poeira nos lábios. Os olhos eram apenas sombra após tanto tempo no subterrâneo. Das vestes restavam trapos. Era roupa da lida, surrada, rasgada e repleta de manchas. A cor dos tecidos já havia desaparecido, se perdendo sob uma camada constante de sujeira e pó. Mas o anão sob ela continuava firme. Sólido, como a pedra que agora cortava.

Já não era mais jovem. Um tempo longo demais havia passado desde que deixara a Guarda de Elite de Doherimm para explorar os caminhos labirínticos do submundo. Mas ter feito parte da linha de frente na defesa do reino dos anões sempre foi motivo de honra para ele. E mesmo há tantos anos afastado, em seu coração continuava à serviço da coroa. Vigilante como foram também seus ancestrais desde o Chamado às Armas da guerra contra os trolls das profundezas.

O estômago roncou, afastando suas lembranças. Era uma hora tão boa quanto qualquer outra para uma pausa. Sentou-se sobre um pedregulho, revirando a velha mochila até encontrar a trouxa de comida: carne seca de monstro, algumas raízes e água. Era pouco, mas bastava para espantar a fome. Enquanto roía a refeição, suspirava de cansaço e alegria, observando o quanto havia avançado nas últimas semanas.

Compreendia a grandiosidade do trabalho. Por isso, o realizava com orgulho. Era seu projeto maior. O legado que deixaria para as gerações futuras. E mesmo faltando tão pouco, ainda imaginava onde poderia tê-lo melhorado. Sempre havia espaço para tanto. Afinal, ele era um anão. Se era para fazer, que fosse bem feito.

Quando terminou de comer, cuspiu nas palmas, esfregou-as animado e voltou ao ofício. Cada batida ecoava pelos incontáveis túneis, espalhando lascas de rocha e fagulhas. Muitos dos irmãos de clã gostavam de cantar enquanto cavavam, fazendo coro com o ritmo da ferramenta. Ele não. O eco da pedra e do metal eram sua música. Em vez disso, orava para distrair a mente. Sempre tinha Heredrimm no pensamento.

Havia progredido bem naquele dia, avançando através de um veio particularmente difícil. O desafio foi estimulante, e algumas horas se passaram sem que sequer se desse conta. Em dado momento, quando empurrava mais um carrinho de pedras para o penhasco, tocou a rocha e sentiu que em breve teria companhia. Ele compreendia o solo de um jeito diferente, de uma forma que nenhum dos habitantes da superfície seria capaz. E por isso, era difícil não sentir um certo asco.

A terra também estava desgostosa.

Sua visitante tinha sabor de sangue; e traição.

○

Mesmo sob as luvas de tecido nobre, sentia que as mãos estavam sujas.

Não gostava em absoluto de estar ali embaixo, caminhando através da poeira que permeava tudo. Tampouco lhe agradava o cheiro de mofo e abandono que pairava naquele ar antigo, eternamente aprisionado no coração do mundo. Não tinha escolha, porém. O exército havia dado uma ordem. E ela iria cumpri-la, não importava quão ruins fossem as condições ou quão terríveis pudessem ser as adversidades.

Diferente dela, que avançava armada e paramentada com o uniforme impecável dos oficiais da Supremacia, a guia goblinoide descalça e vestida de maneira simples vagava confortável nos túneis. A serva carregava sozinha todo o equipamento da missão, além de uma tocha que erguia o mais alto que podia, o que não era muito devido à pequena estatura, mas suficiente para iluminar o caminho estreito.

Desciam por um lance de escadas que parecia interminável, perfazendo um longo e monótono caminho. Depois de certo tempo, até mesmo o som distante do eterno gotejar da água desapareceu. Eram reféns do silêncio opressivo das profundezas, quebrado apenas pelo som dos pés raspando a pedra e pela própria respiração. A goblin pareceu notar o desconforto da outra. Sorriu, tentando ser gentil. Era um misto de pena e diversão.

— Devia ver como era aqui antes, Sargento — falou, saindo do caminho para dar passagem em um lance especialmente estreito em que teriam de avançar uma a uma.

Foi o mais próximo que a mulher chegou da guia, e não pôde deixar de mostrar um esgar de nojo diante do largo sorriso de presas. Era feia. Couro enrugado, quase sem pelos ou cabelos. Uma cicatriz mal suturada que havia levado uma orelha marcava metade do rosto. Não tinha certeza se de fato cheirava mal, ou se estaria imaginando odores no ar estagnado, mas puxou um lenço do bolso para cobrir o nariz. A goblin viu o gesto e riu.

— Se puder falar, e acho que agora posso, já que sem mim você estará condenada a vagar no escuro para sempre, esse seu perfume de elfo também me incomoda bastante — disse cruzando o minúsculo pórtico.

— Não é élfico — respondeu a primeira, precisando tomar certo cuidado para não bater a cabeça no teto baixo — Foi feito por mãos humanas. Como tudo o que é bom.

— Claro, que tolice a minha! — falou a goblin com claro desdém, encerrando o assunto. — Como dizia, toda essa ala dos túneis era apenas uma falha na pedra, um caminho bem ruim, se quer saber. Curiosamente, já perdi um soldado que me destratou bem aqui.

A Sargento olhou para o lado, contemplando a distância incalculável dali até o fundo. Era tamanha que não havia como saber com certeza a profundidade. A minúscula trilha onde trafegavam terminava abruptamente, despencando para a queda livre no penhasco. Um deslize seria mortal.

— Ele caiu? — perguntou.

— Sim — respondeu a outra com um sorriso maligno no rosto marcado. — Eu mesma o empurrei.

◉

Havia sido envolvida nisso à contragosto, mas sabia que tinha poucas escolhas. Era uma goblin na Supremacia Purista. Divergir do exército significava o fim. Contudo, tinha que admitir, os últimos dois anos foram melhores do que todo o resto de sua vida.

Nenhum dos soldados de patente lhe chamava pelo nome, mas para seus protegidos, ela era a Sabida. Era uma dos fundadoras do bando, respeitada como líder por salvar a vida de dezenas na Planície do Longo Cerco: um campo pedregoso de secura e morte onde os exércitos do reino soltavam monstros, prisioneiros e quaisquer outros indesejados para servirem de alvo no treinamento militar.

Ela própria foi uma destas, ainda que seu ódio contra humanos fosse muito mais antigo. Tinha sido tirada da tribo quando era pouco mais que uma criança. Os irmãos caíram pela espada de aventureiros desocupados de Deheon, um bando atrás de ouro e fama. Na época, não entendeu o motivo do ataque covarde e sem sentido. Mas acabou aprendendo.

Foram mortos apenas porque eram goblins.

Foi feita prisioneira, depois vendida como escrava, depois trocada por um porco. O último senhor foi o pior. Era um fazendeiro solitário, numa propriedade condenada pela miséria em algum lugar ao norte de Valkaria. Estava sempre bêbado e furioso. Foi responsável, entre outras coisas, pelo golpe que lhe custou uma orelha. Também foi ele quem a fez aceitar que ali sua vida não valia nada. Que, um dia, acabaria morta por causa de uma galinha perdida, uma telha solta ou um penico cheio.

Foi a sua primeira morte premeditada. Enforcou o sujeito durante a noite, enquanto ele dormia. Talvez tenha gritado, de medo e alívio, mas ninguém ouviu. Ficou ali olhando para o corpo do antigo dono até as forças voltarem para as pernas. Então queimou a casa e fugiu. Correu sem rumo, perdida pelos campos pedregosos e chegou à Planície do Longo Cerco. De alguma forma, sobreviveu mais uma vez.

Talvez Hyninn tivesse planos para ela.

Foi nas sombras da Planície que assistiu dezenas de seus iguais caírem pelas mãos humanas. Certa feita, não foi capaz de aceitar o peso da culpa. Arriscou a vida para defender os primeiros. Demorou algum tempo para entender que podia fazer mais pelos próximos, sujeitando-se a ficar do outro lado do conflito. Servir seu próprio algoz para tramar nas sombras.

Foi assim que se tornou mais uma dentre os milhares de goblins que cumpriam funções menores nas tropas. De cabeça baixa, servis e silenciosos, eles movimentam as engrenagens que movem a máquina de guerra Purista. Logo se destacou por ser o diabo de uma garota esperta, alcançando notoriedade entre os soldados. Hoje, servia de guia em missões como aquela.

E apesar de não conhecer os detalhes, compreendia que a incursão nas profundezas era importante demais para ficar a cargo de qualquer outro abaixo daquela mulher comandante. Quando a Sargento-mor fosse bem sucedida — e não duvidou nem por um instante que seria — a Supremacia inteira iria ser beneficiada. E poderia continuar levando a guerra a todos, mudando Arton para sempre. Algo nela lamentava por isso. Mas algumas feridas nunca cicatrizariam.

Por isso, resolveu lavar as mãos.

○

A luz da tocha antecedeu a chegada de ambas, infiltrando-se através das frestas, abraçando dez dezenas de pilastras cuidadosamente esculpidas, iluminando um saguão amplo de pé direito tão alto que um dragão adulto poderia viver ali confortavelmente. Talvez já tivesse mesmo vivido algum dia.

A goblinoide ergueu a chama, levando a primeira luz em décadas até aquelas colunas antiquíssimas. A claridade aconchegante se espalhou pelo lugar. Satisfeita, deu um passo ao lado, abrindo caminho para a Sargento. Ela passou como se a goblin não estivesse de fato ali. Ninguém esperava um comportamento diferente. Os Puristas detestavam os não humanos, mas aceitavam de bom grado os serviços daqueles que se colocavam em seus devidos lugares.

O rosto do anão era uma careta de desconforto. Demoraria um pouco para acostumar com a luz os olhos habituados a ver na escuridão completa.

Porém, não demonstrava fragilidade, tampouco qualquer alegria com o encontro. Era de praxe, e em sua opinião, completamente desnecessário. Tinha dado sua palavra ao rei. Prometido que cumpriria o acordo com o jovem príncipe pouco mais de duas décadas atrás. Tudo estaria pronto no dia exato em que o reino completasse quinhentos anos. Interrupções como aquela o afastavam do que realmente importava: o trabalho.

Estava disposto a encerrar tudo o mais depressa possível. Por isso, adiantou-se, se apresentando:

— Sou Haramm, a serviço de Mitkov Yudenach II, Rei de Yuden. Quem é você? Pelos trajes, vejo que é do exército.

— Saudações, Haramm. Sou a Sargento-mor Brennt, em visita oficial em nome do General Máximo Hermann Von Krauzer, regente em exercício da Supremacia Purista e líder maior das tropas do Exército com Uma Nação.

O anão apoiou as mãos no metal da picareta, batendo vez ou outra com a madeira no chão, pensativo. Era uma mudança inesperada, porém, no fim isso pouco importava para ele. Humanos tinham vidas curtas e tanto fazia quem estivesse no poder. O trato foi firmado e isso era tudo. Tinha apenas uma palavra. Reis poderiam ascender e cair, nada mudaria para ele.

— Sargento-mor Brennt, agradeço a visita. Porém, ainda restam alguns anos até o prazo acordado com o velho rei. O que prometi está prometido. Reafirmo que cumprirei minha palavra. E se me dão licença, gostaria de voltar ao trabalho o quanto antes.

— Assim como preza seu trabalho, faço questão de fazer o meu. Fui incumbida de verificar o andamento das obras e não irei embora sem que o tenha feito de forma apropriada.

O anão suspirou. Na sua opinião, uma nova inspeção tão cedo era completamente desnecessária. Porém, já havia lidado com humanos por vezes o suficiente para saber que a maneira mais rápida de se livrar deles era deixar que fizessem seja lá o que tinham vindo fazer por algumas horas antes de voltarem correndo para a superfície.

— Que seja então, Sargento. Posso lhe levar até a nova ala em que estou trabalhando. Ela é bastante profunda, mas creio que você não terá problemas com isso.

— Na verdade, tenho outro lugar em mente — falou, séria. — Quero que me leve até o âmago.

Se o anão foi pego de surpresa, não deixou transparecer. Mas aquele era um pedido inusitado. Seu olhar passou da mulher para a goblinoide, e então de volta para a primeira. Brennt notou a hesitação do velho, mas se manteve impassível.

— O que estamos esperando? — pediu a Sargento, polidamente.

— Desculpe. Do que está falando exatamente?

— Se existe algo em que concordamos, é que ambos não gostamos de perder tempo, Haramm. É lógico que você sabe do que estamos falando. Foi você que encontrou o âmago. E quem revelou sua existência, séculos atrás.

— Se lhe contaram tudo isso, criança, então também deve saber que não posso guiar qualquer um que surja aqui embaixo até ele.

Sabida se mexeu, desconfortável, olhando de um para outro. Notou as mãos do velho anão crispando-se em torno da picareta, ao mesmo tempo em que as de Brennt iam em direção ao coldre onde sua arma repousava. Pigarreou alto, tentando se fazer lembrar.

— Não se preocupe, goblin — respondeu a Sargento sem tirar os olhos do outro nem por um instante. Suas mãos desceram ainda mais, buscando um nicho de couro no cinto do uniforme, de onde retirou um pergaminho lacrado. Entregou-o a Haramm sem cerimônia. — Previmos que talvez nosso mais antigo colaborador vivo não fosse tão receptivo a visitantes. Esta é uma carta oficial do General Máximo. Ele pede que eu seja guiada ao âmago imediatamente.

De fato era. Tinha o selo e o timbre real do antigo reino. O velho não conseguia imaginar o quanto a situação havia mudado na superfície nos últimos anos. Deu de ombros, amassando o pergaminho e o descartando.

— Fica ao leste daqui. Irei levá-la às velhas cavernas, nas profundezas escuras de Arton. Advirto desde já que é um lugar perigoso e inóspito para vocês da superfície.

— Não se preocupe comigo — disse a Purista. — Apenas mostre o caminho.

E foi o que ele fez, mesmo à contragosto.

Os subterrâneos são um dos lugares mais hostis à vida em Arton. Tudo ali embaixo pode e quer matar você. Haramm sabia disso, mas optou por levar ao pé da letra o pedido da Sargento-mor de não se preocupar com ela em absoluto. E ao contrário do que imaginou, ela se mostrou digna do posto que ocupava. Era uma combatente letal, além de parecer ser feita de ferro, não sendo afetada pelo cansaço da caminhada difícil.

O grupo passou ao largo de um bando de trolls, esquivou-se de um fungo maligno cujo veneno era forte o suficiente para paralisar um homem em segundos, enfrentou um bando de orcs que estavam escondidos nos corredores. Em dado momento, o velho fez questão de mudar de rota, com respostas vagas sobre o motivo. Talvez estivessem próximos demais de uma das entradas do reino secreto dos anões. Talvez apenas fosse algum tipo de superstição.

Após horas naquela caminhada subterrânea, a goblin pediu uma pausa para trocar o cordame e o breu do archote. O anão sugeriu que aproveitassem para uma refeição rápida, já que a descida ainda iria consumir algumas horas. A Sargento concordou, relutante. Não sobreviveu tantos anos confiando em não-humanos.

Sentaram-se em pontos diferentes do corredor, procurando ficar o mais distante possível um do outro. Haramm buscou por qualquer coisa dentro da mochila surrada, encontrando alguns dedos que se pôs a roer ruidosamente. A goblin serviu a Sargento-mor, entregando-lhe o que tinha na bolsa e depois sentou-se ao lado, aguardando pelas sobras que lhe caberiam.

— Disse que são da Supremacia Purista, não é? — falou o anão, boca cheia, quebrando o silêncio. — Não sei se entendi muito bem do que se trata. Nunca ouvi falar de vocês.

— Agimos há décadas, mas só agora chegou o momento perfeito para o próximo passo. Ninguém na superfície está alheio a nós. E em breve, o mundo inteiro saberá.

— E de que tipo de pureza está falando? — insistiu o anão mastigando, despreocupado. A mulher se remexeu em seu canto, um tanto incomodada pela pergunta.

— Eles acham que são melhores que as outras raças — respondeu Sabida. Brennt a olhou com ódio, mas a velha goblin sorriu despreocupada e, com uma mesura servil, completou — e estão certos, é claro.

— Sua língua é comprida, e talvez se arrependa de deixá-la solta um dia. Não é uma questão de sermos melhores ou piores. O que estamos fazendo é purificar um lugar conspurcado. Vamos transformá-lo num mundo ideal.

— Mundo ideal? — tornou Haramm.

— É o que desejamos. Perceba que há anões na superfície, mas eles não nasceram para viver sob os céus. Elfos estão em cidades que não os acolhem, enquanto goblins desgarrados de suas tribos se esgueiram pelos becos, alimentando-se de restos. Tudo isto está errado. Nós vamos colocar cada coisa de volta ao seu lugar.

— Parece um projeto muito nobre — ironizou o velho. — E onde os humanos se encaixam nisso?

— O papel da humanidade é zelar pela manutenção da ordem. O Reinado é contra esta visão pura de um mundo ideal. Por isso, deve cair. Para dar lugar ao novo futuro. É isso que o Exército Purista deseja.

— Ou ao menos é assim que você interpretou a coisa toda — sussurrou a goblinoide.

— É uma responsabilidade e tanto... — ponderou Haramm por fim.

— É um grande fardo, sem dúvida — concordou a Sargento pondo-se de pé, jogando o que sobrou da comida na mochila e negando a refeição à Sabida com um gesto, punindo-a assim por seus comentários impertinentes. — Mas não podemos dar as costas ao papel que os deuses colocaram em nossas mãos.

Passaram o restante do caminho em silêncio. As diferenças entre eles, evidenciadas pela conversa durante a pausa, apenas serviram para afastá-los. Quanto mais avançavam em direção às entranhas do mundo, mais distante sentiam-se uns dos outros.

Em dado momento, alcançaram um novo salão circular, ladeado por colunas naturais. Todo o desenho do lugar levava a uma espécie de gaiola de metal e pedra, isolada por um portão de folha dupla de mármore com quase três metros de altura. Sobre ele, esculpido com esmero, o martelo em forma de cruz — símbolo de Doherimm — era protegido pelo leopardo do Exército com uma Nação.

— Faz muito tempo — suspirou Haramm, aproximando-se. — É aqui. O âmago desta rede de túneis.

— Então é melhor nos apressarmos — exigiu a Sargento-mor. — Abra.

O velho não se deixou levar pela urgência desmedida da militar e se permitiu dar a si mesmo a verdadeira circunstância que o momento exigia. Após uma oração, se aproximou da abertura e a empurrou. Todos ouviram um estalo quando as pedras rangeram sobre a base e o mecanismo deslizou para dentro, erguendo as toneladas de rocha e revelando o coração do complexo.

Era um salão amplo como uma catedral, formado por cristais gigantescos, que cresceram escondidos de todos por milhões de anos. A beleza eterna daquele lugar já era indescritível aos olhos de Haramm, capazes de enxergar na escuridão plena da eterna noite no subterrâneo. Mas nada se comparava à explosão de luz e brilho que surgiu quando Sabida adentrou e ergueu a tocha acima de todos.

Haviam incontáveis daqueles cristais, cujas cores variavam do branco ao púrpura. Alguns eram transparentes, refletindo e amplificando as cores da chama, preenchendo o lugar com reflexos multicoloridos. Outros, traziam cores tão profundas que pareciam devorar a luz. No centro, dominando tudo, o pilar principal, um colosso esmeralda que unia a base da caverna ao teto, dezenas de metros acima.

Haramm se lembrava nitidamente do dia em que o encontrou. Permaneceu por meses admirando a beleza e a simetria daquelas pedras. E foram anos aprendendo sobre sua composição, estudando cada tipo, ouvindo o lento crescer das formações à sua volta. Foi ali que traçou em linhas gerais o que seria sua mais grandiosa obra. O ponto de partida para o maior projeto já realizado por mãos mortais.

— São cristais! — exclamou Brennt, incapaz de conter as palavras.

— Milhões deles — concordou o velho. — É grandioso!

— Gostaria de saber como vieram parar aqui — comentou a goblin, igualmente impressionada.

— Eles nasceram aqui — explicou o anão, o rosto transformado por reverência e amor. — Cada uma destas pedras está ligada a nós. São uma extensão de nossa raça. Um presente dos deuses para todos os anões.

— São formações naturais — cortou a Sargento. — Formados pelo acúmulo de sais trazidos pela água que se infiltrou na rocha e secou aqui. Não há nada de mágico ou incrível nisso.

— Besteira — retrucou Haramm. — Mas sua ignorância é desculpável. Apesar dos clérigos falarem sem parar daquela baboseira de Tenebra, para mim é sólido que nós fomos esculpidos por Heredrimm.

— Acha que alguém intencionalmente esculpiu isso?

— Há intenção por trás de tudo, menina — respondeu ele. — Este mundo não surgiu, ele foi criado. Arton poderia ser apenas pedra daqui até o infinito das profundezas do Nada. Mas os deuses optaram por lhe dar forma. E também decidiram que esta maravilha permaneceria oculta dos olhos de todos até o dia em que eu a encontraria.

— Que a origem seja natural ou mística, não importa. A existência deste lugar me parece lógica — tornou a mulher dando de ombros. — A água rasgou o solo por milhões de anos, cavando as galerias e túneis, acumulando-se aqui, onde secou, deixando a alma cristalizada para trás. O núcleo de uma enorme rede de fendas, frestas e túneis.

— É uma forma de ver as coisas — respondeu o anão, contrafeito. — De qualquer maneira, já podemos ir. A trouxe até aqui conforme pediu. Vamos voltar.

— Ainda não — respondeu Brennt. — A ordem do General Máximo vai um pouco além de uma mera visita. Ele agradece seu empenho e dedicação para com a coroa por todos estes anos. Porém, não podemos esperar o dia da conclusão.

— O que quer dizer com isso?

— A Supremacia Purista declarou guerra ao Reinado. Porém, Deheon é uma força considerável que manteve a balança equilibrada por séculos. Ela será enfrentada. Mas, antes, o leopardo precisa cravar suas garras nos outros reinos. Para isso, precisamos de mais recursos.

— Suas palavras dão voltas, humana. Me explique de uma vez.

— Uma guerra não se faz só com soldados e armas. Também se faz com dinheiro. Muitas destas pedras são preciosas. Com elas, poderemos comprar a lealdade dos que aceitarem se curvar. Uma vez de posse de toda essa riqueza, colocaremos até o mais relutante dos reis de joelhos.

— Você quer minerar o âmago? — sussurou Haramm, perplexo, a voz falhando na garganta. — Por Heredrimm, é sólido que está louca!

— Porque o espanto? O projeto de erguer os cristais até a superfície do reino foi criado por você!

— Para mostrá-lo ao mundo! Para fazê-los compreender a grandiosidade de Heredrimm! Dei minha palavra ao rei que tudo estaria pronto até o aniversário de 500 anos do reino, e vou cumprir! Mas transformar essa maravilha em cacos? Trocar por servidão? É um ato impensável. É profanação!

— Ouça, Haramm. Uma oportunidade única surgiu. O Reinado está enfraquecido, partido e sem liderança. Nunca a situação foi tão propícia para um golpe. É uma chance de ouro, e não podemos desperdiçá-la!

— Garota, o verdadeiro desperdício é transformar tudo isso em moeda. Você e sua Supremacia são a prova de que reis vêm e vão. Esta maravilha está fadada a ser um monumento eterno. Um presente do meu povo ao seu!

— Ou uma fonte de riquezas que pode pavimentar o caminho para um reinado de cooperação milenar. Faça ele subir e deixe que aquele que é o atual regente deste território decida!

— Não é tão simples, criança tola. Passei décadas palmilhando esses túneis para prepará-lo. Mas ainda há muitas cavernas que precisam ser isoladas. Outros pontos a considerar, muitos que sequer descobri. Erguer tudo agora pode condenar cidades inteiras ao colapso. Milhares podem morrer!

— Nosso General sabe disso. É um preço que estamos dispostos a pagar.

— Provavelmente porque todos os que você ama estão muito longe daqui, certo? E esse tal General está confortavelmente protegido atrás das muralhas da capital. Ele pode ser o novo rei, mas não vou acatar essa decisão. Um Yudenach nunca aceitaria esses termos!

— O velho rei está morto há meio século! — bradou a Sargento, perdendo a paciência. — Fiodor, filho dele e que você sequer chegou a conhecer, também se foi há décadas! O jovem príncipe que o visitou caiu em vergonha, assim como a coroa. Ela estaria humilhada se não fosse pelo General Von Krauser. Por isso, dobre sua língua antes de dizer mais uma palavra sobre ele!

Silêncio. Haramm se voltou para o coração do complexo, contemplando a perfeita simetria da pilastra central. Suas mãos se crisparam em torno da madeira boa da picareta enquanto o ódio subia pela pele, martelava a têmpora, transformava sua face em uma carranca de ódio e desespero. Seu maior e mais glorioso projeto. Aquele que iria gravar o nome de todo seu clã na história. Deixá-lo incompleto, cheio de falhas e pronto para ser saqueado seria uma vergonha que não estava disposto a carregar para o túmulo.

— Não vou permitir — respondeu. Mas, ao virar-se, a Sargento já estava diante dele, com uma odiosa arma de pólvora em punho:

— Não vim até aqui para ouvir uma negativa. Levante as mãos.

Sem alternativa, Haramm obedeceu.

Sob vigilância, Haramm assistiu Sabida organizar e empilhar uma série de pequenos frascos arcanos em cada uma das pilastras que circundavam o âmago. Pavios foram ligados a eles e também uns aos outros, formando uma complicada e aparentemente caótica teia explosiva. A militar por sua vez permanecia atenta sob a luz do fogo, comparando os lugares a serem detonados com o velho projeto original que trazia consigo. Na outra mão, a arma continuava firme, pronta para puxar o gatilho.

— Já pararam para pensar no que irão causar? — perguntou o anão em dado momento.

Silêncio.

—Quando explodirem as pilastras, tudo em volta desta ala irá colapsar, afundando ainda mais em direção ao subterrâneo. Entende isso? Aqui não é o ponto final da descida. Abaixo de nós está parte de Doherimm, e ainda mais abaixo, o reino sujo dos fintrolls.

— Está perdendo seu tempo se acha que irá nos convencer do contrário — falou Brennt. — Ordens são ordens.

— Que seja, criança. Mas é bom que ouça o que está provocando. Meu projeto previa que o colapso de milhões de toneladas de pedra iria servir de contrapeso para erguer o âmago. E ele irá subir, sim. Mas em vez de uma rota planejada e calculada, o fará arrebentando tudo o que restou em seu caminho.

— Ninguém quer ouvir sua voz, anão — cortou a Sargento mais uma vez. Haramm não estava disposto a ficar calado.

— Acredito que foi Heredrimm que me guiou até esse presente, mas não me considero digno dele. Algo dessa magnitude tinha que ser compartilhado. Levá-lo para cima até vocês iria impactar a superfície. Jamais me perdoaria se inocentes fossem feridos. Então fui até o velho rei guerreiro para explicar meu intento.

O anão apertou a palma das mãos calejadas e trincou os dentes. O objetivo seria alcançado, mas o preço talvez fosse alto demais. Não era bom com palavras, nunca havia sido. Lhe restava apenas falar daquilo que melhor compreendia: aqueles túneis que palmilhou ao longo de tantos anos.

— Uma vez que o âmago tenha subido em direção ao mundo de cima, tudo no entorno será engolido para dentro da cratera para formar uma base de sustentação. A superfície irá deslizar em maior ou menor grau. Já direcionei muitos dos veios na região. Mas ainda faltam dezenas!

— Essa explicação é desnecessária. Estamos sob uma região praticamente deserta — lembrou a Sargento. — Mesmo as cidades mais próximas estão longe o suficiente daqui.

— É nisso que você está apostando. Porém, estamos falando de centenas de metros de solo até o topo. Não há como prever como os túneis irão reagir! Talvez a Planície do Longo Cerco inteira afunde! Consegue imaginar?

— A Planície também? — Sabida deixou escapar.

— Termine seu trabalho e não se meta, goblin! — ordenou a Sargento, furiosa. Sabida se encolheu ante a ordem, prosseguindo com seus afazeres, puxando e emendando os cabos do pavio. Mas seus olhos agora estavam presos na face de Haramm. A breve pergunta serviu para dar alguma esperança ao anão.

— É bastante provável, já que estamos imediatamente abaixo dela. Se tiver conhecidos lá, temo por eles — pontuou. — Há uma boa chance de ficarem sem chão assim que você acender o estopim.

— Já chega de conversa! — ameaçou a Sargento aproximando-se um passo, o cano da arma apertado contra a testa do alvo. — Mentiras não irão mudar os fatos.

— Tola, sou um anão! Minha palavra é direita. Estamos falando de algo sem precedentes! Com o trabalho inconcluso, qualquer coisa pode acontecer!

A Sargento suspirou. Puxando o martelo da arma, falou:

— Acabo de me dar conta de que não preciso ficar aqui ouvindo suas bravatas. Feche os olhos. Vou pôr um fim nisso agora mesmo.

◉

Haramm se voltou para dentro, orando por justiça, procurando pela companhia costumeira de Heredrimm. Isolou-se de tal forma que, apesar da arma e da ameaça, sentia-se absolutamente tranquilo.

Brennt apertou o gatilho. O estampido do disparo ecoou pela gigantesca caverna, reverberando na infinidade de cristais do entorno, retornando em forma de um eco insistente. Mas a bala nunca atingiu o alvo.

O anão completou a prece e abriu os olhos, sereno. Viu Sabida de pé, armada com uma pesada lasca de cristal e a Sargento aos seus pés, um filete de sangue escorrendo no rosto marcado pela ira. A tocha estava caída ao lado, assim como a arma, ainda mais distante, chutada pela goblinoide para um canto do recinto.

— Devia ter me dito, Sargento — falou Sabida, contrafeita. — Tenho amigos na Planície.

— Não devo explicações a ninguém fora da alta cúpula do exército — respondeu Brentt tentando se levantar, em vão. O golpe inesperado havia sido forte o suficiente para colocá-la de joelhos. — Muito menos para uma mera goblinoide!

— Mas ela agiu bem ao impedir você — era o anão armando-se da antiga picareta. Quando a tomou novamente nas mãos, sentiu que a ferramenta aceitava sua decisão. Era o toque de uma velha amiga. Sabida sorriu para ele, apontando para a saída.

— Agora que estamos todos mais calmos, vamos sair daqui os três e rever esse plano maluco. Se o General ouvir o que você tem a dizer, provavelmente vai compreender que é uma péssima ideia.

— Talvez eu pudesse convencê-lo, é verdade... — era Haramm caminhando em direção à saída. — Mas talvez não. Por isso, infelizmente não poderemos partir. Ouvi o suficiente para decidir que não confio nesse tal Von Krauzer. Vamos resolver esse pequeno impasse aqui mesmo, entre nós.

— Não entendo onde quer chegar — perguntou Sabida, um fio de terror subindo pelas costas, o instinto e o medo fazendo a cicatriz no rosto latejar. O olhar de reprovação e loucura de Haramm foi toda a resposta que ela precisava.

— Eu dei minha palavra ao velho rei. O âmago irá para a superfície no dia do aniversário do reino. Nem um dia a mais. Nem um dia a menos.

Voltou-se para os portões, tão grandes e pesados que nem mesmo um bando de trolls poderiam movê-lo. Os olhos acostumados às sombras viam cada ranhura na rocha. A marca era clara, e o golpe, preciso. Com um estalo, rompeu o mecanismo que mantinha as portas abertas. Elas se fecharam num estrondo, caindo pesadamente sobre o chão e soprando o ar em volta com força, apagando a última luz da tocha e mergulhando tudo na mais completa escuridão.

As pupilas de Haramm estreitaram para se ajustar à escuridão. Puxou a picareta, batendo com o cabo amadeirado contra o chão num ritmo lento e provocativo, marcando cada passo.

Brennt sabia que ele estava vindo. Se forçou a ficar de pé, tateando no escuro em busca de qualquer coisa que pudesse usar para se defender. Porém, continuava atordoada e completamente cega. Diferente da humana, Sabida podia ver. Assistia, chocada, o lento avanço do anão, que girava vez ou outra a ferramenta em suas mãos e pontuava cada passo com um breve estalido da madeira contra o chão.

— Arton me avisou que você viria, Sargento-mor Brennt — falou ele enquanto cercava a oponente pouco a pouco, encurralando-a. A voz grave e rouca soava ora perto, ora distante. Um primeiro ataque sobressaltou a mulher que levantou e correu às cegas apenas para tropeçar nos inúmeros cordames dos pavios de pólvora e cair novamente.

— A pedra me disse, desde o início. Isso prova o quão velho estou. Não dei ouvidos à rocha. Permiti que aprendesse o caminho para o âmago. Até mesmo que pisasse aqui!

— Não precisa fazer isso, barbudo! — era Sabida do outro lado do saguão, tentando ganhar tempo enquanto buscava uma forma de escapar. — Você é melhor do que ela!

— Ao contrário — respondeu, os braços abertos ao lado do corpo. — Acreditar que uns são melhores que os outros é justamente o erro destes tais Puristas. Vou lhe mostrar que somos todos iguais por dentro.

E veio o primeiro ataque. Brennt tentou se arrastar para a esquerda. Por puro instinto e reflexo, evitou o golpe letal. Porém, a ponta da picareta se encravou profundamente em sua bacia, atravessando o osso e a atingindo com uma dor lancinante. Não foi capaz de segurar um grito. Enquanto isso, o anão virava a picareta diante dos olhos.

— Vê? Sangue ainda é sangue. Sua pureza é apenas podridão, humana. Sob essa casca de limpeza e superioridade está um crânio cheio de ideias erradas.

— Qual é! — implorou mais uma vez a goblin enquanto procurava desesperadamente por uma forma de reverter a situação ao seu favor. — Ela só estava cumprindo ordens!

— Não, você estava cumprindo ordens — corrigiu o anão. — Ela estava no comando. E bastante confortável com a ideia de matar muita gente se preciso em troca de uma vantagem nesta guerra. Mesmo agora, derrotada, ela está tramando.

Sabida olhou para a Sargento. Ela estava se arrastando pelo chão da caverna, sangrando em profusão, tateando com uma das mãos enquanto a outra segurava firmemente os cordames dos pavios da bomba, usando-os como referência. Claramente, buscava alcançar a arma.

— A raça superior, a mantenedora da ordem, eleita pelos deuses! — provocou Haramm. Um novo golpe, e a picareta atravessou a panturrilha de Brennt, prendendo-a firmemente ao chão. Um esgar de dor e ódio ecoou pelo âmago.

— É uma pena que você não enxergue no escuro assim como nós, filhos de raças inferiores. Mas vou lhe dar uma chance! Um pouco mais à direita, Sargento! Está quase lá!

A mulher tentou. Cada movimento lhe punia, a dor a levando até à beira da inconsciência. Sentiu o cabo da arma roçar na ponta dos dedos. Precisava de um novo e último impulso. Respirou fundo, prendeu a respiração e puxou. A carne rasgou, fazendo um som característico. Urrou de agonia. Mas conseguiu.

— Parabéns! — comemorou o anão. — Seu apego à vida é comovente. Mas esqueça. Nesta escuridão, você jamais será capaz de me acertar, ainda mais com essa coisa.

— Você fala demais — rosnou a mulher em resposta.

Com um puxão, a Sargento retesou os cordames dos pavios que levavam até os frascos explosivos, utilizando-os de guia para o tiro. O anão compreendeu tarde demais que ela não precisava atingi-lo para concluir a missão. Bastou um disparo. E então um clarão de luz esbranquiçada afastou a escuridão das profundezas instantes antes de tudo vir abaixo.

○

Os pássaros foram os primeiros a sentir o abalo, abandonando as árvores ao mesmo tempo em que as primeiras delas começaram a afundar. Uma revoada de milhares buscou refúgio nos céus. Os animais no solo também fugiram, alguns, em vão. Não eram rápidos o suficiente.

Inúmeras pequenas fendas surgiram na superfície, crescendo em tamanho até se unirem e também desmoronarem para dentro. O caos e a destruição aumentaram vertiginosamente. Uma corredeira em forma de cratera dragou tudo em seu caminho, puxando toneladas de terra para dentro conforme o âmago subia, como uma adaga verde atravessando a carne do mundo. Mas tão repentinamente como havia começado, parou.

Não havia nada em volta do profundo buraco. Nenhuma vila, nem mesmo uma estrada abandonada pelo tempo. Só mato ralo, engolido pela fome absurda daquele deus-mundo. Ninguém tinha sido surpreendido pela sensação de vazio quando o chão foi roubado de seus pés para uma queda incalculável e letal. Ninguém testemunhou.

Ou quase ninguém.

○

Debaixo daquela quantidade inimaginável de entulho e completamente alheia da situação na superfície, Sabida tossia, engasgada com a poeira. Havia encontrado uma reentrância na formação dos cristais e corrido para lá assim que previu quais eram os planos da Sargento-mor.

Um filete de sangue escorria pelos ouvidos, acompanhado por um silvo agudo que tornava difícil pensar. Também via manchas escuras dançando diante dos olhos. A explosão havia ferido sua retina.

Não se lembrava com absoluta certeza do que ocorreu após o disparo, tampouco conseguia mensurar quanto tempo havia se passado. Sabia que havia orado à Hyninn por uma última chance, uma forma de se livrar mais uma vez daquela situação de morte. Estava grata por ter sobrevivido, contudo, a perspectiva de permanecer presa até morrer por inanição não era algo que desejasse para si, em absoluto. Por isso, forçou-se a lutar contra o cansaço e a dor e buscar um jeito de sair dali.

Com dificuldade, se arrastou para fora do esconderijo improvisado, procurando no entorno por qualquer pista sobre o caminho. Perplexa, viu que quase tudo em volta dela tinha desmoronado, afundado para dentro de Arton. Brennt, Haramm e tudo o mais haviam desaparecido.

No alto, onde antes estava o teto repleto de cristais, restava apenas um inexplicável brilho. Reflexos que aos seus olhos lembravam um relâmpago congelado no tempo, aprisionado entre todos os pequenos fragmentos que continuavam chovendo em volta. Demorou para compreender que era, surpreendentemente, uma fração ínfima do céu diurno. Pela primeira vez na história, o sol tocava o âmago, ainda muito abaixo da superfície, mas acessível.

Suspirou.

A lembrança dos seus protegidos na Planície do Longo Cerco a atormentava, mas por hora, precisava se concentrar em si mesma. Alongou os braços e o pescoço, sacudiu a poeira das roupas em farrapos e começou a escalada.

REMO DISCONZI FILHO é ilustrador/escritor autodidata, designer de moda por formação e RPGista por má influência. Devotado à estética, ao rock'n'roll e ao bom café, tem a rainha Maria Antonieta como animal espiritual.

TATUAGEM DE DRAGÃO VERMELHO

REMO DISCONZI

A FRASE SE INSINUOU NA MENTE DE KYRLIA, ALIENÍGENA e inteiramente formada. Então seus lábios se moveram como que por conta própria.

— Tem certeza de que quer ir em frente com isso? — ela perguntou, as palavras reverberando em sua consciência. — Você entende que não terá volta? Depois que eu tiver terminado, não vou mais conseguir protegê-lo com a minha magia.

— Sim — respondeu Zkar. Seus olhos estavam vermelhos e inchados, mas a expressão era vazia. A raiva o inflamara até o limite e, quando se dissipou, a dor da perda veio toda de uma vez, exaurindo-lhe o espírito. — Não me importo mais. Tudo que eu quero agora é matar todos eles — concluiu sem emoção.

Kyrlia desviou o olhar. Ver Zkar daquele jeito doía muito, e ela precisou fazer um esforço enorme para conter as lágrimas. Já havia chorado demais.

— Então vamos acabar logo com isso — Kyrlia resignou-se após um longo silêncio. — Dispa-se e limpe esse sangue, não vou conseguir trabalhar com você sujo desse jeito. Tente relaxar um pouco enquanto eu preparo as coisas. — Novamente a sensação de *déjà vu*.

Zkar tirou suas roupas imundas e enquanto esfregava a pele com um pano molhado para se livrar da crosta de sujeira e sangue coagulado, Kyrlia sentou-se à mesa e começou a retirar pequenos frascos de dentro de uma bolsa. Os vidros continham pós, ervas e outros reagentes alquímicos. Com precisão treinada, adicionou um a um os ingredientes num cadinho de pedra. Depois de macerar tudo, fez um corte na palma da própria mão e deixou o sangue escorrer dentro do recipiente. Quando as substâncias solubilizaram completamente, a poção começou a extrapolar os limites físicos do fluido, infiltrando-se por linhas tortuosas que existiam numa realidade intersticial que só Kyrlia podia acessar.

Kyrlia era uma jovem atraente e de feições delicadas. Mas a maioria das pessoas agia como se ela fosse repulsiva por causa de um detalhe — o terceiro olho que se abria em sua testa. Com sua grande íris vermelha e uma pupila vertical, o órgão era capaz de bem mais que apenas ofender padrões estéticos: através dele, via além da realidade tangível. Capaz de enxergar no espectro das energias que compunham a magia, ela aprendeu cedo a manipulá-las de maneira intuitiva.

Quando Kyrlia terminou a poção, Zkar já estava à sua espera, deitado de bruços sobre um cobertor em frente à lareira. A luz das chamas reluzia na pele ainda úmida do rapaz e projetava sombras que acentuavam as formas do seu físico musculoso. Tinha o corpo quase todo coberto por uma intrincada tatuagem em estilo tamuraniano — sobre um fundo de nuvens negras tempestuosas, serpenteava um dragão vermelho que irrompia ferozmente por entre labaredas estilizadas. Era obra de Kyrlia, um trabalho em progresso que registrava tanto o desenvolvimento de Zkar quanto o dela própria, e isso lhe trazia enorme felicidade. Agora ela sentia apenas uma tristeza infinita que ecoava em sua mente como uma sala de espelhos que se refletia infinitamente.

Kyrlia arregaçou as mangas muito compridas de seu quimono bordado e amarrou-as para que não atrapalhassem seus movimentos. Pingou a mistura alquímica em pequenos copos de cerâmica que continham pigmentos, mergulhou sua agulha — uma haste de bambu com a ponta afiada — num desses potes e então começou a perfurar repetidamente a pele de Zkar, introduzindo nela a tinta impregnada de magia. Familiar com o procedimento e acostumado com dores muito piores, Zkar permaneceu perfeitamente imóvel — mas sua tatuagem, que pareceu ganhar vida, não.

○

Kyrlia era uma lefou, uma meio-demônio da Tormenta. Os lefou eram diferentes dos meio-orcs ou dos meio-elfos — ninguém sabia explicar tais nascimentos. Alguns diziam que eram uma estratégia adaptativa da tempestade rubra, uma invasão pelas frestas em contraponto ao arrombamento da realidade que eram as Áreas de Tormenta. O fato de muitos deles antedatarem a primeira aparição da Tormenta não perturbava os estudiosos que sustentavam essa hipótese — a subversão do tempo e do espaço eram características inerentes ao fenômeno alienígena.

O sangue da Tormenta que corria nas veias dos lefou lhes distorcia o corpo. A marca aberrante de Kyrlia era o olho vermelho em sua testa que, mesmo quando era escondido, parecia irradiar uma aura de estranheza, uma vaga sensação de que havia algo de errado com ela. Como resultado, ela teve uma infância solitária em Nitamu-ra, onde o trauma cultural causado pela Tormenta era um ponto saliente.

Isso mudou quando conheceu Zkar. Assim como ela, ele era tamuraniano e lefou. O garoto tinha dentes pontiagudos e orelhas alongadas, mas a característica mais marcante era o chifre vermelho que crescia no meio de sua testa. Na época, ele atendia por Ryotaro — "Zkar" foi uma invenção de Kyrlia. Ela achava que o chifre dele lembrava o de um besouro-rinoceronte, um tipo de escaravelho. Como Kyrlia, ele também sofria com o isolamento imposto por seus traços demoníacos — encontraram um no outro a conexão por que tanto ansiavam, e se tornaram inseparáveis desde então.

Ninguém em sã consciência escolheria a vida de aventureiro errante, que é desagradável, bruta e curta, mas Kyrlia e Zkar não tinham muitas opções. Ela tentou ser aprendiz de maga, mas os mestres que não a rejeitaram por suposta periculosidade pareciam querê-la mais como objeto de estudo que como pupila, o que a ofendia e enojava. Ele queria ser guerreiro samurai, mas foi recusado solenemente pelos sacerdotes do templo de Lin-Wu. Tentou a sorte na Milícia de Valkaria, onde permaneceu por um tempo, mas acabou expulso por problemas de disciplina.

Pouco restou senão partir rumo ao horizonte, à procura de um lugar no mundo.

○

O aterrorizante bramido do dragão branco ecoou em meio aos ventos uivantes. A besta abriu suas enormes asas de couro e as bateu com desenvoltura, como se os ventos gélidos fossem nada. Rugiu novamente, encolerizado. Tomou impulso com suas poderosas patas traseiras, massivas como troncos de carvalho, e alçou voo.

Nette, a hynne barda, sentiu um calafrio percorrer-lhe a espinha e agarrou-se na manga do quimono de Kyrlia com suas mãozinhas diminutas. Zkar brandia sua espada — uma katana com a lâmina serrilhada —, vociferando insultos contra o dragão. O rugido da fera só fez a excitação do lefou crescer, sua boca se abria num sorriso cheio de pontas. Vaerlaen, o elfo, empunhava suas adagas gêmeas e tinha uma expressão serena, seus longos cabelos verde-claros agitados pelo vento.

— Recomponha-se, Nette — ordenou Kyrlia com uma voz firme. — Temos tudo sob controle.

O grupo de aventureiros foi atacado durante uma nevasca. Pensavam estar caçando a fera, mas foi ela quem os emboscou. Kyrlia permanecia impassível — não se podia enxergar mais que uns poucos metros na tempestade, mas, para ela, os fractais que vazavam da forma do dragão eram perfeitamente visíveis no pseudo-espaço que percebia com seu terceiro olho.

— Preparem-se, ele vai atacar — Kyrlia projetou o pensamento, que ressoou nas mentes dos demais. — Assumam suas posições e ataquem ao meu sinal!

Kyrlia sussurrou algumas palavras mágicas e, com um floreio, Vaerlaen, Nette e ela própria desapareceram. Zkar correu para longe deles, após tomar uma distância que julgou segura, entrou em postura de combate e aguardou. Não tomou qualquer precaução defensiva. Ele sequer trajava armadura — apesar das canelas grevadas e das lamelas amarradas ao redor da cintura que lhe cobriam as coxas, a parte de cima do corpo estava totalmente exposta. Sua tatuagem de dragão vermelho emitia um brilho tênue e fumegava no ar gelado.

Sob a cobertura da nevasca, o dragão branco tomou velocidade num voo descendente. Na visão de Kyrlia, os fractais transdimensionais em torno do dragão tremularam e se reconfiguraram num feixe de lanças conceituais que se projetavam numa diagonal, expondo a trajetória do monstro antes mesmo de ocorrer. O dragão mergulhou na direção de Zkar, presas e garras prontas para dilacerar carne.

— Agora! — Kyrlia avisou Zkar pelo elo telepático.

Zkar desviou da investida do monstro com agilidade sobrenatural e, num movimento fluido, decepou uma das asas dele com sua katana. O dragão colidiu com o chão violentamente e rolou por algumas dezenas de metros, deixando marcas sangrentas pela neve até bater num rochedo. Vaerlael deixou o domo de invisibilidade de Kyrlia. E ele e Zkar correram na direção do monstro, que começava a recobrar os sentidos.

Vaerlaen escalou o pescoço do dragão ainda atordoado até chegar à cabeça. Agarrou-se forte com as pernas e então enterrou suas adagas nos olhos do monstro, que guinchou de dor. O dragão chicoteava o longo pescoço, espalhando sangue por todo lado, chacoalhando freneticamente a cabeça na tentativa de se livrar do elfo, que segurava firme as adagas cravadas nas órbitas do monstro.

Zkar investiu contra o dragão com fúria, desferindo uma sequência de golpes brutais. Sua katana rompia a couraça do animal, abrindo-lhe talhos sangrentos. Zkar aparava e se esquivava com facilidade das garras do monstro cegado, mas foi surpreendido quando ele o abriu a bocarra e expeliu seu sopro congelador. O lefeu atirou-se no chão, mas o cone de ar gélido acertou-lhe o braço, paralisando o membro.

— Vaerlaen, salte daí agora! — Kyrlia gritou psiquicamente, e então lançou um projétil de fogo na direção do dragão.

O elfo desenterrou as adagas e, assim que saltou para o chão, o projétil ígneo acertou seu alvo, explodindo em chamas. Zkar se ergueu e correu até o monstro, o braço congelado um peso morto, balançando grotescamente. Aproveitou a abertura causada pela explosão e desferiu uma espadada certeira no pescoço gigante, abrindo um talho profundo que esguichou baldes de sangue sobre o guerreiro. O dragão branco tombou com um estrondo, sem vida. Zkar ofegava, deitado na neve vermelha, sorrindo com seus dentes afiados.

— Não quero pressionar ninguém — Zkar ria como se aquilo fosse engraçado —, mas se não ajudarem logo, acho que vou perder este braço!

— Agora é minha vez! — exclamou a pequena Nette, muito animada. Ela fechou os olhos e começou a cantar, sua delicada voz de soprano ressoando em notas mágicas. Caminhou numa linha reta e, a cada passo, pedra e madeira iam brotando, erigindo uma parede conforme a barda andava. Parou, virou-se para a direta e seguiu em frente, continuando sua canção, repetindo o processo até percorrer o perímetro da cabana conjurada pelo feitiço. Não era uma construção luxuosa, mas era robusta e os abrigaria dos elementos. A fumaça que saía da chaminé era convidativa. — Vamos, entrem logo — chamou. — Se ficarem doentes, não terei magia para curar todos.

Aquecidos e em segurança, esperaram a nevasca passar. Zkar, cujo braço gangrenado fora restaurado por Nette, dormia ruidosamente. Vaerlaen olhava pela janela, paranóico, vigiando o valioso corpo do dragão como se alguém fosse roubá-lo naquele mau tempo. Kyrlia e Nette conversavam enquanto a barda mexia um cozido que exalava um cheiro delicioso.

— Sabe, Kyrlia, quando eu escrever sobre o dia de hoje, acho que vou ter que inventar algum vilarejo para esse dragão aterrorizar — disse Nette.

— Por quê? — Kyrlia estava curiosa.

— Sinceramente? Se estivermos simplesmente caçando o dragão para tomar as coisas dele, vamos parecer gananciosos e malvados. No meu poema, seremos heróis!

As duas riram.

"Uma vida desagradável, bruta e curta, quem quer que tenha formulado isso", pensou Kyrlia, "estava enganado". Infelizmente, ela tinha razão.

○

Chegaram a Yuvalin, uma grande cidade mineradora em Zakharov, próxima à fronteira com as Montanhas Uivantes, carregados dos espólios da luta com o dragão branco. Além da carcaça da fera, do couro às vísceras, tudo em um dragão valia seu peso em ouro, traziam os tesouros que extraíram de seu covil.

Meses de acampamento em locais inóspitos deixavam-nos sedentos pelo que a civilização tinha a oferecer e, subitamente ricos, desfrutavam de tudo sem qualquer moderação. Era transitório, o ouro e a novidade se esvaíam rapidamente, e logo teriam de se aventurar novamente, reiniciando o ciclo. O fato de que parte considerável do ouro, e do tempo, era drenada pelos preparativos para novas missões era a parte perniciosa da equação. Nas lacunas restantes, os aventureiros encaixavam o que se passava por sua vida social, incluindo o amor, ainda que fosse, na maioria dos casos, um simulacro comprado. Numa fuga desesperada da solidão, vínculos intensos se formavam em noitadas nas tavernas, mas, fugazes, se desfaziam com a mesma rapidez.

Havia exceções, claro.

— Tatuagem legal — um homem comentou. — Lin-Wu? — referiu-se ao Deus-Dragão cultuado em Tamu-ra.

Zkar, não importava o clima, fazia questão de andar com o peito nu. Adorava exibir os desenhos que adornavam seu físico atlético. No máximo enrolava alguma pele nos ombros quando Kyrlia protestava e elencava os males que a exposição ao frio causaria à saúde. O lefou se virou e viu um homem forte e alto, que tinha os cabelos loiros raspados nas laterais e uma barba curta que se alongava no cavanhaque e terminava com uma pequena trança no queixo.

— Não, sou um ronin — Zkar respondeu, aludindo aos samurais sem mestre na cultura tamuraniana. Estufou o peito e abriu seu sorriso de tubarão. — Sou bom demais para servir a um daimyo, mesmo que seja um deus maior.

Desde pequeno, Zkar sonhava em ser samurai. Literalmente. Contou para Kyrlia os episódios vívidos nos quais se via lutando em grandes batalhas do passado de Tamu-ra, e estava convicto que era o próprio Lin-Wu, o Deus-Dragão, que o estava chamando para o caminho da espada. Kyrlia não acreditava realmente que fosse o caso, mas queria vê-lo feliz, e o incentivou a procurar o templo de Lin-Wu. Quando foi rejeitado pelos sacerdotes, Kyrlia ficou inconformada e resolveu que ela mesma daria um jeito. E o fez. Adaptou o processo de imbuir magia em pergaminhos para tatuar o amigo com o dragão vermelho. Zkar não carregava seus encantamentos em armaduras como outros guerreiros, mas na própria pele.

O loiro pareceu surpreso e então sorriu.

— Gostei da sua atitude, rapaz. Sou clérigo de Keenn — apontou para um medalhão feito de osso esculpido rusticamente com a representação de um escudo cruzado por uma espada longa, um martelo de guerra e um machado de batalha. — Se um dia mudar de ideia, o Deus da Guerra poderia usar alguém como você em suas fileiras. Eu me chamo Trovão — o clérigo se apresentou, estendendo a mão.

— Zkar — respondeu o lefou, apertando a mão de Trovão. — Ela é Kyrlia — apontou para a amiga, que cumprimentou Trovão com um aceno. — Quer beber conosco?

— Claro — Trovão puxou uma cadeira e sentou ao lado de Zkar.

— Você não parece um clérigo de Keenn — comentou Kyrlia.

Todos os clérigos de Keenn que ela conheceu integravam algum tipo de hierarquia militar, e Trovão, um bárbaro das Montanhas Uivantes com suas roupas de couro decoradas com troféus de caça, não era o que Kyrlia esperava.

— Deve ser porque me alistei no exército de Keenn sem passar por intermediários — o bárbaro riu. — Recebi o chamado em batalha, quando um gigante do gelo atacou a mim e meu grupo de caçadores. Ele nos pegou de surpresa. Arremessou um deles desfiladeiro abaixo e esmagou os outros dois com os punhos enormes. Éramos apenas eu e meu machado contra aquele monstro que tinha a altura de três homens. Achei que morreria — fez uma pausa e tomou um longo gole de sua cerveja. — Então uma força não-humana percorreu meu corpo, era como se eu pudesse partir uma montanha com minhas mãos. Meu sangue fervia, mas eu me sentia calmo e no controle da situação. Corri como um louco para cima dele, que tentou me golpear, mas o que quer que estivesse dentro de mim fez com que eu visse perfeitamente os movimentos dele. Desviei, e aproveitei a guarda baixa para decepar-lhe a mão e então o golpeei no joelho, fazendo-o tombar no chão. Então saltei em cima dele e comecei a dar machadadas no seu peito. Não me lembro quantas vezes eu enterrei a lâmina, mas só parei quando ele tinha uma cratera no tórax e eu estava banhado em sangue. Não precisei de nenhum sacerdote, aquele foi meu batismo e minha ordenação.

Zkar escutava cada palavra com atenção, fascinado pelo bárbaro, incapaz de desviar o olhar. Fez perguntas e ofereceu relatos de suas próprias batalhas, que deixaram Trovão igualmente impressionado. Kyrlia achou aquilo tudo um tanto pueril e, entediada, alegou estar cansada e se despediu deles. Zkar e Trovão seguiram conversando noite adentro. Os canecos vazios se acumulavam enquanto, entusiasmados, trocavam e opiniões sobre táticas e armamentos.

Já era madrugada quando Trovão mudou o rumo da conversa. — Zkar, está ficando tarde e acho que vou para o meu quarto — fez uma pausa e se inclinou na direção do lefou. — Você quer subir comigo?

Zkar ficou sem reação. Sentiu as faces enrubescerem.

— Desculpe, não queria deixá-lo desconfortável — Trovão recuou. — É que, pelo jeito que você estava me olhando, achei que estivesse interessado também.

— Não se desculpe — Zkar desviou o olhar. — Você me pegou de surpresa, só isso. Não achava que clérigos de Keenn se envolvessem dessa forma. Sempre imaginei que a disciplina militar os fizesse achar isso tudo uma perda de tempo ou algo assim.

Trovão riu.

— Não necessariamente. E, quem sabe, se der certo, podemos nos tornar parceiros no campo de batalha. — O bárbaro se aproximou. — Seríamos invencíveis juntos, e acho que Keenn gostaria disso.

— Vou com você — Zkar disse finalmente, seus olhos encontrando os de Trovão.

Quando deixaram a cidade para uma nova excursão, todos tinham grandes expectativas.

Para Vaerlaen, era a promessa de dinheiro fácil. Descobrira durante sua peregrinação pelos antros e pocilgas do submundo de Yuvalin uma oportunidade impossível de recusar: o roubo de um grande carregamento de moedas da igreja de Tibar, Deus Menor do Comércio. Tinha a informação, confiável, assegurou, de que o bando de orcs que roubara o ouro estava escondido nas Colinas Centrais, que ficavam a menos de 300 quilômetros de onde estavam. Os orcs contavam com a alta incidência de monstros na área para dissuadir perseguidores, mas matar monstros era o que Vaerlaen e seus colegas faziam de melhor. O elfo já imaginava o que faria com a sua parte da polpuda recompensa oferecida pelos clérigos.

Para Kyrlia, era a promessa de descoberta. A lefou estava absorta no estudo de um tomo obscuro que adquirira de um mercador em Yuvalin, um grimório de magias proibidas de um cultista da Tormenta. Ela e Zkar, que sempre tiveram curiosidade em saber mais a respeito de suas origens, sentiram uma mistura de medo e excitação quando o folhearam juntos pela primeira vez. Kyrlia conseguia ler alguns dos símbolos alienígenas, e traduziu para Zkar o pouco que compreendeu. A princípio, o livro parecia conter os diagramas para a conjuração que de uma Área de Tormenta temporária. Kyrlia estava excitada com os segredos que aprenderia.

Para Nette, era o próximo capítulo de sua biografia. A hynne estava eufórica. Por ser gregária, se sentia revigorada pela estadia em Yuvalin. Nette bebeu e trocou ideias com outros artistas e viveu alguns romances fugazes, sem jamais se apegar, pois era um espírito livre. Para ela, efemeridade era a verdadeira imortalidade: preservava a novidade de suas experiências em poesia, impedindo-as de se corroerem pela banalidade cotidiana. Agora Yuvalin ficava para trás e Nette sentia o vento da novidade soprando em seus cabelos.

Zkar não desejava nada, pois já tinha tudo. Tinha uma família de amigos, tinha força e juventude e agora tinha Trovão. Zkar estava embriagado com ele e a recíproca era verdadeira. Nos dias que passaram em Yuvalin, beberam juntos até cair, entraram em brigas memoráveis e se amaram verdadeiramente. Zkar mudou sob a influência do bárbaro. O lefou, que nunca fora religioso, agora cultuava o Deus da Guerra para que ele e Trovão pudessem permanecer juntos mesmo se a morte os separasse, combatendo lado a lado por toda a eternidade em Werra, o reino metafísico de Keenn. Mas talvez a transformação mais impregnada de simbolismo tenha sido a de sua espada. Danificada na luta com o dragão branco, a lâmina serrilhada de sua katana, que o acompanhara desde as primeiras aventuras, não foi reparada desta vez. Cedeu lugar a uma de matéria vermelha oriunda das Áreas de Tormenta. Quitinoso e cheio de dentes, o material alienígena era hostil à realidade, sendo capaz de cortar qualquer coisa. Por Trovão, queria se tornar mais forte, para que fossem invencíveis juntos.

Quando viu os dois juntos, Kyrlia soube que Trovão era agora parte do grupo, quer ela quisesse ou não: eles eram indissociáveis. Não era força de expressão, era um fato. Aqueles dois ficariam juntos até a morte.

A despeito de sua magnitude, a notícia da declaração da Guerra Artoniana não chegou até os cinco aventureiros. Isolados da civilização, era como se fossem uma amostra preservada em âmbar de um mundo que não existia mais. Quando foram expostos ao toque corrosivo da realidade, tudo caiu de uma vez.

Exceto para Kyrlia.

Para ela, o horror veio antes, aos poucos, entrando pelas frestas. Os dias se tornaram amargos, sentia um mal-estar conceitual, uma náusea psíquica. Tudo foi se impregnando de maus presságios. Atribuiu essa doença na alma ao estudo do grimório da Tormenta. Interrompeu o contato com as páginas proibidas — amarrou o livro com selos de abjuração, decidindo que aspergiria os banimentos apropriados quando tivesse acesso aos reagentes necessários na próxima cidade.

Não adiantou. Os presságios vagos deram lugar a premonições quase coerentes que, por sua vez, se tornaram visões de horror detalhadas das mortes de seus amigos. Era como se houvesse diversos futuros possíveis e algum deus sádico escolhesse os piores para destilar na mente de Kyrlia. Na primeira vez que ocorreu, achou que estivessem sendo atacados: uma flecha atravessou a cabeça de Vaerlaen e, com a mesma rapidez que veio a visão se foi. De mesma forma, viu ao longo do trajeto as mortes de Nette e Trovão e, quando estavam a caminho de Rhond, onde planejavam vender os espólios dos monstros antes de seguirem para Zakharin e devolver as moedas recuperadas ao templo de Tibar, viu a morte de Zkar. Era de longe a pior de todas. Ele estava inteiro destroçado, não apenas física como também conceitualmente.

Quando chegaram perto de seu destino, o sol começava a se pôr. Como não sabiam que Zakharov estava sob a invasão da Supremacia Purista, seguiram em frente pela estrada em sua carroça abarrotada de espólios. Não faziam ideia do acampamento dos soldados puristas nos arredores da cidade, nem dos batedores que observavam seus movimentos. Para os habitantes de Zakharov, aventureiros armados não eram dignos de nota, mas, para os invasores puristas, um grupo de aventureiros não-humanos como aquele era considerado uma ameaça a ser eliminada.

Parte da mente de Kyrlia sabia da emboscada atrás da colina que se erguia na frente deles, mas, impotente contra empuxo do destino, nada pôde fazer. Quando os demais se deram conta, já era tarde demais.

Vaerlaen, que conduzia o veículo, foi o primeiro a morrer com uma flecha atravessada na cabeça. Sobressaltados, os outros quatro se jogaram atrás da carroça em busca de cobertura. Uma nova saraivada crivou a carga e os animais, que relincharam apavorados e tentaram fugir, mas acabaram abatidos pela chuva de projéteis.

Os aventureiros se protegiam atrás de um escudo telecinético sustentado por Kyrlia quando os puristas avançaram sobre eles. Pareciam uma turba odienta brandindo tochas, mas eram na verdade soldados muito bem treinados. Sob a luz do fogo, suas armaduras negras reluziam, repletas de ângulos farpados e pontas metálicas, completamente desumanizados por elmos ameaçadores. Estavam armados até os dentes com manguais e lâminas pesadas dos mais variados desenhos.

Nette vocalizou uma nota aguda e, com um aceno da mãozinha, tornou escorregadio o chão na frente dos soldados, derrubando alguns, o que não os deteve. Eram muitos, e continuavam vindo. Uma bola de fogo lançada por um conjurador magibélico voou na direção dos aventureiros, que saltaram para longe da explosão. Dispersos, começaram a ser cercados pelos inimigos.

Um pequeno grupo avançou sobre Nette, que assoviou uma sequência de três notas e então estalou os dedos. O que se ouviu foi um enorme estrondo. Foram todos atordoados pelas próprias armaduras, que retiniram violentamente com a vibração sonora. A barda tentou correr, mas outros vieram. Encurralada, a hynne sacou uma espada curta. Ágil, se esquivou dos atacantes e, numa manobra de incrível destreza, fez dois deles se acertarem mutuamente, lançando-os ao chão. Fintou contra um terceiro e, quando ele mordeu a isca, deslizou sua lâmina entre as placas da armadura, enterrando-a no pescoço do soldado. Não viu o quarto, que a atacou pelas costas. O golpe trespassou o corpinho da barda, que morreu no mesmo instante.

Zkar e Trovão, identificados como as maiores ameaças, estavam um de costas para o outro, cercados por uma multidão de atacantes. Por mais deles que houvesse, não pareciam capazes de sobrepujar os dois guerreiros irados. O rosto de Zkar era pura cólera, os dentes afiados à mostra como se fosse um animal raivoso. Sua tatuagem de dragão vermelho parecia ferro em brasa, incandescente com magia e calor. Desferia sequências brutais, dilacerando carne e decepando membros com os dentes alienígenas da sua espada, atravessando as armaduras com a lâmina aberrante como se fossem de papel.

Ferro derretido corria nas veias de Trovão, que canalizava o poder divino de Keenn. Suas machadadas tinham uma força descomunal, quebrando ossos e arrancando pedaços das armaduras puristas. Parecia enraizado no chão, aparando golpes com firmeza inabalável. Zkar e Trovão tinham Keenn do seu lado e, de fato, eram invencíveis juntos.

Infelizmente, o Deus da Guerra também estava do lado da Supremacia Purista. O sacerdote purista fitou os olhos de Trovão e moveu os lábios numa oração de supremacia, forçando sua vontade sobre o bárbaro. A compulsão durou um único segundo antes desse livrar do domínio, mas foi o suficiente para que o bárbaro baixasse a guarda e fosse atingido. A machadada o acertou em cheio na cabeça. Em combate e ao lado do homem que amava, Trovão morreu feliz. Zkar soltou um urro que ecoou pelo campo de batalha.

Kyrlia conjurou uma saraivada de dardos de força mística que, ignorando a proteção das armaduras, alvejaram sem erro os soldados. Apesar do tumulto, discerniu com o terceiro olho a localização de Zkar e correu em direção a ele, abrindo caminho entre os puristas com um aríete de força telecinética. Quando chegou perto o bastante, conjurou um relâmpago que desceu diretamente sobre o amigo. O raio acertou o lefou e se dispersou em todas as direções, eletrocutando a multidão de soldados à sua volta. Zkar, insulado por magias de proteção elemental inscritas em sua tatuagem, foi apenas atordoado. Kyrlia finalmente o alcançou e, assim que o tocou, conjurou a magia de teletransporte, fazendo-os desaparecer.

A agulha perfurava a pele de Zkar e o dragão vermelho se contorcia, como se quisesse resistir à forma grotesca que Kyrlia impunha sobre ele. As cores e formas da tatuagem fluidificavam e se rearranjavam, assumindo novas configurações. Gradualmente, o corpo escamoso do dragão vermelho se transmutava em formações de quitina similares a vértebras, enquanto as garras se revestiam de um exoesqueleto farpado. Fileiras de dentes adicionais irrompiam pela boca do desenho, e fissuras, surgindo às dezenas, se abriam em novos olhos irrequietos. Pela superfície do crânio, bulbos cancerosos se avolumavam e floresciam em chifres sinuosos, coroando a cabeça alienígena da criatura. As formas aberrantes queimavam a pele de Zkar, que resistiu estoicamente.

Foi Zkar quem quis invocar a Tormenta sobre a companhia purista. Ele estava arrasado com perda e tomado por um ódio que só seria aplacado com força desproporcional. Trovão era tudo para ele, e aniquilação total era única retribuição cabível.

Kyrlia havia decifrado o feitiço durante seus estudos,e ofereceu um contra-argumento irrefutável: a formulação da magia continha uma falha fatal que inviabilizava o plano. A Área de Tormenta invocada pela magia se formava diretamente sobre o mago. Era impossível, portanto, fazê-lo sem que o próprio conjurador também se expusesse aos efeitos. A destruição seria mútua.

A solução proposta por Zkar era previsível: ele próprio carregaria o feitiço. A morte era um preço pequeno a pagar pela sua vingança.

Tudo era cíclico. Eram só Kyrlia e Zkar contra o mundo, como no início.

Era madrugada quando Kyrlia e Zkar se materializaram entre as tendas da companhia purista estacionada nos arredores da cidade de Rhond. Kyrlia guiou seu feitiço de teletransporte pelas brechas nas abjurações dos oficiais magibélicos. Podia ver claramente todos os encantamentos e não foi difícil contorná-los. Mas, uma vez dentro, alarmes soaram e os guardas começaram a correr na direção deles. Foi tudo muito rápido.

Zkar desembainhou sua espada aberrante e a segurou com as duas mãos, a lâmina virada para si. Encostou a ponta em seu abdômen, e então a enterrou com toda a força. O lefou verteu sangue pela boca e seu corpo se arqueou para trás em um espasmo, enquanto as vísceras saltavam para fora do corte. Kyrlia detinha o avanço dos soldados com sua artilharia pirotécnica enquanto Zkar passava pelo processo.

As formas da tatuagem de Zkar se inflaram e começaram a extrapolar os limites do corpo do lefou, movendo-se em direção aos céus. Espiralando, a abominação, agora descomunal, nadava em uma corrente ascendente de sangue, vísceras e gordura e, lá no alto, mordeu o tecido da realidade com suas múltiplas fileiras de dentes. Fez um rasgo, e então o horror começou a se derramar.

Nuvens vermelhas se formaram, bloqueando o céu noturno e se alastrando por todas as direções. Raios caíram, estrondosos, abrindo crateras entre as tendas. Então a chuva ácida começou, logo se tornando torrencial. Não era ácido de verdade, era uma coisa vermelha que corroia o que tocava num nível conceitual. Os soldados tentavam fugir, em pânico, mas não conseguiam: a natureza alienígena da Tormenta distorcia espaço e tempo, transformando o terreno num labirinto inescapável, todos correndo para lugar nenhum enquanto eram dissolvidos, corpo e alma, pela chuva rubra.

Zkar não pôde apreciar sua vingança. Tudo o que sobrou dele foi uma casca que se debatia ao ser consumida rapidamente enquanto cedia sua substância ao monstro alienígena. Logo não sobraria nada e o fenômeno cessaria, deixando apenas morte e destruição.

Kyrlia chorava em meio ao panorama devastado, o feitiço de proteção contra a Tormenta que tinha sobre si começando a ceder. Era um desfecho inaceitável. Perdeu suas aventuras, seus amigos e agora aquele que era como um irmão. E por quê? Por uma guerra? Por vingança? Não aceitaria isso. Zkar ainda não se esvaíra totalmente. Algo ainda podia ser feito.

O sentimento de impotência que pesava sobre ela foi erguido.

— Não! — Kyrlia olhou para o céu com uma expressão decidida.

— Não! — A voz ressoou em sua mente, sobreposta múltiplas vezes.

Na Área de Tormenta, a visão de Kyrlia se transformou. Não enxergava formas difusas nem infiltrações conceituais. Em meio à tempestade, a estrutura subjacente à realidade estava revelada nitidamente para ela. As linhas do espaço e do tempo não eram apenas claras, eram tangíveis.

Era do conhecimento de Kyrlia que magos poderosos eram capazes de manipulações temporais. Ela própria ainda não havia chegado a esse patamar, mas conhecia a teoria. A magia temporal era bastante limitada.

Mesmo os conjuradores mais poderosos podiam apenas parar o tempo por alguns instantes. Retrocedê-lo estava fora de questão. Conseguiam, no máximo, acessar ecos de tempos passados ou captar impressões de futuros possíveis com magias de adivinhação. O axioma central da magia temporal era claro: o que está feito está feito.

Por outro lado, nenhum deles tinha os dons dela. Nenhum deles tinha as linhas do destino literalmente ao alcance da mão.

Kyrlia limpou a mente, e, recitando palavras de poder, enfiou as mãos no ventre seccionado da realidade e agarrou as vísceras do tempo. Apenas com o tato, discernia a origem e o destino daqueles vetores temporais. Remexeu a buchada até encontrar Zkar, Nette, Vaerlaen, Trovão, ela própria. Todas as linhas estavam lá. E ela as separou, tirando-as para fora da cavidade. Uma a uma, foi percorrendo-lhes o comprimento até localizar o que procurava: o dia em que deixaram Yuvalin. Impediria que partissem naquela expedição fatídica. Tudo seria recuperado.

Segurou firme nas linhas e as puxou com força em direção ao passado.

— Não! — A voz de Kyrlia se refletia infinitamente. Retornou ao dia que deixaram Yuvalin, e então tudo começou a se repetir exatamente como na primeira vez. A expedição às colinas. As premonições. O caminho para Rhond. A emboscada. Formulava as frases que poderiam salvá-los, apenas para seus lábios repetirem o que disse da primeira vez. Tormenta. As vísceras da realidade. Yuvalin novamente. Tudo se repetia e se sobrepunha. Ecos dentro de ecos.

Kyrlia fez o tempo voltar, mas não pôde mudá-lo. Presa em uma recursividade temporal, estava fadada a reviver pela eternidade os piores dias de sua vida, vez após vez, até o fim dos tempos.

A vida de aventureiro era desagradável e bruta. Mas, para o horror infinito de Kyrlia, não seria curta.

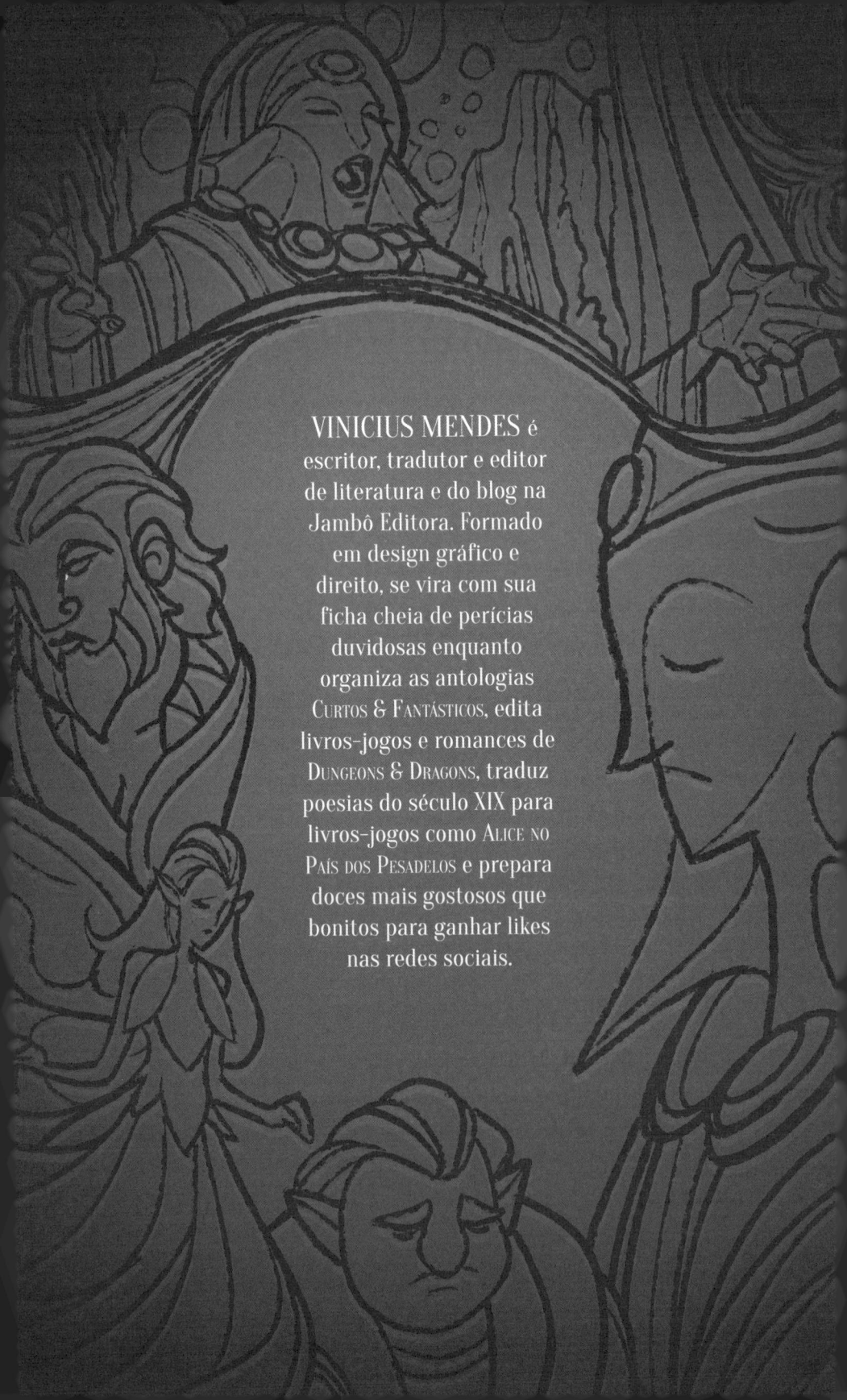

VINICIUS MENDES é escritor, tradutor e editor de literatura e do blog na Jambô Editora. Formado em design gráfico e direito, se vira com sua ficha cheia de perícias duvidosas enquanto organiza as antologias Curtos & Fantásticos, edita livros-jogos e romances de Dungeons & Dragons, traduz poesias do século XIX para livros-jogos como Alice no País dos Pesadelos e prepara doces mais gostosos que bonitos para ganhar likes nas redes sociais.

A CENA ATRÁS DAS CORTINAS

VINICIUS MENDES

— Pois não?

— Ah... Er... Eu queria saber se vocês precisam de um ajudante ou algo assim por aqui...

Ver o que estava por trás das cortinas e longe do palco, dos cenários, dos confortáveis assentos de couro e da bela decoração em tons de vermelho e dourado era bastante diferente do que o hynne esperava antes de conhecer o Teatro do Círculo de Fogo por aquele ângulo. Ganhava esse nome pelas cores na decoração, mas havia quem sugerisse que fosse apenas referência a ser semelhante a um forno durante o verão.

— É tudo menos glamouroso do lado de cá, né? — disse a companhia em tom jovial.

— Oi? Ah, não achei não senhora! Sinceramente, isso aqui é incrível! — e sentiu um sorriso se alargar no rosto.

— "Senhora" não que eu não sou sua mãe! — E a jovialidade na voz se tornou irritação estridente — Me chame de Aillinka, que eu não sou tão velha assim. E não adianta vir com esse papinho de puxa saco. Assistente de palco, se contratado, leva dois Tibares por mês. Certo, *senhor*? — concluiu anã, enquanto alisava a própria barba ruiva.

E o guiou por corredores mal iluminados cheios de caixas, objetos de cena velhos variados e algumas araras com figurinos. Nas paredes, havia o que pareciam ser antigos cartazes de espetáculo aos olhos descostumados à meia-luz do hynne, que não se atreveu a tentar retomar a conversa casual.

— Aqui é o camarim de Yubarto. Avisei a ele que ganharia um assistente novo. Tente agradar demais e ele vai montar em você — disse apontando uma porta fechada e de madeira antes de se virar e partir, agredindo o chão de madeira a cada passo dado. — *Dois Tibares por mês.* Yubarto só me dá prejuízo!

Antes que o pequenino pudesse tocar a maçaneta de latão, a porta se escancarou acompanhada por uma voz masculina.

— Mas que barulho é ess... Ah, aí está você! É o novo assistente, né? Bem-vindo! Vamos, entre, entre! — Antes que pudesse reagir, foi colocado para dentro pelo braço por, viu depois sob a luz amarela de lamparinas do cômodo, um qareen de pele bronzeada e olhar esperto.

— Sou Fahed, empresário do Yubarto! Ele está provando figurinos, quer saber qual vai usar na apresentação de hoje à noite. Essa é Tirrah, nossa técnica de efeitos especiais!

E antes que conseguisse se apresentar, Fahed já havia saído por onde o hynne fora arrastado, fechando a porta atrás de si.

— Tudo bem, baixinho? — A criaturinha com olhos de borboleta e cabelos vermelhos parecia ao hynne estar vestida de folhas e falava em tom debochado. Sentava em um banquinho improvisado com um carretel de linha, ao lado de um recipiente de pó de arroz sobre uma penteadeira com um grande espelho, cuja moldura era adornada com pequenas esculturas de madrepérola, provavelmente onde Yubarto se preparava. O aspecto do camarim era certamente o mais confortável do que vira das entranhas teatrais até o momento: com um grande sofá gasto e velho, mas aconchegante, uma mesinha de madeira escura com belas garrafas diferentes cheias com líquidos de cores variadas, além de taças diversas. Uma arara era utilizada para guardar figurinos extravagantes e havia um grande cartaz com uma belíssima ilustração de Yubarto.

Não era raro ouvir comentários de surpresa daqueles que haviam visto o tritão ao perceberem que consideravam belo aquele ser de pele azulada, sem nenhum pelo ou cabelo e grossas escamas brilhantes cobrindo a parte de trás do corpo. Os longos e finos dedos das mãos com membranas e as guelras nas laterais do pescoço foram até mesmo considerados charmosos como parte da anatomia do jovem cantor. Talvez, o que realmente causasse essa impressão de beleza fosse um algo encantador no sorriso melancólico e nos olhos violeta que pareciam enxergar no fundo da alma do hynne, mesmo naquela mera reprodução. Ali, ele vestia uma capa de pedraria em tons de magenta e roxo, que destacavam ainda mais aquele olhar e, na cabeça, um turbante azul arrematado com um broche de pérolas violetas. Aos olhos do pequenino, aquele era o mais magnífico monstro marinho que já vira. Ainda assim, a presença andrógina do simulacro parecia ser uma mera sombra do que vira no palco na noite anterior.

— Baixinho? — Tirrah repetiu, elevando o tom de voz — É, a gente precisa mesmo tirar esse cartaz daí. Ele derrete o cérebro de todo mundo que entra.

— Ah... Oi! Me desculpe, é que...

— Não, tudo bem. Não é a primeira vez que isso acontece. Ou a segunda. Ou a décima. — A sílfide sorriu, dando de ombros — A gente sempre tem problemas com os novatos por causa disso aí! Você não se apresentou...

— Ah, praz...

— Quem se importa com os novatos? — Fahed interrompeu — Vai-se um, arranjamos mais vinte! Esse cartaz nos rendeu muito dinheiro! Todo mundo que ficava meio idiota depois de vê-lo queria saber se o Yubarto também era assim em pessoa. Mal sabiam eles!

Os dois veteranos riram alto. Tirrah bebericava algo em um minúsculo caneco e o empresário mexeu em alguns papeis que estavam numa gaveta da penteadeira antes de se retirar novamente. O pobre hynne olhava de um para o outro sem saber direito o que deveria estar fazendo ali, optando por sentar-se no sofá após receber consentimento gestual da pequenina.

— Então você é a técnica de efeitos especiais? — Perguntou enfim, os pés peludos inquietos.

— Ah, sim! Aparentemente, sou uma ilusionista muito talentosa e isso é bem útil no meio teatral! Uma boa forma de abrilhantar os cenários, de acordo com Fahed. E claro, quando a Aillinka ouviu sobre a parte da redução de custos, logo achou uma boa ideia também.

— Não me lembro de ter visto algo assim na apresentação de ontem... — disse o hynne coçando a cabeça. — Só lembro mesmo de Yubarto num palco vazio cantando.

— Ontem eu realmente não consegui participar...— A voz de Tirrah diminui até quase desaparecer — Recebi umas notícias bem... Difíceis. Sei que não é exatamente profissional, mas não consegui acertar a mão e acharam melhor me deixar ir para casa. — Os olhos brilharam, como se uma minúscula lágrima pudesse cair a qualquer momento, então ela inspirou longamente, antes de concluir. — Não é certo dizer que isso seja uma sorte... Yubarto está se envolvendo com um soldado do Exército Real de Deheon que já está em missão faz mais de mês, então entendeu bem o que eu estava passando.

— Por Hyninn! É uma situação horrível, não ter notícias de quem a gente gosta nessa guerra. Eu bem sei...

— Infelizmente, acho que todos já sabemos ou, pelo menos, saberemos em breve...

E então o silêncio dominou o ambiente. O hynne assistiu aos próprios pés que se moviam errantes, enquanto o olhar periférico viu de relance Tirrah mexendo a própria caneca sem muita vontade.

— Então... — A voz do hynne era hesitante — Acha que hoje vai conseguir?

— Como?

— As ilusões?

— Ah! Acredito que sim! — Ela disse com um meio sorriso. — Na verdade, é uma pena que a sua primeira vez aqui tenha sido sem a experiência completa. — E então olhou para os dois lados de forma um tanto cômica. — Sabe, eu não devia fazer isso, mas quer dar uma olhada no que eu tô planejando pra hoje? — O sorriso foi então de um canto ao outro do rosto.

— Ah, eu até gostaria, mas...

— Tá certo! Só preciso me concentrar um pouco e...

— Não precisa ter todo esse incômodo por mim!

— Não se preocupe! Encare como... hm.... uma compensação por ter pago e não ter assistido o espetáculo inteiro antes. Preparado?

Antes que conseguisse responder, o hynne começou a ver o camarim escurecer aos poucos. Olhando ao redor, viu que as lamparinas que projetavam luz amarelada não haviam se apagado, eram aos poucos engolidas pelas sombras. Também não via mais Tirrah, mas sentiu que, apesar da surpresa, o ideal seria não chamar por ela. Um pequeno pontinho de luz branca passou a flutuar onde, calculava mentalmente, deveria estar o centro do recinto, mas não conseguia reconhecer os arredores levemente iluminados. Outro pontinho surgiu, azul, fazendo com que o ambiente ganhasse um ar gélido e melancólico, logo sendo acompanhado por um pontinho vermelho, que disparava uma leve e dramática luminescência rubra onde branco e azul não haviam chegado, criando tons arroseados onde frio e quente se encontravam. Por fim, surgiu um pontinho verde, e os quatro pontos começaram a dançar na escuridão que combatiam fracamente, projetando todas as outras cores que o hynne conseguia imaginar ao se tocarem. Os pontos de luz começaram a se multiplicar, ocupando cada vez mais espaço, um enxame de vaga-lumes coloridos que aos poucos enchiam o ambiente de luz até que mal houvesse qualquer escuridão.

Mas o hynne não estava mais no pequeno camarim confortável, e sim no que poderia jurar ser o fundo do mar. Sabia ser apenas parte da ilusão e não estranhou conseguir respirar normalmente, e ainda assim não pôde evitar de tocar o próprio corpo algumas vezes para se certificar de que continuava seco. Via cardumes coloridos de peixes nadando pela água à sua frente, assim como criaturas marinhas de muitas pernas que jamais sonhou existir por cada lado. No centro da cena, uma imensa concha aberta, com seu interior brilhante abrigando um grandioso trono de coral e madrepérola. Se houvesse um rei de todas as criaturas dos mares, um escolhido a dedo pelo Grande Oceano, ali eram seus aposentos.

Percebeu então, ao fundo do que outrora fora o camarim, um grande portal de pedra decorado com símbolos desconhecidos. Por um segundo, sua curiosidade o convidou a se levantar e explorar aquele local misterioso, e teria ido não fosse a tentativa de olhar os próprios pés se mostrar infrutífera, como se tivesse se tornado uma presença invisível e incorpórea. De repente, as portas de pedras se abriram com um estrondo e Yubarto adentrou com passadas firmes e elegantes, vestindo uma grande capa de pedrarias brilhantes que lembravam esmeraldas e plumas coloridas das mais diversas aves. Era uma presença quase sobrenatural, uma visão divina que impunha ao mesmo tempo adoração e medo.

— O que está acontecendo aqui? — A voz era agressiva como uma maça e suave como veludo. O fundo do mar se desmanchou em diversos pontinhos de luzes coloridas que se apagaram como fogos de artifício ao morrer, deixando apenas o tritão no meio do salão em suas vestes espalhafatosas. Tudo de volta à banalidade, não fosse um faiscar vivo nos olhos violetas do rapaz.

— Oh, desculpe! Estava mostrando ao baixinho porque sou sua técnica de efeitos especiais — Tirrah respondeu entre risadinhas. — Estou pensando nisso para o espetáculo de hoje. O que acha?

— Parece que você se se superou... mas não deveria gastar suas forças desse jeito aqui no camarim. Ainda mais faltando tão pouco para a apresentação — respondeu em um tom frio e monótono. Não dirigiu o olhar ao novo assistente nem mesmo quando, completamente embasbacado, ele bateu algumas palmas e murmurou algo que poderia ter sido um "incrível".

Fora dos palcos e das magias de ilusão, a aparência de Yubarto era um pouco mais mundana, mas nem por isso menos impactante. A roupa claramente se tratava de uma réplica de segunda mão do que deveriam ser exóticos trajes de luxo e era também um pouco menos alto do que o hynne lembrara, mas os olhos violeta ainda eram difíceis de se evitar mesmo sem o auxílio de magia.

— Chegou algo para mim? — Ele perguntou à sílfide enquanto se servia de uma dose de uma das garrafas de líquidos coloridos, a mão tremendo levemente.

— Aqui no camarim, até agora, nada. Talvez Aillinka ou Fahed tenham recebido algo.

— É... certo. Vou perguntar pra eles, aproveito e vejo se consigo verba para um novo figurino, isso aqui está vergonhoso sem você por perto. — E saiu do camarim.

— E então? Muito diferente do que esperava, baixinho? — A sílfide perguntou.

— Foi maravilhoso — respondeu com olhos arregalados.

— Claro, estou perguntando da minha magia, não da nossa estrela — ela disse rindo. — Yubarto gosta de agir como se fosse um presente mandado diretamente por Tanna-Toh, mas tem um bom coração. Eu acho... — concluindo com uma exagerada expressão pensativa.

— Mas eu tava falando da sua magia, oras! — O hynne sentiu as bochechas queimarem.

A voz de Aillinka invadiu o camarim.

— Tá, tudo bem, ele está vendendo muitos ingressos, mas não podemos sair bancando figurinos sempre que ele acorda de mau humor. — Logo a anã passou pela porta acompanhada de Fahed, com quem discutia. O hynne tinha certeza de que por baixo da barba havia uma carranca.

— Deixe o menino aproveitar enquanto pode! — respondeu o qareen impaciente.

— De novo isso? Eu já disse várias vezes que estamos completamente seguros em Valkaria!

— E é por isso mesmo que você comanda um teatro, não um exército — o qareen deu de ombros. — É muito ingênua. Não tem chance dos puristas não acabarem com a gente sem uma liderança melhor. Quem se acomodar tá condenado.

O hynne sentiu seu rosto se contorcer no que deveria ser uma feia cara de tristeza enquanto via Tirrah desviar o olhar para o lado oposto.

— Nada ainda... — Yubarto entrou no camarim com passos rápidos e serviu-se de outra dose de bebida.

— Ei, maneira nisso aí, não quero ninguém bêbado no meu palco de novo! — A anã disse levantando o indicador.

— A gente poderia aproveitá-lo bêbado e finalmente fazer aquele número de comédia que eu sugeri tantas vezes! — Tirrah disse pensativa, atraindo um olhar de desaprovação de Aillinka.

— Vamos ser realistas: Não tem saída. A Supremacia não vai parar até que estejamos todos mortos. Devíamos aproveitar que sóbrio ou bêbado, Yubarto sempre vende bem, juntar o máximo de dinheiro que conseguirmos e cada um se abrigar como puder! — Fahed disse, a voz cada vez mais elevada. — Francamente... Querem nos matar! Cada um de nós! E vocês preocupados em brincar de faz-de-conta em cima de um palco?! Por que perdem tanto tempo com essa bobagem?

Os olhos de Tirrah voltaram a se umedecer. Aillinka passou a brincar com a própria barba com uma expressão indecifrável. Yubarto olhava para sua nova dose de bebida, ligeiramente trêmulo.

— E... Eu não acho que seja uma bobagem. — O hynne finalmente disse baixinho.

— Como não seria uma bobagem? Do que nos serve isso tudo?! — A voz do qareen era uma mistura de fúria e desespero. Fitou o hynne com seriedade.

— Meu nome é Denko. Vim pra Valkaria fugido quando meu vilarejo foi atacado. Era próximo a Bielefeld — respirou fundo. — Não sei o que houve com meus pais, meus irmãos, tios ou primos. Não sei se meus amigos estão vivos. Até onde sei, os puristas não pouparam ninguém. Eu... — e sentiu a garganta apertar — eu não conseguia dormir ou comer direito desde que isso tudo aconteceu. Não sorria há tanto tempo que nem sabia se meu corpo conseguia mais fazer isso. Minha prima Layrah, que muito bem me acolheu, me convenceu a vir aqui ontem e assistir Yubarto se apresentar — e olhou para o tritão que ainda se concentrava na dose de bebida. — E pela primeira vez desde aquilo tudo, eu fui embora pra casa com um sorriso no rosto! E consegui comer, dormir e sonhar algo que não fosse um pesadelo com minha família e amigos sendo mortos pelos puristas.... Pela primeira vez em meses eu senti que as coisas poderiam ficar bem! — E foi abaixando a própria voz. — E é por isso que vim trabalhar aqui. Queria fazer parte disso. Ajudar as pessoas esquecerem os medos e as preocupações, mesmo que só por alguns instantes, só o suficiente para conseguirem dormir a noite...

Por um instante fugaz, Denko sentiu-se observado por Yubarto. O camarim permaneceu em silêncio e o qareen se retirou revirando os olhos. Tirrah olhou para o hynne e sorriu, enquanto Aillinka ficou por algum tempo parada olhando para o nada, até que balançou a cabeça algumas vezes de um lado para o outro e também deixou o cômodo.

Após alguns minutos, com as atenções voltando-se aos preparativos para o espetáculo, Yubarto e Tirrah pareceram se distrair daquele assunto pavoroso ao discutir concentrados no que em breve aconteceria no palco. Enquanto isso, Denko ia de um lado ao outro tentando ajudá-los a organizar o grande espetáculo como podia. A situação toda era um pouco embaraçosa, já que o tritão apenas gritava ordens no ar, como se uma força invisível estivesse a lhe realizar desejos, enquanto a sílfide as vezes interrompia as discussões sobre a apresentação para perguntar mais sobre a vida pregressa do novo ajudante.

Quando o tritão se sentou na penteadeira para preparar a maquiagem para o palco, a porta do camarim se abriu mais uma vez. Um elfo de aspecto alegre adentrou o recinto com uma carta na mão.

— Fabriss, meu velho amigo! — Yubarto se levantou e foi até o visitante, dando-lhe um abraço.

— Oras, *velho* não! O que vão pensar de mim, Yubarto?! Ainda mais com aquela belezinha que me recebeu! Que mulher incrível! Que barba! Sabe se ela gosta de elfos? — E então arregalou os olhos de forma cômica, sem perceber Denko tossindo engasgado. — Você também, cada vez mais belo!

— Ah, Fabriss! — O tritão revirou os olhos e riu. — Você não toma jeito. Sabe que tipo de notícia tem aqui? — Balançava a carta entre os dedos enquanto perguntava.

— Infelizmente, não. A carta passou por algumas mãos antes de chegar até mim, e não achei por bem abrir antes de você — o elfo deu de ombros. — Mas espero que sejam boas notícias!

Os dois conversaram um pouco sobre as aventuras de Fabriss pelas tavernas do Reinado e as apresentações de Yubarto em Valkaria. Logo, o elfo saiu do camarim para que o amigo voltasse a se preparar, mas não foi exatamente isso o que ocorreu de imediato. O tritão sentou-se na penteadeira olhando para o espelho ao invés de se maquiar, e então para a carta. Levantou-se, serviu-se de mais bebida e andou sem rumo pelo pequeno espaço, até que se sentou novamente, suspirou encarando o envelope e o abriu para pegar a carta.

E a leu.

Os grandes olhos violetas se avermelharam e logo pesadas lágrimas molhavam o papel. O que começou como um choro silencioso logo virou um forte pranto, enquanto os majestosos traços do tritão se contorciam em mundanas e feias expressões de tristeza e dor. A presença agora sem o porte nobre e a elegância que circularam por ali nas últimas horas. E foi nessa hora que Denko reparou nas marcas de expressão de quem tinha o rosto gasto de interpretar, o pouco da maquiagem que fora colocada até aquele momento escorrendo pelos relevos da face.

— Ele morreu, Tirrah! A tropa foi abatida por puristas e ele estava lá! — Disse por entre lágrimas.

A pequena sílfide começou um delicado choro e voou a curta distância entre eles para se sentar no ombro do amigo na tentativa de consolá-lo, um clímax triste para uma apresentação cuja única plateia era Denko. Uma apresentação que ele preferiria não ter assistido.

O tritão tentou secar as lágrimas com as costas das mãos, mas elas não paravam de cair. Tentou respirar fundo algumas vezes para se acalmar, mas sem qualquer efeito. Seu rosto completamente borrado pelos restos da maquiagem que mal tinha começado a aplicar.

— Vamos... vamos, meu amigo. É minha vez de devolver a gentileza de ontem. Você não pode se apresentar assim, sei que Aillinka e o público vão compreender.

O tritão ficou alguns minutos ali, tentando frear o choro, parecendo ponderar as palavras da amiga, que o ajudava a limpar a maquiagem como conseguia com as mãos diminutas. E quando finalmente se levantou para tirar a roupa de espetáculo, seus olhos se encontraram acidentalmente com os de Denko, que viu em Yubarto uma mistura de desespero, dor, medo e confusão.

E então ele parou. As lágrimas deixaram de correr após alguns segundos. E olhou mais uma vez para o hynne. Sua expressão se tornou pensativa. E então sentou-se novamente em frente a penteadeira, secou o rosto e voltou a se maquiar.

— Tem certeza de que vai fazer isso? Todo mundo vai entender se...

O tritão interrompeu a fala preocupada da amiga com um olhar. Com a maquiagem apressada ainda pela metade, deu a ela um sorriso triste.

— Sim, todo mundo entenderia. Mas eles também têm uma guerra pra esquecer.

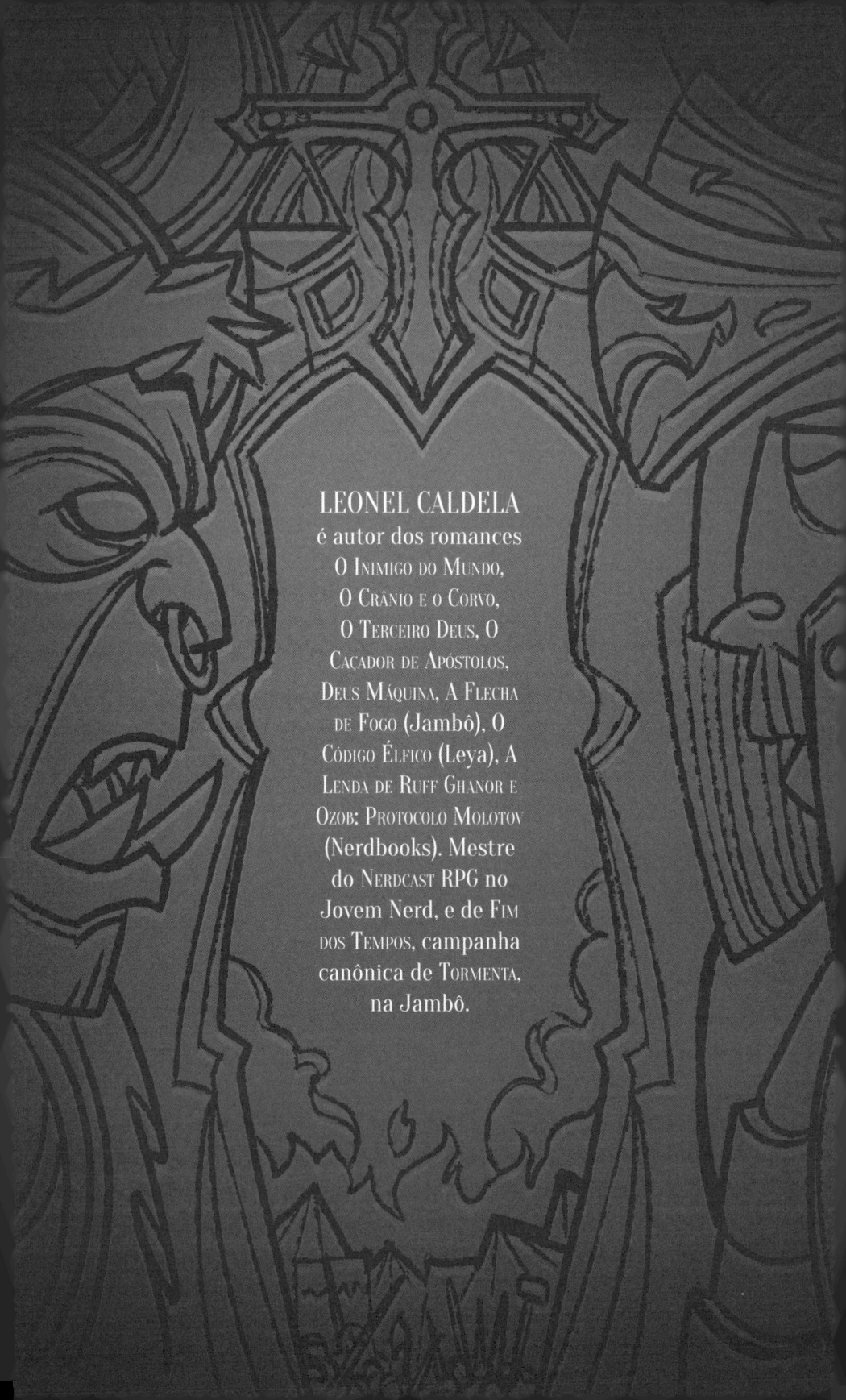

LEONEL CALDELA é autor dos romances O Inimigo do Mundo, O Crânio e o Corvo, O Terceiro Deus, O Caçador de Apóstolos, Deus Máquina, A Flecha de Fogo (Jambô), O Código Élfico (Leya), A Lenda de Ruff Ghanor e Ozob: Protocolo Molotov (Nerdbooks). Mestre do Nerdcast RPG no Jovem Nerd, e de Fim dos Tempos, campanha canônica de Tormenta, na Jambô.

A TRIBO

LEONEL CALDELA

Eu TINHA OITO ANOS QUANDO FUGI. Os cavaleiros me acharam depois de três dias. Eu estava sujo, esfomeado, ferido e principalmente assustado. Tinha visto a tribo pela primeira vez, e queria arrancar os meus próprios olhos. Não conseguia parar de chorar. Aquelas criaturas ficaram na minha memória, e se eu pudesse abrir a cabeça e lavar aquela imagem, faria sem pensar duas vezes. Elas encostaram em mim. Me cheiraram, e uma delas fez uma marca na minha testa com uma tinta vermelha fedorenta. Eu não conseguia parar de chorar. Achei que fossem me matar, mas não mataram. Depois eu desejei que tivessem me matado, porque tive medo da punição que receberia dos cavaleiros, quando eles me arrastaram pelos braços de volta até o castelo.

E depois, quando tudo aconteceu, eu desejei que os cavaleiros tivessem me punido de verdade.

Dizem que o perdão faz parte da bondade de Khalmyr, mas a lição mais dura que eu aprendi em todo esse tempo é que o perdão é egoísta. Se os cavaleiros tivessem me punido com crueldade depois daquela fuga, tudo teria sido diferente. Se tivessem me afogado num riacho ainda bebê, como alguns aldeões queriam. Mas agora é tarde para lamentar, eu não fui punido e não fui afogado, recebi perdão e piedade, e isso colocou tudo em movimento.

Eu estava no meio da floresta quando fui achado. Era final da manhã, o sol estava quente e fritava minha cabeça. Eu não tinha cabelos e os raios que passavam por entre as folhas das árvores queimavam como ferro de marcar. Não sei se tinha mais medo da noite ou do dia. A tribo nunca surgia de dia. Eu devia achar mais seguro, mas a verdade é que eu queria ver a tribo. Queria achá-los, não queria ficar sozinho. Os cavaleiros vieram fazendo barulho com suas armaduras, cortando a folhagem e os galhos das árvores que ficavam no caminho. Senti meu coração batendo mais rápido, até parecer que ia sair pela garganta, e me encolhi. É claro que não funcionou, eles me enxergaram num instante. Tentei não olhar para o buraco sob as raízes imensas de um carvalho cheio de parasitas, por onde as criaturas da tribo saíam. Mas, como toda criança cheia de culpa, eu era tão discreto quanto uma carga de cavalaria. Os dois notaram para onde eu estava olhando.

— Achamos o fujão! — disse o primeiro. Era um homem de bigode farto, cujo sorriso fazia pés de galinha nos cantos de seus olhos.

— O que há ali? — perguntou o outro, apontando o buraco para onde eu tentava não olhar.

Não sei qual deles me ergueu pelo ombro, mas em seguida eu estava de pé. Estava chorando de novo. Tentei esconder a marca vermelha na minha testa.

— São eles? — perguntou um dos cavaleiros. — Eles vêm daquele buraco?

Tentei sair correndo, mas a mão do homem era forte e inflexível, sob a manopla. Ele ainda estava sorrindo. Me puxou e me abraçou como se fosse um tio ou irmão mais velho.

— Não vão pegá-lo, Arthus — disse o cavaleiro. — Orcs só saem à noite.

— Arthus não está com medo de que os orcs o peguem — disse o outro. — Está com medo de que nós os matemos.

Os dois olharam meu corpo magro e sujo. Um deles puxou minha cabeça com gentileza e examinou a marca vermelha.

— Foram os orcs que fizeram isso? Não precisa se envergonhar, Arthus.

— Agora vamos voltar para casa.

E voltamos para casa.

Sem punição.

○

Os Cavaleiros de Khalmyr viviam num castelo no meio das Montanhas Lannestull, um mosteiro fortificado e isolado. O único sinal de civilização por perto era a aldeia de Willen. Se eu fosse uma criança humana, teria sido criado em Willen, por algum aldeão simples, e nada disso teria acontecido. Mas, como eu era um orc, meu destino era o riacho ou o castelo.

Era só no que eu conseguia pensar enquanto os cavaleiros me levavam de volta. Nós passamos ao largo de Willen. Uma aldeã gorda e forte carregava dois baldes cheios d'água, equilibrados numa haste de madeira sobre os ombros. Caminhava na estrada de terra, entre árvores esparsas, de um rio próximo até sua fazenda. Talvez houvesse algo errado com o poço da casa, ou talvez ela quisesse se afastar um pouco da família. O importante é que ela sorriu para os cavaleiros e fez uma mesura como pôde. E eles fizeram mesuras, como bons cavaleiros. Um deles apeou e ajudou-a com os baldes. Aquilo me deixava doente. Pensei em pular da sela e tentar fugir de novo, mas mesmo com oito anos sabia que não podia correr mais que um cavalo. A aldeã disfarçou a desconfiança ao olhar na minha direção. Ela devia achar que uma criança não notaria o desprezo, ainda mais um filhote de orc como eu. Mas eu notava. De alguma forma, era muito mais confortável ser odiado.

Toquei a marca vermelha na testa.

Atravessamos mais outras estradas enlameadas e estreitas, nas quais os cavalos nem podiam passar lado a lado. Era um caminho íngreme, ladeado por árvores altas. De vez em quando, a paisagem se abria numa vista estonteante e eu lembrava de que estávamos no alto das Lannestull. Eu poderia correr para o meio das árvores, os cavalos não iriam me seguir por lá. Mas o cavaleiro se virou na sela e falou para mim:

— Posso confiar em você, não, Arthus? Não preciso amarrá-lo, preciso? Somos amigos. Somos irmãos.

Minhas lágrimas tinham secado, mas eu tinha vontade de chorar de raiva daquele homem. Não tentei fugir de novo. Uma oferta de amizade era muito mais agressiva que uma corda em meus pulsos e tornozelos, eles sabiam jogar sujo com um menino.

As lágrimas voltaram quando avistei o castelo de novo. Era alto, imponente, ficava bem próximo às árvores, no alto de uma escarpa. Era sólido, cinzento e ostentava a balança e espada de Khalmyr em flâmulas que tremulavam ao vento, em estandartes que pendiam das janelas, gravado nos portões que se abriam para nós. Tinha mais torres do que eu conseguia contar. Ali os cavaleiros da Ordem de Khalmyr viviam como monges, numa existência de disciplina, devoção, pobreza e principalmente treinamento.

Passamos pelos portões. Alguns noviços tomaram conta dos cavalos. Os cavaleiros trajados em armaduras ou robes marrons sorriram para mim, me deram boas-vindas de volta. Todos fingiam não ver a marca vermelha.

Foi então que um cavaleiro falou:

— O Grão-Mestre quer ver Arthus em seu santuário.

Senti meu estômago gelar, o frio se espalhando pela minha espinha em direção aos membros.

Um dos cavaleiros que tinham me resgatado me conduziu através do castelo para o santuário. Eu não fazia nenhum barulho, até meus passos estavam silenciosos. Mesmo com oito anos, eu sabia o que aquilo significava. Thallen Devendeer, o Grão-Mestre da Ordem de Khalmyr, não via ninguém, exceto os cavaleiros de mais alto escalão. E mesmo assim, só em casos sérios.

O homem me deixou na porta dos aposentos exteriores. Fiquei lá esperando por uns minutos. Era uma sala vazia, cinzenta, enorme — pelo menos para os meus olhos de criança. Só havia uma mesa de madeira e uma cópia de dois volumes da Norma, o conjunto de regras que regia a vida de todos os cavaleiros. Não sei por que eles me deixaram tanto tempo lá esperando. Não era uma forma de punição. Talvez fosse apenas para o Grão-Mestre Thallen se preparar. Eu me senti muito consciente de minha sujeira, da marca vermelha na minha testa.

Até que a porta se abriu. Quem apareceu do outro lado foi um cavaleiro gorducho, vestido num robe. Nunca devia ter visto uma batalha, embora carregasse uma espada na cintura, como todos. Ele me mandou entrar.

A primeira coisa que me marcou no santuário de Thallen Devendeer foi o cheiro. Era incenso doce, misturado com um odor abafado e desagradável que eu não conseguia descrever. Depois descobri que era o cheiro da velhice. O santuário era tão atopetado de coisas quanto a antessala era vazia. Passei por um corredor e havia estandartes, pinturas, mesinhas com livros, velas meio derretidas, almofadas, armaduras vazias. Tudo empoeirado. Uma vida longa e cheia de memórias estava naquele corredor, talvez a vida mais longa que um humano já tivesse vivido em Arton.

Vi então o fundador e Grão-Mestre da Ordem de Khalmyr, e ele estava entrevado numa cama.

Havia outros cavaleiros-monges cuidando dele. A impressão era que o Grão-Mestre não conseguiria nem respirar por si mesmo. Ele já era tão velho que nem sua barba tinha restado, apenas alguns chumaços brancos, longos e quebradiços, que sumiam entre os lençóis e cobertores. Ele estava meio sentado, meio deitado, com um volume da Norma no colo, um monge virando as páginas para ele. Por baixo das cobertas, vestia uma espécie de manto azul. O quarto era ainda mais cheio de coisas que o corredor: prateleiras repletas de frascos de remédios, bandejas com restos de comida, braseiros de onde saía o cheiro de incenso. Um murmúrio constante vinha de duas cavaleiras-monjas que rezavam em voz baixa num canto.

Thallen Devendeer tentou erguer a mão para mim. Não conseguiu. Um monge o ajudou.

Ele sorriu, assim como os dois que tinham me resgatado sorriram antes. Todos sorriam. Ele já não tinha a maior parte dos dentes.

Fiquei de joelhos e comecei a me arrastar até ele.

— O que está fazendo? — perguntou Thallen Devendeer, com voz fraca. — Por que se ajoelha, jovem Arthus?

— O verdadeiro devoto se prostra diante da grandeza — recitei. — Não sou nada, e reconheço que não sou.

O sorriso dele se desfez. Devia ser estranho ouvir minha voz de criança falando aquelas palavras decoradas.

— Foi Randall que ensinou isso a você, não?

Não respondi.

— Em meu santuário, um noviço não se ajoelha, Arthus. Em meu santuário, todos que podem ficar de pé o fazem, para louvar Khalmyr com vigor e alegria.

Levantei. Fui até ele. Peguei sua mão fria e enrugada.

— Por que fugiu, Arthus?

Não consegui responder.

— Tudo bem, meu jovem. Fique calado se preferir. Khalmyr ouve o que está em seu coração. De qualquer forma, eu sei por que fugiu.

Eu estava de cabeça baixa. Um dos monges segurou meu queixo e fez com que eu erguesse o olhar, para encarar o mestre.

— Você é um orc. Você foi achado em Willen anos atrás, quando ainda era um bebê. Você provavelmente pertencia à tribo de orcs que existe nos subterrâneos da floresta. Você queria ver seu povo. Estou errado?

Ele demorou um tempo enorme para fazer aquele pequeno discurso. Cada palavra saía com dificuldade, em meio a ar demais. Thallen Devendeer teve um acesso de tosse após me perguntar aquilo. Eu esperei que a tosse acabasse. Um monge aproximou um lenço de sua boca, que saiu sujo de catarro e sangue.

Balancei a cabeça negativamente. Ele estava certo.

— Não é errado querer conhecer suas origens, jovem Arthus. E eu tenho grandes esperanças sobre você. Se não tivesse, não teria requisitado que viesse até meu santuário, onde nem mesmo seus professores têm permissão de entrar. Minha esperança é que, no futuro, você seja o elo entre a Ordem de Khalmyr e a tribo.

Era muita coisa para um menino. Fiquei quieto.

— Muitos dizem que devíamos simplesmente matar os orcs. Fazemos isso, quando eles atacam. O último ataque da tribo foi há dois anos. Você lembra?

Eu lembrava. Era uma vida atrás, mas eu lembrava.

— Aconteceu quando eu era pequeno — eu disse.

Thallen Devendeer riu, e isso provocou outro acesso de tosse.

— Nós matamos os orcs, quando precisamos matar. E os orcs nos matam, por suas próprias razões. Talvez também porque precisem. Mas existem orcs bons, Arthus, você é a prova disso.

Fiquei pensando sobre aquilo. De alguma forma, ser um orc bom não me trazia nenhum conforto. Eu me sentia mais sujo do que quando estava encolhido na floresta. Ainda estava aguardando minha punição. Mas, à medida que o velho continuou falando, ficou claro que a punição nunca viria.

— Não posso permitir que fuja de novo, Arthus. Seria irresponsável de minha parte. Você é um noviço, é nosso dever tomar as decisões de adultos por você. Assim como Khalmyr toma as decisões divinas por nós. Você deve ficar no castelo, e rezar e treinar, para que possa se tornar um cavaleiro. Então decidirá se quer ficar conosco ou ser um aventureiro, ou até mesmo ir encontrar sua tribo. Ou se, como eu espero, ser o elo entre nós e eles.

— Sim, mestre.

Ele sorriu. Todos sempre sorriam.

Um monge ajudou Thallen a erguer a mão. Ele tocou em minha testa e me abençoou.

— Vá, jovem Arthus. Vá para seus deveres. E reze. Reze pedindo paciência e sabedoria.

Eu já estava saindo quando ouvi o sussurro que era a voz do Grão-Mestre:

— E tome cuidado com as palavras de Randall. Ele é um bom homem. Mas severo demais. — Thallen adquiriu uma expressão de afeto. — Talvez você consiga amolecer o coração de seu instrutor.

Saí de lá com um nó no estômago. Era mesmo muita coisa para um menino de oito anos com a testa suja.

○

Entrei no quarto de sir Randall Ghast. Estava frio, vazio e escuro, como sempre. Outros tinham medo de entrar lá, mas eu me senti muito mais confortável ali do que no santuário de Thallen Devendeer.

Meu instrutor estava de costas.

— Entre e feche a porta — ele disse.

Obedeci. Fiquei parado, esperando.

— Ouvi dizer que você foi aos aposentos do Grão-Mestre.

— Sim, sir.

— Viu Thallen Devendeer?

— Sim.

— Conversou com ele?

— Sim, sir.

— E o que o fundador dos Cavaleiros de Khalmyr falou para uma criança orc?

Engoli em seco.

— Ele disse que eu devo ficar no castelo até me sagrar cavaleiro. Que só então poderei tomar a decisão de sair ou continuar aqui.

— O que mais?

— Que eu sou um orc bom.

— O que mais?

— Que não devo me ajoelhar.

Ele se virou devagar. Eu havia chegado ao limite de meu instrutor. Não sabia qual daquelas frases seria o estopim, mas alguma seria. Sempre era. Ele me olhou com os olhos escuros, o rosto cheio de cicatrizes. Fez um esgar de nojo.

— Disse que você não deve se ajoelhar?

Não respondi.

— Pegue o chicote.

Ouvir aquelas palavras me trouxe alívio. Era a dureza conhecida de Randall Ghast. Era algo com o que eu sabia lidar. Sir Randall era meu instrutor. Os noviços da Ordem de Khalmyr recebiam um instrutor, um cavaleiro mais velho que tinha a missão de ensinar as bases sobre a cavalaria e o serviço ao Deus da Justiça. Havia outros professores, é claro. Todos os cavaleiros do castelo tinham alguma participação na educação de todos os noviços. Mas a relação entre instrutor e discípulo era íntima, paternal. Quando um noviço avançava, tornava-se escudeiro de seu instrutor, e seguia nesse caminho até que fosse sagrado cavaleiro. Não sei por que Randall fora escolhido como meu instrutor, mas todos tinham medo dele. Eu também tinha, mas era um medo bom.

Randall falava a verdade, ao contrário de Thallen Devendeer. Eu podia não saber quase nada com oito anos, mas sabia daquilo.

O chicote estava escondido por baixo da palha suja que fazia as vezes de cama. A maioria dos cavaleiros dormia em colchões simples. Randall era o único que fazia questão da palha desconfortável, que espetava sua pele e fazia-o se coçar à noite. Ele também não tinha lençóis ou cobertas. Acreditava que não merecia.

Peguei o chicote. Eu precisava segurá-lo com as duas mãos. Não precisei ouvir a ordem de sir Randall para tirar a camisa.

— O que você fez, Arthus?

— Fugi.

— E por que fugiu?

— Porque queria ver a tribo — eu nunca conseguia mentir para meu instrutor. Na verdade, nem queria. Confessar meu pecado era uma espécie de alívio por si só.

— É isso que você é, Arthus. Você é um orc.

— Sim, sir.

— E o que orcs merecem?

— O chicote, sir.

— Comece.

Dei-me a primeira chicotada. Fiz força, o couro estalou e bateu em minhas costas, criando uma trilha que ardia. As feridas da última autoflagelação já tinham cicatrizado. Tudo cicatrizava rápido quando havia a santa magia de cura de Khalmyr envolvida.

— Você quer fugir com eles, Arthus? Quer viver na imundície daquelas criaturas?

— Não sei, sir — respondi com sinceridade. Bati mais uma vez.

— Este castelo é sua última esperança, Arthus. Você pode viver como uma pessoa, com dignidade, se ficar aqui e implorar a Khalmyr para que corrija sua alma sombria. Ou pode se enfiar nos buracos dos orcs, viver na sujeira e morrer cedo. Quem o matar será chamado de herói. É isso que quer?

— Não, sir — mais uma chicotada.

— Khalmyr o odeia, Arthus. Cada manhã em que você acorda, em que não morreu durante o sono, é um desgosto para o Deus da Justiça. Você é a sujeira reunida de tudo que há de errado neste mundo. Khalmyr odeia este mundo, e é por isso que está se afastando de nós. Você é um orc. É a maldade sobre duas pernas.

— Sim, sir — eu já sentia o sangue escorrer quente por minhas costas.

— A vida de um orc não vale nada. Quando um orc morre, ninguém chora. A morte de um dos seus é motivo de piada. Dizem que matar alguém como você é treinamento para aventureiros. Sabia disso? Sua morte, o fim de tudo para você, seria um mero treino para um guerreiro de alguma raça civilizada.

As chicotadas rasgaram minha pele, mas eu não hesitava. Na verdade, não conseguia parar. Aquilo era real. Aquilo não eram os sorrisos dos cavaleiros. Aquela era a verdade.

— Você está sendo punido agora, Arthus?

— Não, sir — eu sabia a resposta. A pergunta era sempre a mesma.

— Então por que está mortificando a própria carne?

— Porque Khalmyr odeia o mundo e somos parte do mundo, sir. Estou pedindo desculpas a Khalmyr.

— Você é um orc sujo — disse meu instrutor.

Então ele deteve meu braço no meio de uma chicotada. Tirou o chicote de minhas mãos. Despiu a própria camisa.

— E eu sou um humano sujo — disse. — Khalmyr nos odeia, Arthus, e precisamos pedir perdão.

Ele bateu em si mesmo, fazendo esgares de dor que beiravam o prazer beatífico.

Nós pedíamos o perdão de Khalmyr, mas Khalmyr não perdoava. Eu me sentia muito mais à vontade com Khalmyr do que com os cavaleiros.

Acho que nem mesmo a magia de cura de um cavaleiro abençoado por Khalmyr é capaz de disfarçar anos e anos de golpes de chicote, porque fiquei com cicatrizes. No início, eu não tinha tanta força, e tinha um certo medo de me ferir, por isso as chicotadas não eram tão doloridas. Mas, enquanto eu adquiria resistência de corpo e mente, conseguia ser mais impiedoso comigo mesmo. Sempre, depois de uma sessão com sir Randall Ghast, ele me curava com sua magia. Mas, quando eu tinha quatorze anos, minhas costas apresentavam uma espécie de desenho bizarro, cheio de linhas cruzadas, as marcas de cicatrizes antigas, que nem mesmo o milagre do Deus da Justiça conseguia apagar.

Meu instrutor sempre ressaltou como o que fazíamos era secreto, deveria ser escondido dos outros cavaleiros. Eles não conheciam a verdade, não entenderiam se a mostrássemos. Eles só conheciam um lado da justiça de Khalmyr. Conheciam o amor, o perdão aos inocentes.

Eles eram ingênuos, não sabiam como Khalmyr odiava os culpados. Fingiam que não éramos todos nós, mortais e pecadores, culpados por macular Arton, de descumprir a justiça perfeita que o deus tinha nos imposto. Por isso, eu evitava tirar a camisa na frente dos outros.

Naquela época eu já era um escudeiro. Carregava os equipamentos de sir Randall quando ele saía em missão pelas redondezas. Escovava seu cavalo, que não tinha nome e era tratado como uma ferramenta, e polia sua armadura. Os escudeiros viviam em volta de seus instrutores, mas havia uma fraternidade entre nós. Garotos e garotas criados juntos, num ambiente exíguo como o castelo, experimentando mais ou menos as mesmas mudanças, sempre adquiriam uma cumplicidade instintiva. Eu era deixado de fora dos jogos secretos dos outros, quando eles se escondiam nos cantos escuros, porque eu era um orc, e nenhum humano ou humana desejaria se esconder num canto escuro com um orc. Com quatorze anos, eu já tinha a altura de alguns cavaleiros adultos, minha musculatura era inchada e invejável. A sensação era de que meu corpo era grande demais, não condizia comigo mesmo.

Os escudeiros tinham todos escapado do castelo enquanto os cavaleiros estavam em alguma reunião. Deveríamos estar treinando, mesmo sem supervisão dos instrutores, mas era um dia quente de verão, e ninguém mais aguentava trocar golpes com espadas de madeira. Era fácil escapar dos cavaleiros-monges, então todos foram para um lago pequeno, mas fundo, que havia atrás do castelo, entre a floresta e alguns barrancos.

Dessa vez fui avisado. Quando cheguei lá, já havia sete outros garotos e garotas. Tirei minhas botas, mas fiquei com as calças e principalmente a camisa. Entrei na água lodosa.

Os outros escudeiros permaneceram me olhando. Nenhum deles vestia camisa. Eu fazia força para nadar, tinha dificuldade.

— Qual é o problema, Arthus? — perguntou uma escudeira. — Nunca aprendeu a nadar?

Eu tentei responder, mas estava muito ocupado mantendo a boca e o nariz acima d'água.

— É porque ele é orc — disse um dos rapazes. — Orcs não nadam porque são muito pesados. Só ficam enfiados debaixo da terra.

Alguns riram, outros protestaram. Eles eram meus amigos. Pelo menos alguns. Acho que um ou dois nem me viam como orc, só como mais um escudeiro.

— Nadar é difícil — eu disse, ofegante, me segurando num galho baixo para conseguir algum apoio. — Mas sou mais forte que qualquer um de vocês.

Eles riram de novo, eu ri. Nadaram à minha volta e jogaram água em mim.

— Por que você está de camisa? — perguntou uma das meninas.

E um escudeiro completou, com um comentário que me fez ficar corado:

— Se eu fosse forte como você, nunca usaria camisa, Arthus.

Eu dei uma risada boba, mas alguém explicou o que eu mesmo não queria falar:

— Deve ser uma das ordens malucas de sir Randall. Ele é um fanático. Não deve querer que Arthus tire a camisa. É isso, Arthus?

Fiquei mudo, o que era confirmação suficiente. Havia uma razão, mas melhor deixar eles pensarem que era só mais uma das diretrizes sem sentido do meu instrutor.

— Como é servir a ele? — perguntou a primeira menina. — Ele é mesmo um fanático?

Todos ficaram quietos, esperando a minha resposta.

— Sir Randall é bom — eu disse. — Ele me ensina o que preciso saber.

— E o que é isso?

— Lutar, cuidar dos cavalos...

— Bobagem. Todos nós aprendemos isso. Sir Randall é diferente. Se você disse que ele ensina o que você precisa saber, seu treinamento deve ser diferente.

Fiquei sério. Não sabia o que falar.

— Sir Randall me ensina sobre Khalmyr.

— Todos nós...

— Não, vocês não aprendem sobre Khalmyr. Não o Khalmyr verdadeiro. Existe uma face de Khalmyr que poucos conhecem.

Todos eles ficaram interessados. Eu me arrependi de ter falado aquilo na mesma hora. Estava chegando muito perto de revelar o segredo. Era difícil ter quatorze anos, querer impressionar meus colegas e manter a boca fechada.

— Como é o Khalmyr verdadeiro? — perguntou a menina que estava falando mais do que todos.

— Vocês não acham estranho que somos treinados para lutar, mas quase ninguém luta neste castelo? — provoquei. — Os cavaleiros saem em aventuras. Mas por aqui ninguém caça monstros antes que ataquem a aldeia. Ninguém procura bandoleiros nas estradas.

— Khalmyr quer que ataquemos pessoas e criaturas antes que façam qualquer mal? Você está louco!

— O que vale mais? — insisti. — A vida de um aldeão que planta e colhe, paga impostos e ajuda a Ordem de Khalmyr? Ou a vida de um monstro selvagem, mesmo que ainda não tenha nos atacado? Porque um dos dois vai morrer! Mas os cavaleiros acham que deveríamos esperar o aldeão morrer, para então poder matar o monstro. Não faz sentido!

Um dos garotos tinha ficado para trás, enquanto os outros circulavam ao meu redor. Foi a voz dele que cortou a torrente de objeções que todos lançavam:

— Temos uma tribo de orcs por perto — ele disse. — Talvez alguém devesse fazer algo a respeito.

Silêncio. Uma das meninas mandou que ele calasse a boca. Eu sustentei o olhar do rapaz. Ele se aproximou lentamente, nadando com facilidade.

— Os orcs são assassinos — ele disse. — Não sabemos quantos aldeões eles já mataram. O problema poderia acabar de uma só vez.

— Quem é você para decidir quem vive e quem morre? — a garota falou com raiva meio estridente.

— Eu sou um humano.

Continuei sustentando o olhar dele. Meu coração batia forte. Senti uma dor fantasma nas cicatrizes acumuladas. Ele falava em chacinar a tribo de onde eu vinha. A tribo que, anos antes, eu vira durante minha fuga. A tribo que me examinara com atenção e me presenteara com uma marca vermelha na testa.

Eu queria ouvir aquilo.

Meu coração estava acelerado porque eu sabia que, no fundo, o escudeiro falava a verdade. Ele era um humano. Um humano que poderia ser qualquer coisa, enquanto eu era um orc que fora criado para ser maligno. Sir Randall dizia ser um humano imundo, que todos os humanos eram imundos, mas os humanos eram cavaleiros e aldeões. Os orcs eram uma tribo de assassinos.

— Ouvi dizer que Arthus quase foi afogado no riacho quando era bebê — o rapaz manteve a barragem de provocações. — Se isso tivesse acontecido, quem puniria o culpado? Quem chamaria de crime matar um filhote de orc? Matar um bebê humano, isso sim é um crime imperdoável. Mas livrar o mundo de uma cria do mal?

— Quem vai se afogar agora é você, desgraçado! — gritou a garota.

Ela se jogou sobre o escudeiro. Empurrou sua cabeça para baixo. Ele se debateu e se desvencilhou. Nisso, minha defensora tinha apanhado um galho que estava flutuando pela água marrom, e acertou o lado da cabeça do garoto com um golpe lento, circular, encharcado.

Eu não entendia por que ela tinha tomado para si o dever de lutar por minha honra. Momentos antes, eu mesmo estivera defendendo o extermínio de monstros. Eu sabia que Khalmyr me odiava. E certamente odiava também aquele garoto, que se achava tão superior apenas por ser humano.

Foi naquele momento, naquele lago, seguro a um galho baixo, que eu entendi o que sir Randall Ghast queria me ensinar.

Entendi de verdade. O mundo era como o lago. Havia crias do mal, como eu. E havia humanos orgulhosos, como ele. E havia humanos idiotas, que achavam que o amor podia superar a justiça e a punição, como a garota que me defendia. O lago só estaria perfeito de novo se suas águas estivessem plácidas, livres daquela coleção de pecadores. Se o lago de repente nos engolisse a todos, ele seria perfeito mais uma vez.

Se sumíssemos todos, o mundo seria perfeito. Seria ordeiro. Khalmyr estaria satisfeito.

Meus músculos chegaram a estremecer com a ideia. Mesmo sem saber nadar, eu podia pelo menos chegar até os dois. Podia empurrá-los para baixo. Podia segurá-los até que parassem de se mexer.

Eu podia tornar o lago perfeito e mostrar minha obra a sir Randall Ghast.

Quando eu pensei em meu instrutor, a voz dele cortou a floresta, e sua manzorra enfiada numa manopla segurou-me pela nuca.

— O que você está fazendo, Arthus?

Sua voz era de calma total, por isso gelei. Eu estava perto da margem e o cavaleiro tinha se esticado para me segurar. A força que ele fazia em minha nuca fez com que eu grunhisse de dor. Os outros escudeiros nadaram para longe, subiram de forma atabalhoada nas margens e correram, alguns se preocupando em pegar suas roupas. Eles estavam apavorados, mas eu sabia que não seriam punidos. Os instrutores deles acreditavam no perdão. Acreditavam que jovens nadando no lago não estavam cometendo nenhum grande pecado.

Randall Ghast sabia da verdade.

Ele me soltou. Fiz menção de tentar nadar até a margem, segurando-me no galho, batendo os pés como um cachorro, tentando manter a cabeça acima da água.

Meu instrutor me jogou uma pedra. Acertou minha testa. Senti uma dor aguda, misturada com uma espécie de coceira enervante, então o calor do sangue escorrendo em meu supercílio.

— Sir, o que está...

Mais uma pedra. Me acertou bem no meio da cara, com força. Senti meu nariz quebrar, meus olhos se encheram de lágrimas. Por instinto, soltei o galho, levando as mãos ao rosto. No mesmo instante, comecei a afundar. Bati as pernas desesperado e, em meio à dor, engoli água.

Uma percepção nauseante me dominou. Eu tinha cometido pecados demais. Assim como eu, sir Randall chegara à conclusão de que o lago seria perfeito sem ninguém para macular sua mansidão. Era naquele momento que eu iria morrer, aos quatorze anos, afogado, porque minha raça não conseguia nadar direito.

Minha cabeça ficou toda submersa. No meio da dor e do nariz cheio de sangue e muco, não consegui me preparar com uma inspiração funda. Comecei a sufocar.

Bati os braços, enlouquecido, engolindo mais água. Abri os olhos na água lamacenta, tentando enxergar algo, mas era tudo breu, sem ar, tudo uma vastidão gelada.

Consegui colocar a cabeça para fora d'água, enchendo os pulmões. Minhas mãos procuraram o galho, mas sir Randall atirou outra pedra, dessa vez só atingindo a água perto de mim.

— Vou morrer, sir?

Afundei de novo.

Quando emergi, não consegui encher tanto os pulmões. Randall Ghast estava com uma pedra na mão.

— Este é o desejo de Khalmyr? Que eu...

Fui interrompido quando submergi mais uma vez. Já não estava mais sentindo frio. Tudo que eu conseguia sentir era a ardência dos pulmões, o estômago embrulhado por ter engolido tanta água lodosa e uma paz estranha. O pior estava acontecendo, eu não precisaria mais temer. Eu nunca mais veria a tribo, não precisaria me preocupar se eu era um orc bom.

Um orc bom era um orc morto.

Emergi de novo, mas dessa vez não tinha tanta sofreguidão para respirar. O ar entrou pela minha boca aberta e era doce, mas era como uma sobremesa, não como algo que me manteria vivo. Era bom ter algum alívio momentâneo, mas eu sabia que não duraria muito. Bastava submergir mais uma vez.

Então ouvi a voz de meu instrutor:

— Prove que você é diferente.

Quis gritar. Era fácil morrer, mas era difícil cumprir uma tarefa como aquela. Ouvi sua voz abafada, misturada com meu próprio gorgolejar, enquanto descia mais uma vez. Mas agora eu já não estava mais em paz, tentava subir de novo, porque tinha uma missão.

— Thallen Devendeer disse que orcs podem ser bons — falou Randall Ghast, com toda a calma de Khalmyr, com a pedra na mão. — Disse que vocês podem mudar. Prove isso. Nade até a outra margem.

Acho que meus olhos se encheram de lágrimas, mas não tenho certeza, por causa do sangue e da água. Tentei jogar os braços para a frente, como vira os outros escudeiros fazendo, mas algo dentro de mim puxava para baixo. Era meu próprio peso, a densidade de meus ossos, minha natureza orc. Os outros conseguiam boiar, ficar deitados em plena água, e mexer os pés com facilidade, impulsionando-se para a frente. Eu fiz isso e acabei de cabeça para baixo dentro d'água, perdi a noção do que era em cima ou embaixo. Tentei nadar para qualquer lado, meus pulmões já queimavam de novo. Eu maldisse sir Randall Ghast, que me roubara a placidez da morte. Era fácil ser só um orc sujo, agradar Khalmyr somente desistindo. Era difícil nadar até a outra margem. Notei que estava indo mais para o fundo. Um instinto dentro de mim fez com que eu tentasse inspirar, mesmo estando submerso, e a água do lago queimou minhas vias aéreas. Escolhi outro lado, agitei os braços, enredei-me em alguma coisa. Talvez fossem algas. Eram nojentas e moles, prenderam-se em meus pulsos. Eu não conseguia mais avançar para lugar algum.

— Prove que você é diferente — pensei ter ouvido meu instrutor dizer.

Imagens se misturaram na minha cabeça, e eu pensei na tribo. Tantos anos antes, eu vira os membros da tribo. Recebera uma marca vermelha.

Eles eram orcs malignos, que tinham me cheirado, me tocado e me marcado.

Meu instrutor era um cavaleiro bondoso, que me jogara pedras.

Eu rezei. Quero dizer que rezei para Khalmyr, mas naquele momento eu não podia pedir nada a Khalmyr. Estava naquela situação para me provar a ele. Então só rezei, não sei quem ouviu.

De repente, dei um repuxão no braço e as algas se romperam. Eu estava livre, mas ainda não sabia para onde deveria nadar. Ainda precisava lidar com o peso de meu próprio corpo.

Toquei no fundo do lago com os dedos. Eu já não sabia se estava ou não respirando. Empurrei o fundo, com os pulmões em chamas. Girei, descontrolado, mas senti que havia menos resistência para uma certa direção. Chutei às cegas, até atingir o fundo, e usei-o para me impulsionar. Então movi os braços.

Senti-me ficar mais leve, achei que fosse a inconsciência chegando. Mas, sem deixar que o desespero me impedisse de me mover, continuei empurrando a água para baixo, puxando meu corpo pesado. Vi uma luz, achei que fosse Khalmyr. Achei que fosse a morte.

Emergi, a luz se transformou no sol, vi o céu azul pontilhado de brilhos vermelhos que só existiam nos meus olhos. Enchi os pulmões com uma espécie de rugido de vitória. Não vi meu instrutor ou qualquer coisa atrás de mim, só a margem aonde eu deveria chegar.

Movi um braço.

Depois o outro.

E nadei.

Cheguei à margem e subi com dificuldade. Fiquei em terra firme, ofegando, deixando a água escorrer por meu corpo. Vomitei.

Ergui a cabeça para ver sir Randall caminhando para perto de mim. Ele deixou a pedra cair.

— Achei que você fosse morrer, Arthus.

Então, por um instante, eu deixei de ser um orc maligno ou um escudeiro da Ordem de Khalmyr e fui um garoto de quatorze anos. Um soluço chegou a minha garganta. O medo me atingiu todo de uma vez. Engasguei algumas vezes, mas engoli o choro.

— Você iria matar seu próprio pupilo?

— Eu não iria matar ninguém hoje. Mas, se um pecador resolve nadar sem saber como, ele não deve chorar quando é tragado pela água. É isso que os pecadores fazem. Metem-se em situações das quais não sabem sair, então esperam que cavaleiros ou deuses os ajudem.

Então ele abriu um sorriso.

— Mas você foi diferente hoje, Arthus. Você foi diferente dos outros orcs. Talvez ainda consigamos fazer de você um bom cavaleiro.

Uma torrente de pensamentos se avolumou dentro de mim. Minha epifania sobre o lago plácido. A ingenuidade da garota que me defendera. Eu havia pedido ajuda a um deus, e sido atendido. Mas só o que falei foi:

— Sim, você iria matar hoje. Iria me matar. Eu saberia sair da situação na qual entrei, se não fossem suas pedradas.

Sir Randall Ghast manteve o olhar fixo em mim:

— O dia em que não puder matar nem mesmo um escudeiro será o dia em que não serei mais um instrutor.

Ele deu as costas e falou:

— Você provou seu valor, Arthus. Prepare-se. Vamos numa missão juntos.

Eu estava de novo frente a frente a Thallen Devendeer.

A maioria dos cavaleiros nunca tinha a honra de ver o Grão-Mestre da Ordem uma única vez. Eu era só um escudeiro. É claro que era por causa de sir Randall.

— O que aconteceu no lago, Arthus? — o venerável perguntou com voz sussurrada.

Olhei para baixo. Eu não tinha mais feridas na testa e no rosto, é claro. A magia de cura de meu instrutor se encarregara disso. O Grão-Mestre dependia da minha palavra.

— Eu estava evitando o trabalho, sir. Estava me divertindo com os outros escudeiros. Fui apanhado por sir Randall.

— Então o que aconteceu?

— Ele foi duro comigo. Disse que Khalmyr odiava a preguiça e a indolência. Prometeu que iria me castigar.

Eu não tinha pensado em nada daquilo de antemão. As mentiras vieram com uma naturalidade impressionante. Thallen Devendeer continuou me fitando, com seus olhos quase apagados. Um cavaleiro-monge perto dele estava muito nervoso, porque o Grão-Mestre não tinha comido quase nada naquele dia. O maior dos cavaleiros de Khalmyr tinha dificuldades para engolir e digerir.

— Você sabe, Arthus... — ele deixou a frase no ar por longos instantes, como se estivesse caçando as palavras certas. — Você não precisa ter medo de seu instrutor. Respeito, sempre. E medo das punições, como os outros escudeiros. Mas nunca precisa temê-lo de verdade.

— Eu sei, sir.

Eu mentia e Thallen Devendeer mentia. O castelo da Ordem de Khalmyr não passava de um antro de mentiras. Ele falava nas punições que os outros cavaleiros impunham, mas isso era mentira. Nunca havia punições reais. Eu fugira, com oito anos, e não fora punido, e entrara na voragem que me levaria aos eventos que acabaram acontecendo. Os escudeiros nunca eram punidos. Mas o Grão-Mestre gostava de viver naquela fantasia boba, de pensar que havia consequências para as ações e que não estava criando uma geração de fracos molengas. Ele fingia não ver o quanto Khalmyr nos odiava. Era mais fácil acreditar que o chicote não era a única coisa que agradava ao Deus da Justiça.

— Por que eu teria medo de sir Randall? — arrisquei.

Thallen Devendeer deu um suspiro longo, que se transformou em acesso de tosse.

— Você sabe que seu instrutor é um homem inflexível. Há quem diga que ele é cruel. Mas continua a ser abençoado por Khalmyr, e não devemos questionar o Deus da Justiça. Eu acredito que Randall Ghast seja um bom homem. Eu mesmo decidi que ele seria seu instrutor. Se desejávamos ter um orc cavaleiro, para que fosse a ponte entre o castelo e a tribo, este indivíduo tão especial precisaria receber treinamento também especial. Precisaria aprender disciplina. E, que Khalmyr me perdoe, eu achei que a brutalidade de Randall fosse se encaixar com sua natureza orc, Arthus.

— Pois o Grão-Mestre tinha razão. Sir Randall é o instrutor perfeito para mim.

Silêncio.

— Nunca ocorreu nada... Estranho durante seu treinamento, jovem Arthus?

Senti as dores fantasmas nas costas, a lembrança do nariz quebrado e do sangue no supercílio.

— Nada, sir.

— A sabedoria de Khalmyr é infinita, ele é o juiz supremo. Não farei nada contra Randall enquanto ele for abençoado. Mas se ele maltratasse um escudeiro...

Senti nojo daquele velho. Randall Ghast falara, com todas as letras, que já tinha matado escudeiros. Que considerava a morte de escudeiros fracos essencial. Mas o Grão-Mestre escolhia não ver. Quantos escudeiros estariam enterrados nas cercanias do castelo, vítimas de "acidentes" ou "doenças misteriosas"? Quem quisesse poderia enxergar a verdade. Mas era mais fácil sorrir, fingir que estava tudo bem, deixar que a tribo matasse aldeões, acreditar no perdão, deixar de punir uma criança orc fujona ou um cavaleiro assassino.

Era por isso que só Randall Ghast, em todo aquele castelo, tinha a fortitude moral para comandar os Cavaleiros de Khalmyr.

— Ter sir Randall como instrutor é uma bênção — eu disse.

E não era mentira.

Saímos no meio da noite. Apenas sir Randall e eu. Minhas pernas estavam bambas de nervosismo. Meu instrutor não usava armadura, apenas uma túnica negra. Seus músculos eram ainda mais visíveis através daquela cobertura fina. Nós tínhamos escondido a armadura de sir Randall peça por peça sob uma raiz nas semanas anteriores. Ele conseguira uma armadura para mim, uma camisa de cota de malha e manoplas reforçadas, um gorjal resistente. Tudo estava escondido.

Saímos como ladrões, sem cavalos. As sentinelas pelo castelo não viram nada. Os cavaleiros precisavam de luz para enxergar, mas minha visão de orc permitia que eu manobrasse no escuro com perfeição, guiando meu instrutor e transformando nós dois em sombras indistinguíveis. Minhas pernas estavam bambas e meu coração batia no fundo da garganta, mas conseguimos passar despercebidos.

Avançamos pela floresta, seguindo marcações que tínhamos colocado no lugar ao longo daquele tempo de preparação. Chegamos à tal raiz e encontramos nosso equipamento todo ali. Além das armaduras, algumas provisões e bandagens. Mas nenhuma arma. Nós dois carregávamos nossas espadas na cintura. Um ditado dos Cavaleiros de Khalmyr dizia: "minha vida é minha espada e minha espada é minha vida". Eu recebera a espada quando me tornara um escudeiro, e esperava-se que a mantivesse comigo pelo resto de meus dias, ainda que a trocasse por uma lâmina especial ou abençoada em algum momento.

— Já sabe o que vamos fazer? — sir Randall perguntou.

Eu sabia. Ou ao menos achava que sabia. Mas na hora fiquei com medo de dizer, então balancei a cabeça negativamente.

— Você vai se tornar um guerreiro, Arthus. Hoje vai matar seu primeiro orc.

Ele testou a espada na bainha, verificou que podia ser sacada com facilidade. Abriu um sorriso largo.

— Se tudo der certo, vai matar vários orcs.

Eu não sentia nada sobre aquilo. Eu soubera, desde que ele tinha dito que eu era mesmo diferente, ainda no lago, que minha primeira morte não estaria longe. Randall Ghast achava que matar um orc era um ritual de iniciação. Nenhuma iniciação melhor para mim, um orc criado num castelo, do que matar a tribo.

Terminei de vestir a armadura. Eu ainda não estava totalmente acostumado com usar tanto metal sobre o corpo. O gorjal me sufocava, eu abri e fechei as mãos inúmeras vezes para testar as manoplas. Segurei o cabo da espada e puxei-a da bainha, mas deixei que caísse. Era difícil manter uma pegada firme sem sentir o cabo encostando nos dedos.

— Vamos — chamou meu instrutor, embrenhando-se na floresta.

Eu enxergava no escuro, mas agora era ele que guiava. Talvez fosse a bênção de Khalmyr ou apenas um faro para a matança, mas ele não hesitava ao se dirigir para onde estariam suas vítimas.

Depois de pouco mais de uma hora, deteve-se. Ficou bem quieto e fez sinal para que eu o imitasse. Sorriu e fungou o ar.

— Está sentindo, Arthus? Cheiro de orc.

Tentei sentir alguma coisa.

— Não você, é claro. Você é diferente.

Nós dois nos abaixamos, ficando escondidos atrás de uma árvore torta, que crescia quase na horizontal. Meu instrutor apontou uma área negra, vazia, uns dez metros à frente. Não havia nada lá, mas não questionei.

Cerca de um minuto depois, três figuras apareceram, movendo-se devagar, examinando as árvores e folhagens.

Eram orcs.

Dois não deviam ser maiores que eu. Também não pareciam muito fortes, embora suas mandíbulas fossem enormes e grandes presas se projetassem de baixo para cima. O terceiro era bem pequeno.

Randall Ghast fez sinal de silêncio, com o dedo indicador sobre os lábios e uma expressão de deleite no rosto. Segurou o cabo da espada e puxou-a lentamente da bainha, para que não fizesse barulho. Eu fiz o mesmo, mas estava tremendo. Nós dois podíamos ver os orcs, mas eles não nos enxergavam. Estavam distraídos, procurando algo. O menor se abaixou e começou a colocar alguma coisa que catava das folhagens dentro de uma sacola. Deviam ser frutinhas ou fungos. Um dos outros achou a carcaça semidevorada de algum animal e, com a ajuda do terceiro, começou a amarrá-la às costas.

Sir Randall fez o sinal do número três com os dedos. Então dois. Um. E saltamos de nosso esconderijo.

— Khalmyr! — gritou Randall Ghast. — Khalmyr!

Eu dei um grito sem palavras, um urro visceral, brandindo a espada por cima de minha cabeça. Meu instrutor usava armadura muito mais pesada, mas foi bem mais rápido do que eu. Ele chegou num instante, chutou o peito do orc que amarrava a carcaça ao outro. Ele caiu para trás. No meio da confusão, vi um par de seios murchos. Era uma mulher.

— Mande-o para o inferno, Arthus!

Eu continuei gritando. Corri em direção ao outro orc, que tinha a carcaça amarrada às costas. Ele estava desequilibrado. Na verdade, ela. É claro que era uma mulher. Ela colocou a mão no meio de seus trapos, para puxar algo. Gritei mais alto, num frenesi de medo e luxúria de combate. Ela estava puxando uma arma. Era uma orc, uma criatura maligna, que Khalmyr odiava, e estava puxando uma arma para mim.

Cheguei à orc com um salto e cravei minha espada em seu peito, num golpe desajeitado de cima para baixo.

A ponta perfurou o esterno com um estalo enojante, então penetrou na carne. De alguma forma, eu achava que não haveria tanta resistência, mas também me surpreendi com minha própria força. Enquanto a lâmina se enterrava no peito da orc, ela olhou em meus olhos. Viu um orc, como ela, e não entendeu. Estava morrendo sem entender. Eu notei que ela tinha uma marca vermelha na testa, como eu tivera aos oito anos. Ela terminou de puxar a arma de seus trapos, e não era uma arma.

Era uma espécie de flauta tosca.

— Belo golpe, Arthus! — riu sir Randall. — Ela ia dar o alarme!

Eu desci com a orc, enquanto ela caía e morria. Fiquei olhando em seus olhos. Um grito estridente cortou o ar ao meu lado, mas eu só tinha atenção para minha primeira vítima. Eu era um guerreiro, eu tinha matado um orc. Ela tinha a marca vermelha na testa. Fiquei por cima de seu corpo, meio ajoelhado, com a espada enterrada em sua carne. Vi quando seus olhos perderam a luz, quando sua mandíbula pendeu.

Olhei para o lado e vi que a criança orc pulava para cima de mim, com as mãozinhas em garra.

Sir Randall Ghast interrompeu o salto com um golpe enorme de sua espada, cortando o corpo do garoto no meio. Suas vísceras se espalharam. Parte de seu cadáver caiu perto de mim, eu vi que ele tinha a marca vermelha.

Então gritaria ao longe.

— Eles estão vindo, Arthus! — entusiasmou-se meu instrutor. — Os orcs guerreiros! Quer matar mais?

Ergui-me. Puxei a espada do corpo da orc, mas a lâmina não queria se desgrudar. Até que, fazendo força, torcendo a arma, consegui recuperá-la. Olhei sir Randall nos olhos, o sangue de criança tingindo seu rosto. Eu tinha minha resposta.

— Vamos matar, sir! Estes não contam. Ainda tinham na testa a marca vermelha dos inofensivos.

○

Chegamos no castelo sem ninguém nos notar. Eu estava ensanguentado, exausto. Meu fôlego não voltara ainda, eu me esforçava para não fazer muito barulho ao respirar, mas meus pulmões não conseguiam se encher por completo. Meus braços estavam tão cansados de brandir a espada que eu não conseguia mais erguê-los. Minhas pernas estavam exauridas e os músculos se contraíam involuntariamente de tempos em tempos. Eu estava trêmulo de alegria, numa espécie de êxtase. Cenas do combate repassavam em minha memória, eu repetia para mim mesmo de novo e de novo os melhores golpes. Eu tinha matado meu primeiro orc. Eu tinha matado quatro orcs ao todo.

Sir Randall me levou até seu quarto. Tínhamos deixado nossos equipamentos sob a mesma raiz enorme, só carregávamos nossas espadas. Ao longo dos próximos dias, iríamos recuperar tudo aquilo, peça por peça, assim como as tínhamos levado para o esconderijo.

Meu instrutor fechou a porta e acendeu um lampião. A missão fora um sucesso. Estávamos de volta ao castelo. Vi seu rosto sujo de sangue e abri um sorriso enorme.

— Pegue o chicote — disse Randall Ghast.

Meu rosto caiu, o sorriso se desfez. Comecei a balbuciar.

— Obedeça, escudeiro.

Fui até sua cama de palha, retirei o açoite. Segurei-o nas mãos, já controlando o choro. Ele era surpreendentemente leve, depois que eu tinha manuseado a espada por tanto tempo. Eu não entendia. Nada fazia sentido. Tirei a camisa.

— Comece.

Dei-me a primeira chicotada. O couro fez barulho em minhas costas. Era difícil, os braços estavam exaustos, não faziam força suficiente.

— Mais forte!

A segunda foi melhor, e a terceira melhor ainda. O estalar do chicote, a ardência familiar, me trouxe de volta ao mundo real, ao ódio de Khalmyr. Eu não conseguia mais evitar que as lágrimas escorressem.

Sir Randall não gostava que eu questionasse. Mas eu precisei perguntar, mesmo que isso acarretasse uma punição pior.

— Por quê?

Ele manteve os olhos nos meus. Não consegui desviar. Mais uma chicotada. Seu rosto não transparecia nada além de desprezo puro.

— Você mentiu. Você traiu a Norma dos cavaleiros. Você saiu do castelo sem permissão, usou de métodos escusos. Você se escondeu nas trevas, como um bandido qualquer.

— Eu fiz o que você mandou!

— Acha que meu julgamento é superior ao de Khalmyr? Irá obedecer a qualquer homem que lhe dê uma ordem, mesmo indo contra o ensinamento do Deus da Justiça?

— Mas eles eram orcs...

— E Khalmyr os odiava. Khalmyr também odeia você, Arthus.

Ele tirou o chicote de minhas mãos. Aplicou o primeiro golpe a si mesmo.

— Ele odeia a todos nós.

A única solução era o lago plácido.

○

Fui dormir com as costas em carne viva. Por alguma razão, a magia de cura de meu instrutor não funcionou naquela noite. Ele rezou a Khalmyr e não foi atendido. Segurou-me pelos ombros, olhou em meus olhos e falou que eu deveria esconder aqueles ferimentos. Explicou que estávamos fazendo o maior sacrifício pelo Deus da Justiça, abrindo mão de sua própria bênção para fazer seu trabalho.

Eu e meu mestre, apenas nós dois sozinhos, éramos as ferramentas do ódio de Khalmyr.

Caí na cama, pensando que estaria ferido e frenético demais para dormir, mas a exaustão tomou conta de mim em seguida. Só tive tempo de tirar os lençóis e o travesseiro, para dormir na palha nua, e fui tomado pela inconsciência quando me deixei cair.

Não sei quanto tempo se passou. Ainda não estava claro quando acordei com batidas fortes em minha porta. Comecei a abrir os olhos e vi um cavaleiro-monge surgir em meu catre, gritando.

— Alarme! Alarme! Pegue sua espada, estamos sob ataque!

Eu me levantei de um salto, mas minhas costas estavam duras de sangue seco e feridas. Grunhi e caí de joelhos no chão. O monge me olhou assustado, fez menção de ir até mim para me socorrer, mas afastei-o com um safanão. Fiquei de pé nas pernas cansadas, achei minha espada perto de meu baú, tirei-a da bainha. Ainda estava suja.

— Vá com os outros escudeiros! — ordenou o monge. — Corra, os orcs estão aqui!

É claro que estavam.

Saí de meu catre para ouvir e enxergar o caos nos corredores. Cavaleiros desciam as escadas, alguns de armadura, outros com apenas calças e túnicas. As trombetas das sentinelas soavam de novo e de novo. Tudo era iluminado pela luz bruxuleante de archotes e lampiões, eu não conseguia discernir os rostos, todos estavam distorcidos pelas sombras. E havia rugidos, o clangor de espadas e machados. O combate já estava dentro do castelo.

Corri na direção da Torre das Crianças, onde todos os escudeiros, pajens e noviços deveriam ficar em caso de emergência. Eu ia no fluxo contrário da maioria dos cavaleiros. Seus corpos eram tão grandes quanto o meu, os corredores eram apertados, eu tinha dificuldade para passar. Meus ferimentos gritavam a cada vez que eu precisava me espremer contra a multidão.

Vi-me frente a frente com sir Randall. Ele trajava um tabardo azul claro, tinha espada e escudo nas mãos. Parou por um instante na minha frente. Olhou-me com severidade plena. Não falou nada, e nem precisava. Dentro de todo aquele castelo, apenas nós dois sabíamos o que estava acontecendo, por que a tribo ficara tão ousada e tão raivosa.

— Eles estão entrando no forte interno! — ouvi alguém gritar, e foi a última coisa que ouvi antes de chegar à torre e fechar a porta do salão atrás de mim.

Meus tornozelos falharam de exaustão. Caí ao chegar a meu destino. Fiquei sobre as mãos e joelhos e logo vi que alguém vinha me amparar. Era a mesma garota que defendera minha honra no lago. Fui o último a chegar, todos já estavam lá. Os escudeiros, cujos nomes e rostos eram para mim tão familiares quanto os de irmãos, e os pajens e noviços. Eram bem mais novos, estavam apavorados. Muitos não entendiam o que estava acontecendo. Eles estavam amontoados num canto e um escudeiro falava com eles, ajoelhado para olhá-los nos olhos, com tom tranquilizador. Não havia nenhum adulto.

— Você está bem, Arthus? — perguntou minha amiga, aproximando a mão de minhas costas.

— Não me toque! — afastei-a.

Isso só serviu para fazer com que ela prestasse mais atenção em mim. Viu que minha camisa estava grudada nas costas. A luz era precária, mais sombra do que brilho, mas isso não impedia que ela notasse algo estranho.

— Ele está nervoso porque seus irmãozinhos estão vindo buscá-lo — disse o escudeiro que me atormentara no lago.

Fiquei de pé. Eu era muito mais alto que todos eles. Exceto por um bando de jovens de treze, quatorze e quinze anos, todos ali eram crianças. Eu, o mais alto e mais forte, me senti um adulto. E eu era o único aventureiro de verdade ali. Eu tinha matado orcs.

— Eu falei — o garoto insistiu. — Eu sempre disse, mas os cavaleiros não ouvem. Alguém devia ter massacrado aquela tribo há muito tempo.

— E você por acaso teria coragem de fazer isso? — desdenhou a menina.

O escudeiro formou um sorriso malicioso.

— Eu poderia afogar os bebês no riacho. Só isso resolveria metade dos nossos problemas.

Fui até ele, devagar.

— Arthus, não — ela tentou.

— O que foi, Arthus? — meu inimigo zombou. — Está nervoso? Você lembra de como quase foi afogado?

E um segundo algoz se juntou:

— Ouvi dizer que ele quase foi afogado de novo. Naquele dia, no lago. Por sir Randall.

As crianças estavam chorando. Alguém chiou para que os dois zombeteiros calassem a boca. Estávamos sob ataque, não era hora de brigas internas.

— Estamos sob ataque de orcs — disse o primeiro, meu maior inimigo.

— E temos um orc bem aqui.

Fiquei bem perto dele. Meu coração batia forte, mais uma vez. Aqueles eram dias longos e fatídicos, eu sentia que a vida estava rumando para um ponto culminante. Assim é ter quatorze anos. Formulei mais uma vez na cabeça: ele era meu inimigo.

Inimigo.

Não era um companheiro ou um rival. Não era nem mesmo um garoto, como eu o vinha chamando. Era um inimigo, e eu era um aventureiro.

— Sente-se no canto — ordenei. — E fique quieto. Mantenha sua espada por perto.

— Quem é você para me dar ordens?

Bati nele. Esmurrei sua cara, o nariz de meu inimigo explodiu em sangue e ele cambaleou para trás. Dei um passo, sem pressa, e golpeei de novo. Ele caiu. Os gritos ficaram mais fortes, mais próximos. Ouvi os rugidos dos orcs. A tribo estava nos corredores. Fiquei de pé sobre o inimigo caído, que segurava o nariz e chorava. O outro tentava me agarrar pelos braços, mas eu nem notava. A escudeira berrava para que parássemos de ser loucos, as crianças estavam em frenesi de medo. Ouvi os tambores da tribo ressoando nos salões de pedra do castelo da Ordem de Khalmyr.

Coloquei um pé no peito do inimigo. Eu não tinha mais uma marca vermelha na testa. Eu não era inofensivo.

— Você vai me obedecer, porque eu conheço Khalmyr. Você é só um garoto idiota, mas agora é meu inimigo. E Khalmyr não tolera inimigos da Justiça.

Puxei a espada, encostei a ponta na garganta dele.

— Arthus, não! — a escudeira me segurou.

Quase me movi para jogá-la longe, mas me contive. Ela ainda não merecia punição.

Ainda.

— Não se preocupe, não vou matá-lo.

O inimigo me olhava com pavor. Todos me olhavam com pavor. Ninguém sabia o que eu faria.

— Mas, quando eu tinha oito anos, não recebi punição, e isso foi errado. Você merece ser punido. É a coisa certa a fazer. Você me agradecerá no futuro.

Ergui a espada e afundei-a no olho do inimigo caído.

Ele berrou. A escudeira se afastou de mim, pegou uma espada para se defender. Outros escudeiros se postaram à frente das crianças, também de espada em punho.

Eu estava tranquilo. Eu era bom. Eu só matava orcs.

— Vocês não merecem punição. Não ainda.

— Largue sua espada — disse a escudeira.

— Minha vida é minha espada e minha espada é minha vida — recitei. — Um dia vou largar minha vida, mas não ainda. O lago um dia se tornará plácido. Agora tenho de lutar.

Virei de costas, certo de que nenhum deles faria nada. Abri a porta e corri rumo ao combate. Meu inimigo gemia e se contorcia no chão, as mãos sobre o olho vazado.

◉

Os corredores estavam atapetados de corpos de orcs. Eles tinham marcas negras nas testas. Como a marca vermelha dos inofensivos, mas provavelmente denotando que eram guerreiros. Também havia cavaleiros, mas era o sangue de orc que me fazia escorregar no chão, que pintava as paredes. Desci as escadas correndo, desviando de pedaços de cadáveres, rumo à gritaria lá embaixo.

Cheguei ao salão principal do castelo. Devia haver mais de cem orcs, com machados e lanças, lutando contra dezenas de cavaleiros. Os cavaleiros faziam uma parede de escudos, resistindo às criaturas, mas o combate tinha se degenerado em várias lutas menores.

Vi meu instrutor.

Sir Randall Ghast movia-se como um demônio no meio dos guerreiros da tribo. Três vieram para cima dele, vi-o girar e bloquear um machado com o escudo. Então estocou com a espada na virilha do adversário, puxou a lâmina e rasgou, criando um esguicho de sangue. O segundo avançou com um porrete enorme, cheio de cravos e pregos. Randall Ghast cortou suas mãos num movimento só, chutou seu peito para que ele caísse sobre o terceiro. Então saltou com a lâmina sobre os dois, cravando-a de cima para baixo em suas cabeças. Gritou de triunfo.

— Khalmyr! Khalmyr! Hoje é dia de morte e justiça!

Avancei para lutar. Eu precisava lutar. Aquele era meu momento, senti-me estremecer com um prazer mórbido quando formulei em minha mente que tanto os cavaleiros fracos quanto os orcs sujos estavam morrendo. Aquela era uma noite de limpeza. Eu punira meu inimigo, dera-lhe um lembrete perene de sua maldade. Eu iria matar, iria matar muito, eu iria ajudar Khalmyr a limpar o castelo e a floresta.

Corri, passando por dois cavaleiros de armaduras completas. Um deles me notou na visão periférica, girou o braço e deu-me uma cotovelada no nariz. Caí para trás, batendo a cabeça na parede.

— Há um orc aqui!

Ele se virou para me golpear com a espada. Estava usando elmo, não devia estar enxergando direito. Ou talvez, no êxtase no combate, apenas não se importasse. Eu era um orc, afinal. Se alguém finalmente notasse que eu também não era digno de perdão, tudo poderia ficar melhor na Ordem de Khalmyr.

— Não — ouvi uma voz retumbante e autoritária dizer.

O cavaleiro que ia me matar congelou. Não conseguia se mexer. Ergui-me ante seus olhos apavorados. Ele estava paralisado. Olhei para o outro lado do salão, de onde viera a voz. Ladeado por monges e cavaleiros com escudos pesados, andando a passos hesitantes, com mantos compridos que arrastavam no chão e uma espada reluzente, lá estava o Grão-Mestre Thallen Devendeer.

— Que Khalmyr tenha piedade de suas almas — ele disse, fazendo um gesto com a espada.

Então uma coluna de fogo tomou conta do salão.

Os orcs gritaram, sendo imolados. Os cavaleiros da parede de escudos recuaram, protegendo o rosto com os antebraços. Alguns cavaleiros caíram de joelhos ao ver o Grão-Mestre de pé.

— Este derramamento de sangue cessa agora — ele decretou.

Então moveu-se como um gato, ágil e veloz, por entre seus protetores. Chegou até um orc que brandia um enorme machado. Num gesto fluido, decapitou-o antes que ele notasse o que estava acontecendo. Abaixou-se para desviar de um ataque de lança, inverteu a empunhadura da espada, fez um giro com o braço e perfurou o pescoço de um segundo inimigo. Cinco orcs correram para ele, mas Thallen Devendeer murmurou uma prece e eles caíram mortos ante sua fé.

— Fujam! — trovejou o Grão-Mestre. — De volta a seu subterrâneo!

Os orcs largaram as armas e correram.

Randall Ghast atacou um orc pelas costas. Enfiou a espada bem no meio do inimigo, partindo sua espinha. Então, sem que ninguém pudesse ver como ele tinha se movido assim, Thallen Devendeer estava sobre meu instrutor. Raiva e justiça em seus olhos. Pela primeira vez vi medo no rosto de sir Randall.

— Você conseguiu, Randall — disse o Grão-Mestre.

Então desarmou meu instrutor com um golpe quase invisível e, numa prece sob a respiração, fez com que ele dormisse.

○

Eu não estava sob julgamento, mas estava no tribunal.

Durante muitos anos o Grão-Mestre só aparecera para poucos cavaleiros. Naquele dia ele estava sob a vista de todos. Cada cavaleiro, escudeiro e cavaleiro-monge estava reunido no Grande Tribunal para o julgamento de sir Randall Ghast. Estavam sentados em cadeiras de espaldar alto, ou de pé encostados nas paredes. Não havia espaço para mais ninguém.

Eu estava de pé, ladeado por cavaleiros para que não fugisse, esperando minha vez de falar, quando me perguntassem sobre aquela noite.

— Por quê, Randall? — perguntou o Grão-Mestre.

Aquele não era o protocolo num julgamento. Após horas de discursos, deliberações, acusações formais e discussões sobre pena, Thallen Devendeer se resignara e fizera aquela pergunta simples. Ele estava sentado num trono cheio de almofadas, amparado por monges. Aparentemente exausto apenas por ficar naquela posição. Eu nunca descobri qual milagre tinha possibilitado que nosso Grão-Mestre lutasse como um demônio na noite do ataque, e talvez ninguém mais tivesse descoberto também. Mas agora ele parecia frágil de novo, e descumpria o protocolo. Acho que, quando se é velho assim, o protocolo não importa mais. O que é uma grande parte do problema.

— Por que matei orcs? — perguntou meu instrutor. — Por que fiz à vontade de Khalmyr e cumpri meu dever? A pergunta verdadeira é porquê os demais Cavaleiros de Khalmyr se recusam a fazer o que é certo!

Thallen Devendeer escondeu os olhos com as pontas dos dedos. Era possível ver que ele estava cansado e triste.

— Precisa ser submetido à humilhação de um milagre da verdade, Randall? Precisa que eu reze e o Deus da Justiça o obrigue a falar?

— Eu matei orcs porque esse é o dever de todo cavaleiro — ele respondeu, desafiante. — E nenhum milagre provará que isso é mentira.

Eu quase sorri. Estava apavorado, mas quase sorri de orgulho dele.

— Você se esgueirou para fora do castelo, Randall. Fez isso para procurar membros da tribo que pudesse matar sem provocação. Você achou três criaturas inofensivas, que catavam frutinhas e carcaças de animais mortos. E então as assassinou. Eram os seres mais patéticos sob a justiça de Khalmyr, e você os matou a sangue frio.

Não houve resposta.

— Nós sabemos da verdade, Randall. Khalmyr nos revelou o que aconteceu. Mas vou lhe fazer uma pergunta, porque quero ouvir a resposta de sua boca. Porque acho que você ainda tem um pingo de honra.

Os dois ficaram se olhando por um momento. Eu mal conseguia respirar.

— Randall... Você fez isso sozinho?

— É claro que não — falou Randall Ghast. — Tudo que fiz foi para iniciar meu pupilo Arthus nos caminhos do heroísmo.

Algumas lágrimas fracas escorreram dos olhos do Grão-Mestre, sem que ele soluçasse. Foi uma reação espontânea.

Senti nojo. O Grão-Mestre estava chorando como um fraco, enquanto o único cavaleiro verdadeiramente bom naquela ordem estava sob julgamento. Eu sabia a solução. Lago plácido.

— Veja quantos morreram — disse Thallen Devendeer. — Quantos cavaleiros e orcs. Pense em quantos aldeões vão morrer, agora que haverá mais retaliações, mais fúria e mais vingança. Valeu a pena?

— Nenhum custo é alto demais para cumprir a vontade de Khalmyr.

— A vontade de Khalmyr é que sejamos justos.

— E você acha que ser justo é ser simpático? — Randall Ghast fez um esgar de desdém. — É sorrir para pecadores? É tolerar a indolência dos escudeiros? Khalmyr odeia tudo isso!

— Os escudeiros, Randall... Seu escudeiro também fez algo imperdoável.

— Nada é imperdoável para vocês! Perdoam tudo! Conversam em vez de matar, lamentam-se em vez de partir em missões! A Ordem de Khalmyr é uma vergonha para a cavalaria!

— O que você fez com seu escudeiro, Randall?

— Venha, Arthus! Mostre a face da verdadeira devoção!

Mandaram que eu ficasse quieto. Os cavaleiros dos meus dois lados seguraram meus braços, mas eu me desvencilhei. Corri para o meio do tribunal e tirei a camisa. Exibi os ferimentos da autoflagelação com orgulho.

— Arthus é o único escudeiro com algum valor! — exclamou sir Randall. — Ele é um orc maligno, odiado por Khalmyr, e mesmo assim é melhor que todos vocês! Khalmyr os odeia! Khalmyr nos odeia a todos, mas vocês se escondem sob mentiras e canções!

— Isso é imperdoável, Randall!

— Nada é imperdoável para você! Tenho certeza de que irá acabar nos perdoando!

⬤

E mais uma vez não fui punido. Sir Randall tinha razão.

Ele foi expulso da Ordem. Não executado, mas excomungado e expulso. Como se empurrar um problema para longe o fizesse desaparecer. A Ordem de Khalmyr era mesmo uma piada.

Deixaram que eu escolhesse entre ficar com a Ordem ou seguir meu instrutor.
Segui o caminho de Khalmyr.
Segui o caminho do ódio justo.
Segui sir Randall Ghast.
Talvez, se eles tivessem me punido, as tragédias tivessem acabado por ali.

Durante seis anos vivemos numa choupana miserável, apenas os dois. Não era longe do castelo, ainda ficava no território da Ordem de Khalmyr. Acho que sir Randall Ghast não conseguiria ficar longe por muito tempo. Mesmo expulso e excomungado, a Ordem era sua vida.

Então, naquele dia em que fomos escorraçados do castelo, meu instrutor e eu andamos pela floresta. Tínhamos nossas armas e armaduras, mas as espadas nos foram tiradas. A espada que sir Randall carregara a vida toda e também a minha, que eu possuía há poucos anos, desde que me tornara escudeiro. A Ordem de Khalmyr não queria que morrêssemos à mercê de bandidos e monstros, então tinha permitido que levássemos equipamento.

Mas não as espadas.

Nossas espadas eram nossas vidas, e nossas vidas eram nossas espadas. Naquele dia, Randall Ghast e eu partimos sem nossas vidas.

Achamos uma clareira perto o bastante de um riacho, longe o bastante do castelo e da saída mais próxima do subterrâneo. Usamos nossos machados para cortar lenha, fazer fogo. Usamos arcos para caçar. Então cortamos mais árvores e com elas construímos uma cabana tosca. Às vezes a noção de que eu nunca mais veria os escudeiros, os monges, o Grão-Mestre, tudo isso me atingia como uma pedra de catapulta. Chorei até meus olhos ficarem ardidos, o máximo que chorei em minha vida, exceto talvez durante minha fuga. Sir Randall não chorou. Na verdade, pouca coisa mudou em sua expressão.

E pouca coisa mudou em sua vida.

Demoramos alguns dias para construir a cabana. Quando acabamos, eu senti uma certa satisfação. Tinha muito medo, mas havia uma sensação de dever cumprido que só um trabalho grande e tangível pode proporcionar. Eu sorri. Então sir Randall disse:

— Pegue o chicote.

Meu corpo amoleceu. Eu não sabia o que pensar, fui tomado por uma onda incapacitante de decepção. Mas o medo sumiu. Eu tivera medo pelo futuro, e agora tinha visto que o futuro já estava escrito: era igual ao passado.

— Você é um orc maligno — disse meu instrutor. — Teve a chance de se redimir, sendo um cavaleiro e foi expulso. Você sabe o que deve fazer.

Tirei a camisa, ainda suada do trabalho pesado. E dei-me a primeira chicotada.

A dor, como sempre, veio acompanhada de conforto. Tudo ficaria bem. Na verdade, nada ficaria bem, mas era uma tragédia conhecida, uma dor esperada. O ódio de Khalmyr continuava o mesmo.

— Eu sou um cavaleiro caído em desgraça — ele tirou o chicote da minha mão. — Tentei reformar a Ordem de Khalmyr por dentro e falhei. Os fracos venceram. O mundo não tem mais salvação. Não há nada que possamos fazer.

A cada frase, ele batia em si mesmo. No final, as costas largas de sir Randall Ghast eram uma obra de arte feita de sangue, um emaranhado de riscos vermelhos que vertiam líquido vagaroso. Fiquei admirado com a perfeição daquele castigo, com sua tolerância à dor.

— Há algo que podemos fazer — eu arrisquei.

Meu instrutor se voltou para mim com uma expressão de raiva fria e nojo. O punho estava tão fechado segurando o chicote que chegava a tremer.

— Você ousa...?

— Quando eu estava no lago, sir, com os outros escudeiros... Notei o quanto a nossa presença lá estragava tudo. Notei o quanto o lago era melhor sem ninguém.

Randall Ghast me olhou intrigado.

— Arton também não seria melhor assim? Sem os pecadores? Se somos todos fracos ou malignos, se estamos todos em desgraça ou nos acovardando, por que continuar infestando este mundo? Sem nós, haveria justiça.

Então ocorreu algo que eu nunca vira antes.

Sir Randall Ghast sorriu.

— O lago plácido seria perfeito, sir.

Ele encheu os pulmões de ar. Foi até mim e colocou a mão em meu ombro. As feridas em minhas costas reclamaram, mas mal notei. Era um gesto de afeto que eu nunca experimentara desde que fora designado como seu pupilo.

— Amanhã continuaremos seu treinamento, Arthus. Você ainda será um cavaleiro.

E assim foi. Durante seis anos, vivemos numa choupana miserável, apenas nós dois. Era muito melhor que o castelo, era a sede da única verdadeira ordem de cavalaria de Arton. Era o único templo de Khalmyr que pregava seus ensinamentos reais, e lá estavam seus únicos devotos.

Durante seis anos, sir Randall Ghast me treinou dia e noite, e o chicote marcou minhas costas.

Até que, seis anos depois, eu deixei de ser um escudeiro.

A espada que me sagrou cavaleiro não foi forjada pelos ferreiros santos da Ordem de Khalmyr. Foi uma lâmina barata, comprada numa aldeia, com o dinheiro que ganhamos ao longo de anos vendendo peles e carne de animais. Cada um de nós tinha uma. As duas eram idênticas.

Mas era uma espada sagrada, no verdadeiro sentido da palavra, porque era empunhada pelo único real guerreiro do Deus da Justiça.

Senti seu toque frio em meu ombro. Eu estava sem camisa, é claro. Estávamos na frente da cabana que eu aprendera a amar. Nenhum lugar era mais santo. Eu estava ajoelhado sobre um só joelho, de olhos fechados, avassalado pela solenidade do momento. Era noite escura, eu tinha passado o dia inteiro em jejum, meditação e autoflagelação. Meu sangue escorria farto.

— Hoje começa uma nova tradição — disse Randall Ghast. — Você tem grande honra, Arthus. Você não será sagrado com as palavras falsas que eu mesmo ouvi. Não fará um juramento vazio e desprezado pelos deuses. Arthus, você, um orc, é o primeiro cavaleiro de Arton. Faça jus a essa responsabilidade.

Não consegui responder mais que um "eu juro" com um fio de voz.

— Você aceita sua condição de pecador maligno, Arthus? Aceita que nasceu da maldade, e que a maldade habita sua alma, sendo sempre alvo do desprezo de Khalmyr?

— Aceito, sir.

Ele deu uma leve batida com a lâmina em meu ombro esquerdo, então moveu-a para o direito.

— Você reconhece que a maldade e o pecado permeiam o mundo, e que não há perdão para os pecadores, inclusive você?

— Reconheço, sir.

Ele ergueu a lâmina de meu ombro direito. Meu coração disparou. Era agora. Aquele era o momento.

A lâmina tocou minha cabeça.

— Você jura ser a ferramenta do ódio de Khalmyr, sem piedade e sem meias medidas, usando apenas de justiça e punição?

— Eu juro, sir.

Ele colocou a espada na frente do próprio rosto, em um gesto marcial.

— Erga-se, sir Arthus, o Primeiro Cavaleiro da Justiça.

Fiquei de pé e o mundo parecia diferente. As cores estavam mais fortes, o cheiro da floresta era mais intenso. Tudo mais belo, mas eu também via a maldade escondida em cada canto. Podia sentir seu fedor na minha alma e na alma de meu antigo mestre. Podia quase tocar as infestações que havia no castelo e no subterrâneo.

Eu era agora bem mais alto que Randall Ghast. Tinha me tornado plenamente adulto, meus músculos eram imensos por tanto treinamento. A armadura que nós trouxéramos do castelo há muito não me servia mais, tivera de ser trocada aos poucos em diversas aldeias. Eu usava uma armadura desencontrada, feita de várias peças diferentes forjadas por ferreiros medíocres. Minha armadura não tinha brasão, pois um brasão também era a marca do orgulho maligno dos mortais. Eu não precisava anunciar quem era, pois minha fúria anunciaria tudo que fosse preciso.

Nós dois sentimos que aquele era um momento grandioso. Era possível perceber os olhos de Khalmyr sobre nós. Acho que sir Randall não sabia o que ia acontecer no futuro. Não tínhamos falado sobre os anos que viriam a seguir, depois de meu treinamento, nas missões que desempenharíamos, em como a nova cavalaria se espalharia pelo mundo.

Então eu ouvi o farfalhar típico de pés abrutalhados na floresta. Trocamos um olhar rápido. O barulho aumentou, até mesmo sir Randall pôde escutar o som de armas batendo contra couro e metal.

Era a tribo.

Sem uma palavra, entramos na cabana. Meu ex-instrutor me ajudou com minha armadura. De alguma forma, ele agora esperava minha liderança. Fui até a porta e espiei. Avancei por entre as árvores e arbustos e vi vultos.

Eram pelo menos vinte. Durante aqueles seis anos a tribo tinha feito muitas incursões, é claro. Logo após o ataque que provocara nossa expulsão da Ordem blasfema de Khalmyr, a aldeia de Willen tinha perdido pelo menos trinta pessoas, e alguns cavaleiros tinham sido emboscados. Mas, aos poucos, o sangue tinha corrido com mais e mais lentidão, porque os cavaleiros perdoavam tudo. Não houve retaliação à altura por aqueles ataques, então os orcs tinham ficado complacentes, talvez confortáveis em sua posição mais uma vez. Houvera saques pequenos, umas poucas mortes, mas sempre ao modo covarde dos cavaleiros.

Vinte orcs eram um bando grande, talvez maior que qualquer coisa que havíamos visto desde aquela noite. Avancei mais e percebi que não eram vinte.

Achei que deviam ser uns cinquenta, mas mesmo isso era uma estimativa baixa. Meus olhos penetraram a escuridão e marcaram dezenas e dezenas de figuras monstruosas correndo quase em silêncio pela mata. Deviam ser cem, duzentos.

Era um grande ataque. Era o maior ataque de todos.

Sir Randall chegou a poucos metros de mim. Ele sabia fazer silêncio, dentro do que um humano com armadura conseguia, e não foi notado pelos orcs. Eles estavam longe, passando ao largo, invisíveis para criaturas que não tivessem olhos para as trevas.

— O que... — Randall começou a sussurrar.

— É o fim — respondi.

Mesmo a alguns metros, mesmo no escuro, pude ver os olhos de meu antigo mestre se arregalando. Na noite de minha sagração, acontecia o maior ataque de todos. Os orcs corriam em direção ao castelo, com machados, porretes e lanças. A noite se movimentava, as sombras traziam promessa de morte. Era a intervenção de Khalmyr, era o peso daquele momento em que surgia o primeiro cavaleiro.

Não contei a Randall Ghost a verdade, é claro. Ele não era um cavaleiro, não como eu. Ele ainda acreditava em coincidências e que o Deus da Justiça permitia que seus servos apenas esperassem os momentos acontecerem.

Ele chegou mais perto.

— O que faremos, Arthus?

— O que você acha, Randall? Mataremos.

Ele sorriu para mim. O segundo sorriso que vi naquele rosto, e o primeiro de alívio. O grande momento chegara. O momento da punição.

Corremos em direção à tribo que atacava. Ao longe, fora de nossa vista, os portões do castelo se abriam e os cavalos galopavam, carregando guerreiros de lança em riste.

Sir Randall gritou de ira justa e cravou a espada nas costas de um orc. A criatura miserável não viu o que a matou, Randall puxou a lâmina e deu um golpe rente ao chão, cortando os pés de outro orc que corria. A gritaria tomou a floresta. Um orc pulou sobre meu ex-instrutor com dois machados. Randall Ghast deu um passo para trás, esquivando-se das armas com elegância. Então avançou enquanto o orc estava desequilibrado para a frente, usou o escudo para bater em seu rosto e a espada para cortar seu flanco. O orc deu um gemido patético e caiu para morrer.

— Khalmyr! — gritou sir Randall. — Khalmyr!

Aqueles orcs não eram inofensivos. Não tinham a marca vermelha. Todos eles tinham nas testas a marca negra que eu vira na noite do ataque.

Em seu frenesi de justiça, Randall Ghast não viu que eu não matara nenhum deles. Não viu quando um orc se aproximou de mim com um dedo sujo de tinta fedorenta e também marcou minha testa com um risco negro.

Sir Randall Ghast não notou isso, assim como nunca notou que eu me ausentara por horas ao longo dos anos. Com seu fatalismo cego, nunca questionou por que a tribo não atacara aquela choupana solitária. Com sua fé incompleta, sua compreensão falha da doutrina de Khalmyr, ele não soube para o que estivera me treinando a vida toda.

Virei-me para ele, marcado como um guerreiro orc. Ele estava de costas. Seria honrado se eu olhasse em seu rosto antes de lhe cravar a espada, mas eu não sou honrado. Ele mesmo me ensinou. Eu sou um orc maligno.

Randall Ghast não entendeu quando minha espada entrou em suas costas.

Ele se virou devagar, a percepção chegando a seus olhos. Na verdade, não sei se ele chegou a perceber o que acontecia. Talvez ele tenha achado que eu era apenas um traidor. Seria minha natureza, sou maligno e sempre serei. Mas Randall Ghast nunca entendeu a verdadeira Justiça de Khalmyr.

Ele não compreenderia por que, ao longo dos anos, mostrei as passagens e entradas do castelo para a tribo, para que os cavaleiros pudessem pagar por seus pecados. Ele não compreenderia por que incitei os orcs a numa batalha que eles nunca poderiam vencer. Ele nunca compreenderia meu futuro, os ataques que eu lideraria a Willen e a outras aldeias, para finalmente começar o longo trabalho de purificação do Deus da Justiça.

E, acima de tudo, ele nunca compreenderia a necessidade de punir aquele que me torturara desde criança.

Talvez, se os cavaleiros tivessem me punido quando fugi aos oito anos de idade, nada disso teria acontecido. Talvez eu não os tivesse visto como fracos, talvez eu não tivesse procurado em Randall Ghast a única explicação para a vida de um orc criado entre servos de Khalmyr. Mas essas são conjecturas vazias, pois o Deus da Justiça me deu uma missão, e vou cumpri-la.

Ergui a espada para um golpe perfeito contra o pescoço de Randall Ghast.

Lago plácido.

Baseado no personagem do leitor Daniel Duran

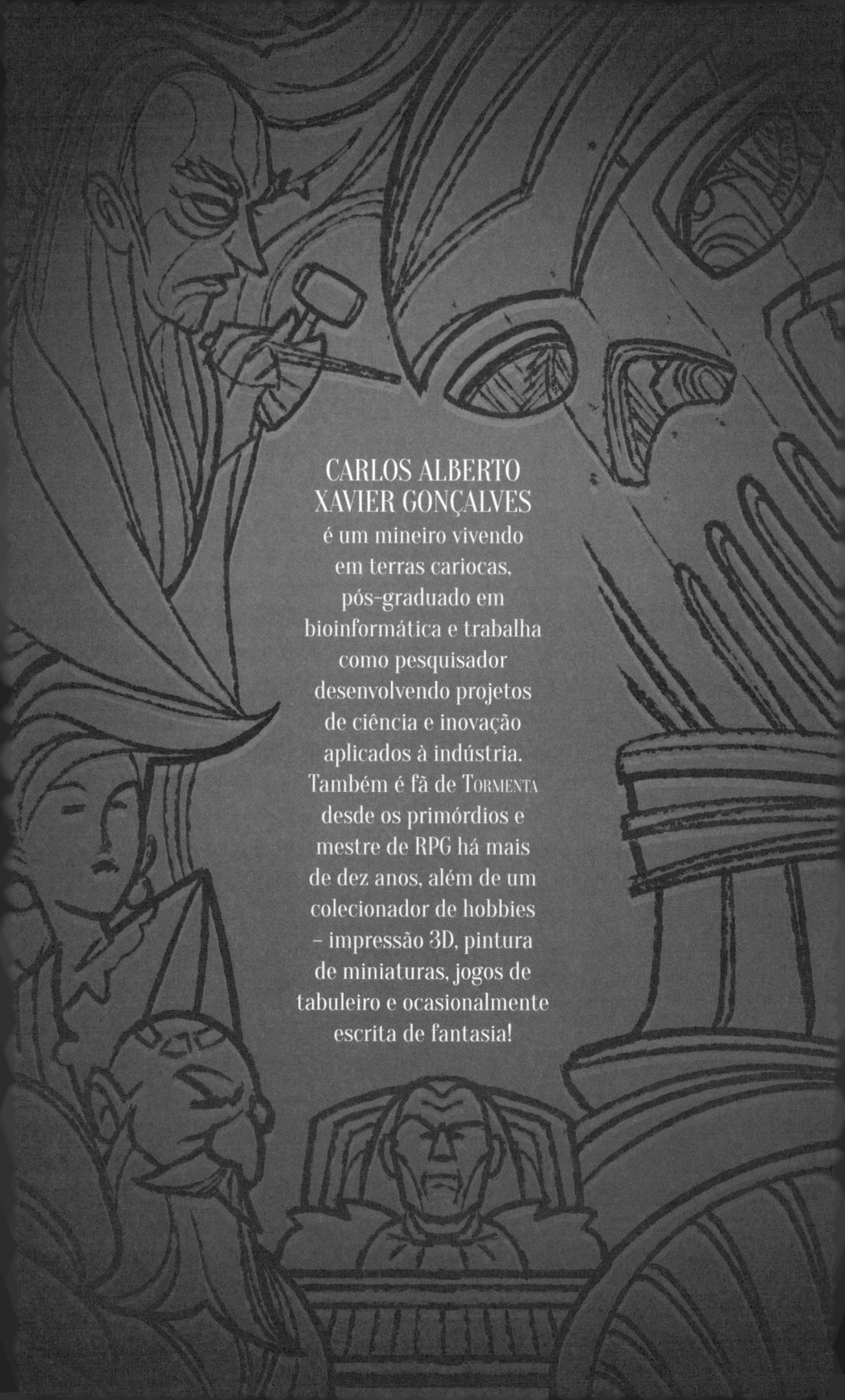

CARLOS ALBERTO XAVIER GONÇALVES é um mineiro vivendo em terras cariocas, pós-graduado em bioinformática e trabalha como pesquisador desenvolvendo projetos de ciência e inovação aplicados à indústria. Também é fã de Tormenta desde os primórdios e mestre de RPG há mais de dez anos, além de um colecionador de hobbies – impressão 3D, pintura de miniaturas, jogos de tabuleiro e ocasionalmente escrita de fantasia!

O TRANSMUTADOR

CARLOS ALBERTO XAVIER GONÇALVES
VENCEDOR DO CONCURSO

— MARTELAR. SOLDAR. ENCANTAR. ACOPLAR A PEÇA. Martelar.

As palavras balbuciadas como um mantra pelo homem maltrapilho misturavam-se aos clangores ritmados, ao crepitar das faíscas, ao burburinho sofrido dos goblins, aos gritos de ordens dos soldados puristas. Não que Lorde Johannes, da casa Sor-Fallon, fosse, na maior parte do tempo, capaz de ouvir qualquer outra coisa além das palavras entoadas na própria voz. Todo o resto tornara-se ruído de fundo, indiscernível, há mais de uma semana, não muito depois do início da tortura.

A casa Sor-Fallon, uma das várias integrantes do conselho menor de Wynlla, sempre se orgulhou de suas tradições arcanas no ramo da Transmutação. Cada novo líder da família passava sempre pela mesma educação: uma rígida iniciação em casa, seguida por uma formação mandatória na Academia Arcana, após a qual os segredos místicos dos Sor-Fallon eram transferidos ao novo Lorde. Com o conhecimento oculto, vinha também o peso da responsabilidade: a obrigação moral de avançar os conhecimentos em Transmutação, buscar novas maneiras de moldar a realidade, formular elixires da vida capazes de adiar cada vez mais a morte.

— Mas não eu, não. Eu não. Transmutação. Hmpf! Mais útil como magia aplicada do que básica.

O homem havia interrompido seu mantra, perdido em suas memórias. Lembrou-se de quando, um ano depois de concluída sua graduação na Academia, foi enviado pelo pai para ser útil ao reino, empregar a especialidade dos Sor-Fallon em um projeto sendo conduzido em uma cidadezinha estranha de Wynlla.

O nome da cidade era Coridrian.

Quase todos os que a conheciam pensavam na cidade como um lugar morto, sem natureza, onde tudo parecia ser mais um construto mágico. Alguns poucos conheciam a verdade. Coridrian era um gigantesco golem arcano em construção, uma contramedida do Reinado para lidar contra o avanço de Mestre Arsenal e seu colossal Kishin. Um projeto secreto, que demandava todo tipo de conhecimento arcano que fosse útil à forja do titã de combate. Em um esforço para evitar a disseminação de informações, a conselheira-líder Marla Theuderulf requisitara aos nobres do reino, em que podia confiar, que se envolvessem diretamente com o projeto ou enviassem membros de sua família que pudessem ser úteis.

As recordações foram rapidamente varridas da mente do nobre pelo estalar de um chicote, seguido de mais uma terrível laceração nas costas. O sangue brotou quente da ferida enquanto Johannes gritou de dor. De volta ao mundo real, ouviu outros chorando. Não havia clangores ritmados ou crepitar das faíscas. O soldado que brandiu a arma rosnou:

— Volte a trabalhar, verme bajulador de abominações! Se não for capaz de reparar o colosso, não tem serventia pra nós! Quando a capitã chegar aqui, vai te dar de comida pras feras de batalha!

Johannes encarou o purista. Era um garoto, provavelmente mais jovem do que ele próprio, repleto de ódio por trás dos olhos azuis. O soldado revidou com um tapa na face do nobre, que foi lançado ao chão. Recompondo-se, manteve a cabeça baixa e voltou a repetir:

— Martelar. Soldar. Encantar. Acoplar a peça.

O soldado afastou-se satisfeito, decidindo atormentar um goblin ali perto. Johannes terminou de montar um dos componentes da máquina purista, um gerador de fumaça tóxica. Perguntou-se quantos seriam envenenados por aquele gerador em particular, antes do fim daquela maldita guerra.

Trabalhou até desmaiar de exaustão. Sonhou com Allena Lemenoth.

Conheceram-se durante a época em Coridrian. A garota era linda de um jeito esquisito. Era também filha de um dos nobres menores de Wynlla, mas portava-se de maneira tão simplória quanto um auxiliar de ferreiro. Tingia o cabelo de rosa e usava roupas que pareciam ter pertencido a algum pedinte mundano na parte baixa de Sophand. Fazia um contraste forte com o jovem Johannes, que sempre trajava vestes longas e bem lavadas, adornada com anéis de metal e equipada com suportes para frascos e outros utensílios destinados a lidar com reagentes alquímicos. Urthag Dascott, o rústico anão conjurador que era o tutor dos dois na cidade, não fazia distinção entre filhos de nobres com camisas sujas ou vestes bem passadas. Mas Johannes, vindo de uma família muito tradicionalista, achava o jeito transgressor de Allena excitante. Em seu sonho, esgueiraram-se até uma das plataformas do gigantesco colosso que era a cidade de Coridrian, ainda em construção, e lá amaram-se apaixonadamente.

Acordou com um balde de água gelada na cara. Por uma fração de segundo, apegou-se à esperança de que sobreviveria àquela tortura para voltar para a garota. Então lembrou-se de que Lady Allena Lemenoth nunca se interessou por ele. Amaldiçoou seu físico, que considerava pouco impressionante. Não que não houvesse uma ou outra camponesa nas terras de sua família que o achasse atraente, com suas suaves sardas no rosto, seu olhar aguçado e esverdeado por trás dos óculos, seus longos cabelos ruivos presos em um rabo de cavalo elegante, sua singela barba por fazer. Mas ele não era nenhum estoico cavaleiro arcano, nem tinha o carisma dos grandes feiticeiros meio-gênios do reino. Amaldiçoou sua personalidade introvertida, quieta demais, incapaz de se destacar em um reino de aventureiros exuberantes. Principalmente, amaldiçoou aquela versão de si mesmo que vivera naquele passado não tão distante, quando ainda era apenas um mirrado e obediente filhinho do papai, apaixonado por uma rebelde sem causa.

Deixou sua amargura de lado ao ser lembrado pelo estômago de que precisava comer. Engoliu o pedaço de pão duro deixado à sua frente e bebeu a água suja na tigela em uma única golada. Engasgou e sentiu a cabeça girar, enquanto as feridas abertas em suas costas latejavam. Respirou fundo e pegou as páginas de papel desgastadas deixadas junto da comida – fragmentos de seu outrora glorioso grimório de magias. Pôs-se a estudar as magias que os puristas escolheram para o dia – sempre poderes arcanos de transmutação simples, úteis para agilizar os reparos na máquina de guerra, imprestáveis para oferecer qualquer ameaça real ao destacamento de soldados naquela caverna.

Mal teve tempo de memorizar suas magias e o soldado do dia anterior voltou, estalando seu chicote.

— Vamos lá, mago. Hoje você vai trabalhar dentro do colosso. Os reparos estão quase finalizados!

Johannes olhou para o gigante de ferro no fundo da caverna com um misto de horror e culpa, enquanto o soldado puxava-o pelos grilhões. O interior do monstro mecânico não apresentava tantos danos estruturais aparentes quanto o lado de fora, mas o olhar experiente do mago rapidamente encontrou ligações rompidas, circuitos arcanos fora de operação, peças deslocadas pelos impactos e outras fraturas que necessitariam de reparos. Não esperou outra ameaça com o chicote, posicionando-se em frente ao estrago mais próximo.

— Martelar. Soldar. Encantar. Acoplar a peça. Martelar.

Repetiu seu mantra por um longo tempo. Não ouviu quando uma dúzia de goblins velhos gritou de horror ao serem cruelmente assassinados. Não ouviu quando seu feitor exclamou excitado que a capitã chegaria dentro de alguns dias para checar a obra. Não ouviu quando os bestiais mastins dos puristas latiram frente à aproximação de um grupo de aventureiros, caçando puristas na área. Não ouviu quando foram todos emboscados e mortos pelos soldados de prontidão, para a pura diversão de seu carrasco.

— Martelar. Soldar. Encantar. Acoplar a peça. Martelar.

Com o auxílio de suas magias, remodelava as peças destruídas em novos componentes úteis, aquecia as junções entre as peças, abastecia com eletricidade as baterias dos dispositivos. Aos poucos, o painel de controle ia se acendendo, ganhando vida. Em pouco tempo, o monstro estaria novamente trazendo a ruína ao Reinado, e a culpa seria dele.

Sentiu tontura novamente e tossiu. Temeu ser açoitado mais uma vez, as costas já latejavam o suficiente. Continuou.

"Martelar. Soldar." Parou um pouco, sentindo vertigem. "Martelar. O que vem depois mesmo?"

Tossiu novamente, agora havia sangue. Desmaiou, sem nem se dar conta dos gritos irritados do jovem soldado do chicote.

Dessa vez foi um pesadelo com seu pai. Lorde Yorchen Sor-Fallon encarava-o do alto de sua cadeira de madeira, detrás de sua escrivaninha.

— Você fracassou, garoto. Envergonhou os Sor-Fallon. Diga-me, ainda se lembra do que significa a Transmutação?

As acusações soavam como trovões, doíam-lhe a alma. Parou para refletir. Respondera inúmeras vezes aquela pergunta durante a infância. Não lembrava da resposta que o pai gostava, então formulou a própria.

— Sim, meu senhor. É a escola de magia que molda a matéria, transformando objetos e criaturas em coisas diferentes do que eram.

— NÃO! — Esbrevejou o pai, fazendo cada átomo do filho tremer.

De repente, o velho não estava mais atrás de sua escrivaninha, mas em uma cama no Templo de Lena. Seu leito de morte.

— Você esqueceu-se. Perdeu seu caminho na cidade-construto. Seu trabalho lá deveria ter sido não mais do que um meio para o fim. Uma aplicação prática de nossos conhecimentos em prol do reino. Mas você escolheu abandonar nossa pesquisa, trocou-a pela incessante busca por golens e construtos mágicos. Uma busca infértil e inútil. Nunca mais caminhará no Reinado outro como os dois que se enfrentaram. Seu caminho como construtor o levou ao fim trágico em que encontra-se. Tivesse permanecido na jornada do transmutador, poderia estar agora à beira de uma descoberta nova. Poderia até mesmo ajudar de verdade a encerrar a guerra na qual decidiu tomar parte!

As palavras do pai-pesadelo doeram-lhe, mas em sua maioria não eram novidade. Ouvira-as um ano atrás, nos últimos instantes de Lorde Yorchen. Aquilo fora antes da guerra, quando as acusações de seu pai ainda lhe fizeram sentir-se como o garoto obediente que fora, fizeram-no questionar as escolhas para o próprio futuro. Mas ele era outra pessoa agora. Não exatamente um herói, mas alguém que pelo menos dispusera-se a fazer algo. Forçou-se a encarar o velho moribundo.

— O senhor está errado, meu pai. Os colossos não são uma busca inútil e infértil. Veja o potencial destes monstros para a destruição. Com eles, os puristas intoxicaram, incineraram e pisotearam alguns dos maiores heróis do Reinado. Mas imagine o seu potencial para melhorar a vida de todos! Se eu desisti de pesquisar os fundamentos da Transmutação, foi para construir golens arcanos para o meu povo! Uma ave de ferro, que chamei de Céfir, constantemente voa em círculos no céu sobre as nossas cabeças, avisando-nos de perigos aproximando-se. Gelado, um golem contendo em seu interior um elemental de água, ajuda os camponeses a regar as plantações e a resfriarem-se nos dias de calor. Rokhan, a gárgula de pedra, ajuda a todos transportando objetos pesados e combatendo os eventuais transgressores que aparecerem. Outro dia, Millyana, filha de meu irmão, construiu comigo um amigo construto para si, que ela chamou de Ribombo! As crianças da corte passam a semana inteira perguntando-me quando ela visitará novamente, para brincarem com o pequeno golem. Eu e minhas construções nos esforçamos para repelir os puristas, meu pai, e em muitos pontos fomos bem-sucedidos. Mais de um colosso purista foi destruído pelas minhas crias, e as vidas de muitos dos nossos heróis foram salvas pelos seus esforços. Podemos ter perdido a batalha, talvez até mesmo percamos a guerra. Mas os construtos seguirão, sendo restaurados, e mantendo seu legado para proteger ou destruir!

As órbitas dos olhos do velho tornaram-se uma escuridão profunda e pura, enquanto rugas surgiam em sua face e sua pele tornava-se azulada. Lorde Yorchen gargalhou, com dentes podres amarelados e agarrou com sua mão raquítica de unhas gigantes o rosto do filho.

— Tolo. Não importa quantas vezes seus construtos patéticos sejam reconstruídos. No fim, chegará o dia em que serão apenas poeira. Mas você... você poderia ser muito mais.

Despertou transtornado e com calafrios, deitado em uma cama. Sentia o corpo mole e as costas doíam como se fossem explodir. Faixas envolviam seu tronco completamente, mas podia ver uma mancha negra em sua pele aparecendo próxima ao ombro esquerdo. Havia sangue nas bandagens.

— Relaxe, mago. Você vai ficar bem. Ganhou um dia de descanso, só precisa responder a uma pergunta hoje. Qual a ordem certa para conectar as placas arcanas no globo metafísico? Não queremos causar um curto-circuito e explodir tudo, não é mesmo? – seu feitor favorito encarava-o, tentando disfarçar o tom de voz. Tinha certeza de que estava com alguma infecção, e de que não duraria muito. Tentou refletir sobre a pergunta, mas era difícil pensar, com tanta dor.

— O significado da Transmutação. Eu.. eu não me lembro.

O soldado purista respirou fundo, contendo sua fúria.

— Não, mago. Não foi isso que eu perguntei. A ordem certa para conectar as placas arcanas no globo metafísico. Qual é? O tempo está correndo, fale!

Johannes se esforçou mais uma vez.

— O globo metafísico, sim. Três placas. São... — E mergulhou mais uma vez nas profundezas do esquecimento. Dessa vez, não sonhou. Acordou com uma voz familiar, distante, doce. Em perigo.

— Por favor, Johannes! Responda o que eles querem saber! Qual a ordem certa das placas no globo metafísico?

Era Lady Allena Lemenoth, amarrada a uma cadeira em frente à cama. Johannes pensou por um momento estar delirando, mas a dor por todo o corpo lhe fez ter certeza de que não. Era difícil ficar consciente, mas a visão de sua antiga paixão desencadeou uma descarga de adrenalina.

— Allena? É.. é você mesmo? O que houve?

— Eles me capturaram, Johannes! Disseram que vão me matar se você não contar pra eles o que eles querem saber! Por favor, me ajude! Eu juro que tentei, fiz o possível para me lembrar das instruções do rabugento do Dascott, mas não consigo! Você sempre foi o melhor dos discípulos dele, sempre soube que conseguiria fazer coisas incríveis!

Johannes quase não podia acreditar estar ouvindo todos aqueles elogios. Concentrou-se na pergunta.

— As placas do globo metafísico. Certo. A placa de ferro precisa ser encaixada no soquete 'morto'. A placa de prata é ligada no soquete 'vivo'. E a placa de ouro é ligada no soquete de superposição do estado quântico.

O soldado purista aproximou-se, inquisidor.

— Tem certeza, mago? Se estiver mentindo...

— Ele está certo, Mirkhoff. A resposta faz sentido com o que eu me lembrava. Obrigada, querido.

Allena levantou-se da cadeira, desfazendo-se de suas amarras.

— Certifique-se de que ele não tenha uma morte muito sofrida. Já fez o bastante.

— Sim, capitã Lemenoth — assentiu o purista Mirkhoff, obrigando-se a guardar o chicote.

A verdade doeu mais no coração de Johannes do que a doença que lhe ceifava a vida.

— Por que, Allena? Por que aliou-se a eles?

— Por que não, Johannes? Eles estão certos. Não acha injusto que desafortunados como eu e você tenhamos de passar tanto tempo estudando a magia, enquanto outros precisam apenas espirrar pra fazer algo acontecer? E quando eles perceberem o poder que têm e decidirem acabar conosco? Não. É melhor que tomemos a frente. Com o poder dos colossos, viveremos em um mundo onde a magia é conquistada pelo mérito, de maneira igualitária. Pela pureza de Arton.

A capitã Lemenoth do exército purista deu as costas ao velho conhecido e partiu em direção ao construto. A mente de Johannes era um turbilhão de emoções e pensamentos, ofuscados pela dor e pelo abraço da morte.

Poderia ter acabado assim, seria uma misericórdia. Mas então, no último instante, enquanto refletia sobre a série de eventos que o levara até ali e fizeram Allena Lemenoth cruzar seu caminho, ele lembrou da resposta.

— O que significa a Transmutação? — perguntava seu pai.

— Significa poder escolher — respondia o filho. — Escolher ser o que eu quiser. Escolher que os outros sejam o que eu quiser. Escolher ser mais, ou menos, ou simplesmente diferente. Significa não estar preso ao destino, ao azar ou à ordem.

Ele não compreendia o que isso queria dizer na época. Mas compreendia agora e amargava a ironia de aceitar que seu pai estivera certo.

Em seu último instante, ele escolheu ser algo diferente. Algo diferente de seu corpo moribundo, prestes a definhar em definitivo. Escolheu ser aquilo que ele próprio criara. Ou, pelo menos, consertara. Bastou escolher e sentiu ter domínio sobre a sua própria alma. Removeu-a de seu corpo e colocou-a em seu novo receptáculo.

Enquanto a infecção tomava conta por completo do corpo de Lorde Johannes Sor-Fallon, Lady Allena Lemenoth terminava de ligar a placa de ouro no soquete de superposição do estado quântico no globo metafísico, trazendo o colosso de volta à vida. De uma forma nunca vista antes por nenhum purista no campo de batalha. Sem que suas fornalhas fossem alimentadas, sem que um batalhão de goblins o operasse por dentro, o gigante levantou-se. Lady Lemenoth, no interior do construto, desequilibrou-se e despencou em direção ao chão. Johannes olhou para suas mãos e as usou para alcançar a traidora, segurando-a com cuidado. Maravilhou-se com os novos sentidos e as novas capacidades. Viu os puristas reagirem com espanto pegando em armas. Expeliu fumaça tóxica pelo reator que ele próprio consertara e os viu desabando em espasmos. Allena gritava algo de dentro de sua mão, mas ele a ignorou. Viu o soldado Mirkhoff jogar seu antigo corpo no chão e entrar em um fútil acesso de raiva, chicoteando-o inúmeras vezes em sucessão. De certo, acreditava que o mago fornecera uma informação incorreta anteriormente. Ergueu o braço que não segurava Allena e chamas partiram em direção ao soldado. Ele gritou enquanto ardia até sua morte.

    O colosso que era Sor-Fallon olhou ao redor e viu o acampamento purista em frangalhos. Os goblins, imunes ao efeito tóxico da fumaça e não mais ameaçados pelos soldados puristas, debandaram em caos. Seguiu-os para fora, mantendo a antiga colega presa em sua mão. Fora da caverna, viu a luz de Azgher iluminando um platô elevado, à margem do qual se erguia uma floresta exuberante. Nas planícies no horizonte, conseguia ver campos manchados pelas cinzas e pelo sangue, profanados pelas batalhas sangrentas que ocorreram há poucas semanas.

    Levou Allena ao chão e encarou-a. Ela não compreendia o que havia acontecido, e ele não se importava. Pensou em tirar-lhe a vida, mas se viu incapaz de fazer isso. Desejou que as coisas tivessem sido diferentes, mas isso ele não podia mudar com suas escolhas. Caminhou até a beirada do platô e observou o rio correndo dezenas de metros abaixo. Expandiu sua consciência, sentiu os outros colossos puristas no campo de batalha, a quilômetros de distância. Sabia que podia escolher ser um deles, se quisesse. Com um surto de júbilo, sentiu a águia de ferro Céfir voando acima da planície devastada. Olhou para si mesmo, para o monstro que era e jogou-se do platô. O colosso remendado estilhaçou-se quando colidiu com o rio abaixo, sendo carregado pela correnteza. Johannes, a águia de ferro, acompanhou sua trajetória por um tempo, até as peças perderem-se no Iörvaen e, depois, no Rio dos Deuses. O fronte da guerra já havia deixado estes campos, mas ainda havia inúmeros colossos funcionais nas proximidades. Escolheu ser um deles. Havia trabalho a fazer.

    Esmagar. Incinerar. Intoxicar. Desacoplar as peças. Esmagar.

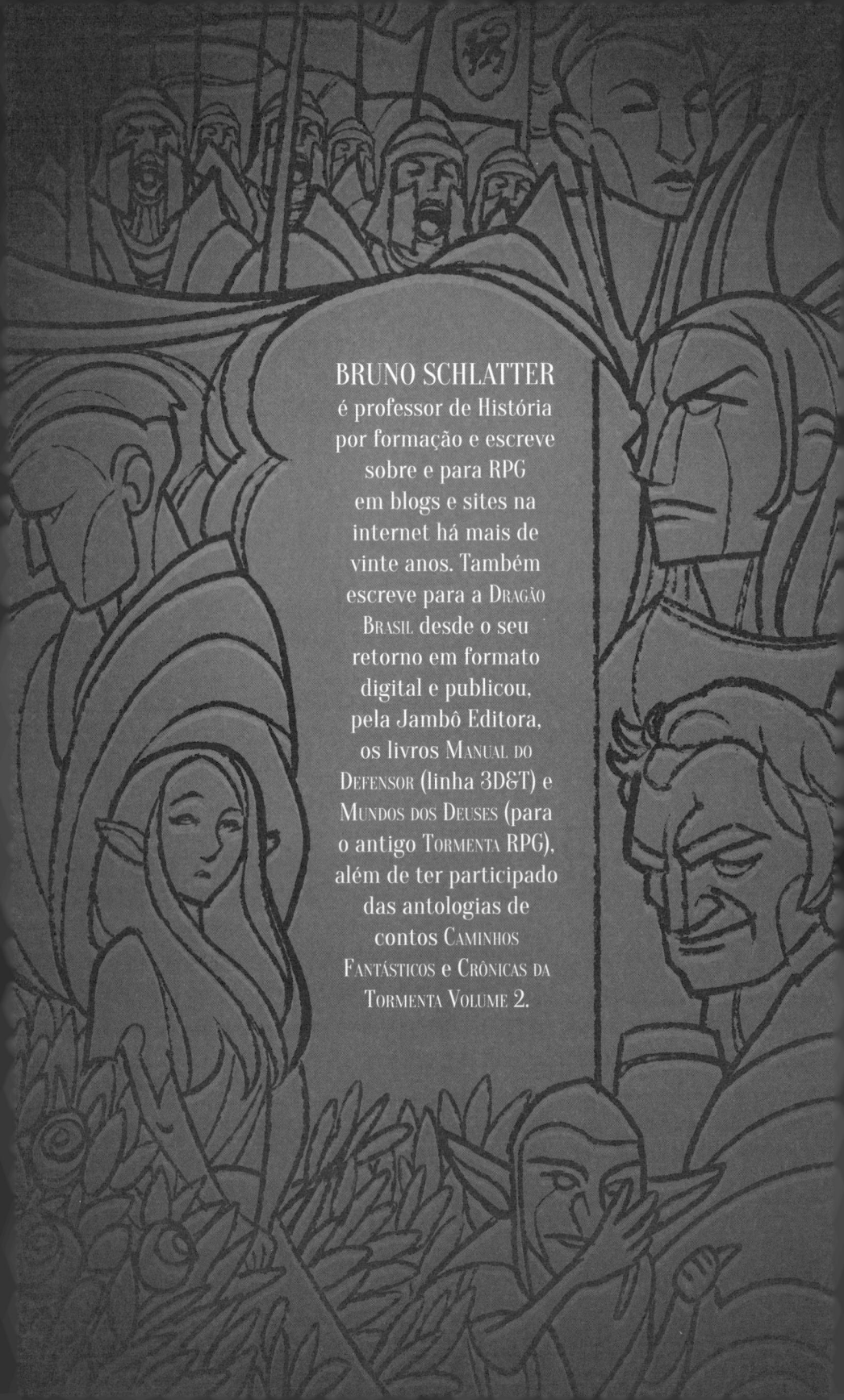

BRUNO SCHLATTER é professor de História por formação e escreve sobre e para RPG em blogs e sites na internet há mais de vinte anos. Também escreve para a Dragão Brasil desde o seu retorno em formato digital e publicou, pela Jambô Editora, os livros Manual do Defensor (linha 3D&T) e Mundos dos Deuses (para o antigo Tormenta RPG), além de ter participado das antologias de contos Caminhos Fantásticos e Crônicas da Tormenta Volume 2.

DA GUERRA

BRUNO SCHLATTER

—Por Arton! — GRITAVA A CAPITÃ À NOSSA FRENTE.

— Por Arton! — eu respondia, formando um eco junto a meus companheiros.

— Por Valkaria!— ela continuava.

— Por Valkaria! — respondíamos.

— Por Keenn! — completava.

— Por Keenn! — e eu já não era apenas um eco, mas elevava minha voz ante a dos colegas e gritava para que o próprio deus me ouvisse.

E assim, com um grito de ordem após o outro, mais uma região da nação estrangeira caía sob o domínio do exército purista. Voltávamos para a guarnição cobertos do sangue inimigo, bêbados na glória da vitória, contando uns para os outros nossos feitos na batalha e debochando das mortes que causamos.

Tudo parecia tão simples e correto. Agora, revejo aqueles dias e penso sobre eles. Eu era tolo e ignorante do mundo que me cercava.

Minha tropa era pequena, mas tínhamos fervor e devoção. Theo e Gus eram os amigos próximos, com quem dividia confidências e sentia-me à vontade. Então vinham a sargento Hannah, Gabo, Mariah, Jürgen, Hans... Contávamos dez soldados ao todo, além da sargento, dividindo dormitórios, mesas nos refeitórios, sessões de treinamento. O batalhão completo, com a base montada na ocupação de uma vila conquistada de Bielefeld, tinha talvez dez ou quinze tropas como a nossa. Éramos o Grupo de Assalto

Nove, ou, como nós mesmos nos chamávamos, os Capelães de Frieda, em homenagem à nossa capitã-cavaleira, uma nobre purista a quem dedicávamos nossa obediência, disciplina, admiração, e até mesmo alguma dose de paixão secreta juvenil.

— Pela pureza de Arton! — gritava ela, em treinamentos e batalhas.

— Pela pureza de Arton! — repetíamos, com todo o resto de nossa ladainha de combate, prontos para mais uma vez lutar pela glória da nação.

Eu era tolo e ignorante.

Tínhamos dois credos principais. Em primeiro lugar, Valkaria, a Deusa da Ambição, Mãe da Humanidade e Padroeira das Aventuras e Conquistas. Era a criadora de nossa raça, que nos dera o fogo ardente que queima em nossas almas e nos impele sempre em frente, sempre em busca de mais.

E então havia Keenn, o Deus da Guerra, o Grande General e Senhor dos Conflitos. Se Valkaria nos dava o fim, Keenn nos dava os meios: a guerra e a luta, o conflito incessante através do qual conquistaríamos nosso lugar de direito e construiríamos a nova ordem artoniana.

Eu sabia bem a qual dos dois dedicava a maior devoção. Valkaria colocara meus ancestrais no mundo, e através deles me dera a vida que tenho hoje; mas era Keenn quem dava sentido a essa vida, e os meios para fazer dela o que bem entendesse. A guerra era mais do que violência e conflito: era uma oportunidade, uma chance de sair de uma existência pífia, tornar-me parte de algo maior, e me elevar ao patamar de heróis.

Que outro destino poderia ter um filho de fazendeiro? Um jovem introspectivo e tímido demais para a vida no campo, sem outra perspectiva, além de passar o resto dos dias entre pilhas de feno e montes de excremento de animais? "Pegue uma espada e vá viver uma aventura!", diria o devoto de Valkaria. Como se uma boa espada e o treinamento para usá-la pudessem ser encontrados embaixo de qualquer árvore!

Não! Apenas na guerra a oportunidade existia de verdade. A possibilidade de assinar um termo de recrutamento, deixar para trás a fazenda e as brigas fúteis entre vizinhos e familiares, receber treinamento e ganhar equipamento de qualidade. Apenas na guerra havia o sentido, a busca, não do tesouro e da fortuna egoístas de um aventureiro, mas pela glória maior da minha pátria nativa, que me enobreceria e tornaria parte de algo verdadeiro e profundo.

Guerra era ordem. Na guerra não havia dúvidas ou incertezas. Generais decidiam as táticas e estratégias, os oficiais as passavam para as tropas, e nós as executávamos, rígida e rigorosamente. O medo que sentíamos ao pisar no campo de batalha, logo desaparecia quando nos colocávamos em formação e uníamos nossos escudos. Às vezes ele retornava, é bem verdade, e tremíamos por um instante ante o risco de morte. Mas balançávamos a cabeça e íamos em frente, pois apenas um segundo de hesitação seria o suficiente para uma lança inimiga atravessar a defesa e atingir um companheiro.

Guerra era tudo. Na guerra não havia espaço para o pessoal ou o individual; éramos um só corpo, um só ser, movendo-se em uníssono pelo campo de batalha. Cada movimento era calculado, cada ação era ensaiada e ponderada. Formávamos paredes de escudos, nos dividíamos e atacávamos pelos flancos, nos infiltrávamos e desmontávamos a formação inimiga. Se o exército da Supremacia Purista era uma máquina, eu era a sua engrenagem mais dedicada e eficiente.

Sim, eu era tolo e ignorante.

Suprimir o indivíduo é trabalhoso. Vínhamos de locais distantes dentro do reino, havia entre nós filhos de fazendeiros, de comerciantes, de artesãos. Qualquer tentativa de conversa exporia toda essa diferença, e a unidade de que precisávamos se desfaria em uma massa disforme de recrutas. Para que um grupo tão diverso agisse com simetria e precisão, era preciso criar uma identidade, mostrar-nos onde éramos iguais e nos fazer enxergar a nós mesmos quando olhávamos para os outros. E só havia um ponto onde isso acontecia de maneira universal e inequívoca.

No ódio.

Éramos iguais por que odiávamos quem era diferente. E havia muitos "diferentes" para se odiar em Arton. Elfos eram frouxos e arrogantes. Anões eram brutos e sujos. Hynnes eram preguiçosos e trapaceiros. Apenas goblins eram toleráveis — asquerosos e nojentos, sim, mas ao menos *sabiam o seu lugar*; você os encontraria aos montes pelas guarnições, submissos, limpando as latrinas e rastejando pelo lixo, oferecendo sua inventividade na forma de máquinas e engenhos de guerra.

Uma míriade de raças não-humanas habitava o continente, e cada uma só servia para realçar o que fazia de nós, os humanos, únicos e grandes. Era fácil culpá-las por tudo o que havia de errado em nossas vidas. Quando você é infeliz e frustrado, tudo o que quer é alguém para quem apontar o dedo e descarregar o peso do seu fracasso. Nossos líderes sabiam bem disso: em suas viagens para atrair seguidores, em púlpitos erguidos em meio a uma multidão de descontentes, realizavam discursos exaltados em que glorificavam o rancor, davam-no razão e significado, e assim o transformavam em uma virtude a ser cultivada.

— Somos humanos! — bradavam a plenos pulmões, o sol reluzindo nos brasões metálicos de seus uniformes. — Os filhos da ambição, os escolhidos de Valkaria! O domínio de Arton é o nosso destino manifesto! E às demais raças há a opção de se submeterem... Ou desaparecerem!

A multidão então explodia em gritos e ovação, ecoando até o horizonte. O orador sorria. Logo boatos se espalhavam sobre elfos que amaldiçoavam as plantações, anões que bebiam e se tornavam violentos, hynnes que saqueavam as lojas à noite. Mesmo que a maioria de nós jamais tivesse presenciado um desses eventos, ou sequer tivesse tido contato prévio com tantos seres exóticos, era apenas um detalhe. Conhecíamos as histórias, sabíamos bem o que estava errado em nossas vidas, e isso nos bastava para fazer filas enormes em frente às mesas de recrutamento.

E então, nas tavernas e salões comuns após as batalhas, já havia um assunto comum para tratar.

— Meu pai era o melhor sapateiro de Kannilar — dizia o novo recruta.

— Ele já foi assaltado por um hynne? — o primeiro de nós perguntava.

— O que ele pensava sobre elfos? — o segundo continuava.

— Meu pai tinha uma ferraria, até que um anão bêbado que queria comprar um machado se irritou e destruiu tudo — dizia o terceiro.

Não nos incomodávamos em saber mais uns sobre os outros, a respeito do que nos tornava únicos e diferentes, quando podíamos nos ater àquilo que nos unia.

Eu era tolo e... bem, não vou me repetir.

Essa é a história de minha queda.

Estávamos em um intervalo de movimentações de tropa mais intensas, e, como acontecia nessas ocasiões, a guarnição havia caído em uma rotina de marasmo e tédio. Os dias eram divididos entre dias de ronda, dias de treino e dias de descanso. Os primeiros eram dias de serviço; montávamos guarda, circulávamos por entre as ruelas e casas, prendíamos soldados bêbados e outros arruaceiros. Os segundos eram os dias de dedicação e esforço, nos concentrávamos e preparávamos para as próximas batalhas.

Os terceiros eram gastos em sua maioria nos salões comuns, onde nos reuníamos para conversar, beber, interagir. Eu costumava chegar cedo, sentar sozinho em uma mesa, pedir uma bebida e ficar olhando para o vazio. Então, chegavam os colegas de tropa, sentavam ao meu redor, e um deles, geralmente era Theo, batia nas minhas costas e dizia:

— O que houve? Viu um elfo?

Pensando hoje, é curioso perceber o quanto de nossas conversas giravam em torno de elfos. Nutríamos por eles o ódio mais profundo que somos capazes de conceber, mas, ainda assim, nos fascinavam de uma forma que anões ou hynnes eram incapazes de fazer. Elfos preenchiam nossas expressões corriqueiras — olhar reflexivo para o vazio era "ver um elfo", agir com fraqueza era "agir como um elfo." Contávamos histórias e mais histórias sobre eles: no nosso imaginário, eram seres misteriosos, monstros esguios de orelhas compridas que usavam magias proibidas e seduziam humanos inocentes com promessas de aventura, para então sacrificá-los para a sua deusa caída.

Outras eram histórias mais mundanas, mas ainda guardando uma dimensão de aviso e precaução. Falavam dos Protocolos dos Sábios de Lenórienn, conspirações para a dominação de Arton, planos minuciosos de seitas secretas élficas para influenciar em segredo os reinos humanos. Sempre havia, é claro, quem mencionasse a Aliança Negra, o exército goblinoide do continente ao sul, que havia invadido e conquistado a grande capital élfica.

— Se me perguntarem, estão só preparando o terreno para nós — ouvi um sargento dizer certa vez após alguns canecos de hidromel. — Onde já se viu um goblin com delírios de grandeza? Querem apenas nos poupar o trabalho, limpando a sujeira élfica antes de chegarmos lá.

Provavelmente era em um dia desses, tarde da noite, quando eu já havia passado um pouco do ponto no hidromel, eu me desculpei e falei que precisava tomar um pouco de ar. Saí cambaleando pela porta da frente, e, me apoiando nas paredes, terminei por dar a volta e cair de costas por cima do lixo nos fundos do salão. À minha frente, apenas o bosque que havia atrás da guarnição testemunhava a vergonha que eu passava.

Apaguei por alguns minutos. Quando acordei, vi sobre mim um rosto de criança, os olhos abertos em um espanto curioso. Tinha feições delicadas, um queixo angular, e longos cabelos púrpuras caindo por trás das orelhas pontudas.

Uma elfa!

Me levantei em um movimento brusco, empurrando-a e sacando a adaga que carregava na cintura. Ela pulou para trás e se encolheu com o susto.

Talvez eu devesse ter acabado com ela ali mesmo. Sei bem que fora treinado para aquilo, e não havia razão para mostrar qualquer sinal de piedade, mesmo que fosse uma criança. Mas... Não parecia certo. Ela estava indefesa, desarmada, nada podia fazer contra mim. Eu, ao contrário, não teria qualquer dificuldade em puxá-la, levantá-la e cortar sua garganta.

Olhei para a elfa. Ela tremia sem parar, encolhida. De repente, lembrei da família que deixara para trás quando me alistei, das minhas irmãs pequenas assustadas quando ouviam uma história de elfos que raptavam bebês e os levavam para a floresta.

Guardei a adaga. Devagar, com cuidado a cada passo que dava, me aproximei e abaixei próximo a ela.

— Você está bem? — Não tive resposta. A elfa parecia ter medo demais até mesmo para falar. — Não se preocupe, não irei machucá-la.

Peguei o cantil no cinto, que ainda tinha alguma água, e estendi para ela. Após alguma relutância, ela estendeu a mão, o pegou e bebeu seu conteúdo em poucos goles, jogando-o de volta na minha direção.

Fiquei em silêncio por alguns minutos, tentando decidir o que fazer. A elfa permanecia encolhida, ainda trêmula, com medo demais para se mexer e tentar fugir. Num impulso, falei:

— Volte aqui em três dias. Trarei um pouco de comida para você.

Levantei e me recompus, e então segui de volta para o salão comum. Quando virei-me para vê-la uma última vez, já havia desaparecido entre as folhagens.

Do lado de dentro do salão, tudo continuava igual. Soldados falavam alto, atendentes riam, um sargento improvisava uma canção popular em um alaúde fora do tom. Mas alguma coisa no ar já me parecia diferente.

— Por que demorou tanto? — Theo perguntou quando sentei à nossa mesa. — Encontrou uma elfa?

Virei-me para ele, assustado, mas percebi que sorria largamente, quase ao ponto de começar a gargalhar. Forcei um sorriso nervoso de volta, e continuamos a conversar sobre banalidades.

Os três dias passaram devagar. Sempre que minha mente devaneava em meio às obrigações, me pegava pensando na elfa e imaginando se ela voltaria a aparecer. Uma parte de mim preferia que não — seria muito mais simples, apenas voltar à rotina como se nada tivesse acontecido. No entanto, uma parte muito maior ansiava por vê-la novamente, com todos os riscos que isso traria.

No dia combinado, aproximadamente no mesmo horário, me desculpei com meus colegas e fui para os fundos do salão outra vez. Chamei por ela, mas não respondeu. Eu estava a ponto de voltar resignado para o salão quando ouvi um barulho em meio às folhagens, ela saiu de dentro de alguns arbustos e veio até mim.

Eu tinha comigo um pouco de pão e umas frutas pequenas, que cabiam em meus bolsos, entreguei a ela, sem dizer nada. A elfa os devorou com tamanha velocidade que me perguntei se sequer tinha comido alguma coisa desde nosso último encontro.

— Qual o seu nome? — perguntei.

Não respondeu. Tentei fazer mais algumas perguntas, mas a elfa permanecia em silêncio, no máximo fazia gestos e balançava a cabeça em afirmação ou negação. Suspirei, frustrado, mas compreendi que não conseguiria mais nada naquele dia. Com alguma dificuldade, combinei que a encontraria nos meus dias de descanso, e sempre traria alguma coisa para comer.

Fico pensando, às vezes, por que não a entreguei aos meus superiores. Era o que nossas ordens mandavam que fizéssemos, se tivéssemos qualquer contato com um não-humano desconhecido nos arredores da guarnição. Cheguei a pensar por um tempo e repeti muitas vezes para mim mesmo que pretendia fazê-lo, mas queria questioná-la e descobrir mais sobre ela primeiro, de onde vinha, por que estava ali, onde estava sua família.

Hoje tenho certeza de que a ideia de entregá-la nunca me passou pela cabeça. Ela não parecia ameaçadora, nem representar qualquer perigo para a nação ou a guerra que lutávamos — não conseguia sentir que estivesse cometendo traição em não mencionar a sua existência. Mas sabia bem que não poderia revelá-la a ninguém, pois a maioria dos outros soldados, se não todos eles, não hesitaria em aprisioná-la.

Acho que, principalmente, o sentimento despertado por ela em mim era curiosidade. A despeito do ódio que nutria, a verdade é que eu — assim como muitos de meus colegas — jamais havia visto um elfo antes. Todo o nosso sentimento emergia de discursos exaltados de generais e histórias que corriam por entre os soldados. Travar contato com um deles, ali, nos arredores da guarnição, me enchia de uma energia empolgante, um êxtase jovial, como uma criança que descobre um segredo e quer guardá-lo para si.

Nas semanas seguintes, aos poucos, fui deixando-a se tornar parte da minha rotina. Os dias de descanso, antes tomados de um marasmo arrastado, agora passaram girar em torno dos nossos encontros. As horas anteriores eram sempre rodeadas de antecipação, enquanto buscava algo que pudesse levar e pensava na desculpa que daria aos meus companheiros.

— Preciso tomar um ar.

— Vou visitar as latrinas.

— Tenho que falar com um goblin.

Sentia o peito palpitar enquanto corria para atrás do salão, o medo de ser descoberto ou de ela não aparecer tomando conta de mim. Mas então vinha o alívio de vê-la novamente e eu me sentia leve.

Não eram encontros muito demorados, pois uma ausência longa demais poderia levantar suspeitas ou, ao menos, o temor em meus colegas de que algo me tivesse acontecido, o que os levaria a sair para investigar. Ainda assim, eram o ponto alto do dia. Tudo o que fazia me encaminhava para lá e me ocupava o pensamento pelas horas que se seguiam.

No começo, tentava fazer perguntas e incentivá-la a falar algo sobre si, mas não tinha muito sucesso. Assim, no lugar de conversar, após alguns encontros passei apenas a observá-la enquanto comia. Reparava em seus cabelos desgrenhados, que não deviam ter cuidado há muito tempo, assim como no rosto sujo e nas roupas encardidas e repletas de rasgos. Havia uma fragilidade em cada um dos seus gestos, como se um pouco mais de força ao se mover pudesse fazê-la quebrar.

Certa vez, quando saiu dos arbustos para vir em minha direção, percebi que mancava e andava com dificuldade. Corri para ver o que estava errado, com medo de que fosse um ferimento grave. Suspirei aliviado ao examiná-la: era apenas uma entorse leve no tornozelo, que necessitava de pouco mais do que algumas horas de imobilização.

Improvisei uma tala com um galho grosso e um pedaço rasgado da camisa — quando voltei ao salão, disse que havia prendido o uniforme em uma árvore —, e a instruí sobre quando tirá-la e as precauções que devia tomar. Ela balançou a cabeça em entendimento e, pouco depois, nos despedimos.

Tarde da noite, no entanto, já deitado em minha cama no dormitório, ainda pensava sobre o encontro. Temia que a tala prejudicasse demais sua mobilidade, e dificultasse o seu esconderijo. A floresta ao redor da guarnição era perigosa, afinal, com seus animais selvagens e predadores.

De repente me dei conta e começara a rir. Eu estava preocupado com uma elfa!

— É de você que nós temos tanto medo? — murmurei para ninguém.

Sem que percebesse, os encontros com a elfa mudaram minha vida na guarnição. Tinha ainda as mesmas atividades, as mesmas obrigações, mas as vivia de formas completamente diferentes. Já não me sentia tão à vontade em meio aos soldados, sentia-me incomodado com os discursos exaltados dos sargentos, ria nervoso quando ouvia piadas sobre não-humanos. Sentia-me como se a qualquer momento alguém pudesse apontar o dedo para mim e revelar a todos meu segredo.

A ordem sólida que para mim era a disciplina militar aos poucos se desmanchava no ar. Já não tinha a mesma concentração nos treinamentos; em exercícios de tropa, era sempre no meu escudo o ponto vulnerável, a minha lança que falhava em atravessar a formação inimiga.

Um dia, após mais uma disputa perdida, Gus avançou com raiva contra mim.

— O que está acontecendo? Você está parecendo um elfo!

Pulei sobre ele sem pensar, derrubando-o com violência. Desferi uma sequência de socos pesados em seu rosto. Ele tentou bloquear com os antebraços, mas meus golpes atravessaram na maioria das vezes. Seu rosto já estava empapado em sangue quando ele conseguiu se desvencilhar e inverter nossas posições.

Trocamos de lugar uma, duas, três vezes. No fim, foram necessários cinco soldados para nos separar, três deles me segurando e puxando para trás.

— Era assim que você devia ter feito no exercício! — Gus cuspiu sangue e dentes para mim antes de nos separarmos.

Pouco depois, enquanto me recuperava na enfermaria, a capitã veio até mim. Tremi ao vê-la, pois esperava que fosse a sargento de nossa tropa que me reprimiria. A presença da nobre dava ao ocorrido um ar mais grave e criava em mim o receio de uma punição severa.

Quando falou, no entanto, tinha um tom de calma e condescendência.

— Ninguém mais está aqui. Qualquer coisa que disser ficará apenas entre eu e você. Conte-me o que está errado.

Fiquei paralisado. Por um instante, tive a impressão de que ela sabia. Olhava-me com seriedade e julgamento, mas também como se suplicasse por uma resposta, como se ela própria tivesse um peso que queria descarregar.

Não tive coragem de arriscar: desconversei, inventei qualquer história sobre notícias familiares, a saúde das irmãs, coisas que me tiravam a concentração. Ela suspirou, aparentemente decepcionada, mas não insistiu. Minha punição foi leve, em poucos dias estava de volta à velha rotina.

Algum tempo depois, a tropa foi chamada às pressas durante o turno de guarda pelo comando da guarnição. O refúgio de um grupo de elfos fora encontrado nas redondezas, deveríamos invadi-lo e prender ou executar seus moradores.

Eu suava frio enquanto ouvia as ordens da missão. Em minha mente, via apenas a imagem da elfa, encolhida, tremendo de medo. Não tinha dúvidas de que estaria lá.

Saímos em marcha. Meu coração acelerava a cada passo que dávamos, cada curva que fazíamos. Tive a impressão de que o caminho era muito mais longo do que parecia no mapa — devíamos alcançá-lo em poucos minutos, mas, em minha ansiedade, pareceram horas de caminhada.

Enfim chegamos e caímos como uma tempestade sobre os elfos. Éramos a própria foice de Keen: rápidos, precisos, mortais. A ordem que recebemos falava sobre prender, mas a maioria de nós não estava preocupada com isso. O ódio que sentíamos era grande demais para que qualquer coisa que não a morte nos satisfizesse.

Eu, no entanto, tremia a cada golpe que executava. Não sabia o que faria se a encontrasse — quando a encontrasse. Cada elfo que caía poderia ser o seu irmão, a sua irmã, o seu pai ou a sua mãe. Cada aposento que invadíamos podia ser onde ela estava, e cada parede falsa que derrubávamos, aquela que a escondia.

De repente, o campo de batalha já não me parecia tão disciplinado. Não encontrava mais a segurança da formação militar, não via a certeza do sucesso em cada movimento ensaiado nos treinamentos. Meu escudo não era tão firme e mais de uma vez estive a ponto dele ser sobrepujado por uma espada ou magia élfica.

Quando um elfo derrubou-me com um puxão invisível e preparava-se para me executar, Theo bloqueou o seu golpe e empurrou-o para longe. Mas pouco depois estava novamente ao chão, esperando que a espada descesse sobre mim; desta vez foi a lança de Gus que vi trespassando o inimigo por trás, com um brilho de fúria ardendo nos seus olhos.

— Morte aos elfos! — ele gritava, com a raiva de um cruzado.

A morte me rodeava por todos os lados, eu já não sabia o que fazer para evitá-la. Quando o último elfo caiu sob a lança da tropa, soltei um longo suspiro, e me esforcei para conter as lágrimas que começavam a se acumular em meus olhos.

A elfa não estava entre os corpos. Tentei vasculhar mais uma vez para me certificar, com a desculpa de estar buscando espólios de batalha, mas, sem ninguém que parecesse com ela, recolhi minhas armas e juntei-me à marcha de retorno.

Ainda assim, não consegui dormir naquela noite. Estava tenso, nervoso, temeroso de que ela não aparecesse no nosso próximo encontro. Mas, no dia seguinte, lá estava, e eu corri para abraçá-la com uma intensidade que não sabia existir em mim.

Ela pareceu um pouco assustada de início, mas logo aceitou e devolveu o abraço. Antes que percebesse, eu já chorava sem controle sobre seu ombro.

A elfa ficou em silêncio por algum tempo, mas então aproximou o rosto do meu ouvido.

— Thallya — disse baixinho. — Meu nome é Thallya.

O ataque ao refúgio élfico me conscientizou para o perigo que Thallya corria. A guarnição não era um local seguro e eu me penitenciava por não ter percebido mais cedo. Cada dia que passava era mais um em que ela poderia ser sido encontrada, aprisionada, executada.

    Comecei a imaginar meios de enviá-la para longe. Passei a estudar mapas das redondezas, dizendo estar me preparando para uma eventual batalha. Nos meus turnos de ronda, tentava observar detalhes da guarnição, decorar a sua rotina, desvendar possíveis rotas de fuga. Frequentemente me pegava imaginando quais companheiros me apoiariam se desertasse. E nos salões comuns, estava sempre atento a conversas alheias, tentando colher informações e ouvir rumores que pudessem me ajudar.

    Foi em uma dessas conversas que me dei conta de que, talvez, já soubesse o caminho que deveria seguir.

    — Esses goblins malditos! — dizia um soldado para o seu companheiro de tropa. — Parece que cada vez que lhes entrego minha besta, ela aparece com um defeito novo.

    — Cuidado quando lida com eles. Parecem servis e submissos, mas ainda são não-humanos. Não são confiáveis.

    Era uma conversa banal, mas que me remeteu de repente a histórias mais antigas que eu conhecia. Logo lembrei de boatos que ouvia desde os tempos de recruta: goblins não amam Supremacia Purista, e ajudarão qualquer possibilidade de sabotagem. Bastava falar mais alto quando um ajudante de cozinha passar, se deixar escutar, como que por acaso, pelos limpadores de latrinas, conversar casualmente com um deles nos fundos da estalagem; eles entenderão e logo a solução que procura surgirá como que por mágica à sua frente.

    As histórias sempre me soaram como lendas bobas de guarnição, do tipo que soldados entediados inventam para animar conversas nos salões comuns, ou uma desculpa para destratar e punir trabalhadores. Como um bando de goblins, infiltrados em meio a tropas inteiras de soldados treinados, teria a capacidade de articulação para ajudar dissidentes em completo segredo? Não fazia sentido que nunca tivesse ouvido notícias de conspiradores capturados e executados.

    Naquele momento, no entanto, mesmo uma lenda boba me daria esperança. Tentei seguir os protocolos de que lembrava, sem muita fé de que funcionassem. Por vários dias procurei estar próximo a trabalhadores goblins, conversei alto a respeito de rumores de elfos tentando fugir, cheguei a temer ser escutado pelos indivíduos errados e preso como subversivo. Estava a ponto de desistir quando um catador de lixo me parou durante uma ronda.

— Ele o encontrará em cinco dias, após o pôr do sol, na estalagem da vila ocupada — sussurrou. — Leve a elfa e a deixe escondida do lado de fora.

O resto da ronda passou rápido. No dia seguinte encontrei Thallya e disse a levaria comigo em uma viagem, explicando quando e onde me encontrar.

No dia combinado me despedi dos companheiros de tropa com uma desculpa qualquer e saí para encontrá-la. Tive um pouco de medo de que não aparecesse, mas, afinal, estava lá quando cheguei. Pedi que me acompanhasse escondida, atenta para onde íamos mas sem ser vista. Ela fez um pequeno gesto com a mão e, bem diante dos meus olhos, desapareceu.

— Ainda estou aqui — ouvi vindo do local vazio onde ela se encontrava antes. — Não serei vista.

Não nos demoramos. A vila ficava próxima da guarnição; menos de uma hora de caminhada, a maior parte pelos ermos, onde era pouco provável encontrar uma tropa. Por outro lado, seria muito fácil armar uma emboscada. Me mantive tenso por todo o caminho, andando com pressa, olhando para trás a cada par de passos, ansioso para que tudo se resolvesse.

Apertei o passo assim que enxerguei a estalagem no horizonte. Antes de chegar, me escondi em meio à vegetação e chamei por Thallya, que me respondeu sem desfazer o feitiço.

— Espere do lado de fora, como fazia na guarnição — tomei o silêncio como uma assertiva e segui em direção à porta de entrada.

O lado de dentro não era muito grande; talvez seis ou sete mesas, metade delas ocupadas, e um balcão com um único indivíduo conversando banalidades com o estalajadeiro. Apenas duas garçonetes caminhavam pelo salão, enchendo copos e levando pratos vazios.

Uma das mesas num canto escuro me chamou a atenção, onde sentava-se um homem vestindo trapos empoeirados com uma caneca de hidromel intocada à sua frente. Tinha um rosto de feições angulares, com cabelos loiros longos e desgrenhados, e olhos endurecidos, como se já tivessem visto mais do que queriam na vida. Quando me percebeu olhando para ele, fez um gesto com a mão apontando para a cadeira à sua frente. Fui até lá e me sentei.

— Você é o soldado com um segredo — falava como uma afirmação, não uma pergunta. Sua voz era melodiosa e cadenciada. — Conte-me.

Contei-lhe toda a história. Acho que não havia percebido até então o quanto precisava falar. Sentia-me tão sozinho desde que tudo começou, não estava mais à vontade entre os antigos companheiros, passava os dias olhando por cima dos ombros com medo de estar sendo seguido. Minha rotina era tomada de medo e tensão. Agora, de frente com alguém disposto a me ouvir, todas as travas sociais que eu tinha se desfizeram. Não deixei qualquer detalhe de fora. No fim, desabei em lágrimas enquanto relatava o ataque ao esconderijo élfico.

Ele me olhava com atenção, impassível. De vez em quando fazia uma pergunta rápida, ou pedia mais detalhes sobre alguma situação. Balançava a cabeça com frequência, mas não me interrompia a menos que julgasse necessário.

De repente, um raio de dúvida atravessou meu pensamento.

— Como sei que posso confiar em você?

Ele sorriu. Olhou rapidamente para os lados, cuidando que ninguém nos observasse, então levantou levemente o cabelo do lado esquerdo, deixando a orelha aparecer.

Apertei os olhos para observá-la. Parecia uma orelha comum, redonda, mas então reparei na sua extremidade: ela fechava-se levemente em um ângulo agudo.

— Você é um mestiço.

— Sim. — Ele escondeu a orelha novamente sob os cabelos. — E agradeceria se fosse mais discreto quanto a isso.

— Como...?

— ...eu não fui percebido? — sorriu novamente. — Você superestima seus companheiros. Falam muito sobre a inferioridade dos não-humanos em relação a si próprios, mas a verdade é que só veem aquilo que querem. Não ser um elfo puro facilita as coisas, claro, já que não é difícil passar por um humano; talvez um pouco mais esguio que a média, mas ainda humano. Eu garanto que poderia me alistar no seu exército, talvez até me tornar um capelão de guerra do Templo da Pureza Divina, e ninguém perceberia.

Ele pareceu rir para si mesmo, e eu relaxei.

Saímos da taverna para encontrar Thallya. Estava escondida nos fundos, em meio ao lixo, já com a magia de invisibilidade desfeita. Nos aproximamos, o que a fez se recolher, assustada. Estendi a mão, mas ela não a segurou.

— Não se preocupe. Sou apenas eu, e o homem que irá ajudá-la a fugir.

Ela ainda relutava, então a segurei e puxei para perto de nós. O meio-elfo a pegou pela mão e trouxe para o seu lado.

— Não se preocupe. Ela ficará bem.

— Obrigado — senti meus olhos começarem a marejar. — Pelo menos a história dela terá um final feliz.

Ele riu outra vez.

— Estamos em guerra, garoto — disse, enquanto se virava e começava a caminhar para ir embora. — Guerras não têm finais felizes.

Guerras não têm finais felizes. Aquelas palavras ainda ecoavam na minha cabeça quando os dois desapareceram do meu campo de visão. Me recompus e comecei também o caminho de volta.

Foi uma viagem mais tranquila. Sentia-me leve e calmo, caminhando devagar, sem pressa para chegar. Livre do peso que carregara nas semanas anteriores, subitamente me via pensando em banalidades — a última sessão de treinos com a tropa, o que almoçaria amanhã, com quem dividiria a próxima ronda.

Estava já próximo à entrada da guarnição quando senti uma pancada na cabeça e tudo ficou escuro de repente.

○

Acordei em uma cela de prisão, já durante o dia. Não sabia dizer o horário, mas o sol reluzia forte por uma janelinha alta, protegida por barras de ferro. Quando dei os primeiros sinais de vida o soldado do lado de fora se levantou num pulo, saiu por uma porta e se ausentou por vários minutos. Quando retornou, trazia mais dois soldados e um oficial.

Os três me tiraram da cela e levaram por entre corredores escuros. Outro oficial e um goblin nos aguardavam em uma sala toda fechada e sem janelas, iluminada por um lampião a óleo preso ao teto. Ao seu lado havia uma cama retangular de madeira coberta com cintas de couro. Ainda grogue, não resisti quando os soldados me colocaram sobre ela, com os braços e pernas esticados, prenderam meu torso, pés e pulsos.

— Vamos começar — disse um dos oficiais. — Onde estão os outros elfos?

Confuso, não respondi. O goblin girou uma manivela ao lado da cama, puxando as cintas e esticando o meu corpo pelas extremidades.

Gritei de dor.

— Onde estão os outros elfos? — repetiu, sem mudar o tom de voz.

A tortura continuou por horas. Os oficiais eram metódicos e frios, com movimentos controlados e gestos econômicos. Perguntavam sem alterar o tom de voz, sem trair emoção, enquanto o goblin ao meu lado operava o mecanismo em completo silêncio.

— Onde estão os outros elfos?

Eu não sabia o que responder. Thallya era a única elfa que eu havia encontrado, mas isso não parecia satisfazê-los.

Afinal pararam, me soltaram e levaram de volta para a cela. Jogaram-me como um cadáver e deixaram estirado no chão. Eu mal conseguia me mover, adormeci ali mesmo.

No dia seguinte, sem comer, fui levado de volta à mesma sala. Deram-me um pouco de água para que conseguisse falar, e a tortura continuou.

— Onde estão os outros elfos?

Seguiam insatisfeitos com a minha ignorância. Ao fim da sessão levaram-me de volta para a cela; um soldado veio pouco depois, trazendo uma tigela com pão duro e algum ensopado disforme cujo conteúdo eu não conseguia identificar. Comi com dificuldade, sem levantar do chão, os pedaços de pão molhado descendo como pedras pela minha garganta.

No teceiro dia, Theo e Gus foram chamados em meio à sessão.

— O que aconteceu? Aqueles orelhudos fizeram alguma coisa com você? — Theo parecia genuinamente preocupado.

— Nos ajude a encontrá-los. Vamos fazê-los passar por tudo o que você passou, em dobro! Triplo! — Gus era pura raiva e rancor, com olhos que brilhavam em um ardor avermelhado.

No dia seguinte, foi a vez de Frieda. A presença da capitã me surpreendeu, mas compreendi, pela conversa com o oficial, que ela própria havia pedido para me questionar.

— Vamos — ela falava calma e pausadamente. Seu olhar era condescendente, como uma mãe olha para um filho se desculpando. — Você sabe como são os elfos. Isso que você acha que sente por eles, não é real. Elfos são bruxos e feiticeiros. Dominam uma magia misteriosa, que nem eu nem você entendemos. Você está sob efeito de um encantamento, um ritual maléfico que o puxou para o lado deles. Reaja! Desperte!

As palavras da capitã ainda ecoavam em meus ouvidos quando fui levado de volta à cela. Poderia ser verdade? Teria Thallya conjurado uma magia e me deixado enfeitiçado? Talvez fizesse sentido: eu havia sido prestativo demais com a elfa. Não parecia natural que esquecesse tão prontamente tudo o que acreditava a seu respeito, tudo o que, então, sabia ser verdade sobre a sua raça, e apenas a ajudasse como a uma pedinte qualquer. E eu, de fato, tivera provas de que ela tinha poderes mágicos.

Tentei imaginar Thallya dessa forma, uma vilã mesquinha, encantando um soldado jovem e ingênuo para ajudá-la a sobreviver e, talvez, atingir de alguma forma a nossa tropa. Mas alguma coisa ainda parecia errado. Pensei em nosso primeiro encontro, os olhos arregalados, o medo implícito no tremor dos seus gestos quando lhe ofereci algo para beber. Ela era tão frágil, tão indefesa; em nada lembrava os monstros de orelhas compridas das histórias de recrutas.

De repente, fui invadido por uma sensação de conforto. Não, Thallya não era assim — e eu a havia salvo de um destino como o meu. Eu podia aguentar a tortura. Eu era um soldado. E ela? Só de imaginá-la sofrendo, o corpo pequenino preso por cintas de couro, a expressão e o grito de dor... Desde que estivesse a salvo, eu podia resistir. Nenhum mal que fizessem me atingiria, enquanto soubesse que ela estava bem.

Naquela noite, dormi tranquilo. E então, no dia seguinte, ele apareceu.

Já estava preso no aparato de tortura quando ouvi a porta da sala se abrindo novamente, seguido de uma voz melodiosa e cadenciada falando ao oficial.

— É este o preso?

Senti meu coração parar por um segundo. Virei o rosto com dificuldade para vê-lo, reconhecendo de imediato suas feições angulares, os olhos endurecidos, como alguém que já vira mais do que gostaria na vida, o cabelo loiro comprido preso por uma fita na altura do pescoço, escondendo as orelhas. No lugar de trapos empoeirados, no entanto, vestia um uniforme militar, com o brasão da Supremacia Purista e os símbolos de Keenn e Valkaria estampados como medalhas em cada um dos ombros.

— É sim, capelão von Clause — o oficial respondeu.

Aquela sessão pareceu ser mais longa, dolorosa e cruel que as demais, ainda que seguisse o mesmo roteiro. Von Clause observava a tudo em silêncio, de um canto da sala, enquanto eu gritava de dor e repetia nada saber sobre elfos escondidos nas redondezas.

Após algumas horas, o capelão pareceu se dar por satisfeito, levantou-se e pôs a mão no ombro do oficial que me interrogava.

— Deixem-nos a sós.

Todos obedeceram sem questionar. Após o goblin que operava a cama de tortura sair, fechando a porta atrás de si, von Clause virou-se para mim e pareceu refletir por alguns segundos antes de decidir o que dizer. Num impulso, sem pensar, me adiantei a ele.

— Thallya... Onde...

— Thallya? — ele pareceu confuso por alguns instantes, mas então o rosto mudou para uma expressão de entendimento. — A elfa. Você quer saber se cumpri com a minha parte do trato.

Assenti com a cabeça.

— Quer saber se ela está bem. Se a levei para fora daqui, deixei-a com heróis que a protegessem, a coloquei no caminho para um lugar melhor — assenti novamente. — Ah, quase consigo vê-la agora! Estão chegando em uma cidade livre, um dos heróis segurando-a pela mão. Um grupo de não-humanos os recebem: uma elfa, um anão, um hynne, talvez até um goblin ou dois, altivos e sem a subserviência crônica daqueles que você encontra por aqui.

Meu rosto começava a se iluminar, o coração batia mais rápido com cada detalhe adicionado à descrição. Falava do seu sorriso ao ser acolhida em uma nova família; o alívio e a certeza de que tudo ficaria bem. Seu rosto só traía tristeza quando lembrava daquele bondoso soldado purista, que a alimentara quando estava escondida em meio ao inimigo e lhe entregara ao homem misterioso que a salvou.

De repente, von Clause parou de falar, e começou a rir.

— Vamos, não seja ingênuo — ele me olhava com um misto de diversão e condescendência. — Lembre-se do que lhe disse da primeira vez: estamos em guerra. Guerras não têm finais felizes.

Ficou em silêncio por alguns segundos, observando a minha reação, antes de voltar a falar.

— A elfa está guardada neste momento. Continuará assim por mais alguns dias, talvez semanas. Será sacrificada para Keenn, pela sua bênção e graça na próxima batalha. Eu mesmo conduzirei a cerimônia, como capelão de guerra e responsável pela sua captura.

Não sei descrever o que senti. Por um instante, era como se todo o meu corpo parasse de funcionar e todo o mundo ao meu redor parasse de se mover. Meu coração não batia, a chama do lampião não queimava, insetos não se moviam pelas paredes. Tudo era vagaroso e demorado.

Quando dei por mim, balbuciava para o vazio.

— Por... Keenn...

Von Clause ficou sério de repente, e olhou fundo nos meus olhos. Então, deixou-se levar por uma gargalhada.

— Por Keenn? — se recompôs. — Você não sabe nada mesmo, não é? É só um recruta tolo e ignorante.

O meio-elfo parou por alguns segundos, como se me avaliasse, antes de voltar a falar.

— Você sequer conhece Keenn? Não o Keenn dos exércitos, das canções militares, dos sonhos de recrutas. Falo do verdadeiro Keenn. — ele puxou um banco para perto de mim, sentou e fitou-me com seriedade. — Deixe-me lhe falar sobre Keenn. Na sua representação usual, muitos questionam o quanto ele pode ser considerado um deus da guerra. Um deus bruto, caótico, visceral. No que isso representa a guerra? Onde está a organização militar? A ordem das formações táticas? A inteligência dos generais?

— A verdade é que vocês não estão pensando em guerra quando falam nesses termos. Estão pensando em exércitos — continuou. — Exércitos podem ser ordeiros, com hierarquias rígidas, e generais tão retos e leais quanto a sua ingenuidade quiser. Realizam estratégias ousadas, com tropas organizadas e precisão matemática. Mas exércitos não são a guerra. Eles fazem a guerra, é bem verdade, mas não são a guerra.

Ele aproximou o rosto do meu, como quem vai contar um segredo.

— *Guerra é caos* — sussurrou ao meu ouvido. Meu corpo tremeu em um espasmo gelado, enquanto ele tornava a se afastar. — Guerra é a confusão do soldado camponês tragado à força para um conflito que não compreende, segurando as tripas dentro do corpo após um corte profundo de espada. Guerra é a fome do fazendeiro que teve os campos queimados e o gado massacrado para alimentar uma tropa, apenas pelo azar de estar no caminho para a capital. Guerra é o choro da mãe refugiada deixando para trás os cadáveres insepultos dos filhos, pois é a sua única chance de sobreviver. Guerra é a lama e o fedor e a peste dos montes de corpos se decompondo, para o deleite dos corvos e vermes que os devoram.

— A guerra não acontece em salões luxuosos, com oficiais engomados debatendo estratégias em meio a mapas de territórios a conquistar. Ela acontece no chão, na terra, na sujeira, no sangue espirrado escorrendo pelo rosto e manchando a armadura dos soldados.

— Ordem pode ser o meio, mas o fim é sempre caos. Keenn seria um deus ignorante se fingisse que ela não é útil, que não se pode vencer com a rigidez de uma parede de escudos ou uma tropa de elite chegando de surpresa pelo flanco da formação inimiga. Mas uma parede de escudos só é tão firme quanto o seu soldado mais fraco tremendo de medo, não é mesmo? E onde a ordem falha, o caos prevalece.

— Se a vitória puder vir de estratégias bem montadas e ordenadas, Keenn as usará. Se vier mais fácil da brutalidade ou do subterfúgio ou da traição... *ele os usará também*. Pois, no fim, é só isso que importa: *vencer*.

Ele pausou por um instante, me dando tempo para recuperar o fôlego. Eu tremia e suava frio, respirando com dificuldade.

— Não finja que não sabe do que estou falando — continuou. — Você é um soldado, não um oficial. Está na linha de frente. Sei que já sentiu o terror da morte à espreita, rondando o campo de batalha. A incerteza sobre se sairá vivo ou morto, se não será justamente você o sacrifício do dia às entidades misteriosas que decidem o vencedor. Você pode disfarçá-lo com sua disciplina, suas formações táticas, seus gritos de guerra, cada um lida com ele como pode. Mas a verdade é que são apenas máscaras, véus que usamos para ocultar a verdadeira natureza do que acontece ao nosso redor.

— Aderimos à ordem para esconder o caos, mas ele continua lá, alimentando o terror no fundo de nossas almas, apenas esperando para aflorar.

Enfim se levantou em um movimento brusco e se dirigiu à saída. Antes de abrir a porta, virou-se novamente para mim.

— Então não romantize seus generais, garoto. Por trás da pompa, das mantas estreladas, dos discursos vazios sobre amor à pátria e a glória da

Supremacia Purista, está apenas uma coisa: a gana de vencer. *Sobrepujar a adversidade e sair vitorioso do caos da batalha*: este é o único credo que importa a Keenn. E por ele sacrificarão sua elfa, você, eu, uns aos outros, a si mesmos, a nação inteira se for preciso. — E se foi, deixando-me a sós com meus pesadelos. Pouco depois, um soldado entrou e me levou de volta para a cela.

Isso foi há... cinco dias? Dez? Não sei. Desde então estou fechado na prisão, isolado da guarnição e do resto do mundo. Não houve mais tortura, sequer houve algum tipo de contato humano. Um soldado vem pela manhã, me joga algo para comer, e sai sem dizer nada. Outro faz o mesmo à noite. Eu também não tento falar, às vezes, chego a pensar que esqueci como fazer.

Algumas vezes sinto saudades da tortura. Ela era real, concreta — a dor que eu sentia era física e verdadeira. A dor do espírito me corrói e destrói por dentro, mas não me faz sentir nada por fora. Fico apenas olhando para o vazio, repetindo para mim mesmo as coisas que aconteceram, tentando tirar algum sentido novo delas.

Não sou mais ignorante. Não olho para o passado com saudosismo, desejando um retorno a um tempo mais simples. Quando ouso sonhar, sonho com o futuro. Imagino um grupo de heróis explodindo as paredes da prisão, os corpos de soldados espalhados pelo lado de fora, meus antigos companheiros estão entre eles, inclusive Frieda, seu belo cadáver ensanguentado estirado no chão. Um dos heróis segura Thallya pela mão, ela aponta para mim, corre, me abraça. E então vamos todos embora, para Valkaria, Roschfallen, qualquer lugar para onde refugiados estejam indo.

Quase rio quando penso nisso. Esse futuro não existe. Não para mim.

Estamos em guerra, alguém me disse há algum tempo que, hoje, já me parece em outra vida. E guerras não têm finais felizes.

MARCELA ALBAN é escritora, blogueira e podcaster. É autora de Astral e Ojos Así, faz um mix de cultura pop com fanfics no podcast É Tudo Fanfic!, e conta causos de RPG mensalmente no blog da Jambô. Atualmente está trabalhando na novel do novo 3D&T e escrevendo outras coisinhas.

SONHO DE UMA NOITE DE TORMENTA

MARCELA ALBAN
VENCEDORA DO CONCURSO

DEPRESSA, BELA MORTE. APROXIMA-SE A HORA DE MINHA vida se esvair. Duas noites de terror nos trouxeram a derrota. Mas, para mim, esta lua vermelha simboliza a minha, enfim, derrota. Ela dizima minhas esperanças, tal qual uma tempestade rubra que invade e mata reinos.

Não haverá sonho esta noite.

Confirmo ser o único sobrevivente depois da chacina que virou a batalha contra os puristas. No mar de corpos, permaneço imóvel ao escutar um soldado ao lado ser acertado pela lâmina faminta de um orador sussurrante: "Pela pureza de Arton".

A bile sobe por minha garganta e enche a minha boca. O sussurro é finalizado com o último suspiro do meu aliado.

Tento relaxar minhas pálpebras, mesmo que saiba que jamais serei visto da forma que estou. Há sangue de outros cobrindo minhas pernas e o corpo do meu melhor amigo está sobre o meu. Seu cheiro me dá vontade de chorar.

Há três semanas fomos convocados nas portas de nosso vilarejo. Nenhum de nós esquivou do chamado à guerra contra eles, os puristas nojentos que erguiam suas armas com o mais repugnante dos argumentos. Kile, meu pequeno e bravo amigo, guinchava aos sete ventos que um hynne aventureiro valia por dez humanos em batalha.

"Claro" respondi acenando para meus pais ao partir em uma carroça para o vilarejo ao lado, onde nos reuniríamos com o exército. "Os joelhos deles correm grave perigo." E dei minha última gargalhada a sua carranca e ameaças.

"Vamos. Não há tempo para diversão. Peguem os nossos e vamos embora." A voz de um deles reverbera tirando risos de outros. Os passos se distanciam e espadas são guardadas. Somente eu sobrevivi.

A morte virá lenta, eu sinto.

Eu lembro como meu corpo tremia, era diferente de como estou agora ao me entregar à morte. Ele tremia de excitação, querendo provar meu valor como guerreiro diante daqueles homens treinados que levavam o legado de nossa Rainha-Imperatriz na armadura. Um deles me olhou enquanto eu tentava imitar a sua postura ao segurar minha espada de segunda mão. Engoli em seco com vergonha e recebi um sorriso pequeno e um balançar de cabeça como cumprimento.

Não tive tempo de procurar Kile no meio dos guerreiros, um chifre foi assoprado e seu som fez ferver meu sangue, minha visão ficou turva, meus braços tremeram e minhas pernas correram seguindo, por puro instinto, meus companheiros sem nome.

Eu nunca saberei o do guerreiro que me ensinou a ter coragem com um sorriso.

As armas providas por Zakharov, as armaduras lustrosas e o estandarte da Supremacia Purista são as cenas do início do pesadelo que tenho em minha mente. Naquele momento tudo se tornou cinza e vermelho.

Morte, peço que não demore a vir.

Eu brandia minha espada desbalanceada sem técnica e tentava lembrar o que ensinaram nos acampamentos. Tudo em vão. Minha mente ficava limpa de qualquer informação útil e meu corpo se movia sem esforços meus. Gritava e me encolhia toda vez que alguém tentava me acertar. Eram martelos de guerra que esmagavam costelas e crânios, machados que voavam certeiros em direção a braços e pernas distraídos, espadas com o fio tão aguçado que quase não se via uma falha ao degolar.

De ambos os lados.

Eu tentei me agarrar às cores e acertar aqueles que usavam as da Supremacia Purista, mas em pouco tempo todos estavam usando a mesma cor. Não sei se acertei um aliado, não sei se contribuí e ajudei a salvar alguém. Eu só queria que aquilo acabasse logo e eu pudesse voltar para a minha casa.

Na primeira noite, eles recuaram e nós bradamos erguendo nossas armas com lágrimas de vitória nos olhos, abraçando pessoas estranhas que compartilhavam a mesma emoção. Mal sabíamos que na próxima noite o ataque seria pior. E nós recuaríamos.

A lua sangra sobre mim. Eu choro quando, quase sem forças, empurro o corpo leve de Kile para o meu lado. Eu quase não tenho mais lágrimas para oferecer ao meu amigo. Coloco a mão em seu peito perfurado e fecho meus olhos orando por sua alma à deusa dele, Allihanna, e ao meu deus, Khalmyr.

No acampamento eu via os pedaços que faltavam nos combatentes que cerravam os dentes com a dor. Meu estômago se embrulhava e meu corpo amolecia em pensar na sorte que tive em não ter uma única ferida. Muitos mortos, muitos mais feridos.

Alguns bebiam para esquecer as cenas que viram, outros detalhavam com um brilho indecente o que haviam feito com os puristas que encontraram o fio de sua espada.

Eu não encontrava Kile entre os machucados. Também não o encontrei entre os mortos. Estávamos em pelotões diferentes, eu fui designado para a linha de frente e ele para os arqueiros nas colinas e árvores. Deveria estar em júbilo dançando e contando seus feitos a outros.

Havíamos acabado de nos encontrar no meio daquele cenário desesperador quando uma lança passou voando como mágica por dezenas de homens a nossa frente e alcançou meu corajoso amigo. Ele corria em minha direção, escorregando entre as pernas dos guerreiros e desviando das lâminas furiosas que desciam sobre ele, mas não previu a lança que lhe acertou o coração. Meu grito ficou perdido no meio da balbúrdia e meu corpo era impedido de seguir até ele por batalhas pequenas e mortais a cada novo passo. O alcancei quando já havia retirado a lança de seu próprio corpo e a luz já deixava seus olhos. Acho que ele não ouviu o meu adeus.

Era o fim de um sonho.

Kile crescera fugindo de suas raízes, indo para todo lugar a fim de se tornar um aventureiro. Nunca teve oportunidade para provar o seu valor, a guerra se mostrou um grande palco para o pequeno hynne. Seu tolo! Se soubesse que sua empolgação te levaria à morte, não teria me deixado sentir o mesmo.

Outros caíram ao meu lado, à minha frente, às minhas costas. Eu caí junto, abraçado ao corpo sem vida de Kile. Fui covarde, desisti de viver e deixei que a cavalaria passasse por cima de mim. O sangue jorrava em minhas pernas e os corpos agonizando caiam de ambos os lados. Minha espada estava longe de mim, jogada no chão sem ter matado nenhum inimigo, e junto dela estava minha honra.

Fechei os olhos e esperei que aquilo terminasse logo. Seria ainda mais covarde pedir para que fosse indolor.

A cavalaria se foi sem atingir-me. Os cascos ferozes passaram tão perto que quase pude sentir uma proteção divina sobre mim. Nada, nem ferraduras, nem lâminas, acertou o meu corpo.

Caído, com a lua vermelha no céu e o cheiro de morte para todo o lado, desisti de tentar levantar e deixei que aquela noite me levasse para os braços da morte. Não havia esperança e tampouco vitória.

De um lado, uma tempestade rubra consumia reinos com seus demônios e do outro, seres humanos se transformavam em demônios com seus brados repulsivos sobre a pureza da raça.

Não havia esperanças para a humanidade.

Eu era um fazendeiro que não tinha visto nada deste vasto mundo, mas que achava tê-lo feito. Agora eu não preciso mais ver a tempestade rubra que parece tão distante para sentir o desespero na minha pele e saber que tudo o que poderia ter vivido em uma vida longa como aventureiro, foi sentido e visto nestas duas noites.

Minha mente pode sucumbir a qualquer momento, eu estou preparado.

A lua vermelha me olha lá de cima, provando-me que aquela é uma noite de tormenta. Eu queria que fosse apenas um sonho ruim, que minha mãe aparecesse de madrugada e me aninhasse nos braços dizendo-me que tudo ficaria bem. Mas não haveria sonho essa noite. Apenas a morte.

Estou sozinho, penso até ver uma sombra entre os corpos mais distantes ao sul. Tem mais um ali verificando se estão todos mortos. Chegou a hora. Eu não fecharei meus olhos, deixarei que ele me veja. Eu levantaria se meu corpo ao menos me obedecesse ao invés de se paralisar de medo.

Deixo a lua vermelha e me concentro na figura que anda entre nós, os mortos. Às vezes ele se agacha e eu posso ver uma luz translúcida e acinzentada deixar o corpo no chão e ser apanhada pela figura. Eles estão vivos? Eu não sou o único? A ideia começa a deixar-me desesperado. Qual será meu destino, então?

Aquilo parece magia necromante. Morrer daquela maneira é mais assustador que a própria morte.

Aos poucos consigo definir alguns aspectos do andarilho entre os corpos. Uma peça única e cinza cobre-lhe todo o corpo, sem mangas e com um capuz que toma toda a cabeça. É alto, talvez seja um elfo. Não, é muito mais alto. Desliza pelo terreno como se não houvesse obstáculos, como se os corpos estendidos não estivessem ali de verdade.

Mesmo que quisesse me fingir de morto novamente, eu não conseguiria. Meus olhos não se fecham mais acompanhando aquele ser que parece tirar o último suspiro dos que milagrosamente ainda estão vivos, sem sequer piscar.

O ar torna-se mais denso em meus pulmões, como se eu estivesse respirando magia. Como se o universo estivesse perto e o ar todo sendo sugado por ele. Não sei como dizer, mas o ambiente não é mais o mesmo. O gosto amargo em minha boca lembra-me do sangue de outros que engoli sem querer. Meu estômago todo se revira mais uma vez. Ele está se aproximando.

Seguro a mão pequena e gelada de Kile. A sensação tátil da morte não melhora meu estado. Meus dentes batem e meu corpo sua temendo o destino misterioso que terei. É covardia esperar uma morte rápida e honrosa em batalha, terei que pagar pela minha atuação repugnante como soldado da Rainha-Imperatriz.

Eu mereço ser morto por um necromante.

A criatura se aproxima com rapidez, olhando os corpos sem vida com extrema atenção. Chegando tão perto que... seguro a respiração e meu grito de horror.

Não é humano. Não é elfo. Não é goblinóide. Não é deste mundo.

A lua vermelha deve estar rindo de mim.

A morte também.

Os olhos brilhantes sob o capuz me perfuram sem lâmina. Sinto todo o ar de meus pulmões sendo sugado por uma dolorosa aspiração. Eu quero gritar, mas as minhas cordas vocais estão sendo sufocadas pela angústia. Aperto com mais força a mão de Kile, então seu sorriso matreiro e inocente se torna vívido em minha mente, como se tudo fosse real. Sua vozinha esganiçada repete o quanto ele queria conhecer Malpetrim. O sonho dele está vivo em mim.

Tento me agarrar às lembranças que parecem querer saltar para fora do meu ser.

Nunca havia visto Vectora, o mercado voador e sua magia transcendental, mas parece que vivi por anos lá, tamanha a nitidez que minha memória mostra o lugar que eu sonho em conhecer. Nunca havia deixado a terra firme da fazenda, mas o cheiro do mar e o balançar das ondas em um navio mercante são familiares num aspecto surreal.

Meus olhos estão apertados, minha língua cortada por meus próprios dentes, minha mão ainda segurando a de meu melhor amigo morto. Minha vida está indo, esta deve ser a sensação de morrer. É ruim. É sufocante. Mas a morte nunca chega.

A figura esguia está curvada sobre mim. Ela cobre a lua.

Não há como saber quanto tempo se passou, mas a imagem de minha mãezinha com pães quentes chamando-me para voltar faz minha garganta se abrir e o grito de vida escapar por meus lábios rachados.

Tão rápido quanto o vento, a figura some sem deixar qualquer rastro. Viro a minha cabeça e acho ter visto a silhueta desaparecer no nada, como fumaça. O ar volta a ser como antes. Enfim consigo respirar aliviado, necessitando de forças para sobreviver.

Minha vida está ali, sinto-a a cada passagem dolorida do ar por minhas narinas, traqueia e pulmão. Sinto a vida a cada pontada dolorosa de meus músculos. Sinto-a através do cheiro pútrido de sangue e morte.

A criatura não irá me matar, penso olhando para o horizonte onde ela havia desaparecido. Parecia mais querer se alimentar de minhas lembranças, ou melhor, dos meus sonhos. Ainda de mãos dadas com meu melhor amigo, eu choro de medo pela última vez. Posso perder tudo, menos os sonhos que me faziam ver propósito na vida.

Oh, morte. Esqueça meus desejos covardes e deixe-me viver.

Vi o terror da desesperança nos homens e dentro de mim. Sobrevivi a mim mesmo. A guerra continuaria, eu sei. Alguns não poderiam mais sonhar, outros teriam os seus sonhos roubados.

Quantos mais passariam pelo mesmo que passei? Haveria uma lua de sangue para eles também?

Quantos mais sentiriam o vazio de ter seus sonhos sugados pela matança e por uma criatura surreal demais para conseguir identificar?

Quantos mais encontrariam uma pedra ao seu lado após a fuga dela e poderia mostrá-la para contar a sua história?

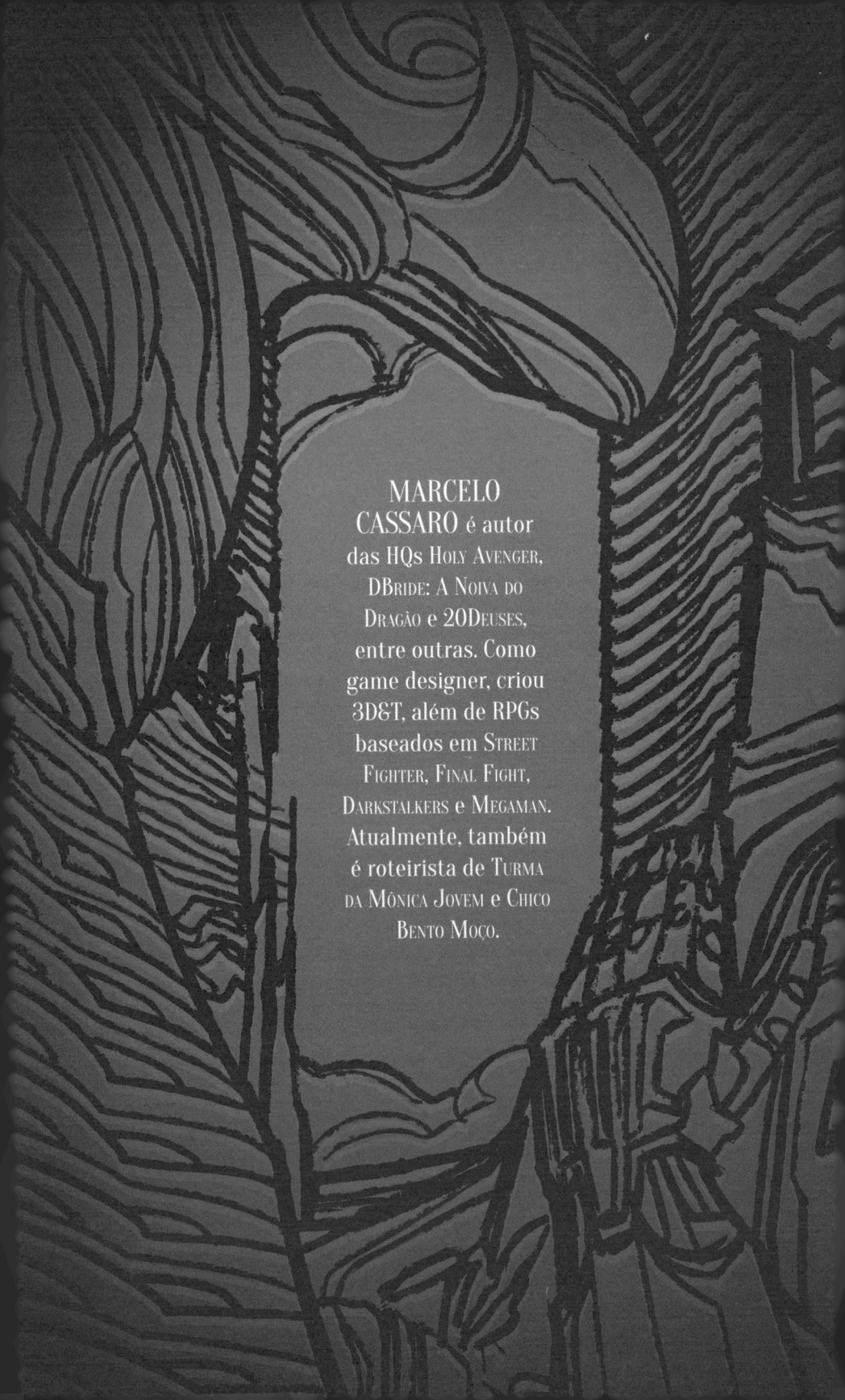

MARCELO CASSARO é autor das HQs Holy Avenger, DBride: A Noiva do Dragão e 20Deuses, entre outras. Como game designer, criou 3D&T, além de RPGs baseados em Street Fighter, Final Fight, Darkstalkers e Megaman. Atualmente, também é roteirista de Turma da Mônica Jovem e Chico Bento Moço.

POUCO SE SABE SOBRE ESTE INFAME CLÉRIGO DA GUERRA

MARCELO CASSARO

O MUNDO ACABOU.

O céu, que ninguém poderia dizer ter sido azul um dia, morria em fogo e fumo. Chamas espiralando contra fuligem. Ondas ardendo através da treva, nascendo no horizonte ondulante para escorrer até o inferno acima. Fogo imenso, vagaroso. Sem motivo para pressa. Sem mais nada a queimar.

Não havia sido sempre assim. Não era um mundo ardente, como outros que se sabe existir além do plano material. Não um reino de deuses malignos, infestado de diabos e demônios em sua guerra sangrenta. Tampouco as nações planares dos efreeti, seus palácios magníficos às margens dos rios e mares de lava. Ou ainda o Plano Elemental do Fogo, onde vida e chama são o mesmo, onde todas as criaturas são feitas de labareda. Lugares assim existem desde a criação do universo. São naturais.

Mas não aqui. Na paisagem tremulando de quente, montanhas antigas esfarelam em pó. Fundo seco de lugares onde água correu. Areia liquefeita em desertos vítreos. Campos e florestas desmanchando em cinzas, sopradas pelo ar — que nem poderia mais ser chamado assim, roubado de tudo que seres vivos necessitam, agora árido, espesso, quase um caldo.

Por toda a volta, sinais da terra que antes havia sido. Não muito antes. Dias? Horas?

Quase tudo arrasado. Quase nada restando além de crosta rochosa, em brasa. Mas aqui e ali, ainda, evidências da mão inteligente. Alguém viveu. Alguém pensou, forjou, erigiu.

Do alto via-se o chão marcado por linhas, correndo em todas as direções, aos poucos quebrando sob a erosão ácida. Estradas? Muros? Canais? Dificílimo dizer agora.

Ali ao lado, ossadas de construções. Prédios tão grandes que poderiam ter sido cidades, formando uma cidade tão grande que poderia ser uma nação. Esqueletos de metal mantendo, ainda, as formas outrora orgulhosas das torres e pontes.

Amontoadas abaixo, colinas de detritos. Metal, vidro, plástico e cristal em formas ainda familiares. Restos de estruturas. Sinalizações. Veículos de muitos tipos — maquinário vasto e pesado. Braços e pernas, troncos e rostos, feitos de máquina. Para carga e para guerra. Para o trabalho duro, sujo e perigoso, deixando seus mestres livres para as artes e ciências.

Desses mestres, nem ossos. Nem vestígio. A carne, algo frágil demais para existir agora.

O vento que agora é caldo desmancha o pouco que resta. Espalha a cinza, o pó.

As ondas de escória alcançam um pé.

Ou poderia ser, em um humano. Aquele tinha o tamanho de uma barcaça, calçado em matéria metálica brilhante. Acima, as pernas pareciam revestidas com o mesmo manto faiscante, cegante de tão branco e puro. Musculatura angulosa. Tensa, retesada, como se tentando explodir sob a pele prata.

As torres musculares que eram pernas uniam-se em um torso ereto, humanoide. Pelo menos isso podia-se dizer — trazendo cabeça, tronco e membros nas quantidades e lugares esperados. Mas qualquer semelhança acabava ali.

A forma era correta, mas também errada. Abdome estreito demais para o peito, ombro e costas tão vastos. Os braços muito longos, quase tocando chão, terminando em mãos de... quantos dedos? Quatro? Seis? A cada olhada, um número diferente. Pareciam fundir e separar-se toda vez, sem nunca decidir.

Encimando tudo, algo que poderia ser chamado de "cabeça" apenas por eliminação. A coisa oviforme, alongada, não tinha orifícios visíveis. Tinha uma saliência no topo, feito antena. Tinha volumes ovoides, feito olhos. Ousar presumir mais que isso seria tolice.

Tudo revestido com aquela pele quase prata — que, no entanto, não espelhava as ruínas queimadas ao redor. Emitia sua própria brancura, rejeitava mais do que refletia. Nenhum detrito se depositava ali; mesmo empurrada pelo não-vento, as cinzas apenas pairava em dúvida e recuava, indo pousar longe.

Alguém, em algum lugar, diria ser uma forma impossível. Um humanoide não podia ser tão imenso. Esmagaria as pernas sob o próprio peso. A Lei do Cubo Quadrado. Impossível.

Impossível, ele era. Impossível, ali estava.

Não se movia. Bem poderia ser uma estátua, um colosso antigo, forjado por ciência e arte muito além do entendimento. Mas não havia essa dúvida — aquilo era vivo. Luzes corriam sob a pele, em pulsos, circulando como o sangue faria em nós. Fendas abriam e fechavam, talvez provendo algum tipo de respiração.

E os olhos-coisas mudavam. Deformavam, ondulavam, como se fossem líquidos. Estavam, a seu modo aberrante, olhando em volta.

Não havia muito para olhar. Fogo. Ruínas. Tudo ondulando quente.

Após o que poderiam ser séculos, de repentino, os olhos se detiveram em algo. A cabeçorra se voltou, o pescoço produzindo um chiado de ar.

Alguma coisa ao longe. Muito longe, além de qualquer visão normal, mas de alguma forma perceptível ao gigante. Uma grande estrutura, ainda ereta.

Os ovoides "piscaram" ondas. A cabeça ainda focada naquele ponto. Então, como se tomando uma decisão, o corpo se moveu. Sob a pele, os fios de luz acompanhavam. A pele-armadura dobrando em lugares onde não deveria dobrar, forçada a flexionar por força impensável.

Cada passo um estrondo, terminando de ruir qualquer coisa ao redor. O vento-caldo chacoalhando em volta — cada mover de músculo expelia algo, emanava algo, soprava e agitava tudo. Havia mais força ali, mais energia contida, do que o corpanzil parecia capaz de abrigar.

Andou. O andar lento dos seres gigantescos, mas cobrindo muitos quarteirões a cada passo. Agora, mesmo olhos humanos podiam divisar algo ao longe.

Uma estátua. Desta vez, realmente uma estátua, esculpida por mão humana. Muitas partes arruinadas, faltando. Mesmo assim, o que restava era cheio de significado.

Quando inteira, tinha quase o mesmo tamanho do gigante de prata. Encimava o que poderia ser um templo, um vasto santuário. À volta, restos de jardins, escadarias, colunas, estátuas menores. Ainda um pouco do branco e dourado originais. Para pessoas como nós, bem poderia ser um lugar de adoração. Um lugar de paz espiritual, de contato com os deuses.

E bem podia ser uma deusa, a figura logo acima. Florescendo às costas, um suntuoso par de asas — apenas uma delas ainda visível como tal, e restos quebrados da outra. O manto esculpido, quebrado em muitos lugares, ondulava em fartas camadas misturando-se com o cabelo em ondas, rebelde. Tudo ocasionalmente preso por correntes, ou coberto por armadura. Uma deusa guerreira, talvez.

Ou não. A única mão restante pousava sobre o coração, terna. Joias adornavam a cabeça, como coroa ou tiara. E um grande disco, cheio de símbolos, guarnecia a figura inteira como uma exagerada auréola de anjo.

O gigante já estava ali, diante do templo e sua estátua. Olhando longamente. Impossível dizer por quanto tempo, se nem mesmo os ventos corriam em velocidade normal. Se alguma expressão podia ser decifrada em sua não-face, era curiosidade.

Um chiado. Como ar passando entre os dentes. Era a mão do gigante, começando a mover. Ergueu o braço, devagar, os quatro/seis/três dedos em direção ao rosto da estátua, como que tentando uma carícia. Um gesto tão humano, mesmo tudo o mais não sendo.

Mas a deusa sentiu. Mesmo antes do toque, força emanava da criatura. O pouco que ainda suportava a escultura abalou, cedeu, desmoronou. Com um estrondo lento, a última imagem religiosa daquela fé desapareceu para sempre.

A mão recuou de espanto. Os olhos baixaram. Como se lamentando o erro. Como se percebendo a perda.

— VOCÊ É O ÚLTIMO.

A voz vinha de longe — mas, de alguma forma, preenchia o céu. Pela potência, e também pela hostilidade. Quase um rosnado.

A cabeça da criatura moveu naquela direção. Tentou apurar os ouvidos, como se os tivesse.

Se o mundo arruinado se mostrava pequeno para acomodar aquele gigante, ficava ainda menor com a chegada do segundo. Porque, mesmo a quilômetros dali, ele parecia muito perto.

Também humanoide — cabeça, tronco, membros —, mas não poderia ser mais diferente. O gigante de prata era vivo; vida estranha, desconhecida, mas vivo. Quase puro em sua nudez prateada. Quase inocente na postura passiva e olhos líquidos.

O recém-chegado era, este sim, máquina. Todo armadura de metal escuro. Todo placas e ângulos, saliências e arestas. Desgastado, arranhado, retornando de mil batalhas. Tinha a mesma altura — mas, de tanta blindagem, qualquer um diria ser duas vezes maior. Mesmo sem armas, a própria forma exalava violência.

E havia armas. No braço esquerdo, um escudo. Maior que muitos navios, bem poderia fazer sombra a uma população. Orgulhoso, ornamentado de luzes, joias e inscrições. Decorativas ou práticas, impossível dizer ainda.

No braço direito, a espada. Cabo igualmente decorado, lâmina igualmente rica em entalhes. Muito maior e mais longa do que um humano de mesmo tamanho poderia empunhar. Energias faiscando raivosas ao longo do corte.

Não se movia, ainda. Apenas anunciava a presença, deixava-se ver pelo adversário, pelo inimigo; nenhuma chance de que o construto sirva a qualquer outra coisa, exceto combate. Não se movia — mas, sob a armadura, um inferno de máquinas vibrando, rosnando. Quilômetros de cabos levando relâmpago e trovão, gerados, transmitidos, acumulados, prontos a explodir em batalha.

Em algum lugar nas profundezas mecanizadas do monstro, uma câmara. Por sua ornamentação rica, ostentosa, bem poderia abrigar um rei — especialmente porque, de fato, havia um trono. Imenso, radiando gemas e joias e armas. Um homem comum, sentado ali, mal seria notado. Sumiria sob tanto esplendor.

O ocupante da poltrona não era, em nada, homem comum.

Era tão blindado quanto o colosso à volta. Armadura imensa, sólida como um castelo, e quase tão pesada — impossível mover-se nela para alguém com força normal, humana. Mas movia-se. Apenas o necessário, apenas o mais eficiente. Com precisão, tocava peças e símbolos em painéis. Luzes corriam sobre o metal escuro, gemas pulsavam forças brilhantes. Tudo sugeria altíssima ciência, ou magia, ou ambas, na construção da vestimenta.

O elmo fechado blindava contra a revelação de qualquer traço facial. Olhos vítreos, acesos, de tigre. Vigiavam as várias janelas mágicas dispostas ao redor na câmara, exibindo o mundo em volta como se estivesse em uma ampla varanda, e não sob mil toneladas de máquina.

A janela maior, central, principal, mostrava o gigante prateado ao longe. Outras traziam-no para bem perto. Focavam detalhes. Escreviam, destacavam, traçavam sinais e dados e planos. Informavam ao comandante da máquina sobre o oponente.

Nada que ele já não soubesse.

Não era sua primeira vez na poltrona do construto, cavalgando, brandindo controles, clamando comandos. Não era sua primeira batalha mecanizada. Havia lutado outras, tantas outras, que não se podia contar. Nunca teve outro objetivo, outro modo de viver. Nasceu na guerra, viveu na guerra, e certo que morreria na guerra. Naquela mesma guerra. Sua gente, seu mundo, contra eles.

Hoje, acabaria. O mundo. A guerra. Tudo.

— OS OUTROS ESTÃO MORTOS — a voz de tempestade, mal precisando ser amplificada por ciência/magia para chegar longe.

O ser prateado olhava fixo, atento. Ouvia. Entendia.

— VOCÊ É O ÚLTIMO.

Um punho enluvado em metal impeliu uma alavanca à frente. Sob torres que eram pernas, vagões que eram pés, o chão detonou. Força explosiva de cem dragões catapultou a máquina de guerra na direção do alvo.

A grande distância entre os gigantes seria logo vencida — o artefato mecânico não corria, ele deslizava sobre chamas. Mais rápido do que a vista podia seguir, restando apenas a trilha de fogo e fumo. Em um instante, correu o que um viajante a cavalo levaria horas.

Ainda assim, o ser prateado apenas observava. Apenas aguardava, sem reação, sem mostrar conhecimento do que estava por vir.

Sob armadura e máquina, o homem cerrou dentes. Torceu a alavanca, luzes correram na mão blindada. Na imensa mão-máquina, luzes parecidas imitaram o traçado. A espada ciclópica estendida à frente, firme, perfurando o caldo-ar.

Ovoides-olhos na face do gigante de prata dilataram, pela primeira vez demonstrando algo parecido com surpresa. As mãos chegaram a quase erguer, esboçar um gesto defensivo.

Tarde. A máquina já ali, a um passo. A lâmina, já enterrada fundo em seu peito.

O prateado baixou o olhar, como se ainda tentando entender. Naquele primeiro momento, o golpe fatal parecia algo distante, algo não acontecido. Como aquele ser aberrante percebia dor e morte, impossível dizer. Mas ele *podia* ser ferido, *podia* ser abatido. Pois aquele era o último; não o primeiro.

Confirmando, ele cambaleou. Lentamente, da mesma forma que se movia, caiu. Uma eternidade para atingir ao chão queimado, com um estrondo igualmente lento. Levou consigo a espada, ainda cravada fundo onde, em seres humanos, haveria um coração.

Não morto, ainda. Contorcia-se, a musculatura retesando, rugas profundas à volta das várias coisas-olhos. Um guincho agonizante. *Sabia* estar morrendo. Tinha *medo*.

Queria viver. A cabeça chegou a erguer um pouco.

No mesmo instante, foi esmagada. Uma torre blindada, que poucos descreveriam como uma bota, pisou a face prateada. O peso de um castelo, triturando, despedaçando, fraturando tudo que fosse parecido com um crânio.

Em sua poltrona, aparelhos mágicos liam a vontade do comandante. Liam seu desejo de pisotear, esmagar, até não restar nada. Liam e obedeciam.

Sob a pressão brutal, a luz nas coisas-olhos enfim diminuiu. Apagou. Morreu.

Quanto tempo se passou, o último ser vivo naquele mundo não soube dizer. Em algum momento, fez a máquina recuar um passo. Observou o gigante caído, o peito empalado, a cabeça não mais reconhecível como tal.

— VOCÊ É O ÚLTIMO — repetiu, a voz ainda poderosa, mas agora trazendo certa calma.

Acreditou, enfim, que tudo estava terminado. O inimigo final, abatido. A guerra contra os deuses, vencida.

Vencida?

O guerreiro sentiu-se tomado por sensação desconhecida, um torpor, algo não experimentado naquele mundo em tempos recentes. O fogo do combate no sangue, finalmente apagando. Alívio, conforto. Libertação da mente para imaginar coisas novas, coisas não envolvendo o próximo inimigo, a próxima batalha. Esperança. Futuro.

Certo medo. Para o último sobrevivente, que futuro havia?

Devolveu o olhar ao gigante abatido. Talvez ele tivesse a resposta. Morto. Morte. O único destino verdadeiro de todos os seres.

Na face aberrante esmagada, restava um olho.

Que brilhou.

Um clarão branco cegante cresceu. Rápido, violento, explosivo. Por reflexo e treino e mecanismos/encantos automáticos, a máquina de guerra ergueu o escudo em tempo. Evitou a maior parte do dano — mas, mesmo assim, foi empurrada pela onda de luz-força, forçada a recuar passos, estrondos. Apenas a extrema habilidade do comandante evitou uma queda, mantendo o colosso em pé.

O escudo à frente, e a súbita tempestade de detritos, ocultavam a visão. Quando a nuvem explosiva finalmente abrandou, o guerreiro ousou olhar, já adivinhando a cena seguinte.

O gigante prateado de pé. Vivo. *Mais* do que vivo, luzes que só podiam ser vivas correndo velozes sob a pele, alimentando, curando. A cabeça magicamente restaurada. A espada ainda enterrada no peito, sem sinais de causar a mínima dor. Nuvens de escória voando em largos círculos à volta do ser prateado, cavalgando energias visíveis e invisíveis, um quase furacão ao redor.

O guerreiro humano sentiu-se um idiota abismal por acreditar que seria tão *fácil*.

Algo que podia ser sangue, mas era luz líquida, brotou da ferida no peito. Cresceu, agarrou-se à espada, envolveu, engoliu. Devorou. Como se derretida, a arma escorreu carne adentro e sumiu, a pele fechando sem deixar mínima marca.

O ser estrangeiro voltou o olhar na direção do gigante de ferro. As coisas-olhos apertadas, franzidas, com raiva. As mãos erguidas à frente.

O estrangeiro, enfim, *lutaria*.

A postura desafiadora do gigante multiplicada nas muitas janelas mágicas da câmara. Seu sangue novamente fervendo, o guerreiro correu mãos por alavancas e cristais — a espada perdida, longe de ser seu único armamento. Em resposta rápida, o construto alcançou outra entre várias armas alojadas nas costas, cintura, flancos. Dedos fecharam e trancaram à volta de um cabo, a extremidade oposta trazendo um volume crivado de espinhos, todos estalando energia raivosa. A maça gigante parecia perfeitamente capaz de demolir fortalezas.

Sem reduzir a velocidade do movimento, o braço mecânico levou a maça em rota direta até o ser aberrante. Esmagaria a cabeça outra vez, queimaria carne, lançaria pedaços longe. Agora sem volta, sem regeneração.

Nem chegou perto. Uma mão esquerda aberrante de quatro/cinco/sete dedos veio mais rápida. Aparou o golpe, alguma barreira fantasma torcendo o ar, impedindo a arma de tocar a pele.

Uma mão direita, fechada em punho, fez algo diferente — e impossível. Desapareceu de onde estava, viajando rápido demais para qualquer vista ou mente seguir. Ignorou o escudo. Ressurgiu fundo no peito da máquina, agora destroços, cratera. O ribombar do impacto, audível em todo o continente.

O dano sangrou até a câmara de comando, onde aparelhos gritavam, alarmes rubros brilhavam. Números e sinais flutuantes, dentro e fora do elmo, diziam ao guerreiro humano o que ele não desejava saber — aquele único golpe destruiu sistemas críticos, interrompeu fluxos vitais. O braço esquerdo, agora sem força, deixou cair o escudo. A máquina inteira guinchava, privada de quase toda a capacidade combativa.

Quase toda. Não toda.

O cavaleiro de máquina girou alavancas, esmurrou cristais, rosnou comandos. O gigante mecanizado largou a maça inútil, movendo o braço direito na direção do inimigo. Pequenas explosões arcanas no antebraço, grandes placas de blindagem ejetando, compartimentos revelados. Dezenas de volumes cilíndricos, pontilhados de luzes, armazenados em fileiras. Quase ao mesmo tempo, todos saltaram de seus lugares e voaram longe, deixando trilhas de fogo e fumaça. Seguiam caminhos diferentes, confusos, caóticos — assim parecia ao olho destreinado. Pois cada um, guiado por semi-inteligência elemental própria, reconheceu e buscou o inimigo.

Cada um, ao alcançá-lo, liberou o conteúdo da maior fornalha do inferno.

Tente aparar isso — o guerreiro sentiu-se merecedor da bravata mental.

Se o gigante foi surpreendido pelo enxame vulcânico, ou apenas escolheu ignorá-lo, ninguém nunca saberia. Mas aquele tipo de ataque já havia derrubado muitos como ele. Sob a fumaça assassina concentrada, criada para separar as menores partículas descobertas pela ciência local, nada que era conhecido podia viver ou durar.

O cavaleiro não erraria outra vez. Com o braço restante, já empunhava nova arma. Com o que restava de controle nas pernas, mantinha afastamento prudente. Vigiava, atento. Assim que pudesse se aproximar, trataria de destruir tudo o que restasse do corpo. Queimar, derreter, pulverizar mesmo o menor fragmento.

Vigiava. Não seria surpreendido.

Foi.

Da nuvem cáustica emergiu um braço, sem ser um braço. Muito mais longo e rápido, agora tentáculo, chicote. Ignorou e venceu a distância, a mão de dedos alongados já agarrada à cabeça do gigante mecânico. Tudo mais veloz que qualquer reflexo, qualquer pensamento.

Esmagou. Dedos novos, ainda maiores, nasceram para juntarem-se àqueles já fechados. Agarrando, apertando, cravando fundo no metal que rangia, gritava.

O gigante prateado emergiu, sem pressa, dano ou incômodo, da nuvem mortal destinada a dissolver tudo. Vinha a passos lentos, o tentáculo-chicote encurtando para permitir a aproximação. Chegou a um passo da máquina, o tentáculo novamente braço, a mão monstruosa ainda firme à volta da cabeça esmagada.

Ficasse ali a câmara de comando, o guerreiro humano já estaria bem morto.

Tudo era caos. Aparelhos faiscando, ganindo. Quase todas as janelas agora escuras ou chuviscando — a maioria dos olhos/ouvidos/sentidos da máquina estava situada na pseudo cabeça.

O último humano do mundo ainda tentava lutar, tentava tirar alguma serventia da máquina arruinada. Arrancou cabos, reescreveu runas, desviou rotas de força arcana. Poderia fazer o braço armado mover-se, fazer um último disparo com o canhão glacial.

Nos olhos do gigante prateado, raiva fria. *Ele percebia.*

Força branca queimante traçou um arco da mão ao cotovelo esquerdo. Um movimento ligeiro do antebraço, agora convertido em machado de luz, amputou o braço armado da máquina. O membro e o canhão caíram, lentos, mas nem chegaram ao chão — saturados com alguma energia destruidora, viraram névoa.

O guerreiro praguejava, pela perda e também pela tolice. Chegou perto demais. Descuidou-se demais em batalha contra o pior dos inimigos.

Pois aquele não era apenas o último. Era também *o mais forte*. Havia dizimado *tropas* de máquinas antes da sua.

Cavalgava o *Kishinauros*, maior e mais poderosa montaria mecanizada que seu mundo produziu. O último e melhor deles, contra o último e melhor dos nossos. Deveria ser a luta decisiva, o final perfeito. Mas estimou mal, calculou mal. A diferença de poder era absurda. O gigante estrangeiro tinha habilidades que extrapolavam os outros de seu tipo.

Como que para demonstrar, centenas de filamentos nasceram de seu peito. Pareciam fios quando comparados à sua estatura — mas eram, na verdade, serpentes. Feitas da mesma substância, da mesma carne/metal bizarra, rastejavam pelo braço erguido na direção da máquina guerreira. Acharam seu caminho entre as blindagens soltas, rastejaram maquinaria adentro. Sentiam. Procuravam.

Procuravam o humano macio em seu interior.

A câmara de comando era pesadamente selada. Nem assim o comandante teve ilusões de estar seguro contra o assalto. Sinais brilhantes de calor já pontilhavam as paredes, cada serpente escavando, cada cabeça incandescente derretendo o aço com energias impossíveis.

O último guerreiro não temia a dor, não temia morrer. Temia apenas a derrota.

Pendurada pela cabeça, a orgulhosa máquina de guerra era agora sucata inútil. Mas ainda *podia* algo. Algo nunca tentado, nunca ousado — porque falhar significava perder *tudo*.

Levou o olhar ao artefato cuidadosamente instalado junto ao trono de comando. O grande bloco de cristal, gradeado em platina. Runas luminosas, nunca decifradas por completo, flutuando em seu interior.

Riu para si mesmo. Havia, ainda, *algo* a perder?

Ouviu que o dispositivo tinha sido construído com restos mortais de deuses — não sabia se era verdade, mas gostava de pensar que sim. Tinha um nome longo, complicado, que nunca se preocupou em aprender, muito menos seu funcionamento. Sabia apenas conter energias fundamentais, cósmicas, cuja simples menção era proibida em numerosas culturas. Sabia ser capaz de estremecer a realidade, a existência, tornar próximo o longínquo, tornar breve o eterno. Inverter vida em morte, início em fim, tudo em nada. Tratados inteiros tentavam prever os possíveis resultados de seu funcionamento. Ativado, talvez não fizesse coisa alguma. Talvez destruísse o universo. Talvez destruísse *mais* de um universo, talvez toda a Criação. *Mais de uma criação.*

Arma suicida de último recurso. Boa coisa, poder detoná-la bem nas fuças do inimigo final.

Encarou a última janela ainda acesa. Olhou firme para o gigante. Sentiu estar sendo observado de volta.

Os olhos-coisas do ser prateado dilataram. Maiores que em todas as outras vezes.

Ele sabia. O maldito sabia.

O primeiro verme infernal terminou de escavar seu caminho. Adivinhando a urgência de seu mestre, deu o bote. Alcançou a placa peitoral do cavaleiro, procurava o coração — mas o toque ativou alguma defesa mística, fulminando a serpente. Outras dezenas chegavam, atacavam, caíam dizimadas por armadilhas arcanas. Mas a carga da armadura era limitada, e a horda, infinita. O cavaleiro sabia ser a hora.

Sorriu.

Tocou o artefato do juízo final.

O cavaleiro esperava algo diferente. Algo violento, um estrondo, explosão, deflagração. Ele, sua máquina, seu inimigo e seu mundo, todos em mil milhões de fragmentos, espalhados pela existência. Mas não.

Primeiro, veio algum tipo de silêncio. *Algum tipo,* porque não cancelava apenas a audição; parecia emudecer também as emoções, os pensamentos. O guerreiro percebeu — ou perceberia, se ainda tivesse essa capacidade — que não podia lembrar de coisa alguma, saber coisa alguma. Sua mente agora um recipiente vazio, sem tampa, sem nada a fazer exceto acolher o que viria.

Após a ausência de mente, a ausência de corpo. Sem dor, sem qualquer outra sensação. O que era sua parte física, material, subitamente não era mais. Não mais cabeça, tronco e membros, não mais órgãos e tecidos.

Ainda *havia* algo como um corpo, assim como ainda havia uma mente, mas agora etéreo, imaterial, fantasma. Uma presença sem existência.

Sem corpo ou mente para habitar, restou a alma — e pela primeira vez o guerreiro soube (ou saberia) que possuía uma. O espírito, a parte imortal, aquela destinada a viajar ao além-vida, conhecer a resposta ao maior dos mistérios.

Tudo que ele foi, apagado, dissipado, tornado espectro. Muitos acreditariam ser a morte. Outros, uma jornada. Ambos estariam certos — mas os últimos, um pouco mais certos.

O mundo — seu mundo, sua Criação — sumia ao redor. Desaparecia em luz branca. Apagava em treva infinita. Desmanchava-se em partículas menores e menores, esticava até os limites do universo, caía tragado por uma bocarra cósmica. Esses e outros destinos finais ocorriam ao mesmo tempo, ou a cada mil anos, ou a cada milhão de séculos, ou em todos esses momentos. O mundo morria, ou então renascia outro. Um mundo diferente se descortinava.

Podia ver esse outro mundo. Podia ver e ouvir o que, com olhos e ouvidos carnais, não poderia. Via o mundo ao longe, vasto, principal, centro de outros orbes menores bailando em volta. Mesmo o sol mostrava-se pequeno, obediente, orbitando ao redor.

Provou águas salgadas em grande parte da superfície. Em uma de suas faces, abraçou duas grandes massas de terra, ligadas acima e abaixo por minúsculo estreito. Cruzou vastidões intermináveis de planícies, montanhas, florestas, desertos.

Bebeu história, bebeu eventos. Lagartos-trovão e outras bestas titânicas, crias de deus-monstro primevo, lutavam por sobrevivência, por supremacia. Anfíbios selvagens de pele azulada formavam hordas sob as ondas. Mãos divinas depositaram, nas águas, embarcações mágicas trazendo de longe os primeiros elfos. Dragões majestosos nasciam, cresciam ao longo de milênios, os mais fortes governando, os mais fracos abatidos por espada e magia.

Observou, ou foi levado a observar, o continente sul. Vastos reinos, ricos, orgulhosos. Guerrearam. Houve Grande Batalha. Os perdedores, exilados, nunca voltariam. Os vencedores seriam, estes, os verdadeiros perdedores. Pois havia uma profecia, anunciando a chegada de um grande líder bárbaro, capaz de unir todos os monstros em invencível exército. A humanidade foi cerceada, escravizada, dizimada. Lamnor agora pertencia à Aliança Negra e seu general.

Aqueles banidos rumariam em longa jornada através do estreito, rumo ao selvagem continente norte, que era Ramnor e agora seria Arton. Seria o mundo.

Por longos meses desbravaram os ermos. Sobreviveram a frio, fome e peste, sobreviveram ao ataque de feras e bárbaros. Nada disso deteve os colonos, atraídos, impelidos por sonhos, por ambição, por desejo de vida melhor. Seguiram mais e mais para o norte.

Encontraram a deusa. Encontraram Valkaria.

A seus pés, reuniram-se em júbilo. A seus pés, ergueram a maior cidade em todos os tempos. Espalharam-se pelas terras ao redor, domando, colonizando, fundando dezenas de nações, dando forma ao mapa do Reinado.

Tudo aquilo, o último sobrevivente do mundo que não era mais, testemunhava. Tudo aquilo, de alguma forma, ele sabia. Sabia porque já podia, outra vez, saber. Corpo, mente e alma estavam juntos de novo.

Acordou — chegou a passar por algo parecido com adormecer? — caído em meio a densa folhagem, cercado de árvores imensas. Não se percebeu gravemente ferido. Ainda trajava a robusta armadura mágica, cheia de danos, mal conseguindo mover-se. Ordenou que sumisse, tornada relâmpago e recolhida ao bracelete dourado. Respirou o ar morno e úmido. Ficou de pé, ao que parecia, pela primeira vez em longos anos. Do Kishinauros, nem sinal.

Viu, ao longe, silhuetas de lagartos impossíveis com pescoços de serpente.

Não sabia que parte do mundo Arton poderia ser aquela.

Mas sabia para onde ir.

O MAIOR RPG DO BRASIL!

TORMENTA20 leva você até Arton, um mundo de problemas — e de grandes aventuras! Sobreviva aos maiores desafios com seus amigos e juntos virem os heróis de suas próprias histórias.

RPG DO ANO 2020 — PRÊMIO LUDOPEDIA
VOTO POPULAR

RPG DO ANO 2020 — PRÊMIO LUDOPEDIA
DESIGNER NACIONAL
VOTO POPULAR

PRÊMIO CUBO OURO
VENCEDOR
2021

TORMENTA 20

CALDELA • CASSARO • SALADINO
SVALDI • TREVISAN

Saiba mais em **jamboeditora.com.br**

ROMANCE DE RPG É NA JAMBÔ

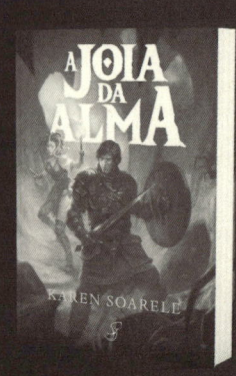

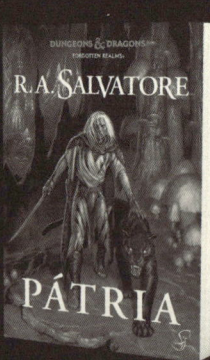

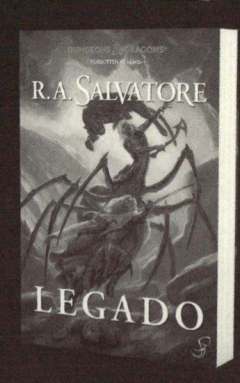

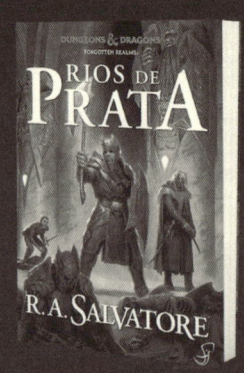

LEONEL CALDELA — A FLECHA DE FOGO

KAREN SOARELE — A JOIA DA ALMA

KAREN SOARELE — A DEUSA NO LABIRINTO

R. A. SALVATORE — PÁTRIA

R. A. SALVATORE — EXÍLIO

R. A. SALVATORE — REFÚGIO

R. A. SALVATORE — LEGADO

R. A. SALVATORE — O FRAGMENTO DE CRISTAL

R. A. SALVATORE — RIOS DE PRATA

jamboeditora.com.br

Se você quer se divertir com uma história fantástica, ou se busca novas inspirações para a sua mesa de RPG, a Jambô tem o que você precisa. Iniciada em 2006, a linha de *Tormenta* está cheia de novidades e, desde 2017, somos a editora oficial dos romances de *Dungeons & Dragons* no Brasil. Escolha seu livro e boa aventura!

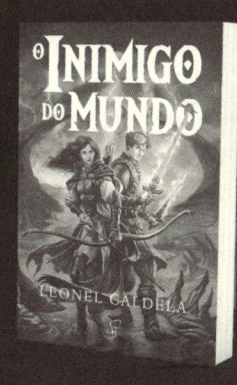

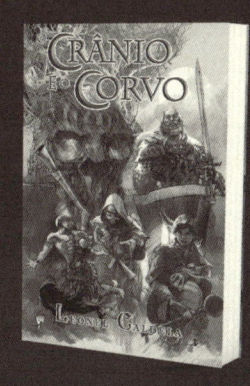

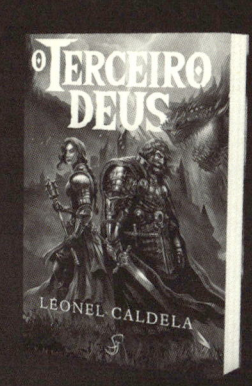

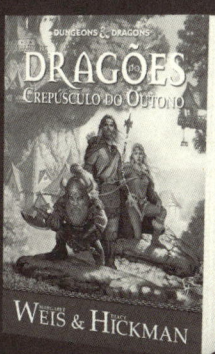

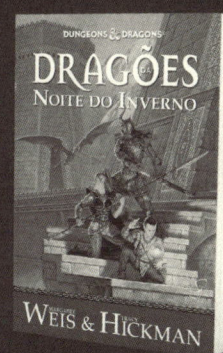

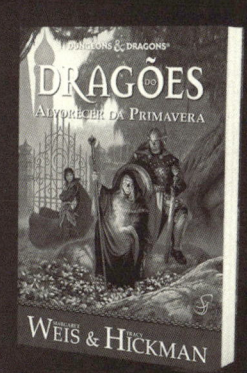

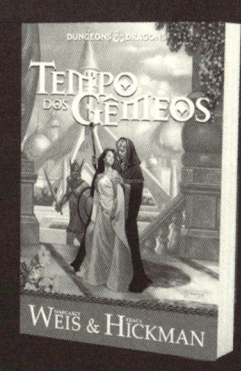

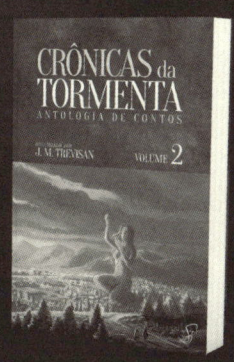

Para acompanhar as novidades da Jambô e acessar conteúdos gratuitos de RPG, quadrinhos e literatura, visite nosso site e siga nossas redes sociais.

www.jamboeditora.com.br

facebook.com/jamboeditora

twitter.com/jamboeditora

instagram.com/jamboeditora

youtube.com/jamboeditora

twitch.com/jamboeditora

Para ainda mais conteúdo, incluindo colunas, resenhas, quadrinhos, contos, podcasts e material de jogo, faça parte da Dragão Brasil, a maior revista de cultura nerd do país.

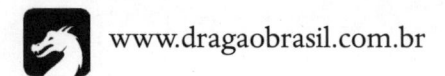

www.dragaobrasil.com.br

Jambô
Livros divertidos

Rua Coronel Genuíno, 209 • Centro Histórico
Porto Alegre, RS • 90010-350
(51) 3391-0289 • contato@jamboeditora.com.br